LOS LADRONES DE ENTREVIENTOS

LOS LADRONES DE ENTREVIENTOS

Cristian Perfumo

Perfumo, Cristian
Los ladrones de Entrevientos / Cristian Perfumo. - 1a ed . - Puerto Deseado : Gata Pelusa, 2020.
453 p. ; 20 x 13 cm.

ISBN 978-987-26978-5-3

1. Novela. 2. Narrativa Argentina Contemporánea. I. Título.
CDD A863

Edición: Trini Segundo Yagüe

Diseño de portada: The Cover Collection

www.cristianperfumo.com

Primera edición: febrero de 2020

A mi hermana Mariana.
Te admiro profundamente.

«Yo, que, como dije, había llegado muchas veces a la muerte, allí supe de las minas de oro. El oro es excelentísimo, quien lo tiene hace cuanto quiere en el mundo, y llega a que echa las ánimas al Paraíso.»

Cristóbal Colón

PRÓLOGO

No estaba en el plan, pensó Minerva.

No estaba en el plan que este tipo terminara sentado a sus pies con una bolsa de tela en la cabeza, ni que ella tuviera que apoyarle una nueve milímetros en la frente y contar hacia atrás en voz alta.

—Veinte. Diecinueve. Dieciocho...

Dentro del guante de látex, la mano con la que empuñaba la pistola se le estaba empapando de sudor. Respiró hondo. Para tranquilizarse, volvió a recordar lo que le había dicho Pezzano quince años atrás.

Todo el mundo tiene mucha suerte al menos dos veces en la vida. No te preocupes, te queda una más.

En el caso de Minerva, el primer golpe de suerte fue salvarse de que la cosieran a balazos en una sala de billares de Buenos Aires cuando tenía veintiún años. El segundo iba a ser ahora. Estaba decidida a llevarse cinco mil kilos de oro y plata de una de las minas más remotas del mundo.

Decidió ignorar la voz dentro de su cabeza que le insistía en que la suerte no funciona así. No somos nosotros quienes decidimos cuándo llega y cuándo se va de nuestras vidas.

Levantó la mirada para observar a sus compañeros. Seguían con el plan, ignorando cuánto habían cambiado las cosas.

—De verdad, escuchame —le dijo el encapuchado a sus pies.

Ella cerró los ojos. No le quedaba otra opción que

romper la regla de un atraco sin sangre. Su propia regla. Se iba a tener que tragar el discursito que le había dado al resto de la banda cuando el robo no era más que una idea lejana y un montón de mapas frente a una chimenea.

—Se te acaba el tiempo —le dijo al rehén, y siguió contando—. Catorce. Trece...

—¿Por qué me hacés esto? Soy un trabajador. Nunca le hice mal a nadie.

La frase la impactó como un rayo. *Hijo de mil putas*, pensó. Y la mano izquierda se le cerró en un acto reflejo.

PARTE I:

El Génesis

CAPÍTULO 1

Buenos Aires. Un año y cuatro meses antes.

Mientras bailaba el tango *Tiempos viejos* abrazada a un señor de ochenta años, Noelia pensó que era una lástima que se tuviera que ir tan pronto. Esa noche la milonga estaba exactamente como a ella le gustaba. Ni llena de gente, que no te podés mover, ni casi vacía, porque entonces te faltan compañeros y tenés que repetir. Y eso, si te toca el tipo equivocado, puede malinterpretarse.

Después del último acorde, se despidió del señor con un gesto amable y caminó hacia la barra. Por nada del mundo volvería a vivir en Buenos Aires, pero qué lindo era poder bailar tango todas las noches.

Pidió la última cerveza. Si quería llegar más o menos presentable al curso del día siguiente, lo más sensato era irse pronto.

Se giró hacia la pista y bebió el primer trago con los ojos cerrados, disfrutando el líquido frío bajándole por la garganta. Aunque afuera los primeros días de otoño ya obligaban a abrigarse, en las milongas siempre terminabas con calor.

Cuando volvió a abrirlos, le pareció verlo. Bailaba con una señora muy elegante que movía con precisión sus piernas largas enfundadas en medias de red. ¿Era realmente él? ¿Había vuelto a la Argentina? Difícil. Quizás la oscuridad del salón le estaba jugando una mala pasada. Después de todo, el mundo del tango estaba lleno de sesentones de ojeras marcadas y escaso pelo gris engominado hacia atrás.

Siguió con la mirada los pasos de la pareja en la

pista. Después de un rebote elegante, la señora se lució con un ocho cortado y él le dijo un par de palabras al oído, sonriendo. Entonces Noelia ya no tuvo dudas. Esa sonrisa era única.

Mario Pezzano estaba en Buenos Aires.

La mirada de la señora, sumida en el trance del tango, apuntaba a un lugar indefinido. Como la de un ciego, con los ojos desconectados del cuerpo. La de él, por el contrario, iba saltando como una mosca inquieta. De la puerta de entrada al vestido ceñido de una bailarina joven. Del muchacho encargado de poner la música a la salida de emergencia.

Normal, pensó Noelia. *Un tipo como él no puede permitirse bajar la guardia. O quizás ya sí, pero le queda la deformación profesional.*

Cuando Goyeneche dejó de cantar *Sur*, Pezzano se despidió de su compañera con un gesto cortés y miró directamente a Noelia. La saludó inclinando la cabeza, como si se hubieran visto ayer, y enfiló hacia ella.

—¿Cómo puede ser que estés más linda que hace quince años? —le dijo, acodándose en la barra.

—Qué exagerado que sos, Mario —respondió ella y lo abrazó con fuerza—. ¿Cómo voy a estar más linda ahora que cuando tenía veintiuno?

—En serio te lo digo, Minerva.

Al oír su apodo, Noelia sintió que el cuerpo se le tensaba. Hacía más de una década que nadie la llamaba así.

—Primero, es imposible que esté más linda. Y, segundo, no pasaron quince años.

—¿No? Desde finales de 2005...

—Catorce, casi.

—¿Vivís en Buenos Aires?

—Ni loca. Hace años que volví a la Patagonia. Estoy acá por unos días, haciendo un curso —dijo ella, mirando el reloj.

Pezzano hizo una mueca burlona mientras se pedía un whisky.

—Se te fue todo el acento. Antes se te escapaba una

gallegada de vez en cuando.

—Catalanada —corrigió ella.

—Eso.

—Cuando me conociste hacía ocho años que había llegado de Barcelona. Ahora ya llevo en Argentina más de la mitad de mi vida. Soy más tango que sardana, Mario. —Dijo esta última frase impostando un acento tan porteño que pronunció *targo* en vez de tango, como lo hacía Gardel en sus canciones.

—Y el curso ese, ¿de qué es?

—Seguridad informática en ambientes remotos. Me mandó la empresa para la que trabajo.

El barman puso el vaso ancho de whisky sobre la barra.

—«La empresa para la que trabajo» —repitió Pezzano tras un trago—. Te imaginaba haciendo otra cosa.

—Ahora soy una ciudadana con todas las letras. Hasta pago impuestos.

—¿Ah, sí? ¿Desde cuándo?

—Desde el día que nos vimos por última vez.

Pezzano alzó las cejas.

—¿Y vos, Mario? ¿En qué andás?

—Últimamente, navego. ¿Te acordás del Maese?

—Claro. Cómo olvidar las fiestas que organizabas en ese velero.

—Sigue siendo mi mejor amigo. A principios de 2006 pateé el tablero y me fui a navegar por el mundo. Anduve por el Caribe, crucé a Europa...

—A principios de 2006 —repitió Noelia, pidiendo otra cerveza.

—Sí.

No hacía falta ser una genia para atar cabos. En enero de ese año, una banda de ladrones había saqueado casi ciento cincuenta cajas de seguridad del Banco Río en la localidad de Acassuso. Se llevaron entre ocho y sesenta millones de dólares, dependiendo de a quién le preguntaras. Todos los miembros de la banda habían sido capturados y juzgados menos uno, del que nunca se supo la identidad ni el paradero.

—¿O sea que es verdad lo que dicen? —preguntó Noelia.

—Puede ser.

El atraco había sido tan espectacular e ingenioso que la prensa lo denominó *El robo del siglo*. Noelia había leído que pronto harían una película.

—¿Y no te da miedo volver a la Argentina? La causa todavía no prescribió, ¿o sí?

—No, pero ya salió el juicio y todos cumplieron la condena. Al último lo largaron hace tres años —respondió Pezzano y levantó el vaso de whisky—. Por el reencuentro, Minerva.

—Por el reencuentro —repitió Noelia, alzando su cerveza.

—¿De qué es la empresa en la que trabajás?

—Es una mina de oro y plata —dijo, señalando la pulsera de color dorado pálido que llevaba en la muñeca izquierda.

Pezzano soltó una carcajada. Ella intentó permanecer seria, pero también se le terminó escapando una sonrisa.

—¿Vos en una mina de oro? ¿Quién fue el inconsciente que te contrató?

—Ya te dije, soy una persona distinta a la que conociste. Después de lo que pasó, me asusté mucho.

—Supongo, porque fue como si te hubiera tragado la tierra.

—Volví a estudiar, terminé la carrera y empecé a trabajar.

—Qué lástima.

—Por lo que veo, vos seguís siempre en la misma.

—Yo nací torcido y me voy a morir torcido.

—¿No te alcanzó con lo que te llevaste del Banco Río? —susurró Noelia—. La cifra que más sonaba en las noticias era veinte millones de dólares. Entre siete tipos, eso da a tres palos cada uno.

Pezzano se encogió de hombros, divertido.

—No te creas todo lo que dicen las noticias.

Noelia negó con la cabeza y le dio un trago a su cerveza.

—¿Vos sabés lo aburrido que es navegar solo? Al principio, no. Los primeros años está buenísimo: las mejores playas, mujeres muy interesantes, te hacés amigo de mochileros franceses. Pero después de dar dos veces la vuelta al mundo, llega un momento en que querés acción. Y yo no sé hacer otra cosa.

A Noelia le interesaban más los viajes de Pezzano que su nostalgia por la profesión, así que le preguntó por los lugares que había visitado. Él le contó que había atracado el Maese en más de ochenta países y encadenó anécdotas dignas de escribir en un libro durante más de media hora. Después, cambió de tema sin anestesia.

—No te voy a hacer ninguna pregunta porque no corresponde —le dijo—, pero si, hipotéticamente, tuvieras información interesante sobre esta mina de oro, yo conozco gente dispuesta a pagar muy bien.

Noelia soltó una carcajada y miró el reloj.

—*Collons*, me tengo que ir, Mario. Mañana madrugo.

—¡Ahí está la gallegada! Ahora sí te creo que sos la misma.

—Catalanada.

Pezzano le pidió un bolígrafo al barman y garabateó algo en una servilleta.

—Tomá. Escribime, Minerva. No quiero que vuelva a pasar tanto tiempo sin vernos.

—Dale —dijo ella, guardándose el papel.

Fue a abrazarlo para despedirse, pero él se echó hacia atrás y negó con la cabeza.

—No pensarás irte sin bailar un tango con un viejo amigo, ¿no? —le dijo, ofreciéndole la mano.

Y Noelia la agarró. Como la había agarrado hacía catorce años, cuando la llamaban Minerva, y él se la había tendido para salvarle la vida.

CAPÍTULO 2

Buenos Aires. Catorce años antes de la milonga.

La primera transacción en el mundo real a Minerva casi le cuesta la vida.

A los pocos meses de mudarse de Rawson a Buenos Aires para empezar la universidad, había conocido a Qwerty. Y él le abrió la puerta a un mundo donde lo más importante eran los agujeros de seguridad, las contraseñas y los datos confidenciales.

Hasta hacía cinco días, su corta carrera criminal se había limitado a robar información por internet para luego venderla. Pero eso había cambiado cuando a Qwerty, el único miembro de *Hackers_Portenios* al que ella conocía en persona, le plantearon un negocio de carne y hueso.

Al principio, Qwerty no había querido saber nada. El tipo que les ofrecía el trabajo era Mario Pezzano, un ladrón de la vieja escuela al que Minerva conocía desde hacía un año. A los ojos de ella, Pezzano era un profesional y una leyenda. Quizás por eso le insistió a Qwerty. Por eso y porque era joven y se quería comer el mundo.

Cinco días después, Minerva golpeaba la puerta de una sala de billares en Avenida de Mayo cargando una mochila en los hombros. A su lado, Qwerty llevaba otra idéntica.

Les abrió un tipo pálido como el marfil de las bolas blancas y entraron a un salón enorme, con al menos cuarenta mesas de billar, pool y snooker. Eran las cuatro de la mañana. Según le había dicho Qwerty, el lugar cerraba a las tres. Verlo así, desierto, salvo por una mesa en el centro donde cuatro hombres jugaban una partida, a Minerva le hizo presentir que algo no iría bien. Quizás era la sensación contradictoria que producía un lugar prácticamente vacío en el que todavía se olía el humo de miles de cigarrillos.

El hombre que les había abierto la puerta se metió detrás de la barra y se puso a secar vasos. Minerva siguió a Qwerty entre las mesas, en dirección a los jugadores. Uno de ellos era Mario Pezzano. A los otros tres, no los había visto nunca.

El más joven se llevó la mano a la espalda baja y sacó una pistola. No les apuntó, pero a Minerva se le aceleró el corazón. Ni ella ni Qwerty habían traído armas. ¿Qué iban a traer? ¿Un *mouse*? ¿Un teclado?

—Disculpen el recelo de Federico —les dijo Pezzano, mirándolos con sus ojos siempre enmarcados en ojeras violáceas. La voz gruesa reverberaba en el salón vacío. Después hizo un ademán y el que había sacado la pistola volvió a guardarla. Minerva balbuceó que no había ningún problema.

Era la octava o novena vez que lo veía. A través de Qwerty, Pezzano la había invitado a varias fiestas en su particular casa: un velero con el casco pintado de verde dólar atracado en la zona humilde de Tigre. Durante la primera de esas fiestas, habían tenido una conversación a solas, ambos hamacando una copa de vino con los pies en la regala y la mirada en el agua negra del río Luján. Todavía le daba vergüenza recordar ese momento. Estaba tan nerviosa que hasta tartamudeó un par de veces. Así como algunos se quedaban paralizados frente a un famoso, a ella no le habían salido las palabras cuando estuvo mano a mano con el tipo que más bancos había robado en la historia de la Argentina.

—Si existiera la Universidad del Atraco, él sería el rector —le había dicho Qwerty antes de presentárselo.

Pezzano anunció a sus compañeros que continuarían la partida más tarde. Se acercó a Qwerty y le dio un abrazo lento y cálido, como el que le da un tío a un sobrino. Después se giró hacia ella, le sonrió y le dio un beso en la mejilla.

—¿Cómo estás, Minerva?

—Bien, gracias.

—¿Algún problema? —preguntó, desviando la mirada hacia las mochilas que ella y Qwerty traían a las espaldas.

—Ninguno —respondió ella, descolgándose la suya.

Puso la mochila sobre el billar contiguo. Abrió el cierre, sacó un fajo del tamaño de un ladrillo y lo tiró sobre el paño verde. Eran doscientas cincuenta tarjetas de crédito.

***

Pezzano sintió ganas de darle un sermón a esa pibita. Si un tipo de su edad hubiera maltratado así a una de las mejores mesas de billar de Buenos Aires, no habría podido hacer la vista gorda. Pero, ¿quién podía culpar a la chica? ¿Qué tendría, veinte años? ¿Veinticinco, como mucho? Seguramente estaba muerta de miedo y quería demostrar confianza. A su edad, él también había recurrido a trucos así.

Recogió el atado y examinó las tarjetas. Cada una tenía un nombre y un número diferentes debajo del logo del Banco del Plata. Soltó un suspiro silencioso, nostálgico. *Cómo cambian los tiempos*, pensó. Le vino a la cabeza un tango.

Él estaba acostumbrado a que, después de un robo, la banda se repartiera billetes o joyas. Este trabajo era una especie de experimento. Diversificar, que le llamaban los libros sobre inversión que leía.

Hasta hacía poco, Pezzano solamente conocía dos formas de robar un banco. Una, durante el horario de atención, en el que se podía entrar por la puerta y la bóveda estaba abierta. El problema era que en ese horario había empleados entrenados para apretar el botón escondido debajo del escritorio y en diez minutos tenías a la policía afuera. La otra era hacerlo cuando no había nadie, preferiblemente un viernes a la tarde, pero entonces tenías que pensar muy bien en cómo atravesar los veinte centímetros de acero y hormigón de la puerta blindada.

Unos meses atrás, Federico había planteado una tercera alternativa que prometía lo mejor de ambos mundos: podrían entrar de madrugada y salir con el botín sin tener que violar ninguna cámara acorazada. Se activarían los sensores de movimiento en las oficinas, sí, pero con diez minutos les sobraba para llevarse lo que iban a buscar. Iban a robar un banco sin tocar un solo billete.

Las gracias había que dárselas a un gerente de sucursal obsesivo, que había dado orden a sus empleados de registrar en una hoja de cálculos los datos de cada tarjeta emitida. Como consecuencia, esa información, que sólo debería existir en el centro de cómputos de Visa, estaba también en el servidor polvoriento de un banco de barrio.

No les hizo falta lanza térmica ni explosivo plástico. Bastó un destornillador para cambiar el disco del servidor por uno sin datos. Después rayaron un poco la puerta blindada de la bóveda y destrozaron la sala de cómputos para que la policía concluyera que, al no poder acceder al dinero, los ladrones habían descargado su ira rompiendo lo que encontraron a mano.

Para sorpresa de Pezzano, esa parte había funcionado. Lo siguiente era transformar el disco en guita. Y entonces resultó que el hijo de otro ladrón de bancos que había trabajado con él, y había terminado con tres tiros en el pecho, era medio hacker. Qwerty, le decían.

—Son ocho mil veintidós tarjetas —dijo su amiga Minerva—. A cinco dólares por tarjeta, redondeamos en cuarenta mil.

Pezzano sabía que, en promedio, cada uno de esos rectangulitos de plástico tenía un crédito de quinientos dólares. Quinientos por ocho mil eran cuatro millones. Pero de la teoría a la práctica había un buen trecho. Era imposible gastar el máximo de todas las tarjetas antes de que el banco detectara la anomalía.

Por suerte, no tenía que pensar en nada de eso. Su trabajo estaba casi hecho. Ahora sólo faltaba revenderle el lote de tarjetas a un contacto en San Telmo por veinte dólares cada una. Ciento veinte mil de ganancia limpia por pocos días de trabajo. Repartido entre cuatro, no estaba mal. Y si el intermediario lograba hacer una millonada, como les solía pasar con las joyas y cuadros, todos contentos.

Que sea otro quien gane el último dólar. Otra gran frase de los gurús de la inversión.

Extendió la mano hacia atrás y oyó el crujido de la bolsa de papel que le alcanzó Federico. Se la entregó a la chica.

—Gracias —dijo ella—. Si no te molesta, lo voy a contar.

Su voz era firme aunque algo acelerada por los nervios. Se tomó un segundo para observarla. La encontraba preciosa. No sexualmente —a sus cuarenta y nueve años, era uno de los pocos hombres de su entorno que prefería mujeres de su edad—. La veía bella como un padre ve a su hija. Al fin y al cabo, podría ser su hija.

—Por supuesto —le dijo—. Pero antes dejame que te dé un consejo. Nunca más apoyes nada que no sea una bola de baquelita sobre una mesa de billar.

La chica miró la mochila gastada sobre el paño verde e hizo un ademán de retirarla. Pero, antes de que pudiera tocarla, en las paredes del salón retumbó un impacto seco.

—¡Policía! Todo el mundo con las manos arriba —gritaron desde la puerta. La acababan de tirar abajo.

***

Minerva sintió que las piernas se le convertían en gelatina al ver que cinco agentes de la Federal le apuntaban con sus armas.

Dejó la bolsa de papel con los cuarenta mil dólares sobre el billar y levantó las manos. Por el rabillo del ojo notó que Qwerty hacía lo mismo.

El sonido del primer disparo le llegó desde atrás. Al

girarse, vio al tal Federico con la pistola en alto. El casquillo rodó por el paño verde, entre las bolas.

Entonces el tiempo se volvió más lento. Sonó otro disparo, esta vez del lado contrario, y un pequeño volcán de sangre explotó en el pecho de Federico. Minerva se tiró al piso, y en el segundo que tardó en llegar abajo oyó varias detonaciones más. De un bando y del otro.

Qwerty y ella tocaron el suelo al mismo tiempo, aunque de manera muy distinta. Su amigo no amortiguó la caída con los brazos, sino que su cabeza golpeó las baldosas con un sonido macizo. Quedó mirando hacia ella con un hilo de sangre brotándole del balazo que le acababan de dar en la frente.

La desesperación le apretó tanto el pecho que sintió que le costaba respirar. ¿Cómo había pasado de robar contraseñas en un cibercafé a esto?

—Tomá —oyó que Pezzano le gritaba a su izquierda.

El hombre apoyó en las baldosas una pistola idéntica a la que tenía en la otra mano. Seguramente, la de Federico. Empujó el arma, haciendo que se deslizara entre las colillas aplastadas hasta chocar contra la rodilla de Minerva. Ella se apartó como quien descubre una víbora.

Miró a Pezzano y negó con la cabeza. Una cosa era robarle a una multinacional y otra muy diferente, disparar contra la policía. Volvió a empujar la pistola hacia él y reptó bajo los billares. Notó que Pezzano retrocedía a la par de ella, disparando para defenderse mientras la contienda se desplazaba salón adentro.

Llegaron a la pared del fondo, llena de repisas con tacos de billar. *¿Y ahora qué?*, se preguntó mirando hacia ambos lados. Uno de los tacos estalló en una lluvia de astillas sobre su cabeza.

—Vení —le gritó Pezzano.

Se dirigía a una puerta de madera con un cartel de «Privado» por la que se acababan de meter sus dos compañeros. Pezzano los siguió, y antes de desaparecer por el quicio, le hizo señas para que ella hiciera lo mismo.

Pero Minerva estaba en el otro extremo de la pared.

Si se levantaba y corría, terminaría como un colador.

Lo mejor era aceptar las consecuencias.

—Me entrego —dijo y levantó las manos.

—¡No, no! —escuchó que le gritaba Pezzano desde adentro del cuarto.

Ignorándolo, asomó la cabeza por encima de una mesa de snooker. Entonces vio el cañón de un revólver, tres mesas más allá.

Y el fogonazo.

Oyó, casi al mismo tiempo, la explosión de la pólvora y el zumbido de quince gramos de plomo pasando a mil kilómetros por hora junto a su oído izquierdo. Después, calor en la entrepierna. Se le había escapado un poco de orina. ¿Por qué le disparaban si se estaba entregando?

Lo entendió un segundo antes de que Pezzano se lo gritara desde el cuartito.

—¡No son policías!

La cara ojerosa apareció de nuevo por la puerta, a veinte centímetros del suelo, donde quedaba protegida por otra gran mesa de snooker.

Pezzano le enseñó el pulgar hacia arriba. Luego levantó también el índice, y entonces Minerva se dio cuenta de que estaba contando. El problema era que no tenía ni idea de qué hacer cuando...

El ladrón de bancos alzó el tercer dedo y se levantó, vaciando el cargador en dirección al salón.

—Vení ya —le gritó entre los disparos.

Minerva gateó a toda velocidad hacia la puerta, con las balas estallando en la pared apenas unos centímetros por encima de ella. Fueron los diez metros más largos de su vida.

Finalmente, traspuso el umbral. Se encontró en un depósito atiborrado de tacos rotos, cajas con bolas viejas y cajones de cerveza con envases vacíos.

Pezzano giró la llave y dos barrotes de acero se empotraron en el marco. *¿Este cuartito polvoriento tiene una puerta antivandálica?,* pensó ella.

—Vamos, no tenemos mucho tiempo —le dijo, alejándola de la puerta, que ya recibía los primeros balazos.

—¿Dónde están los otros dos? —preguntó Minerva.

Pezzano apuntó con el índice hacia arriba y le tiró del brazo, llevándola hacia una escalera vertical oculta tras una estantería. Al subirla, Minerva entendió el porqué de la puerta reforzada.

Emergieron en una especie de entresuelo de apenas dos metros de altura en el que había un escritorio, un sofá y una caja fuerte. No tenía puertas ni ventanas, pero sí una nueva escalera que se perdía en un agujero en el techo.

Subieron. Daba a un cuartito diminuto con una puerta abierta por la que entraba el aire fresco de la madrugada.

Salieron a una terraza que, por algún capricho de la normativa de edificación, había quedado rodeada de cuatro edificios. Tres de los lados eran paredes ciegas que se alzaban varios pisos por encima de ellos. La cuarta no llegaba a los tres metros de altura.

—La policía usa pistolas, no revólveres —le dijo Pezzano mientras escalaba una canaleta de chapa apoyando los pies en las abrazaderas que la sujetaban a la pared.

—No me digas.

Minerva intentó seguirlo, pero apenas levantó ambos pies del suelo para trepar a la canaleta, volvió a caer. Miró hacia arriba. Pezzano había desaparecido de su rango de visión. Si no subía, estaba muerta.

Lo intentó una vez más, pero sólo logró clavarse un tornillo oxidado en la pantorrilla. Escuchó ruidos a sus espaldas. Los tipos estaban a punto de salir por la puerta.

Entonces Pezzano asomó medio cuerpo para tenderle la mano más salvadora que le habían ofrecido nunca. Ella la aferró con fuerza y empujó con los pies contra el cemento hasta encaramarse a la pared.

Ahora estaban sobre un nuevo techo. Corrieron a toda velocidad por la membrana asfáltica, flanqueados por las paredes mohosas de los edificios vecinos, hasta llegar a la fachada. Estaban encima de un estacionamiento de dos pisos sobre la calle Hipólito Yrigoyen. Los compañeros de

Pezzano ya corrían por el asfalto hacia la esquina con Piedras.

—Tenemos que bajar —le dijo Pezzano.

—Hay como ocho metros hasta el suelo.

—Tenemos que bajar —repitió, y empezó a descolgarse por las celosías de una ventana del estacionamiento.

Minerva hizo lo mismo hasta que ambos estuvieron con las puntas de los pies sobre un saliente de mampostería encima del portón principal.

—Intentá amortiguar la caída con las piernas —dijo el ladrón antes de soltarse.

Minerva lo vio aterrizar con un par de vueltas sobre las baldosas antes de incorporarse.

—Dale —le gritó desde abajo.

Pero ella no lograba juntar el coraje.

—Dale, por favor.

Ya oía los gritos por encima de su cabeza.

Cerró los ojos, contó hasta tres y se soltó. No tuvo tiempo a intentar amortiguarse con nada. Pasó de estar en el aire a oír un *crack* seco en el tobillo derecho.

—Me parece que me rompí un hueso —gruñó.

—Eso no importa ahora —respondió Pezzano ayudándola a ponerse de pie y tirando de su mano para hacerla correr.

Cada paso era como si le clavaran mil espinas.

A llegar a la 9 de Julio, todavía agarrados de la mano, no había rastro de los otros dos. Se subieron a un taxi.

—¿Por qué me ayudás? —le preguntó ella cuando dejaron atrás el peligro.

—Porque alguna vez alguien me ayudó a mí.

—Tuvimos mucha suerte.

—Todo el mundo tiene mucha suerte al menos dos veces en la vida —le respondió el ladrón, dándole unas palmaditas en el dorso de la mano—. No te preocupes, te queda una más.

Mientras el taxi cruzaba Buenos Aires por la avenida más ancha del mundo, Minerva cerró los ojos por un instante. Vio a Qwerty en el suelo, con un agujero en la frente.

Cuando volvió a abrirlos, ya había tomado una decisión. En cuanto se bajara de aquel coche, su aventura de hacker se habría acabado. Terminaría la universidad y conseguiría un trabajo normal.

Aquella madrugada, todavía aferrada a la mano del ladrón de bancos que acababa de salvarle la vida, se prometió despegarse por completo del mundo criminal.

Tardó catorce años en romper esa promesa.

CAPÍTULO 3

Trelew, Chubut, Argentina. Once meses después de la milonga.

Noelia Viader se recostó un poco sobre el respaldo del sofá. Llevaba una hora repasando documentos y planos en la computadora que balanceaba sobre las piernas cruzadas. También llevaba tres copas de vino.

Se sirvió un poco más e hizo clic en un icono con forma de cebolla. En la pantalla apareció la ventana violeta de Tor, el navegador de internet más privado del mundo.

Nadie sabía quién estaba del otro lado de una conexión Tor. Ningún proveedor de internet, ni Google, ni siquiera la CIA podían rastrearla. La *dark web* es el callejón más sucio de internet y Tor, la única puerta de entrada.

En la barra de navegación, Noelia escribió la dirección de una página web que no visitaba desde hacía catorce años, cuando jugaba a ser hacker y estuvo a punto de terminar con una bala en la cabeza. Como Qwerty.

Sintió un nudo en la garganta, como siempre que recordaba a su amigo. Si ella no hubiera insistido en hacer el trabajo de las tarjetas de crédito, Qwerty estaría vivo. Tomó otro sorbo de vino y pulsó *enter*.

La página a la que entró era un servicio de email encriptado que había nacido para hackers y luego se había extendido a gente preocupada por su higiene digital a la que la mayoría tildaría de paranoicos. Gente como ella.

Pagó con Bitcoin los diez dólares que costaba abrir una cuenta irrastreable. Después tecleó la dirección que Pezzano le había dado la noche de la milonga y escribió un mensaje de una sola línea.

«¿Tenés un teléfono seguro al que llamarte? Saludos. Minerva.»

Vació la cuarta copa de un trago, apartó la computadora de su regazo y se extendió en el sofá. Inconscientemente, los dedos de la mano derecha juguetearon con la pulsera en la muñeca izquierda. Se la había vuelto a poner ese día tras meses sin usarla y le molestaba.

Vaya si le molestaba.

La respuesta de Pezzano tardó apenas quince minutos en llegar y fue igual de escueta. Un número de teléfono seguido de dos palabras.

«Llamame ahora.»

Se sirvió lo último que quedaba de la botella de malbec y marcó el número desde un viejo Nokia que había comprado dos días atrás en un negocio de segunda mano. Tomó otro trago. El vino le pasaba por la garganta como agua. Hacía años que no tomaba tanto alcohol.

No estoy en las mejores condiciones para hacer esta llamada, pensó.

Sin embargo, pulsó el botón verde sin miedo ni dudas. En todo caso, la sensación fue de ligereza. De alivio. Llevaba mucho tiempo planeando lo que estaba por hacer y no tenía nada que perder.

Sacudió la cabeza para espantar los recuerdos que empezaban a apelotonársele en la mente. Un dolor punzante la recorrió de sien a sien como si alguien hubiera golpeado un gong dentro de su cráneo.

Estoy borracha y tengo resaca al mismo tiempo. Me estoy haciendo vieja, la puta madre.

—Vamos mejorando —dijo la voz gruesa de Pezzano del otro lado de la línea—. Esta vez sólo pasó un año, no quince.

—¿Dónde estás?

—Bajando por la costa de Brasil, en un pueblito muy cerca de Uruguay. Mañana o pasado llego a Punta del Este.

—¿Te acordás de lo que te conté en la milonga sobre mi trabajo?

—Cómo olvidarlo.

—Tengo toda la información para desvalijar la mina.

—Me gusta. Decime qué tenés y veo cuánto puedo conseguirte.

—No pienso vendérsela a nadie, Mario. Quiero que la robemos juntos.

—¿Quiénes?

—Nosotros. Vos, yo y por lo menos tres más.

Pezzano soltó una carcajada.

—¿Qué te pasó? ¿Volviste al lado oscuro?

—Cuando uno nace torcido...

—Te dije que esos tipos eran unos inconscientes. ¿Cómo se les ocurre contratarte? Ellos mandando a su empleadita a hacer cursos a Buenos Aires y la empleadita ahora los quiere desplumar.

—*Ex* empleadita.

—Upa. ¿Venganza?

Noelia no contestó. Tenía la mirada fija en la pulsera, una cadena dorada que unía las figuras de un puma y un guanaco. Ambos animales tenían las patas extendidas hacia adelante y hacia atrás, como si el puma estuviera corriendo al guanaco. Cazándolo.

—¿De cuánto estamos hablando? —preguntó Pezzano.

—Entre doce y quince millones de dólares, valor de mercado. Estimo que, como mínimo, le podemos sacar un sesenta por ciento limpio.

Noelia oyó de nuevo la risa al otro lado de la línea.

—¿De verdad me estás proponiendo un trabajo?

Vació en la garganta el último trago de vino. Tenía la lengua y los dientes ásperos.

—Más que proponiendo, te estoy invitando. Yo voy, con vos o sin vos.

—Minerva, te voy a hacer una pregunta y necesito que me contestes la verdad.

—*Okey.*

—¿Puede ser que estés un poquito mamada?

—Puede ser.

—O sea que me llamás en pedo, no me contás qué te hizo cambiar de opinión y encima pretendés que te tome en serio.

—Pretendo que escuches el plan, nada más. Si no te gusta, seguís con tus aventuras de Jacques Cousteau. Hablamos mañana a la misma hora.

Le cortó sin esperar respuesta. Después cerró los ojos y se llenó los pulmones de aire. Todo a su alrededor daba vueltas. Tragó saliva varias veces. Cuando volvió a abrirlos, se dio cuenta de que tenía dos dedos metidos entre la pulsera y la muñeca.

Resistió el impulso de arrancársela. A los enemigos convenía tenerlos cerca.

CAPÍTULO 4

Trelew, Chubut, Argentina. Doce días después de la llamada telefónica a Pezzano.

El diablo está en los detalles, dicen en inglés. Y qué razón tienen los yanquis, pensó Noelia. Porque la primera vez que había mirado ese plano, no le había parecido tan difícil. Entrar, abrir la bóveda —preferentemente por las buenas— y salir en menos de las dos horas que tarda la policía en llegar a una de las minas de oro más remotas del mundo.

—¿Cinco mil kilos? ¿Cómo vamos a hacer para irnos de ahí con cinco mil kilos? —le preguntó Pezzano, señalando el mapa.

Habían llegado hacía media hora a la pequeña casa que los padres de Noelia le habían dejado en Trelew cuando se volvieron a Barcelona. Ella había ido a buscar a Pezzano al puerto de Rawson y habían hecho los veintiún kilómetros de vuelta charlando de los viejos tiempos, de la vida en el mar y de cualquier cosa menos el plan.

—Cinco mil kilos no son tanto —matizó—. Además, es un volumen manejable. El doré es diez veces más pesado que el agua.

—¿El doré?

—Así se llama a la aleación de oro y plata que produce la mina. Cada lingote pesa sesenta kilos.

—¡Sesenta kilos! —exclamó Pezzano, abriendo los brazos.

—No son tan grandes. Cada uno es, más o menos, como tres botellas de litro y medio una detrás de la otra.

—Me los imaginaba mucho más chicos. Como una

tableta de chocolate gruesa.

—Así son los de oro puro que se guardan en los bancos. Pero los de Entrevientos son industriales. Si fueran más chicos, harían el trabajo más lento. Y si fueran más grandes, serían muy difíciles de maniobrar. Sesenta kilos es el punto intermedio ideal.

—Eso es más que una bolsa de cemento. Yo nunca en mi vida logré levantar una —dijo Pezzano.

—No creo que lo hayas intentado muchas veces.

—¿Me vas a contar el plan o no, Minerva?

Noelia sonrió.

—¿Qué? —preguntó él.

—Hace muchos años que nadie me llama así.

—No te conozco ningún otro nombre.

—Mejor. Minerva está bien, me gusta haberlo recuperado. Y sí, te voy a contar el plan, pero antes quiero hacerte una pregunta.

—Dejame adivinar. Querés saber por qué navegué mil quinientos kilómetros para venir a verte en vez de atracar el Maese en Punta del Este y tomar mojitos.

—Exacto.

—¿Alguna teoría?

—La única que se me ocurre es que se te esté acabando tu parte de lo del Banco Río.

La carcajada de Pezzano resonó en el comedor de Noelia.

—Frío. Muy frío. ¿Nunca oíste hablar de la regla del cuatro por ciento?

Ella negó.

—Hasta un gilastrún como yo te la puede explicar. Invertís en acciones y bonos de todo el mundo, que tienen una rentabilidad promedio en dólares del siete por ciento anual. Menos el tres por ciento, que es una estimación al alza de la inflación en Estados Unidos, te queda un cuatro por ciento. Si sólo gastás esa cantidad, nunca perdés capital.

—No te tenía así de organizado.

—¿Un ladrón de bancos no puede ser previsor? ¿Te

pensás que cuando comprás la primera pistola firmás un contrato comprometiéndote a gastarte todo en joda?

—No quise insinuar eso. Sólo me resulta extraño que, siendo tan ordenado con el dinero y teniendo la vida resuelta, te interese un nuevo robo.

Los cálculos de Noelia eran simples. Si era verdad que cada ladrón del Banco Río se había llevado tres millones de dólares, el cuatro por ciento eran ciento veinte mil dólares. O sea, Pezzano ganaba diez mil por mes sin mover un dedo.

—Ya te lo dije el día de la milonga. Tener la vida resuelta está genial durante un tiempo. Después es insoportable.

—O sea que estás acá por aburrimiento.

Pezzano le mostró una sonrisa amarga y se señaló así mismo.

—Estoy acá porque me hago viejo.

—¿Estás enfermo?

—Tengo la salud de un toro.

—¿Entonces?

Pezzano fijó la mirada en un punto indefinido de la pared.

—A veces estoy en el Maese, solo en el medio del mar, y pienso en qué pasaría si me tiro al agua. ¿Y sabés lo que me imagino? Que no me pasa nada. No me ahogo, no me come un tiburón, no me rescatan en helicóptero, nada. Como si el mundo se hubiera olvidado de que existo. ¿Entendés por qué necesito algo así? —preguntó, señalando el mapa de la mina.

Noelia asintió. Últimamente ella también flotaba en un mar de indiferencia.

—Pero no pienses que me lo voy a tomar a la ligera —añadió el ladrón—. Aunque a veces me vengan esos bajones, sé que tengo una vida privilegiada. Si voy a arriesgar mi libertad, tu plan tiene que ser inmejorable. Si no, no me meto ni loco. Así que, desembuchando.

Y Noelia desembuchó durante media hora. O, mejor dicho, fue Minerva quien lo hizo.

PARTE II:

El plan

CAPÍTULO 5

San Rafael, Mendoza, Argentina. Dos meses y medio después de la reunión en Trelew.

—Es ahí —dijo el taxista, señalando un portón abierto entre los árboles al costado del camino.

Era la segunda vez que el hombre pronunciaba palabra desde que habían salido de la terminal de ómnibus de San Rafael. Durante los cinco kilómetros de viaje se había limitado a tararear las canciones de Calamaro que sonaban en el estéreo. Ni siquiera había dicho nada al entrar al camino de tierra del tramo final, donde las montañas desiertas se convertían en un pequeño bosque.

Minerva le pagó y bajó del vehículo. El taxi dio una vuelta en "U" y se alejó, dejándola sola frente a la tranquera abierta. A un costado, un cartel de madera anunciaba «Bienvenidos al Bosque Aéreo Treetop».

Se adentró en el lugar arrastrando su pequeña maleta. Había volado de Trelew a Mendoza, vía Buenos Aires, solamente con equipaje de mano. De todo lo que necesitaba para estos días, lo más importante era la información, que estaba repartida entre su cabeza y una cuenta anónima de un servidor encriptado en Nueva Zelanda.

El camino de gravilla entre los árboles la llevó a la construcción más rara que había visto en su vida. En vez de una cabaña de madera con chimenea de piedra, que era lo que le hubiera pegado a aquel pedacito de bosque enclavado en las montañas áridas de la precordillera, Minerva estaba frente a una semiesfera formada por cientos de caras triangulares que parecía sacada de una película de ciencia ficción. Era como si alguien hubiese enterrado hasta la mitad una pelota de golf gigante. En la puerta, proyectada hacia afuera como la de un iglú, colgaba un cartel con la palabra «Recepción».

Un fuerte zumbido sobre su cabeza la hizo mirar hacia arriba. Una niña colgada de un arnés se deslizaba a toda velocidad por un cable de acero suspendido entre dos árboles.

—Sospecho que te va a gustar— oyó a sus espaldas.

En la puerta de la construcción futurista acababa de aparecer un hombre que no llegaría a los cuarenta años. Tenía los hombros anchos y el pelo negro y recio, con algunas canas. En medio de una barba corta y oscura, su media sonrisa destacaba como un tajo blanco.

Se dirigió hacia ella y le estrechó una mano firme, de tacto áspero.

—Según la jefa, me llamo Mac.

Ella sonrió.

—Minerva. Y no soy la jefa. Somos un equipo.

—No me digas que le voy a tener que decir a los muchachos que te cambien el apodo —dijo, señalando la construcción a sus espaldas.

—Me parece que sí.

—Bueno, no-jefa, encantado de conocerte en persona. Mario ya debe estar por llegar. También me llamó tu amigo, el de la Patagonia. Tuvo una demora en el aeropuerto de Comodoro, pero ya viene de camino. Adentro están los otros dos. Vení que te los presento.

Antes de entrar a la recepción, Minerva notó que entre los árboles había más construcciones semiesféricas. Eran todas de distintos tamaños y estaban recubiertas con diferentes materiales.

—Tenía razón Mario —le dijo a Mac.

—¿En qué?

—En que este lugar es especial —respondió mientras entraban a la recepción.

En el medio de la sala circular había un escritorio alto hecho con medios troncos, un dispensador de agua y una máquina para comprar gaseosas.

—Supongo que nunca habías estado en un domo geodésico, ¿no?

—Nunca —respondió mirando hacia arriba.

Las caras triangulares estaban hechas con listones de madera. Muchos tenían clavos de los que colgaban cascos, arneses y mosquetones. Otros, pósters promocionando lugares turísticos de la zona o algún recorte de periódico donde Mac posaba orgulloso delante de su emprendimiento.

—Son estructuras magníficas —dijo él, dando un salto para agarrarse de las tiras de un arnés que colgaba sobre sus cabezas. Los pies le quedaron suspendidos a diez centímetros del suelo—. Pesan poco, se construyen con materiales baratos y son increíblemente resistentes.

—¿Qué es exactamente este lugar? —preguntó Minerva.

Mac soltó una mano del arnés para agarrarse de otro, medio metro más cerca de Minerva.

—Un parque de diversiones activo. Acá, para pasarlo bien hay que trabajar. Ya vas a ver.

Se dejó caer y señaló una puerta opuesta a la de entrada.

—Vení que te presento a los que ya llegaron.

Se metieron en un pequeño pasillo que a Minerva le recordó a los fuelles entre los vagones del viejo tren a Bahía Blanca que tomaba en sus veranos universitarios. Después pasaron a otra sala, también redonda, aunque mucho más grande que la anterior. Había una chimenea en el centro, sobre la que pendía una gran campana de metal que sacaba el humo por lo más alto del domo. El aire olía a lumbre y a vainilla.

Dos hombres la miraron desde los sofás alrededor del fuego. Uno no superaba los treinta años y tenía la piel cobriza. Los rasgos andinos le hubieran bastado a Minerva para concluir que era el experto en cerraduras que venía desde Salta. Para confirmarlo, el muchacho tenía en las manos un cubo de metal que parecía una caja fuerte en miniatura.

El otro estaba acostado, ocupando todo un sofá. Tenía la piel bastante bronceada, pelo corto peinado hacia arriba y brazos muy gruesos a base de gimnasio. Tendría, igual que Mac, unos cuarenta años, aunque con él el paso del tiempo había sido menos generoso.

Ambos se pusieron de pie y se acercaron a ella.

—Soy el Cerrajero —dijo el más joven, pronunciando la doble erre como el zumbido de una abeja, con el típico acento del noroeste argentino.

—Veo que ya te acostumbraste a tu seudónimo —respondió Minerva.

—Es que soy cerrajero de verdad. Todo el mundo me dice así.

—Yo soy Pólvora —dijo el otro—. Apodo recién estrenado, pero me gusta.

Pólvora tenía unos ojos de color verde pardo que a Minerva le hicieron pensar en un gato. Entre los dedos sostenía un puro marrón que largaba humo con aroma a vainilla.

—Encantado de conocerte, jefa —añadió.

—«Jefa» no le gusta —acotó Mac.

Pólvora y el Cerrajero se miraron. Parecían decepcionados, como si hubieran pasado horas eligiendo el sobrenombre.

—Somos un equipo —explicó ella—. Cada uno pone algo importante. Yo, la información.

—Entonces en vez de Jefa podemos llamarte Wiki —sugirió Pólvora.

—Ni loca —rió ella—. Parece un chiste. Además, yo ya vengo con seudónimo. Soy Minerva.

—¿Como la marca de jugo de limón? —preguntó Pólvora.

—Como la diosa de la sabiduría y la estrategia militar —respondió ella.

Los tres hombres se quedaron en silencio, como si la frase los hubiera tomado por sorpresa.

—Me gusta —dijo Pólvora—, tiene potencia.

Y si no te hubiera gustado, daba igual, pensó ella.

—Bueno, ponete cómoda —le dijo Mac, señalando los sillones.

—Gracias, pero después de dos aviones, casi cuatro horas de colectivo y el taxi, prefiero quedarme un rato de pie.

Mac se encogió de hombros.

—Como quieras. Te vamos a cobrar lo mismo —le dijo con una sonrisa—. Cerrajero, preparale unos mates o lo que quiera tomar. Yo me voy a terminar con los últimos clientes. Cuando vengan los otros dos, empezamos.

Minerva asintió y Mac se fue por la puerta que conectaba con la recepción.

—¿Mate? —le ofreció el Cerrajero, dirigiéndose a la alacena curva que copiaba el contorno de la pared.

Ella asintió en silencio. Luego alzó la vista al techo.

—Es una mezcla entre cabaña hippie y película del futuro, ¿no? —dijo Pólvora, volviendo a tirarse en el sillón.

—Este tipo es especial —añadió el Cerrajero.

—Sin duda —reconoció ella—. No cualquiera se anima a hacer algo así. ¿Qué hay que contratar? ¿Albañiles? ¿Carpinteros?

—Él no contrató a nadie. Lo hizo todo con sus propias manos.

—Hasta los muebles —añadió Pólvora, levantando una esquina del almohadón sobre el que apoyaba la cadera. Debajo de la tela, el armazón de madera resultó estar hecho con pallets.

—¿Él solo? —preguntó ella mientras ponía sobre la mesa su computadora portátil y un pequeño proyector.

—Él solo —respondió el Cerrajero—. Y todavía no viste nada.

CAPÍTULO 6

Trelew, Chubut, Argentina. Dos meses y medio antes.

Sentada en el mismo sofá desde el que hacía doce días le había enviado el email, Minerva miraba a Pezzano. El viejo ladrón de bancos había escuchado atentamente el plan y ahora caminaba por el comedor. Un instante antes, había dicho que el robo era tan complejo como un laberinto lleno de leones hambrientos.

Ella tamborileaba los dedos en el tapizado de un almohadón mientras esperaba que Pezzano le diera su respuesta. Sin él, sería mucho más difícil.

—Sería una locura, Minerva —le dijo al cabo de un rato.

Levantó la cabeza, decidida a hacerlo cambiar de opinión, pero se encontró con unos ojos rebosantes de picardía.

—Sería una locura quedarme afuera de algo así —completó él.

—¿En serio? —preguntó, sorprendida. Tenía ganas de levantarse y abrazarlo.

—En serio. Hablemos de roles. En primer lugar, necesitamos a alguien que sea de la zona y la conozca a la perfección.

—Tengo a la persona ideal —dijo, pensando en Norberto Segura, un viejo conocido con el que había coincidido en otra minera de la Patagonia.

—También vamos a necesitar un cerrajero, un pólvora y un Mac.

—El cerrajero es el que abre la bóveda, supongo.

—Correcto.

—¿Y los otros?

—Un pólvora es un tipo que sabe mucho de armas y explosivos. No sólo manejarlos, sino también dónde conseguirlos. Porque un robo como el que vos planteás no se puede hacer con pistolas de juguete.

—Como las que usaron los ladrones del Banco Río... —dejó caer ella.

—Exacto. Ni tampoco con pistolitas calibre veintidós. Para esto vamos a necesitar unas señoras armas.

—¿Y un Mac? —preguntó.

—Un MacGyver. En cualquier robo, por más organizado que esté, algo siempre sale mal y hay que improvisar. Necesitamos alguien que te arregle un avión con un rollo de alambre. Los Macs son los que hacen que la prensa termine hablando de «obra maestra» después de un robo. Yo conozco al tipo perfecto. En 2005 intenté reclutarlo para un trabajo, pero no quiso. Ahora su situación cambió bastante.

—¿Y un cerrajero y un pólvora también podés conseguir?

—Por supuesto. Con eso ya tenemos la banda completa.

—Casi —lo corrigió ella—. También necesitamos tres perros.

—Nunca escuché hablar de perros.

—Son peludos y hacen guau.

—¿Perros de verdad?

—Exacto. Pero no perros cualquiera. Tienen que ser de campo, bien entrenados, de esos a los que el amo les grita tres palabras y saben exactamente cuántas ovejas ir a buscar.

—No entiendo nada —dijo Pezzano—. ¿Para qué querés tres perros?

A Minerva le llevó varios minutos explicárselo.

CAPÍTULO 7

San Rafael, Mendoza, Argentina. Dos meses y medio después de la reunión en Trelew.

Minerva seguía de pie, intentando recuperarse de tantas horas sentada, cuando la puerta del comedor volvió a abrirse. Detrás de Mac entraron Mario Pezzano y Norberto Segura, el ex compañero de trabajo de Minerva en la mina de Cerro Retaguardia.

—¿Qué hacés, piba? —le preguntó Pezzano mientras le daba un beso en la mejilla—. ¿Cómo te tratan estos delincuentes?

Oyó algunas risas. Buena señal.

—Por ahora te puedo decir que el Cerrajero hace unos mates espectaculares.

Norberto Segura, por su parte, la saludó con un fuerte abrazo. Estaba un poco más gordo e igual de pelado que la última vez que se habían visto, hacía cinco años, cuando Minerva dejó de trabajar en la mina de Cerro Retaguardia para irse a Entrevientos. La barba larga hasta el pecho, ahora más blanca que negra, lo hacía aparentar cinco años más de los cuarenta y cinco que en realidad tenía.

Después de conversar un buen rato entre todos para romper el hielo, Pezzano juntó las manos en una sonora palmada.

—Bueno, ¿les parece si hablamos de negocios? —dijo.

Se acomodaron en los sillones, alrededor de la chimenea. Minerva quedó justo enfrente de Mac. Lo observó disimuladamente durante un segundo. No era increíblemente atractivo, pero tenía algo. Sobre todo, cuando sonreía.

—Mi papel es secundario, señores —arrancó Pezzano—. De hecho, no voy a poner un pie en la mina.

—¿En serio? —preguntó Pólvora, que se había vuelto a acostar, ocupando él solo uno de los sillones.

—En serio. Mi rol en esto es de consejero y, más que nada, financista. Porque el plan de esta inteligentísima mujer es brillante, pero también muy caro de ejecutar. Señores, les presento a su jefa.

Mac aplaudió, y de a poco los otros miembros de la banda se le unieron. Ella les agradeció con una sonrisa.

—Minerva —dijo—. Quedamos en que me llamo Minerva. Y gracias por el aplauso, sobre todo porque todavía no saben lo que les voy a proponer.

—Yo confío en Mario a ciegas —dijo Pólvora.

—¿Mario? —preguntó ella, exagerando una expresión de desconcierto—. No conozco a ningún Mario.

Pólvora señaló a Pezzano.

—El Banquero —corrigió Minerva—. Es muy importante que nos dirijamos el uno al otro con los apodos. Al principio puede que sea difícil, porque algunos de nosotros nos conocemos desde hace años. Pero el día del golpe no se nos puede escapar un nombre sin querer, así que vayamos desde hoy mismo acostumbrándonos. A partir de este momento no existe Mario Pezzano, sino el Banquero.

Los cinco hombres asintieron.

—Muy bien. Empecemos —dijo ella, y se levantó con un gesto casi inconsciente la manga izquierda—. Ya todos saben que el objetivo es Entrevientos, una mina de oro operada por la multinacional canadiense Inuit Gold.

—Entrevientos —repitió el Cerrajero, que entre mate y mate jugaba con el cubo de metal—. Se partieron la cabeza. Ese nombre le vendría bien a cualquier lugar de la Patagonia, ¿no?

—Así es como se llamaba el campo donde está el yacimiento —apuntó Norberto Segura.

—Correcto —dijo Minerva—. Entrevientos produce oro donde antes se criaban ovejas. Treinta y nueve mil hectáreas en el medio de la nada.

—Mierda, es grandecita —observó Pólvora.

—Y muy diferente a cualquier lugar que hayan podido robar antes. Por eso es fundamental que cada uno haga su parte a la perfección, como si fuéramos una orquesta. Por ejemplo, vamos a necesitar a alguien que conozca los caminos de la zona como si fueran el patio de su casa. Y no existe nadie mejor que... —Minerva señaló a Segura, a punto de decir el apodo que había pensado para él, pero su viejo compañero de trabajo se le adelantó.

—Soy el único nacido en la Patagonia. Así que me pueden llamar «el Pata».

—Muy bien —prosiguió Minerva, dirigiéndose al resto—. Con esa cara de buda que le ven, el Pata fue uno de los piratas del asfalto más exitosos de los años noventa.

—Terminé preso, así que tan *crack* no soy.

—Además de ser experto en camiones, trabajó durante un año en la mina de Cerro Retaguardia, muy parecida a Entrevientos.

—¿Te echaron? —preguntó Pólvora.

—Es una historia larga. Pero sí.

—También tenemos el honor de contar con el Banquero —dijo Minerva señalando a Pezzano—. La persona que más bancos robó en la historia de la Argentina.

—Treinta y dos —acotó con una sonrisa.

Minerva hizo una pausa para ver si, en un arranque de vanidad, Pezzano mencionaba el Banco Río. Pero cuando el hombre volvió a pronunciar palabra, fue para desviar la atención.

—Y yo me traje a un par de amigotes —dijo, señalando a Pólvora y a Mac—. A Pólvora lo conozco desde hace más de quince años. Uno de sus primeros trabajos lo hizo conmigo, ¿te acordás?

—Como para no acordarme.

—Y a Mac también lo conozco desde hace una vida. Más aún que a Pólvora. Nunca trabajé con él, pero no porque yo no se lo haya ofrecido.

Mac levantó la mano, como pidiendo permiso para hablar.

—A mí me gustaría dejar clara una cosa —dijo—. Yo no... digamos que no soy del palo.

—¿Qué querés decir? —preguntó el Pata.

—Que este sería mi primer robo.

El Pata miró a Minerva, desconcertado.

—¿Vamos a traer a alguien virgen a un trabajo así de grande?

—Tan grande que no se puede hacer sin una persona como él —intervino Pezzano.

—Esperen —dijo Minerva—. Si esto sale mal, terminamos presos. O peor. Así que nadie va a hacer nada con lo que no se sienta cómodo. Lo único que les pido es que durante estos días escuchen el plan con la mente abierta y lo piensen. La decisión la toman al final, ¿les parece?

Los hombres asintieron.

—Ya que estamos de presentaciones, a este lo traje yo —dijo Pólvora dándole una palmada en el hombro al Cerrajero—. Especialista en cerraduras y mecanismos de seguridad. En los ratos libres es cerrajero de verdad.

—Cajas fuertes y puertas blindadas también, supongo —preguntó el Pata.

Pólvora y el Cerrajero se miraron con una sonrisa cómplice.

—Con un juego de ganzúas, te abre hasta el culo de una Barbie —dijo Pólvora.

—Abrir, abro. Lo que nunca logré fue cerrarle la boca a este animal.

CAPÍTULO 8

San Rafael, Mendoza, Argentina.

—¿Alguno de ustedes tres ha estado en la Patagonia? —preguntó Minerva.

Mac y el Cerrajero negaron con la cabeza. Pólvora asintió.

—Yo fui a Bariloche con los de la secundaria —dijo.

—¿Terminaste la secundaria? —preguntó el Banquero.

—No, dejé en tercer año. Pero cuando los de mi curso llegaron a quinto, los convencí de que me dejaran ir con ellos.

—El lugar al que vamos a ir no tiene absolutamente nada que ver con Bariloche —aclaró Minerva—. Acá no hay bosque, ni montañas, ni lagos, ni perros San Bernardo con los que sacarte fotos.

—Bariloche es un decorado de cine —acotó el Pata, que preparaba la siguiente ronda de mate.

Minerva se puso de pie y presionó el interruptor de la luz. El domo quedó iluminado únicamente por el brillo naranja de las llamas. Mientras se dirigía hacia la mesa, se secó disimuladamente el sudor de las palmas en los costados del pantalón. Agarró el aparatito que había dejado junto a su computadora y apretó uno de los botones. El pequeño proyector portátil se activó, dibujando un mapa de la Argentina sobre la pantalla de lona que Mac había desplegado unos minutos antes.

—Para los que vienen flojos en geografía, Santa Cruz está a la altura de las Islas Malvinas —dijo, señalando la punta sur del continente americano, justo por encima de

Tierra del Fuego—. Es la segunda provincia más grande de la Argentina y la que menos densidad de población tiene. Poco más de un habitante por kilómetro cuadrado.

Apretó de nuevo el botón y el contorno de Santa Cruz se remarcó en el mapa. Luego apareció un punto rojo al noreste.

—Acá pasa todo. Esta es la mina de Entrevientos.

—Está lejísimos —dijo Pólvora.

—Dos mil kilómetros a Buenos Aires. Trescientos al aeropuerto más próximo.

—El pueblo más cercano es Puerto Deseado —añadió el Pata—. Quince mil habitantes. Está a ciento diez kilómetros de Entrevientos.

Minerva volvió a apretar el botón del aparatito. Ahora la imagen se había ampliado a un mapa de Santa Cruz que abarcaba toda la pantalla. Alzó un dedo a modo de advertencia.

—Ojo, que los kilómetros engañan —dijo, señalando las líneas azules que cruzaban el mapa—. Miren la red de rutas pavimentadas de la provincia. El asfalto más cercano está a más de dos horas de Entrevientos.

—Me parece que ya nos queda claro —dijo Pólvora—. Está en el culo del mundo.

—Exactamente.

—¿Y eso es bueno o malo?

—Es perfecto.

CAPÍTULO 9

San Rafael, Mendoza, Argentina.

Del otro lado de la chimenea, Mac observaba a Minerva. Detrás de esa sonrisa y de esas manos que no lograban quedarse quietas, él adivinaba nervios. Algo le decía que aquella mujer era como él. Que no venía del mismo mundo que el resto de los que estaban en el comedor de su casa.

—Olvídense del tipo con sombrero, buscando pepitas con el agua hasta las rodillas —decía ella—. La minería de la que les hablo se dedica a extraer entre veinticinco y treinta gramos de oro por cada tonelada de tierra que procesa. En proporción, es equivalente a recuperar la sal que hay en un guiso.

En la pantalla apareció la foto aérea de una planta industrial. A Mac le recordó a la enorme cementera por la que pasaba siempre que iba a Mendoza.

—Señores, les presento a la planta de procesos de Entrevientos. De las treinta y nueve mil hectáreas del yacimiento, estas doce son el corazón de todo. Acá entran piedras y salen lingotes.

Mac recorrió con la mirada aquel mastodonte de metal en medio de la planicie estéril. Reconoció un silo, una enorme cinta transportadora y tanques cilíndricos grandes como piscinas olímpicas. Luego miró de reojo al resto de la banda. Salvo el Pata, que había trabajado en un lugar muy parecido, el resto tenía la expresión teñida de desconcierto y fascinación.

—Lingotes —acotó Pólvora, apoyando el puro en el cenicero que balanceaba sobre el pecho—. Ahora sí que me interesa. Me estaba quedando dormido.

Minerva se quitó una pulsera y la pasó entre sus compañeros.

—Los lingotes son de una aleación de oro y plata llamada doré. Ese es el producto final de la mina.

Cuando la pulsera llegó a sus manos, Mac la examinó con detenimiento. Un guanaco y un puma de color dorado pálido, hechos con un nivel de detalle impecable.

—Acá está la *gold room* —continuó Minerva. Ahora el puntero láser señalaba una construcción de chapa negra—. Ahí es donde se derrite el metal en los hornos de fundición y se vierten los lingotes. Esta puerta, en un costado, es el acceso de vehículos. Por ahí entra cada diez días un camión blindado y se lleva el doré que hay en la bóveda.

—Otra palabra que me gusta. Bóveda —dijo Pólvora.

—Es una cámara acorazada cúbica, de cinco metros de lado. Está exactamente en el centro de la *gold room*. Las paredes y el techo son de hormigón macizo con triple malla de acero. Treinta centímetros de grosor.

—¿Cámaras de seguridad en el interior? —preguntó Mac.

—Cuatro, una en cada esquina. También hay sensores de movimiento y sísmicos.

—¡Ni que adentro hubiera oro! —dijo el Pata.

Mac rió. Le caía bien ese tipo.

—Las puertas son dos hojas de acero de un metro por dos, con núcleo de hormigón de quince centímetros —explicó Minerva—. Seiscientos kilos cada una.

—El Banquero me dijo que tiene una Kollmann-Graff de combinación —intervino el Cerrajero—. ¿Llave también?

—No. Sólo combinación —respondió Minerva—. Por lo que pude averiguar, los mecanismos Kollmann-Graff vienen de cuatro y de cinco ruedas.

—Correcto —asintió el Cerrajero—. Si no sabemos qué modelo hay instalado, es preferible asumir que es el de cinco.

—¿Podés conseguir una cerradura idéntica para estudiarla?

El Cerrajero levantó el cubo de metal con el que había estado jugando desde que había llegado. Apretó un pequeño botón y una de las caras se abrió, dejando a la vista un mecanismo que a Mac le recordó al interior de un reloj.

—¿Eso es una Kollmann-Graff de cinco ruedas? —preguntó Minerva.

—Esto es únicamente el dial de combinación y las ruedas. Faltan los pernos de cierre. Pero traerme desde Salta una puerta que pesa diez veces más que yo se me hacía bastante complicado.

La sala se quedó en silencio ante la verborragia del Cerrajero, que hasta ahora no había dicho más que frases cortas.

—¿Cuánto tardás en abrirla? —preguntó el Pata.

—¿Esta? Entre nueve y doce minutos, pero en un par de semanas espero bajar a seis. Hablando de eso, voy a necesitar que cada vez que la abra, alguien cambie la combinación.

Pólvora se irguió en el sofá y miró a Minerva.

—Yo, por las dudas, me encargo de conseguir una lanza térmica y tanques de oxígeno. Por si hay que perforar la puerta —dijo, dándole un par de palmadas en la espalda al Cerrajero—. Seguramente no los vamos a necesitar, pero nunca se sabe.

El Cerrajero encogió los hombros. A Mac lo alentaba ver que el muchacho se tenía confianza, pero le parecía sensato lo que planteaba Pólvora.

—¿Quién tiene la combinación para abrir la bóveda? —preguntó el Banquero.

—Una parte el jefe de fundición, otra el gerente de planta y otra el gerente de seguridad —respondió Minerva—. Los tres tienen que estar presentes para abrirla cuando hay que guardar una tanda de lingotes y cada vez que viene el blindado a llevárselos.

—¿A dónde van esos blindados? —preguntó Mac. Con cada respuesta de Minerva le surgían diez nuevas dudas.

—A Comodoro. De ahí se llevan los lingotes en avión

a Buenos Aires. Después se mandan a refinerías de Estados Unidos o Europa, donde separan el oro de la plata. Antes salían en barco por Puerto Deseado, pero parece que está empezando a haber piratería.

—Donde hay un cargamento valioso, estamos los piratas —acotó el Pata tapándose un ojo con la mano mientras la risa le hacía temblar la prominente barriga—. ¿Cuánto doré se suele llevar el blindado en cada viaje?

—Unos cinco mil kilos. En promedio, cuatro y medio por ciento oro y el resto, plata. Trece millones de dólares en valor de mercado.

CAPÍTULO 10

San Rafael, Mendoza, Argentina.

Minerva notó que las manos ya casi no le transpiraban. Bien.

—¿Cómo nos vamos a llevar cinco mil kilos de ahí? —preguntó Pólvora.

Ella miró por las ventanas triangulares del comedor. Los árboles ahora bloqueaban el sol bajo de la tarde.

—¿Explico el plan de salida? —le preguntó a Mac en tono cómplice.

El dueño del lugar negó con la cabeza y se golpeó los muslos con las manos abiertas.

—Señores —dijo, levantándose de la silla—, esto no va a ser todo hablar y hablar. También tenemos que conocernos, ver cómo somos en acción. Por eso el Banquero propuso que nos juntáramos acá. Aprovechemos antes de que se nos vaya el sol. Síganme. A la noche ya tendremos tiempo de seguir dándole a la sin hueso.

—¿Me estás diciendo que somos una banda de ladrones a punto de hacer un ejercicio de *tin bildin*? —preguntó el Pata—. ¿Qué es esto, un encuentro de representantes de Avón?

—Dudo que la gente de Avón haya hecho nunca lo que estamos por hacer nosotros —le respondió Mac, y abrió la puerta que conectaba los dos domos.

Minerva fue la última de los seis miembros de la banda en pasar a la recepción. Mac entregó cascos y arneses. Cuando le llegó el turno a ella, notó que él la recorría de arriba abajo con una mirada indecisa.

—¿Qué te pasa? —le preguntó.

—No, nada. Estoy pensando en qué tamaño de arnés te va a ir mejor. Probá con este.

En aquel momento, sonó un teléfono. Mac se palpó el bolsillo y, tras mirar la pantalla del aparato, sonrió. Les hizo un gesto para que lo esperaran un minuto.

—Hola —dijo, y enfiló hacia la salida.

Minerva lo miró irse. Le quedaba muy bien el pantalón caqui lleno de bolsillos.

—¿Cómo estás, mi amor? —lo escuchó decir, con un tono un poco cursi, antes de trasponer el umbral.

Normal, pensó ella. *Un tipo así no iba a estar soltero.*

Después de un par de minutos, Mac volvió junto a la banda, se disculpó por la interrupción y continuó equipándolos con cascos y arneses. Abandonaron la recepción al compás del tintineo de mosquetones. Afuera, la tarde de otoño ya había empezado a refrescar.

Mac se detuvo frente a un eucalipto con varios escalones clavados en el tronco. Minerva miró hacia arriba. Un cable de acero salía del árbol y se internaba en el bosque. Mientras se ajustaba el casco, recordó el viaje con sus padres, veinticinco años atrás, a la Serralada del Cadí, en los bosques del Prepirineo. Aquella había sido la única vez que Minerva se había subido a una tirolina.

Tirolina. Sonrió al pensar en esa palabra. Llevaba más de media vida viviendo en Argentina y todavía se le colaba de vez en cuando algún término del otro lado del charco. Durante la adolescencia, recién trasplantada de Barcelona a Rawson, había hecho un esfuerzo consciente para borrar todo rastro de su acento y hablar como el resto de sus compañeros de secundaria. Decir tirolina en vez de tirolesa habría causado que se rieran, algunos con simpatía y otros con sorna.

Hablá bien, gallega.

Ahora, más de veinte años después, cuando los vestigios de su castellano ibérico afloraban con los recuerdos lejanos, como una tirolina, sentía una nostalgia dulce. A veces tan dulce que hasta le daban ganas de ir a Barcelona e intentar recomponer la relación con sus padres.

—El circuito verde es demasiado fácil —anunció Mac levantando los pulgares—, así que vamos a empezar por el azul.

—Paren. Paren un poco —dijo el Pata pasándose una mano por la cabeza afeitada—. Yo le tengo un poco de cagazo a las alturas. ¿Por qué no empezamos por el fácil?

Pólvora soltó una carcajada. Resultó ser una de esas personas que, después de reírse, aspiraban aire por la garganta como si estuvieran imitando a un cerdito. Minerva pensó que si aquello fuera una película, un tipo con el currículum de Pólvora jamás tendría esa risa.

—¿No tenés problema en chorear una mina de oro pero te da miedo subirte a un árbol?

—Una cosa no tiene nada que ver con la otra —intervino Minerva, que se veía venir una discusión entre los dos.

—El azul y el verde tienen la misma altura, Pata —matizó Mac—. Vos vení con nosotros y, si en algún momento te da demasiado miedo, te bajamos.

—¿Y si se cae? —preguntó, señalando el cable encima de sus cabezas.

—¿Cómo se va a caer? Estas líneas las instalé con mis propias manos. ¿Sabés el pedazo de juicio que me puedo comer si se corta una y se mata alguien?

Minerva empezaba a entender por qué el Banquero había elegido a Mac a pesar de que nunca antes hubiese participado en un robo. No cualquiera podía construir algo así.

—Tranquilo, que va a estar todo bien —continuó Mac, palmeándole la espalda al Pata. Después subió de dos en dos los escalones clavados al tronco.

—Vayan viniendo de a uno —les dijo desde una plataforma cuadrada cuatro metros más arriba.

Pólvora había empezado a subir antes de que el dueño del lugar terminara de hablar. Desde abajo, Minerva observó cómo Mac lo ponía en posición y le explicaba lo que tenía que hacer con la polea y los mosquetones.

—¿Listo? —preguntó Mac en tono alto, mirando a los cuatro que esperaban abajo.

—¡Siempre! —exclamó Pólvora y dio un paso hacia adelante, abandonando la plataforma. Mientras se deslizaba por el aire, soltó un grito de celebración.

Minerva fue la siguiente en subir. Arriba, Mac le ajustó las tiras del arnés que le rodeaban los muslos y le dio las mismas indicaciones que a Pólvora.

—Primero enganchás el mosquetón. Bien. Después ponés la polea sobre el cable y metés el mosquetón en la muesca. Perfecto. Parece que lo hubieras hecho antes. ¿Te tiraste alguna vez en tirolesa?

—Hace muchísimo tiempo.

—Entonces no te preocupes, esto es como andar en bicicleta.

Minerva miró hacia adelante. El otro extremo del cable estaba unido a un árbol de lo más extraño. Donde el tronco debería tocar la tierra había una vieja carcasa de automóvil pintada de rojo. Y, por donde alguna vez había estado el parabrisas, se abría paso el eucaliptus que sostenía la plataforma en la que Pólvora saltaba, feliz como un niño.

—¿Eso qué es? —preguntó.

—Un árbol buscando la luz.

—Increíble —dijo ella y dio un paso adelante.

Sintió como si alguien le empujara el estómago hacia arriba. Después notó el viento en la cara y el ruido de la polea llevándola a toda velocidad hacia la plataforma del árbol-coche. Y sonrió.

CAPÍTULO 11

San Rafael, Mendoza, Argentina.

Era imposible pegar un ojo la noche después de haber conocido a la banda con la que planeabas un robo millonario. Por eso, cuando Minerva salió del pequeño domo que le servía de habitación, no le sorprendió ver luz en las ventanas triangulares del comedor.

Dentro se encontró a Mac. Se había cambiado la camisa, y ahora tenía puesto un suéter fino de manga larga que se le pegaba al cuerpo. Estaba inclinado sobre la mesa, dibujando el esquema de una de sus tirolesas en una libreta.

—Otra con insomnio —le dijo al verla entrar—. ¿Querés un té de valeriana? Dicen que ayuda a dormir.

—Bueno —aceptó ella—. Aunque creo que hoy no pego un ojo ni con un té de clonazepam.

—No tenés pinta de estar muy acostumbrada a esto.

—Es cierto. Es la primera vez que me alojo en una pelota de golf gigante enterrada en el bosque.

Mac negó con la cabeza y soltó una risita.

—Vos tampoco estás acostumbrado —agregó ella.

—Lo construí...

—Sabés a lo que me refiero. ¿Ves a alguien más acá? —dijo señalando alrededor—. ¿Será casualidad que somos nosotros dos los que tenemos insomnio?

—Yo no estaría tan seguro de que los otros están durmiendo —le dijo él, señalando la ventana.

Minerva pegó la cara a uno de los vidrios triangulares. En los domos del Cerrajero y del Pata, el resplandor azulado de las pantallas de los teléfonos teñía las cortinas.

El Banquero tenía una luz amarillenta encendida, probablemente para leer alguno de sus libros sobre inversiones. El único a oscuras era el de Pólvora.

Mac se aclaró la garganta antes de volver a hablar.

—Hace un ratito estaba hablando de vos con Pólvora —dijo, extendiéndole una taza humeante.

—Hablando bien, supongo.

Probó la bebida. Le quemaba un poco los labios, pero olía de maravilla.

—Ni bien ni mal. Hablando.

—¿De qué?

—De que sos una persona con estudios y experiencia en una industria que paga muy bien, ¿por qué querés tirar todo por la borda?

Inconscientemente, Minerva se miró la muñeca. El puma y el guanaco parecían más dorados a la luz de las llamas.

—Yo podría hacerte la misma pregunta. Sos dueño de un parque de diversiones, te nombran emprendedor del año y, por lo que vi en internet, no te faltan clientes.

—Justamente, lo hago por esto —dijo, señalando alrededor—. El terreno no es mío. Bueno, mejor dicho, no es únicamente...

Entonces se paró en seco y frunció el entrecejo.

—¿Cómo es que te pregunto por tus motivos y a los treinta segundos estamos hablando de mí?

—A veces el viento cambia —dijo Minerva—. Pero dale, ya que empezaste, contame. Después sigo yo.

—Esta tierra la heredó mi viejo de su viejo, un inmigrante de Liguria. Cuando mi abuelo llegó a San Rafael, en vez de dedicarse al vino y a la fruta como todos los italianos que venían a Mendoza, siguió haciendo lo que hacía en Italia: ser chatarrero. Y no le fue mal. Apenas pudo, compró el terreno. Estaba totalmente pelado, como todos los que hay alrededor. Plantó uno a uno los árboles para que se pareciera un poco más al bosque donde había nacido.

—Ya me cae bien. ¿Lo conociste?

—No. Él y mi abuela murieron cuando mi papá era

joven. Mi viejo era hijo único, así que heredó la tierra y también el negocio. Pero él era muy distinto a mi abuelo. A él los árboles y la tierra le daban lo mismo. En su cabeza lo único que importaba era a cuánto compraba y a cuánto vendía el kilo de chatarra. No sabés lo que era este lugar hace veinte años. Hierro y porquería por todos lados.

Minerva recordó el vehículo atravesado por el grueso eucaliptus.

—Otra diferencia entre mi abuelo y mi padre, la fertilidad. Yo soy el segundo más chico de seis hermanos. Nos criamos todos acá, correteando entre árboles y mugre. A mi viejo le fue pésimo en el negocio, así que fuimos una familia pobre. Feliz, pero pobre. Cuando nos hacía falta algo, la pregunta no era dónde comprarlo sino cómo fabricarlo. A mí me pusieron Mac en el colegio por eso. Decían que con una navaja suiza y un rollo de alambre te construía una bicicleta.

—Pensaba que el apodo te lo había puesto el Banquero.

Mac negó con la cabeza.

—De todas formas, si hiciste todo esto vos solo, es un sobrenombre apropiado —dijo ella, señalando alrededor.

—Cuando murió mi viejo, la tierra la heredamos los seis hermanos. El más grande es albañil, y hace dos años se agarró la mano con el engranaje de una mezcladora de cemento. Tiene un muñón a la altura del codo. Al que le sigue, que es camionero, le acaban de diagnosticar cáncer de colon. Y después está mi hermana más chica, a la que hace un año la dejó el marido con un bebé recién nacido.

—Qué bajón.

—Si vendemos, tres de mis hermanos pasan de estar muy mal económicamente a estar bien. Y yo no les puedo decir que no, ¿entendés? Esta tierra es tan suya como mía.

—Vas a usar lo del robo para comprarles sus partes.

Mac asintió.

—No me puedo quedar sin este lugar. Es mi casa, donde me crié. Además, es único.

—Es verdad. Estos domos son alucinantes.

—No me refiero a eso. ¿Cuántas hectáreas de bosque viste desde San Rafael hasta acá?

—Casi ninguna.

—Yo construí unas estructuras raras, sí, pero mi abuelo hizo magia. Transformó un pedazo de tierra árida en un paraíso verde. Acá crió a mi papá, y mi papá a nosotros. Yo también quiero que mis hijos crezcan en este lugar.

Dijo «mis hijos» con tanta ternura que Minerva supo que hablaba de personitas de carne y hueso que ya existían. Quizás el «¿Cómo estás, mi amor?» que había pronunciado unas horas atrás al atender el teléfono iba dirigido a uno de esos hijos.

—Tu turno —le dijo él.

—Lo mío es un poco más largo.

—Tenemos tiempo.

La miró a los ojos. Ella observó sus pupilas negras, fijas y tranquilas. Eran amables, como unos brazos abiertos.

—Hagamos una cosa —le dijo—. ¿Qué te parece si mejor te la cuento en una playa del Caribe mientras nos abanicamos con billetes de cien dólares?

—Me dijiste que yo te contara lo mío y después vos lo tuyo.

—Y te lo voy a contar, te lo prometo. Es más, los mojitos los pago yo.

Ella le ofreció la mano. Él sonrió y se la estrechó a regañadientes.

—Te tomo la palabra.

La sonrisa con la que la miró podía significar dos cosas muy distintas. O la madre de esos hijos era parte de su pasado, o Mac era otro adúltero profesional de esos para los que ella parecía tener un imán.

En cualquier caso, se dijo Minerva, *este tipo ahora es la última de mis preocupaciones.*

CAPÍTULO 12

Tres días después.

Minerva fue la última en levantarse. En el comedor se encontró a todos los miembros de la banda en alguna etapa del desayuno. Igual que los tres días anteriores, Mac había puesto sobre la mesa saquitos de té y de café, leche, pan, mermelada y una tostadora.

—Minerva, ¿te vamos a tener que cambiar el apodo a Bella Durmiente? —preguntó el Pata.

Soltó un gruñido y miró su teléfono. Las diez menos cuarto de la mañana. Se preparó un té con leche y dos tostadas con mermelada. Apenas se sentó a la mesa, el Cerrajero le dio la Kollmann-Graff para que le cambiara la combinación. En tres días, la había adivinado más de cuarenta veces. El récord de apertura había sido cinco minutos y medio. La vez que más había tardado, casi media hora.

—¿Cuándo lo haríamos? —le preguntó Pólvora. Por lo hinchados que tenía los ojos de gato, no se había levantado mucho antes.

Antes de responder, se permitió unos instantes para masticar despacio el trozo de tostada que tenía en la boca. Estos tipos todavía no se habían enterado de que odiaba que le hablaran cuando recién se levantaba.

—Dentro de dos meses —dijo, con la mirada en su té con leche.

Era el último día en San Rafael. Habían dedicado los tres anteriores a discutir el plan de cabo a rabo. Desde cómo iban a poner un pie en Entrevientos hasta cómo iban a llevarse cinco mil kilos de metal. Estudiaron cada detalle de la mina: la infraestructura de comunicaciones, la cadena de provisión de combustible, los protocolos de seguridad de la *gold room* y hasta el tamaño de las habitaciones donde dormían los empleados. Ya no había nada más que pudieran hacer a dos mil kilómetros de distancia.

—Nos vemos en dos meses, entonces —dijo el Banquero.

—¿Hay margen de maniobra con la fecha? —preguntó el Pata con un mate en la mano.

Ella dejó la tostada sobre el plato con un movimiento que podría haber sido más suave. No iba a poder desayunar tranquila.

—Muy poco —dijo—. La mina cambia constantemente. Hoy las cosas se hacen de una manera y la semana siguiente pueden ser al revés. Entrevientos lleva menos de dos años produciendo, así que ajustan procedimientos todo el tiempo. También hay mucha rotación de personal, sobre todo jerárquico, y eso trae cambios. Mientras más tiempo pase, más riesgo hay de que el plan no contemple algún detalle crucial.

—¿A vos cuándo te echaron? —preguntó Pólvora.

—Hace cinco meses.

—O sea que tu plan podría ser obsoleto.

—Lo voy actualizando. Tengo acceso a todos los servidores de archivos. Cuando me fui de la mina, tardaron un par de días en cambiar las contraseñas. Eso me dio tiempo a entrar en la red y crearme un usuario con derechos de administrador.

—¿Podríamos adelantar la fecha?

Minerva negó con la cabeza y probó el té. Todavía estaba demasiado caliente.

—Tiene que ser en pleno invierno, sí o sí. Primero, porque los trabajadores reducen al máximo sus salidas a pie. En cambio, si hay buen tiempo, algunos aprovechan sus horas de descanso para salir a pasear. También hay más gente fumando afuera de los módulos.

—¿Y segundo?

—Segundo, porque va a haber menos tráfico en la ruta provincial que pasa por el acceso al yacimiento. Es de ripio y de por sí poco transitada, pero en verano hay gente que la usa para ir a acampar a Bahía Laura o Punta Buque.

—Pescadores, sobre todo —apuntó el Pata—. En esas playas salen unos róbalos enormes. También los peones de los campos suelen pasar más tiempo afuera en verano.

—¿Cómo vamos a definir el día exacto? —le preguntó Mac.

Minerva le dio otro bocado a la tostada antes de responder.

—Los blindados suelen venir cada diez días y se llevan unos cinco mil kilos de doré. El ritmo de producción no es perfecto, así que el blindado no viene hasta que el gerente de planta lo pide por email a la empresa de transportes. Por contrato, está obligado a avisarles con cuarenta y ocho horas de antelación.

—¿Y vos podés leer los emails de ese tipo?

—Los de él y los de cualquier otro empleado de Entrevientos.

El Pata le sonrió y le mostró un puño, como quien festeja un gol. Minerva miró al resto de sus compañeros. Pólvora, que jugueteaba con un puro apagado entre los dedos, no parecía muy convencido.

—La próxima vez que nos reunamos va a ser para hacer el reconocimiento y dejar preparado el golpe —les dijo—. Si alguien se quiere echar atrás, ahora es el momento.

—Yo voy —dijo el Pata.

—Yo también —agregó el Cerrajero.

—Ahí estaremos —dijo Mac.

Se hizo un silencio en el comedor.

—¿Pólvora? —preguntó el Banquero.

Pólvora dejó caer el puro sobre la mesa y alzó la mirada hacia Minerva.

—Yo la decisión la tomé hace tres días. Cuando dijiste por primera vez la palabra lingote.

PARTE III:

Mise en place

CAPÍTULO 13

Caleta Olivia, Santa Cruz, Argentina. Dos meses después.

El autobús que cruzaba la Patagonia desde Trelew a Río Gallegos llegó al control policial de Ramón Santos. Minerva apoyó la cabeza en la ventanilla y vio que un policía de uniforme azul intercambiaba unas palabras con el conductor. Luego oyó el sonido neumático de la puerta al abrirse.

El policía recorrió asiento por asiento, pidiendo documentación a los pasajeros. No era usual. Sólo había controles así de estrictos cuando buscaban a alguien en concreto.

—Documento —repitió el oficial cuando le llegó el turno a Minerva.

Le entregó el DNI falso con el que había comprado el pasaje. Era la primera vez que lo usaba con un oficial de la ley. El hombre anotó el nombre y el número y le devolvió la tarjeta antes de continuar con el pasajero de atrás.

No se permitió relajarse hasta que el vehículo volvió a ponerse en marcha. Entonces sonrió. La próxima vez que se detuvieran, ella habría llegado a su destino.

Recorrieron cincuenta kilómetros más por una ruta tan pegada a la costa que hacía unos años habían tenido que desplazarla cien metros más adentro, porque el acantilado había socavado el asfalto.

Finalmente, aparecieron las primeras construcciones frente al mar. Ya estaba en Caleta Olivia.

***

—¿Qué les parece? —preguntó el Pata, mirándolos a ella y al Banquero, que habían llegado casi al mismo tiempo.

Les acababa de mostrar la casa de seis habitaciones que había alquilado en el centro de Caleta Olivia, apenas a trescientos metros del famoso Gorosito, un monumento al obrero petrolero de diez metros de alto.

—Es perfecta —dijo ella—. Por acá circula mucha gente todo el tiempo. Vamos a pasar bastante desapercibidos.

El plan para las siguientes semanas era hacer trabajos de reconocimiento y dejar todo preparado para el día del robo. Si no había contratiempos, darían el golpe en menos de un mes.

La elección de Caleta Olivia como lugar de reunión no había sido azarosa. A pesar de que estaba a tres horas y media de Entrevientos, era la ciudad más cercana. Habían considerado juntarse en Puerto Deseado, a dos horas de la mina, pero allí Inuit Gold tenía oficinas y alguien podía reconocer a Minerva. Además, en un pueblo chico los rumores corrían demasiado rápido.

El resto de la banda fue llegando durante la tarde, cada uno sin más que ropa en el equipaje. Las armas, la lanza térmica con los tubos de oxígeno y todas las herramientas y materiales los había traído el Banquero en la bodega del Maese, que ahora estaba atracado en el puerto de Caleta Olivia.

Cenaron unas pizzas que habían amasado entre el Banquero y Mac, peleándose por quién de los dos tenía más sangre italiana. El primero decía a cada rato «*Non esiste un nome più italiano di Mario Pezzano*». El otro describía al detalle el pueblo de sus abuelos en Liguria, en el que no había estado nunca.

Durante la cena se habló de cerraduras, armas, explosivos y camiones.

—¿Jugamos un truco? —dijo el Banquero mostrando un mazo de cartas cuando terminaron de cenar.

—Yo me voy a dormir, estoy re cansado —anunció el Cerrajero, acercándole a Minerva la Kollmann-Graff.

—Le cambié la combinación antes de cenar.

—Y yo la abrí cuatro minutos después.

Increíble, pensó Minerva, dándole la espalda para elegir cinco nuevos números. Apenas se la devolvió, el Cerrajero desapareció por la puerta que daba a las habitaciones.

—Yo también estoy molido —se excusó el Pata, pasándose la mano por la cabeza rapada.

—Quedamos cuatro, entonces —dijo el Banquero—. ¿Hacemos el primero por quinientos mangos, les parece?

***

—¡Poniendo estaba la gansa! —gritó el Banquero con la voz envalentonada por el vino.

El siete de espadas que acababa de apoyar sobre la mesa los había proclamado a él y a Pólvora vencedores frente a Mac y Minerva.

—Quinientos mangos por cabeza.

Minerva sacó quinientos pesos de su cartera y los puso sobre la mesa.

—¡Por cabeza no habíamos dicho! —protestó Mac con una sonrisa pícara.

—No te hagas el vivo. Dijimos quinientos cada uno. ¿Qué querés, que la próxima te hagamos firmar un contrato? —bromeó el Banquero.

Negando con la cabeza, Mac sacó la billetera del bolsillo trasero de su pantalón. El gesto hizo que se le marcaran los pectorales y Minerva desvió la mirada hacia la billetera. Entre los billetes y el DNI falso, vio una foto. Solo fue una fracción de segundo, pero le bastó para distinguir que junto a Mac posaban una mujer y tres niños.

—Si quieren, les damos la revancha —dijo Pólvora, recogiendo los billetes.

—Yo estoy un poco cansada —dijo ella—. Me voy a dormir.

CAPÍTULO 14

Camino a Entrevientos. Cuatro días después de reunirse en Caleta Olivia.

Mac miraba el campo estéril por la ventanilla de la Sinpapeles, una Galloper de siete asientos que el Pata le había comprado, en efectivo, a un gitano en Caleta Olivia. No había sido fácil encontrar una cuatro por cuatro con transmisión automática, pero Minerva se había negado a que usaran una manual. El plan era el plan.

El nudo en el estómago se le iba apretando a medida que avanzaban. Hacía una hora y media que habían salido de Caleta Olivia hacia el sur. Se preguntó si a Minerva, que ya había recorrido aquel camino cientos de veces, le pasaría lo mismo.

Ahora estaban detenidos en el cruce de la ruta asfaltada, por la que habían venido, y una de ripio que salía hacia la izquierda.

—La policía de Caleta Olivia y de Ramón Santos va a hacer el mismo camino que estamos haciendo nosotros —explicó Minerva—. Van a venir por el asfalto y se van a desviar acá.

Le indicó al Pata que se metiera por el ripio. Continuaron casi sin hablar durante tres cuartos de hora. Mientras la Sinpapeles vibraba avanzando sobre los serruchitos que el viento y el tráfico formaban sobre la tierra seca, Mac se dedicó a observar a cada uno de sus compañeros. El Pata iba serio al volante. El Cerrajero de vez en cuando le tocaba el hombro a Minerva para pedirle que le cambiara la combinación de la Kollmann-Graff. Pólvora miraba por la ventanilla en silencio. El Banquero tenía los ojos cerrados.

Cuarenta minutos después de abandonar el asfalto, Minerva señaló un camino, también de ripio, que se unía al que ellos transitaban.

—Por ese va a venir la policía de Puerto Deseado, que van a ser los primeros en llegar.

La ruta fue abandonando de a poco la meseta plana para descender entre grandes lomas de tierra que a Mac le hicieron acordar a los cerros cerca de su casa en San Rafael. Seis kilómetros más adelante, llegaron a un puente de piedra.

—Ese es el río Deseado —anunció Minerva.

Mac calculó que el puente tendría unos veinticinco metros de largo y era lo suficientemente ancho como para que pasaran dos vehículos. Mientras lo cruzaban, observó el lecho gris, seco y cuarteado.

—¿Y el agua? —preguntó.

—En esta época del año, no tiene —explicó Minerva—. Empieza a bajar en primavera, con el deshielo en los Andes.

Del otro lado del río, el camino volvía a ascender por lomas estériles hasta aflorar de nuevo en la meseta. Continuaron durante más de quince kilómetros.

—¡Ahí está! —dijo Minerva, casi con un grito, mientras señalaba a través del parabrisas—. El famoso Puesto de Entrada.

En el horizonte, a la izquierda de la ruta, asomaban tres cajas blancas que a Mac le recordaron a contenedores de barco. Según les había explicado Minerva, aquel puesto era el único acceso a Entrevientos.

—¿Esas torres que hay alrededor son antenas? —preguntó.

—No, son reflectores. El Puesto de Entrada está prácticamente igual de iluminado de día que de noche.

Doscientos metros antes de llegar pasaron frente a una tranquera en la que un cartel humilde, de chapa pintada a mano, anunciaba «Estancia Entrevientos».

—Ahí vive el tipo con más suerte del mundo —dijo

Pólvora.

—Vivía —lo corrigió Minerva—. En cuanto firmó el contrato con Inuit, puso un par de trabajadores para que le cuiden el ganado y se mudó a Comodoro, donde tiene la familia. Es un hombre de más de setenta años que, tarde o temprano, iba a tener que dejar de trabajar en el campo. Y tuvo la suerte de que descubrieran oro en su tierra.

—¿Y por qué sigue teniendo ovejas? —preguntó Mac.

—No lo sé —respondió Minerva.

—Es difícil desprenderse de lo que le dio sentido a toda tu vida —acotó el Banquero, que ahora tenía los ojos abiertos.

—Andá bajando la velocidad —le indicó Minerva al Pata.

Mientras la cuatro por cuatro rodaba cada vez más lenta hacia el Puesto de Entrada, Mac vio que las manos de Minerva operaban a toda velocidad una radio Motorola que sostenía sobre los muslos.

CAPÍTULO 15

Puesto de Entrada. Entrevientos.

El Pata detuvo la Sinpapeles en el gran estacionamiento de tierra junto al portón cerrado del Puesto de Entrada. Las tres construcciones prefabricadas que había del otro lado de la reja le recordaron a las del acceso a Cerro Retaguardia, la mina a ciento ochenta kilómetros de ahí en la que él había trabajado durante dos años y medio.

De la más grande, que tendría treinta metros de largo por diez de ancho, no tardó en salir un empleado de seguridad joven enfundado en un uniforme negro con letras amarillas. El Pata se calzó los anteojos de sol y bajó de la camioneta con un termo en la mano. Casi inconscientemente se llevó la otra a la cabeza, para cerciorarse de que el gorro beige seguía en su lugar.

—Buenos días —dijo, tendiéndole la mano al empleado—. Estamos yendo a pescar y nos quedamos sin agua caliente para el mate. ¿Nos podrían dar un poco?

El muchacho miró la cuatro por cuatro, deteniéndose en las cañas de pescar que Mac y el propio Pata habían atado al portaequipajes.

—¿Van a pescar en pleno invierno y no llevan para calentar agua?

—Tenemos algo de leña. Cuando lleguemos allá prendemos el fuego para el asado y ahí calentamos. Pero nos faltan como dos horas.

—¿Adónde van?

—A las playas que están al sur de Bahía Laura.

—¿Ah sí? ¿A cuál?

El Pata dudó durante un segundo.

—A la primera que encontremos con un poco de reparo del viento.

—Es la primera vez que van, ¿no?

—Sí. ¿Se nota mucho?

—A esas playas hay que ir en verano. En esta época son horribles.

—Eso mismo nos dijeron unos compañeros de trabajo. Pero somos cabeza dura.

El guardia de seguridad se encogió de hombros y agarró el termo.

—Ya vuelvo —le dijo.

—Muchas gracias —respondió el Pata, y volvió a subirse a la camioneta para no esperar a la intemperie.

Dentro, Minerva hablaba a toda velocidad.

—...por esta hay nueve kilómetros de recta —decía, señalando disimuladamente el camino al otro lado del portón. Era un trazado de ripio ancho, igual o mejor que la ruta provincial por la que ellos iban—. Después hay curvas. En total son doce kilómetros hasta llegar al campamento.

—¿Esa es la balanza? —preguntó Mac, señalando una gran plataforma de metal.

—Sí. Ahí pesan los camiones de combustible que entran y salen.

—¿Y el generador dónde está?

—Atrás del módulo principal —indicó ella, señalando la gran caja blanca en la que se había metido el empleado con el termo.

—¿Estás segura de que no le llega electricidad de otro lado?

—Segurísima. Si el Puesto de Entrada no tuviera generador propio, la empresa tendría que hacer un tendido eléctrico de doce kilómetros.

—Atento Puesto de Entrada, salgo del campamento con transporte de empleados —se escuchó en la radio.

—Vamos, carajo —celebró Minerva.

—¿No usan comunicaciones encriptadas? —preguntó Mac.

—Por supuesto, pero nunca cambiaron la contraseña. Hay más de trescientos equipos de radio en el yacimiento, y para cambiar frecuencias y códigos, hay que hacerlo uno por uno.

—¿O sea que los vamos a poder escuchar? —preguntó el Cerrajero.

—Sí —sonrió Minerva apagando el aparato y lo escondió debajo del asiento.

El joven del uniforme volvió a salir y el Pata se apresuró a bajarse de la camioneta para evitar que se les acercara demasiado.

—Muchísimas gracias —dijo, tomando el termo pesado con la mano izquierda y extendiéndole la derecha para darle otro apretón.

—De nada. En realidad no estamos autorizados a hacer esto, pero yo también soy pescador.

—Entonces el agradecimiento es doble. No sabés lo pesados que se habían puesto estos con el tema del mate. A ver si ahora por fin se callan un poco.

El muchacho se despidió con una risita e hizo un ademán hacia la camioneta.

—Que pesquen mucho.

—Gracias.

El Pata volvió a ponerse al volante y la Sinpapeles se alejó del Puesto de Entrada.

—Ojalá a este chico no le toque trabajar dentro de unos días —le dijo a sus compañeros un kilómetro más adelante—. Me cayó simpático.

CAPÍTULO 16

Caleta Olivia, Santa Cruz, Argentina.

Al día siguiente, Minerva se levantó con hambre. La noche anterior habían vuelto a Caleta Olivia de madrugada, tras dar un gran rodeo para no pasar de nuevo frente al Puesto de Entrada. Había llegado tan cansada que se fue a la cama sin cenar.

Después de un desayuno que por algún milagro pudo disfrutar en silencio, se pasó la mañana junto a sus compañeros revisando el material que el Banquero había traído en el velero. Repasaron armas y herramientas, se probaron disfraces, aceitaron las bisagras de una jaula de metal.

—El último camión blindado estuvo en Entrevientos hace cuatro días —les anunció cuando terminaron de cortar en cuadraditos una red de pesca—. Estoy segura de que entre hoy y mañana el gerente de planta va a enviar un email pidiendo el siguiente. En ese momento nos queda definida la fecha exacta del golpe. Calculen entre cinco y diez días a partir de hoy.

—¿Al piloto de la avioneta quién le avisa? —preguntó Mac.

—Yo me encargo —dijo el Banquero.

—¿Estás seguro de que va a venir?

—Seguro.

Según les había contado el Banquero, había sido difícil encontrar un piloto que se animara a aterrizar en una pista de tierra cuarteada, llena de coirones y otras matas bajas, que llevaba décadas sin figurar en el listado de lugares habilitados. Difícil, pero no imposible. Por suerte, la ley de la oferta y la demanda era implacable.

Según el registro del aeroclub de Comodoro Rivadavia, la avioneta saldría hacia la localidad de Los Antiguos. Nadie, salvo ellos, sabía que en realidad aterrizaría a más de cuatrocientos kilómetros de ese pueblo.

—¿El resto está todo? —le preguntó el Banquero a Minerva.

—A ver, que te lo digan ellos —respondió ella, mirando a sus compañeros—. ¿Qué falta?

—Para mí, nada —dijo Pólvora señalando las montañas de objetos apilados.

—Falta el vehículo en el que vamos a entrar —dijo el Cerrajero sin levantar la mirada de la Kollmann-Graff.

—Eso está más que estudiado —intervino Minerva, levantando en el aire dos chapas rectangulares, idénticas.

El Pata le pidió una y la observó de cerca.

—MRG118 —deletreó en voz alta—. ¿Qué va a encontrar la policía cuando rastree esa numeración?

—Quién sabe —dijo ella—. A lo mejor un Smart de color mostaza que conduce una veinteañera ricachona por Recoleta. O un Clío que, tras una buena racha, una familia de clase media se puede permitir por primera vez. Es una secuencia aleatoria que se corresponde con un vehículo de entre tres y cuatro años de antigüedad.

—¿De dónde las sacaste?

—Las fabriqué yo —intervino Mac—. Fibra de vidrio y resina.

—¡Parecen de verdad! —exclamó Pólvora—. Tendrías que ser artista en vez de ladrón.

—Técnicamente, ladrón todavía no soy.

—¿Los perros, Pata? —preguntó Minerva.

—Ya los tengo identificados. Dos border collies y un pastor leonés. Excelentes ovejeros, los tres.

—Perfecto. Vayan a buscarlos esta tarde.

Tras decir esto, Minerva asintió satisfecha. Las cosas estaban yendo bien. Una vez que consiguieran esos perros, tendrían todo lo que necesitaban para el golpe. Entonces sólo les quedaría esperar a que el gerente de planta le pusiera fecha al siguiente blindado.

CAPÍTULO 17

Tres días más tarde.

De las cinco noches que Minerva llevaba en Caleta Olivia, esta era la que peor había dormido. Primero, porque, según sus cálculos, era inminente que el gerente de planta solicitara el siguiente blindado. Y segundo, porque Mac y el Pata llegaron con un perro en plena madrugada.

Era el tercero que traían en tres días. Después de dejarlo con los otros dos en el patio trasero de la casa, Mac cruzó dos palabras con ella en la cocina y se fue derecho a la cama. El Pata, en cambio, puso agua a calentar.

—¿No tenés sueño? —le preguntó ella.

—Un poco, pero me tomo unos mates y se me pasa.

—¿Probaste con dormir?

—Es que me voy a llevar a la perra.

Se refería a la hembra en celo que había recogido de la perrera municipal para atraer a los tres machos que ahora dormían en el patio.

—¿Adónde la vas a llevar?

—Con Sandra.

Sandra era su mujer. Minerva había coincidido con ella una sola vez hacía cinco años, en la fiesta de fin de año de los empleados de Cerro Retaguardia.

—¿Te vas ahora a San Julián? ¿Vas a hacer trescientos cincuenta kilómetros sin dormir?

—En este último viaje vino manejando Mac. Dormí las tres horas de un tirón.

Minerva intentó convencerlo de que esperara hasta el día siguiente, pero no logró que el Pata entrara en razones.

—Llevamos tres días usando a esa perra como señuelo, Minerva. Se ganó una buena vida y no quiero que espere un minuto más. En casa, Sandra la va a cuidar bien. Se van a hacer compañía. Además, está en celo, no la puedo dejar con los otros tres.

—Para ser un delincuente, tenés un corazón de oro —le dijo, estampándole un beso en la cabeza pelada.

Volvió a la cama. Diez minutos más tarde oyó que la Sinpapeles se alejaba. Dos horas después, logró dormirse.

***

—Mac, ¿estás ahí? —preguntó Minerva a la mañana siguiente, hablándole a la puerta del baño. Del otro lado, el agua de la ducha dejó de correr.

—Sí, ¿qué pasa?

—Voy a ir con el Cerrajero a la ferretería. ¿Necesitabas un par de cosas, no?

—Sí, hay una lista sobre la mesita de mi habitación. Pasá a buscarla si querés.

—Perfecto —dijo ella, alejándose de la puerta.

En el sorteo que habían hecho cinco noches atrás, a Mac le había tocado una de las habitaciones más grandes de la casa. Cuando Minerva entró, se encontró con la cama de dos plazas tan bien hecha como la de un hotel. Sobre la mesa de luz, junto a la billetera y el teléfono de Mac, estaba el papel doblado que había ido a buscar.

Antes de recogerlo, se detuvo un segundo a observar el viejo ropero de madera a los pies de la cama. Lo abrió y la invadió el olor a ropa limpia. Las pocas prendas que no colgaban de las perchas estaban perfectamente dobladas en los estantes. Había algo tranquilizador en descubrir que el tipo encargado de una parte tan importante del plan era así de ordenado.

Cerró el ropero, recogió la lista y se dispuso a salir. Pero, tras hacer dos pasos, se detuvo en seco. Sabía que estaba mal, pero no pudo evitar el impulso y agarró la billetera. Se justificó diciéndose que al fin y al cabo era la líder de la banda y, mientras más supiera de cada miembro, mejor.

Al abrirla, comprobó que no había visto mal la noche que jugaron a las cartas. Dentro encontró una foto de él junto a una mujer y tres niños. Ella era preciosa, con grandes ojos marrones que miraban a la cámara y unos labios perfectamente dibujados que sonreían mientras Mac le besaba una mejilla. Gran parte del cuerpo quedaba tapado por los tres nenes que posaban delante. El más grande tenía una sonrisa de dientes blancos idéntica a la de Mac. El del medio, su pelo enrulado. Y el más pequeño, sus mismos ojos oscuros. Los tres eran, cada uno a su manera, una mezcla entre Mac y esa mujer rabiosamente hermosa.

Confirmado, concluyó Minerva. Otro que la intentaba seducir mientras una familia lo esperaba con abrazos. Y ella, como una boluda, diciéndole que le iba a contar su historia en una playa del Caribe si el robo les salía bien.

Todavía tenía la billetera en la mano cuando el teléfono le vibró en el bolsillo. Era un email. El gerente de planta de Entrevientos acababa de pedir un blindado para dentro de cuatro días.

CAPÍTULO 18

Ruta 47, Santa Cruz, Argentina. Un día antes del golpe.

Hacía frío, pero el Pata tenía las axilas mojadas por los nervios.

—Me parece que ahí viene —le dijo Mac, pasándole los binoculares.

En el círculo difuso de las dos lentes, el Pata distinguió una nube de polvo en el horizonte. Delante de ella, apenas una manchita azul.

Habían elegido ese punto de la ruta porque era el más plano de todos. Podían detectar un vehículo a quince kilómetros de distancia, tanto si se acercaba por el norte como por el sur.

El Pata abrió la puerta trasera de la Sinpapeles y se cargó al hombro una pila de conos de color naranja. Con cada uno que fue poniendo sobre el ripio, el corazón le golpeaba en el pecho un poco más fuerte. La última vez que había hecho algo así, sobre el asfalto entre Tres Cerros y Gallegos, terminó cuatro años preso y casi pierde a Sandra.

Pero ahora era diferente, se dijo mientras se ponía un chaleco refractante del mismo color que los conos. Primero, porque si lo de mañana salía bien, tendría los problemas de dinero solucionados para siempre. Y segundo, porque el camión que se les acercaba no venía cargado de televisores hechos en Tierra del Fuego. De hecho, no venía cargado de nada.

Una vez que todos los conos estuvieron en su lugar, volvió a la camioneta para buscar un cartel de chapa.

Caminó cien metros en dirección al camión y lo apoyó en el suelo.

Desvío.

***

Cuando los frenos soltaron un último soplido, el camión que arrastraba una cisterna de treinta y siete mil litros con el logo de YPF se detuvo junto al Pata. Un hombre de pelo negro y barba candado se asomó por la ventanilla.

—¿Qué pasó, jefe? —le preguntó.

—Estamos pasando la máquina y arreglando un guardaganado —dijo el Pata, señalando más allá de los conos.

—¿Es muy largo el desvío? —preguntó el camionero.

—Diez kilómetros. Pero andá despacio, porque está complicado. ¿Venís lleno o vacío?

—Vacío. Acabo de descargar en la mina de Entrevientos —dijo, señalando hacia atrás con el pulgar.

—Ah, recién salís entonces.

—No llevo ni cincuenta kilómetros.

—¿Para dónde vas?

—Para Bahía Blanca.

—Tremendo viajecito te queda. Que te vaya bien.

—Gracias, maestro —dijo el camionero volviendo a poner la vista en el desvío—. Que tengas un buen... Esperá, ahí viene un compañero tuyo haciendo señas. A lo mejor ya puedo pasar por el camino normal.

—No creo —le respondió el Pata, pasándose la mano por la barba.

No lograba ver si el del chaleco naranja fosforescente que se acercaba con la mano levantada era Mac o Pólvora. En ambos casos, algo no iba bien.

—Esperá acá, por favor.

Caminó con paso apurado hacia su compañero. Cuando lo tuvo un poco más cerca, reconoció la figura maciza de Pólvora. Se encontró con él a unos sesenta metros del camión.

—¿Qué pasa? —le preguntó.

—No viene nadie, de ninguno de los dos lados —le respondió Pólvora sin siquiera aminorar la marcha.

—¿Y eso qué significa?

—Que estamos de suerte. Vení.

¿Qué le pasa a este boludo?, se preguntó. Al Pata aquello le daba mala espina.

—Pará, ¿qué hacés, Pólvora?

Pero su compañero no se detuvo hasta estar junto al camión.

—Ya estamos terminando —oyó que le decía al camionero después de levantar la mano para saludarlo—. Si esperás dos minutos, podés pasar.

—Buenísimo. Muchas gracias —respondió el conductor con medio torso asomado por la ventanilla.

—Che, te está perdiendo líquido —dijo Pólvora, señalando debajo del eje delantero.

—¿En serio? Qué raro. Acá no veo ninguna luz.

—Y no es una gotita, ¿eh? Está cayendo un chorro. Ya hay un charco así.

El Pata vio que su compañero hacía con las manos un círculo del tamaño de una pizza.

—Uy, no me digas. La puta madre —protestó el conductor, abriendo la puerta del camión.

Apenas el hombre puso un pie en la tierra, Pólvora le apuntó con la nueve milímetros a la cabeza.

—Desconectale el GPS —le indicó al Pata.

Le hizo caso a regañadientes. Pólvora había cambiado el plan.

***

—¿Qué hiciste, boludo?

—Agilicé las cosas.

Pólvora le hablaba dándole la espalda. Habían parado para hacer pis antes de llegar al asfalto. El camionero, atado de pies y manos en el suelo de la cabina del camión, había quedado bajo la vigilancia de Mac.

—Eso no se llama agilizar, se llama cambiar el plan a último momento. Si decimos que al camionero lo encañonamos después del desvío, lo encañonamos *después* del desvío. No te podés cortar solo así.

—Loco, de la minita esa, que la última vez que hizo algo ilegal fue copiar numeritos de tarjetas de crédito, se puede esperar. Pero, ¿vos también? A veces hay que improvisar, sobre todo cuando aparece una mejor oportunidad.

—La mejor oportunidad es la que tiene menos riesgo. Es más fácil cruzarse con alguien en una ruta provincial que en un camino interno de una estancia.

—¿Nos cruzamos con alguien?

—No, pero podría haber pasado.

—A ver, decime una cosa, ¿dónde viste un vehículo que no levante polvo en el ripio, eh? Si hubiera venido alguien, lo habríamos visto a una bocha de kilómetros de distancia igual que vimos al camión.

El Pata negó con la cabeza. Este tipo los podía meter en un quilombo grande. Lo supo desde el día que lo conoció en el parque de Mac.

—La próxima vez, por favor te pido, no te desvíes del plan —le dijo con el tono más calmado que pudo.

—La próxima vez, si querés que alguien siga instrucciones sin pensar, traete un robot —le contestó el otro, cerrándose la bragueta.

CAPÍTULO 19

San Rafael, Mendoza, Argentina. Dos meses y medio antes.

Minerva movió el cuello de un lado a otro y algunas vértebras crujieron. Estaba cansada y afuera hacía rato que era de noche. La única luz que había en el domo geodésico salía del proyector, que ahora mostraba la imagen aérea de la planta.

—Estando tan aislada geográficamente, Entrevientos no está conectada a ningún tendido eléctrico ni cableado de comunicaciones —comenzó a explicar.

—¿Cómo producen la electricidad?

Señaló con el láser un recinto cuadrado a un costado de la planta.

—Con gasoil. Tienen seis tanques de cien mil litros cada uno. Con la planta trabajando a toda máquina, no les dura ni quince días.

—Chupa más que mi camioneta V8 —dijo Pólvora.

—Casi todo es eléctrico, desde la calefacción de las habitaciones hasta la potabilizadora de agua. Y lo que no, funciona directamente con diésel, como los hornos de fundición del doré.

—¿Y qué pasa si se quedan sin combustible? —preguntó Mac.

—Nunca se dio el caso, pero tendrían que parar la planta y evacuar el campamento. Quedaría apenas una guardia mínima en todo el yacimiento. Pero para que pase eso, tendríamos que cortar los caminos durante más de un mes.

—¿No dijiste quince días? —preguntó Pólvora.

—Quince días trabajando al máximo, pero en cuanto los niveles de combustible bajan, la actividad también. Parar por completo todos los procesos es el último recurso, porque le cuesta carísimo a la empresa.

A Minerva le pareció ver un destello en los ojos de Pólvora. Como cuando a un niño se le ocurre un juego divertido.

—¿Y si volamos la planta eléctrica? —sugirió—. Se quedan sin luz y evacúan.

Minerva negó con la cabeza.

—Podría morir gente. Los generadores están al lado de más de medio millón de litros de gasoil. Y, como ya dejamos claro, ninguna de las personas que trabaja ahí tiene por qué pagar por lo que nosotros vamos a hacer.

O, mejor dicho, casi ninguna, estuvo a punto de añadir.

—¿Quién se encarga de llenar esos tanques? —preguntó el Cerrajero.

—Una procesión inacabable de camiones de YPF. Vienen dos por día con treinta y siete mil litros cada uno. Si nieva, llueve o pasa cualquier cosa y no pueden pasar, esperan, pero se van acumulando. Y cuando los caminos mejoran, entran todos juntos. Yo he visto colas de hasta ocho camiones. De hecho, cuando el nivel de gasoil es crítico, entran derecho, sin pesaje en el Puesto de Entrada.

—¿De dónde vienen? —preguntó Mac.

—La refinería más cercana está en Bahía Blanca, a mil cuatrocientos kilómetros.

—¿Pero en la zona de Comodoro no hay petróleo?

—Sí, es una de las cuencas más importantes del país —intervino el Pata—, pero del petróleo se sacan cientos de derivados. Combustible, solventes, plásticos, lo que se te ocurra. El grueso de la demanda de esos productos está en el centro del país, así que es mucho más rentable mandar el crudo y refinarlo allá.

Pólvora alzó las cejas y arqueó la boca hacia abajo.

—Todos los días se aprende algo nuevo.

—Y esto a nosotros nos beneficia —intervino

Minerva—. Porque un camión tarda dos días desde que sale de la refinería hasta que llega a Entrevientos.

—Tendrán monitoreo satelital, supongo —arriesgó el Pata.

—Por supuesto. Y vos lo vas a desconectar.

—¿Yo? No tengo idea de cómo hacerlo. En mi época no había eso.

—Faltan dos meses y medio. No creo que te cueste encontrar algún conocido que haya seguido en el rubro y te enseñe.

CAPÍTULO 20

Entrevientos. La noche antes del golpe.

El Cerrajero iba solo al volante de la Sinpapeles, avanzando despacio por la ruta de ripio. Llevaba más de cinco kilómetros con las luces apagadas, pero la luna casi llena le permitía distinguir bastante bien el camino.

Hasta eso tuvo en cuenta Minerva, pensó.

Se metió por la huella de acceso a una estancia y se detuvo en pleno campo. Los últimos dos kilómetros hasta llegar al Puesto de Entrada los tendría que hacer caminando.

Sentía la tensión de los nervios en todos los músculos del cuerpo. A pesar de que ya había perdido la cuenta de los atracos en los que había participado, este era diferente. Primero, por el lugar. Y segundo, porque, aunque no lo supiera ni siquiera su amigo Pólvora, era la primera vez que iba a robar por voluntad propia.

Al bajarse del vehículo, el viento de la madrugada le heló la cara. Se metió las manos en los bolsillos y escondió el mentón en el cuello del abrigo. Caminó en dirección a los reflectores lejanos que iluminaban el Puesto de Entrada como si fuera un estadio de fútbol.

Cuando le faltaban quinientos metros para llegar, se internó en el campo. Si hubiera seguido mucho más por la ruta, cualquiera que se asomase por la ventana lo vería. No podía arriesgarse, aunque a la una de la madrugada en pleno invierno, lo más probable era que los guardias de seguridad estuvieran amodorrados en sus sillas.

Saltó el alambrado bajo, puesto allí para retener a las ovejas que se criaban en la estancia Entrevientos desde mucho antes de que descubrieran una de las reservas de oro más grandes de la Argentina. Era curioso, pensó el Cerrajero, que medio kilómetro más adelante hubiera un control de seguridad tan estricto como el de un aeropuerto pero en el resto del perímetro cualquiera podía saltar un alambre de un metro de alto y entrar caminando.

Avanzó con cuidado, usando la luz de la luna para ver dónde pisaba. No era cuestión de tropezarse con alguna mata o romperse el tobillo en una madriguera. Todas las luces del Puesto de Entrada estaban orientadas en torno al acceso de vehículos. Iluminaban un tramo de la ruta provincial, el estacionamiento, y los primeros cien metros del camino que llevaba al campamento. Sin embargo, ningún reflector apuntaba al campo, por donde él avanzaba cada vez con más sigilo.

Procuraba apoyar la planta del pie despacio, para no hacer ruido. Aunque fuese poco probable que un empleado de seguridad estuviera fuera aquella madrugada helada, todo el plan dependía de lo que estaba por hacer. No había recaudo que estuviera de más.

Alcanzó la parte de atrás de la más pequeña de las tres construcciones. Era una caja cuadrada de apenas tres metros por dos. Apoyó la oreja en la pared prefabricada y oyó un ronroneo constante.

La bordeó con cuidado hasta llegar a la puerta. Antes de sacar las ganzúas de la mochila, hizo lo que siempre hacía cuando le pedían que abriese una cerradura: giró el picaporte. La puerta se abrió sin la menor resistencia.

Empezamos con el pie derecho.

Dentro del cuartito, el sonido era ensordecedor. Encendió una linterna y recorrió con el haz de luz el generador a gasoil que proveía de electricidad al Puesto de Entrada. Sin aquel aparato, no había luces, ni detector de metales, ni comunicaciones, ni báscula para vehículos pesados.

Sacó de su mochila una caja de plástico del tamaño de una pastilla de jabón. Tal y como le había indicado Mac, la pegó debajo del controlador electrónico del generador con cinta de doble cara. Dio un paso hacia atrás y asintió, satisfecho. Era imposible verla a menos que alguien se arrodillara.

Apagó la linterna y salió con cautela de la pequeña sala.

Que empiece el robo, pensó mientras volvía a internarse en el campo, caminando a oscuras hacia la Sinpapeles.

PARTE IV:

El golpe

CAPÍTULO 21

16 de julio de 2019, 4:58 a. m.

Desde el asiento del acompañante de la Sinpapeles, Minerva miró el resplandor de las luces al otro lado del horizonte. Por algún extraño mecanismo de su subconsciente, dejó de pensar por un minuto en el plan, en la banda y en las consecuencias de lo que estaban por hacer. Lo que le venía a la mente ahora era que, dentro de unos años, esa especie de ciudad en medio de la nada ya no existiría. Dos décadas a lo sumo y las máquinas ya habrían pulverizado todas las vetas. Los operarios de los hornos de fundición verterían en el molde un último lingote. Y poco tiempo después, no quedaría ni una sola de las mil doscientas personas que trabajaban en Entrevientos.

Allí, donde hoy había una industria, sólo quedarían ruinas. Era la maldición de la Patagonia. Desde el frigorífico Swift hasta las salinas de Cabo Blanco. Desde el ferrocarril transoceánico hasta la estación ballenera de las islas Georgias del Sur. Herrumbre de un tiempo glorioso.

—Esto ya es Entrevientos —dijo el Pata, sacándola del trance.

Señalaba por la ventanilla. La luna casi llena iluminaba una línea interminable de postes de madera que guiaban seis hilos de alambre al borde del camino, marcando uno de los límites del yacimiento. Hacía cuatro horas, a veinte kilómetros de allí, el Cerrajero había saltado esa misma valla precaria para poner el plan en marcha.

Minerva se giró y miró a sus espaldas. Desde el asiento de atrás, Pólvora asintió con la cabeza. Había llegado el momento.

Se abrigó con una campera que tenía bordado en el pecho el logo de Inuit Gold y la inscripción «Yacimiento Entrevientos». Se la habían entregado unos meses antes de su último día de trabajo en la mina.

—Nos vemos en un rato —dijo el Pata.

—Nos vemos —respondió ella y se bajó del vehículo al mismo tiempo que Pólvora.

La recibió un viento helado que dolía en la cara, pero le sentaba como un bálsamo en el cuero cabelludo irritado por la tintura. Mientras el Pata se perdía con la Sinpapeles en la negrura de la noche, miró otra vez el semicírculo de luz artificial detrás del horizonte.

—Vamos. Si no nos movemos, nos vamos a congelar —dijo Pólvora, pasando una pierna y después otra sobre el alambre.

Faltaban tres horas para que el sol se asomara a sus espaldas y entibiase, apenas, la mañana de julio. Tres horas en las que tendrían que caminar, a oscuras primero y con la claridad tenue del alba después, hasta llegar a la punta del único cerro en treinta kilómetros a la redonda.

—No seas exagerado. Dos grados bajo cero no es nada —le respondió.

Y puso un pie, por primera vez en siete meses, en Entrevientos.

CAPÍTULO 22

16 de julio de 2019, 8:07 a. m.

Pólvora y Minerva llegaron a la cima del Cerro Solo a las ocho de la mañana, cuando el horizonte ya clareaba a sus espaldas. En menos de media hora, los primeros rayos del sol iluminarían la punta de la antena de veintinueve metros que conectaba Entrevientos con el mundo.

Al pie de la antena había cincuenta y seis paneles solares y un contenedor sin ventanas, similar a los módulos prefabricados del resto del yacimiento. Dentro se alojaban todos los equipos de comunicaciones y las baterías que los alimentaban.

Minerva miró hacia el sur. Las luces de la planta de procesamientos todavía estaban encendidas. A pesar de la distancia, no le costó distinguir el edificio más alto, que albergaba el molino para pulverizar la roca. Y justo al lado, la *gold room*. Ahí adentro estaba la bóveda.

Más allá de la planta brillaban, más tenues, las luces del campamento, esa ciudad artificial en la que Minerva había pasado años enteros de su vida. Tan prefabricada y temporaria que alguien le había dicho alguna vez «Acá venís con un destornillador y te llevás todo».

Se giró hacia Pólvora. Su compañero ya se había puesto los guantes de látex y ahora sacaba de la mochila un cortapernos. En menos de veinte segundos, el candado que guardaba la puerta del contenedor cayó al suelo.

Minerva también se calzó un par de guantes, acomodando el izquierdo por encima de la muñequera con la que ocultaba la pulsera. Después se cubrió la cabeza con un gorro de cirujano.

—Ponete esto —le dijo a Pólvora, dándole otro igual.

Entraron. Minerva cerró la puerta tras de sí y el viento que le había azotado la cara durante tres horas desapareció de golpe. Ahora el aire era quieto y cálido. Ella siempre pensaba que alguien tenía que inventar una palabra para esa sensación. Si había una en japonés para referirse a los libros que comprabas pero no leías, o una en alemán para las ganas de viajar y ver el mundo, ¿por qué no podía haber una para el alivio que se siente tras cerrar una puerta y escapar del viento? En la Patagonia, una palabra así resultaría de suma utilidad.

El interior del contenedor quedó iluminado únicamente por las pequeñas luces de colores de los aparatos electrónicos. Algunas eran intermitentes, otras fijas. Al observarlas, a Minerva se le hizo un nudo en la garganta. Ocho meses atrás, se había encerrado a llorar iluminada por esa constelación multicolor.

Accionó el interruptor de la luz y la sala se llenó de claridad. Había algún que otro servidor nuevo, pero la distribución de los aparatos era la misma. El *rack* con los repetidores de radio, telefonía e internet seguía donde siempre. Y, al fondo, las veinte baterías. Cada una instalada bajo su supervisión.

Se agachó junto a una y trajinó un poco hasta encontrar el grueso cable recubierto de goma roja.

—Este es el que lleva electricidad de las baterías a todos los aparatos —le dijo a Pólvora, enseñándoselo.

Miró el reloj en su muñeca.

—Pero todavía faltan dos horas y media para que lo cortemos, así que ponete cómodo.

Se sentaron en el suelo. Ella sacó de la mochila una pequeña computadora portátil y se conectó a la red de la minera. Entró al servidor de correo e introdujo los comandos para enviar un email desde la cuenta del gerente general.

En el cuerpo del mensaje pegó el texto que tenía escrito desde hacía días. En el asunto tecleó «Importante: Aviso sobre combustible». Y apretó el botón de enviar.

Si hubiera sido supersticiosa, habría cruzado los dedos.

CAPÍTULO 23

San Rafael, Mendoza, Argentina. Dos meses y medio antes.

—¿Y por qué? —le preguntó Pólvora.

Minerva no podía levantar la vista para mirarlo. Tenía los ojos fijos en sus propios pies, a cuatro metros del suelo.

—¿Por qué, qué?

Las piernas le temblaban como un flan. Ahora la prueba era pasar de un eucalipto a otro poniendo los pies en unos estribos que colgaban de un cable.

—¿Por qué jugártela robando? —oyó que le decía Pólvora desde la plataforma a la que ella tenía que llegar—. Cada uno tiene un motivo.

—¿Y el tuyo cuál es?

—Que no sé hacer otra cosa. Pero vos sos una mina joven, exitosa, con carrera universitaria, ¿qué necesidad tenés de meterte en un despelote así?

—Vos no sabés nada de mí —dijo Minerva, y las palabras le salieron como una serie de gruñidos. No tanto por la pregunta de Pólvora como por la fuerza que tenía que hacer para mantenerse estable en los estribos colgantes.

—Algo sé. El Banquero me dijo que fuiste del palo. Me contó tu historia con las tarjetas de crédito, pero de eso hace una vida. ¿Por qué volvés ahora? No me cierra.

Logró pasar al siguiente estribo canalizando la rabia que le daba que el Banquero le hubiera contado sus cosas a este energúmeno.

—Y si hay algo que no me cierra, no me gusta hacer el trabajo. Me pone nervioso, ¿entendés? Me genera desconfianza. Del resto, conozco el motivo o me lo puedo imaginar.

—¡Aburrimiento! —gritó el Banquero a espaldas de Minerva—. El aburrimiento es un gran motivo.

Se quedó parada en dos estribos, sujetando con fuerza los cables. Después levantó la vista y miró a ambas plataformas. Atrás, la que había abandonado al comenzar esta prueba, donde ahora el Banquero esperaba su turno. Adelante, la de destino, donde Pólvora la observaba con una sonrisa socarrona apoyado contra el tronco del eucalipto.

Intentó que no se notara el esfuerzo que hacía para que las piernas no se le abrieran como unas tijeras. Incluso logró liberar una de las manos para apuntar detrás del Banquero, donde el Cerrajero y el Pata iniciaban el circuito.

Y sonrió.

—Venganza, necesidad, depresión —dijo—. Ésas son todas razones válidas, por supuesto. Pero secundarias. El verdadero motivo es uno solo. La guita.

—Yo no lo hago por eso, y vos lo sabés muy bien —retrucó el Banquero.

—Pero si adentro de esa bóveda hubiera fardos de alfalfa, ¿la robarías igual? ¿Por deporte? ¿Y vos? ¿Y ellos? No se confundan. Acá *todos* estamos por el billete. Después, lo que hagamos con él es cosa de cada uno.

Pólvora se encogió de hombros. *Si te tengo que creer, te creo,* decía el gesto. *Aunque no me convence.*

Normal, pensó Minerva. No había que ser un genio para darse cuenta de que a ella la movía algo más. Pero no era cuestión de admitirlo adelante de estos tipos.

—Por mi parte, es simple —les dijo—. No quiero trabajar nunca más en mi vida. Me quiero ir a rascar a una playa del Caribe.

Después de todo, había algo de verdad en sus palabras. Si el robo salía bien, se iría durante un tiempo a un lugar lo más opuesto a la Patagonia posible. Disfrutar del calor. Olvidarse del viento. Y después, cuando se aburriera, quizás a Barcelona para intentar que la relación con sus padres fuera algo más que cuatro llamadas por año.

No volvía a su ciudad natal desde que la familia se había mudado a Argentina hacía veinte años. Ella tenía quince y la cabeza revolucionada por las hormonas. Vivió la mudanza como una traición. Sentía que sus padres la habían arrancado de sus amigos y su barrio. Y, sobre todo, de su abuela, que murió un año más tarde y ella tuvo que llorar a doce mil kilómetros de distancia. Se volvió una adolescente conflictiva. Malas juntas de libro. Y cuando, ocho años más tarde, sus padres decidieron volver a Barcelona, ella se quedó en Argentina. No tanto por llevarles la contraria sino porque ya era más tango que sardana.

Desvió la mirada hacia atrás. A lo lejos, el Pata se bajaba del primer árbol del circuito por una escalera, rindiéndose antes de empezar.

CAPÍTULO 24

16 de julio de 2019, 10:45 a. m.

—Ya es la hora —dijo Minerva a las once menos cuarto de la mañana.

Pólvora se puso de pie de un respingo. Al parecer, a él la espera también se le había hecho eterna.

En cuanto Minerva cerró el cortapernos sobre el cable rojo, la luz en el techo del contenedor se apagó. La constelación multicolor también se fue extinguiendo, hasta que sólo quedaron encendidas las lucecitas rojas de las baterías.

En la penumbra, Minerva vio que Pólvora revolvía en la mochila. El metal lustrado de una nueve milímetros reflejó los destellos rojos.

—Falta bastante todavía, Pólvora. Van a tardar tres cuartos de hora en llegar.

—Ya lo sé. Hay que seguir esperando —respondió él con un tono casi triste. Minerva tuvo la sensación de que le hablaba tanto a ella como al arma.

—Pero esta parte de la espera es mucho más divertida —dijo ella y balanceó con toda su fuerza el cortapernos como si fuera un bate de béisbol. La parte metálica abolló uno de los servidores del *rack*.

Pólvora se guardó la pistola y dejó escapar su risita porcina. Después levantó un monitor por encima de su cabeza y lo estrelló contra las baterías, al fondo del contenedor.

Minerva metió la mano enguantada detrás de los servidores y agarró un manojo de cables. Tiró todo lo fuerte que pudo y arrancó varios. Varios pedacitos de los conectores de plástico cayeron al suelo con un tintineo.

—Ayudame —dijo, señalando el *rack* de servidores.

Entre los dos lograron que la estructura metálica cayera con un estruendo. Pólvora soltó un grito de alegría que se parecía bastante al aullido de un lobo.

—Este sería un buen momento para que me contaras por qué planeaste todo esto —le dijo, saltando encima de un teclado.

—¿Otra vez con eso? —respondió ella, que ahora se colgaba de una pantalla sujeta a la pared—. Ya te lo dejé bien claro. No quiero trabajar nunca más en mi vida.

—Ese chamuyo no. Me refiero a la verdad. Una mina como vos necesita un empujón especial para hacer algo así.

—¿Especial como qué? —preguntó Minerva, tirando con más fuerza de la pantalla.

—Como el padre enfermo del Cerrajero. O como quedarte viudo con tres pibes a cargo.

—¿Viudo? ¿El Cerrajero es viudo?

—El Cerrajero lo que es, es virgen. El viudo es Mac.

La pantalla de la que tiraba Minerva se descolgó, destrozándose en el suelo.

—¿Viudo?

—La mujer se murió hace un año. ¿No te lo contó?

Ella se quedó quieta. En el contenedor todo volvía a ser silencio.

—No.

Por un lado sintió pena. Por otro, de alguna manera la alivió saber que Mac no se dedicaba a coquetear mientras la mujer de la foto lo esperaba cuidando a los hijos.

Pero sobre todo, sintió vergüenza. El día anterior, mientras ella y Mac dejaban lista la parte más crucial del plan, habían tenido una conversación tensa. Y ahora Minerva se daba cuenta de que todo había sido un malentendido.

—Si no te lo dijo, es que te tiene ganas.

—Pólvora, estamos a punto de hacer el robo de nuestras vidas. Concentrémonos, por favor.

—Te tiene unas ganas tremendas. Se nota. Y vos también le tenés ganas.

—Yo últimamente sólo tengo ganas de que esto salga bien.

—Y va a salir bien, no te preocupes —respondió él, golpeando con el talón de su bota otro servidor—. ¿Sabés? Yo puedo ser más bruto que un arado, pero no soy boludo. Sé que hay algo que te empuja a hacer esto y que no tiene nada que ver con la guita. Y me hubiera gustado que me lo contaras antes de dar el golpe. Pero bueno, también me hubiera gustado ser actor porno y tampoco se me dio.

Minerva soltó una carcajada que retumbó en las paredes de lata. Ahora tenía las manos cruzadas detrás de la espalda. Sus dedos se habían colado por debajo de la muñequera y jugueteaban a través del látex con los contornos afilados del puma y el guanaco.

—Tenés razón —dijo.

—¿En que Mac te tiene ganas o en que no me estás contando la verdad?

—En que sos más bruto que un arado.

CAPÍTULO 25

16 de julio de 2019, 10:44 a. m.

—Hola, mi amor —dijo Pamela con voz melosa, del otro lado del teléfono.

—¿Te desperté? —preguntó él.

—¿Y a vos qué te parece? Son las once menos cuarto de la mañana. Me acosté hace menos de cuatro horas.

Al imaginársela tendida en la cama, moviéndose bajo las sábanas con su ropa interior mínima, una erección empezó a cobrar fuerza en su entrepierna.

—Tengo muchas, muchas, muchas ganas de verte, Pame.

—Y yo también, papito. ¿Cuándo venís?

—Apenas pueda.

—Cuando me despierto es cuando más te extraño —dijo ella, con la voz distorsionada por un bostezo—. Me gustaría abrir los ojos y que estuvieras acá, en la cama conmigo. ¿Sabés lo que te haría?

Él largó un suspiro, se recostó hacia atrás en la silla y puso los pies arriba del escritorio. Dedicó una breve mirada a la puerta para cerciorarse de que la había cerrado con llave.

—Contame, por favor —le dijo—. Me muero de ganas.

—Empezaría con mi lengua, despacito. ¿Te gusta mi lengua calentita?

Él inspiró por la nariz, llenándose de aire los pulmones.

—Me encanta. ¿Qué me harías con tu lengua?

—Recorrerte. Empezaría en el cuello y bajaría de a poco...

—¿Y qué más?

Hubo un silencio del otro lado de la línea.

—¿Qué más, Pame? No seas mala, contame.

Nada.

—¿Hola?

Se despegó el aparato de la oreja y miró la pantalla. No tenía señal. Sacó del bolsillo el otro teléfono. El oficial. El que usaba para trabajar y para hablar con su esposa y sus hijos. También, sin servicio.

Bajó los pies del escritorio, agarró el aparato de radio y seleccionó el canal asignado a la división de informática.

—Habla Carlos Sandoval —dijo—. ¿Hay algún problema con las comunicaciones?

—Parece que sí, señor gerente —le respondió Gerardo Mallo del otro lado—. El enlace de telefonía celular y la repetidora de radio se acaban de cortar.

—¿Internet?

—También. Ahora se está inicializando la conexión satelital de backup.

—¿Habrá pasado algo en Cerro Solo? —preguntó tras meterse un chicle a la boca.

—Es lo más probable, señor gerente. Madueño ya se está preparando para salir para allá.

—Manténganme al tanto, estaba en medio de una llamada importante.

—¿Quiere que le acerque el teléfono satelital?

Dudó un segundo, permitiéndose pensar en la frase inconclusa de Pamela. La tentación de decirle que sí a Mallo era enorme.

—No, no hace falta.

Si su matrimonio había sobrevivido durante tantos años era porque él sabía separar los tantos. Un teléfono para una cosa, y otro para otra. Su familia y el trabajo en un aparato, Pame y el resto de sus amiguitas en otro.

Y desde hacía un año, un tercero. Él lo llamaba el teléfono rojo, aunque era plateado. Ese sí que era peligroso de verdad. Por eso lo tenía muy bien guardado.

CAPÍTULO 26

San Rafael, Mendoza, Argentina. Dos meses y medio antes.

—Al ser un lugar tan remoto, las comunicaciones de Entrevientos son uno de sus puntos débiles. Bastante más vulnerables que, por ejemplo, las de un banco.

Minerva se detuvo un segundo para mirar a sus compañeros. Las ojeras eternas del Banquero sonreían con expresión pícara. Había orgullo en la mirada del viejo ladrón.

Hizo aparecer en la pantalla una vez más el mapa del yacimiento.

—En toda esa pampa plana, hay un único cerro, que alguien con mucha imaginación bautizó como Cerro Solo. Está diecisiete kilómetros al norte del campamento. En la punta hay una torre con antenas de telefonía celular, enlace de internet y una repetidora de radio. Al igual que el Puesto de Entrada, esos equipos tienen su propia generación de electricidad porque están muy lejos. En este caso, paneles solares y baterías.

—O sea que si volteamos esa antena, los dejamos incomunicados —resumió Mac.

—Casi. Les queda la conexión satelital a internet.

—¿Y es muy difícil hackearla?

—Complicadísimo. Pero arrancar la antenita que apunta al cielo lo puede hacer cualquiera. Yo misma la instalé. Está en el campamento, en un contenedor lleno de servidores que llamamos el *data center*.

Llamábamos, se corrigió mentalmente.

—Entonces, sin la antena de Cerro Solo y sin el

enlace satelital, ¿ahí sí quedan incomunicados? —insistió Mac.

—Se quedan sin internet, sin radio y sin telefonía celular. Pero están los cuatro teléfonos satelitales. En el campamento hay dos: uno en la enfermería y otro lo tienen los del área de informática y comunicaciones. El tercero está en la planta, con los de seguridad. Y el cuarto se lo llevan al campo los de exploraciones cuando salen a buscar vetas, que es prácticamente todo el tiempo.

—¿Siguen explorando? —preguntó el Banquero—. Yo pensaba que primero exploraban y después empezaba la producción.

—La exploración no va a terminar nunca. Una vez que la mina está funcionando, mientras más mineral se encuentre, más rentable es. Poco antes de que yo me fuera, acababan de descubrir una veta bastante jugosa a la que llamaron Diana.

—Hay tradición de ponerle nombres de mujeres a todas las vetas —acotó el Pata.

—Al parecer, Diana extendió bastante la vida del proyecto —continuó Minerva—. En este momento, se estima que hay material para trabajar por lo menos quince años. Pero si aparece más, el plazo se alarga.

—¿Y qué pasa cuando terminan de trabajar? —preguntó Mac.

—Esa es una buena pregunta.

CAPÍTULO 27

16 de julio de 2019, 11:06 a. m.

El Pata detuvo el camión frente al portón del Puesto de Entrada. Un hombre joven vestido con uniforme negro salió con un portapapeles en la mano. No era el mismo que le había llenado el termo con agua caliente hacía diez días. Mejor.

Bajó la ventanilla del camión y se asomó para mirar hacia abajo. Sin levantarse los anteojos de sol, se tocó con los dedos la visera de la gorra de YPF que le tapaba la cabeza pelada.

—Buenas tardes —dijo.

—¿Traés el formulario veintinueve?

El Pata asintió y agarró del asiento del acompañante la carpeta que le había preparado Minerva. Cuando se la tendió por la ventanilla al empleado, sintió un sudor frío en las axilas.

—Esperame acá un momento —dijo el muchacho y se metió en la construcción cuadrada de la que había salido.

El Pata miró hacia adelante, apretando con todas sus fuerzas el embrague y el freno para controlar el tembleque de las piernas. Si Minerva no había hecho bien su trabajo, ahí se terminaba todo. Fueron dos minutos eternos en los que no dejó de pasarse la mano por la cara para rascarse disimuladamente la barba. Se la había recortado la noche anterior y Pólvora se la había teñido de negro.

El guardia de seguridad volvió a salir del módulo con el portapapeles, pero esta vez del otro lado del alambrado. El portón empezó a deslizarse hacia un costado y el muchacho le hizo señas para que avanzara.

Ábrete sésamo, pensó el Pata mientras ponía segunda y soltaba el embrague. Avanzó hasta que el empleado le indicó que parara. Ya estaba dentro del recinto de Entrevientos.

Abrió la puerta del camión para que el muchacho subiera el primer escalón hacia la cabina y anotara en un formulario el número que indicaba el nivel de la cisterna. Treinta y siete mil doscientos catorce litros. Visto el ritmo rutinario con el que el empleado continuó moviéndose, parecía que Mac había hecho un excelente trabajo falseando el medidor.

—Andá subiendo a la balanza.

—Mejor que no me peses, así no me deprimo —respondió el Pata, dándose unas palmadas en el abultado vientre. El muchacho mostró una ristra de dientes desparejos y le señaló la báscula para vehículos pesados.

Tras cerrar la puerta de la cabina, el Pata se inclinó disimuladamente hacia adelante y accionó el interruptor que Mac había instalado debajo del volante. Miró de reojo la más pequeña de las tres construcciones cuadradas, donde se alojaba el generador eléctrico.

No hubo ningún ruido. El muchacho le hacía señas para que subiera a la balanza. Apretó el interruptor otra vez, por las dudas, pero tampoco oyó nada.

No le quedaba otra que avanzar.

Puso segunda y, mientras el camión comenzaba a moverse, apretó el botón varias veces más.

Mac, Cerrajero y la puta madre que los remil parió a los dos.

Ya tenía las ruedas delanteras sobre la balanza cuando otro vigilante, bastante más mayor, salió del módulo principal y le gritó algo a su compañero. Este, a su vez, le hizo señas al Pata para que bajara la ventanilla.

—Tenemos un problema con la luz —le explicó—. Terminá de subir a la balanza y esperá ahí. En cuanto se solucione te pesamos y podés seguir.

El Pata soltó un soplido de protesta.

—Son unos minutos, nada más. No creo que tardemos mucho.

El muchacho se alejó del camión para unirse a su compañero rumbo al cuartito del generador. Al verlos abrir la puerta y retroceder ante una nube de humo negro, el Pata sonrió.

CAPÍTULO 28

San Rafael, Mendoza, Argentina. Dos meses y medio antes.

Minerva observó disimuladamente el aparatito que sostenía en la mano para pasar las diapositivas. Su pulso era firme como el de una estatua. Proyectó en la pantalla un mapa del noreste de la provincia de Santa Cruz en el que había sombreado el área cedida al proyecto minero.

—El recinto de Entrevientos es un cuadrado de aproximadamente veinte por veinte kilómetros.

En la siguiente diapositiva, la mina de Entrevientos ocupaba toda la pantalla.

—Este es el único acceso —dijo, señalando el camino recto que salía hacia el sudeste desde la ruta provincial—. El Puesto de Entrada, del que ya les hablé. Está sobre la ruta. Acá.

Superpuso una imagen satelital sobre el mapa y detuvo el láser entre tres rectángulos blancos al borde del camino.

—Por el Puesto de Entrada pasan todos los empleados, contratistas y proveedores que entran y salen de la mina. Hay una sala de control prácticamente idéntica a la de un aeropuerto, con detectores de metales y escáner de rayos X para el equipaje. Mientras las personas pasan ese control, un empleado de seguridad revisa los vehículos en los que entran o salen. Estos registros son aleatorios: a veces miran el baúl, otras debajo de los asientos, y de vez en cuando, el chasis. Si el vehículo que entra es de combustible, lo pesan.

Hizo una pausa para observar a sus compañeros.

Podía verlos pensar en las diferentes formas de burlar el Puesto de Entrada.

—Tiene un punto débil. Si se queda sin electricidad, no pueden hacer nada de esto. Ni siquiera le exigen a la gente que se baje de los vehículos. Y sólo se pueden comunicar por radio.

Las caras de concentración continuaron.

—El Puesto de Entrada es el primero de los tres controles de seguridad que vamos a tener que pasar para llegar al oro. Y es uno muy estricto porque, una vez que alguien entra en la mina, se mezcla con otras setecientas personas.

Trazó con el láser el camino recto que salía perpendicular a la ruta y se metía en el corazón del yacimiento. Después señaló un conjunto de construcciones rectangulares dispuestas en cuadrícula, como las manzanas de una ciudad.

—Pasado el Puesto de Entrada, son doce kilómetros hasta llegar a lo que llaman el campamento. Ahí viven los empleados, que suelen hacer campañas de catorce días de trabajo por catorce de descanso. Tienen sus habitaciones, comedor, salón de esparcimiento y hasta un gimnasio. También hay oficinas y salas de reuniones. En el campamento hay tanta gente que, si logramos llegar y nos comportamos con normalidad, es muy difícil que nos detecten.

—Hablás como si estos tipos nos fueran a dejar movernos por ahí tranquilamente —intervino Pólvora—. Pero vos misma nos dijiste que está lleno de cámaras y de empleados de seguridad.

—Sí —reconoció ella—, y también te dije que es como un pueblo en miniatura. Si llega un desconocido al pueblo, los vecinos no van corriendo a denunciarlo a la policía.

—En algunos pueblos sí —terció Mac.

—Es verdad —rió ella—. Pero en este no. De las mil doscientas personas que trabajan en la mina, nunca hay más de setecientas a la vez. La gente se enferma, o les cambian el régimen de turnos o intercambian las vacaciones con un compañero, así que siempre hay caras nuevas. No se conocen todos. Si nos movemos con confianza y una tarjeta colgando del cuello, nadie nos va a parar para preguntarnos nada.

—Podemos tener mala suerte.

—Es un riesgo que hay que asumir. Pero yo pasé ahí cuatro años y sé que mientras estemos en el campamento, tenemos cierta libertad. Cuanto más tarde nos detecten, más tarde llega la policía. Lo ideal sería que logremos entrar a la *gold room* antes de que se den cuenta.

—¿Y si no podemos?

—Entonces tenemos menos tiempo para llevarnos todo y desaparecer.

CAPÍTULO 29

16 de julio de 2019, 11:22 a. m.

Desde el camión detenido, el Pata observó la puerta abierta del cuartito del generador. Los empleados habían esperado a que el humo se dispersara y ahora llevaban adentro tres minutos. Cuando salieron, el más joven de los dos caminó hacia él y dijo algo señalando la parte de arriba del camión.

—¿Qué pasó? —preguntó el Pata, bajando la ventanilla mientras seguía con la mirada al otro, que se dirigía al módulo principal.

—Parece que el problema es bastante grave. Explotó una parte del generador.

—Uh, ¿y ahora?

—Hacemos la inspección ocular y pasás —dijo, señalando nuevamente hacia arriba.

Vio que el otro salía del módulo con un arnés en una mano y una larga vara de plástico en la otra. Se le heló la sangre. Minerva no había mencionado ninguna inspección ocular.

—Me dijeron que la planta estaba floja de combustible y que había que venir urgente —balbuceó.

—Sí, esta mañana el gerente general mandó un email para que agilicemos la entrada de los camiones cisterna. Así que no te hagas drama porque va a ser rápido. Te la metemos, la sacamos mojada y te vas —dijo el tipo con una sonrisa.

Encima se hace el gracioso, pensó.

—Hablando en serio —continuó el muchacho—, es un protocolo nuevo que implementaron los de seguridad patrimonial. Apagá el motor.

Vio por el espejo retrovisor que el del arnés se había detenido a un metro del camión y miraba hacia la parte de arriba de la cisterna.

Rápido, Patita. Tenés que pensar rápido.

Se asomó por la ventanilla hasta dejar casi medio cuerpo colgado hacia afuera y le hizo señas al empleado para que se acercara un poco más. Después miró hacia ambos lados.

—Entre nosotros, ando con un problema en el arranque —dijo en voz baja—. Si lo paro, no sé si lo voy a poder arrancar después.

—Si no lo parás, no podemos hacer la inspección. Y sin la inspección, no estás autorizado a pasar.

El Pata tragó saliva. Volvió a hablar, bajando aún más el tono. Ahora sus palabras eran un murmullo que apenas superaba al viento.

—Tendría que haberlo llevado al taller hace tres días, pero se me enfermó el nene más chico. Cuarenta de fiebre, fue un despelote. Encima mi mujer está embarazada de ocho meses. Te pido por favor, hagan lo que tengan que hacer, pero no me pidas que apague el motor. Me puede costar el trabajo.

El empleado de seguridad lo miró durante un instante, y en sus ojos el Pata reconoció la expresión. Era un padre pensando en su propio hijo. Él también habría tenido al suyo con fiebre alguna vez.

Miró hacia la parte de atrás del camión y le hizo señas a su compañero para que subiera.

—Gracias —dijo el Pata.

Vio por el retrovisor que el otro se calzaba un arnés muy parecido al que él se había puesto dos meses atrás en el bosque aéreo de Mac. Luego se perdió, con la vara en la mano, detrás del tanque cilíndrico. No podía verlo, pero sabía que estaría subiendo los peldaños de la escalera.

Unos segundos después, oyó los pasos de las botas sobre la cisterna. ¿Se daría cuenta de que sonaba más hueca que de costumbre?

El sudor ahora le pegaba la camisa a la espalda. Todavía no habían empezado y ya estaba por irse todo al carajo.

Reconoció la serie de clinks y clanks metálicos. El tipo había levantado el pasamanos plegable y se había enganchado a él con el cable del arnés. También, seguramente, ya habría cortado el precinto para abrir una de las tapas de la cisterna.

CAPÍTULO 30

16 de julio de 2019, 11:27 a. m.

—¿Qué pasa? —susurró el Cerrajero.

Incluso amortiguadas por la mascarilla de algodón, las palabras retumbaron en la cisterna vacía.

Mac se llevó una mano a la frente para apagar la linterna que tenía en la cabeza, pero se arrepintió a mitad de camino. Si alguien abría una de las tapas y descubriría que no llevaban combustible, estaban perdidos. Daba igual si había luz o no.

—Parece que hay alguien arriba —le dijo al Cerrajero, señalando sobre sus cabezas.

Su compañero le mostró la nueve milímetros al chofer al que le habían robado el camión.

—Vos, calladito.

El hombre asintió como pudo. Estaba tirado en el suelo curvo, con las manos y los pies atados con bridas. Sobre la mordaza le habían puesto una mascarilla idéntica a la de ellos. A pesar de que habían pasado horas lavando y ventilando la cisterna, todavía quedaba suficiente olor a gasoil para causar un buen mareo.

Desde la parte de adelante del tanque uno de los border collies lanzó un llanto cansado, sin energías. La dosis del sedante que les habían inyectado los mantenía atontados, pero no dormidos del todo.

—Callate, boludo —susurró el Cerrajero en dirección al perro mientras tiraba de la corredera de la pistola. Apuntó hacia arriba.

—Si disparás acá adentro, además de que el plan se va a la mierda, nos quedamos sordos —le advirtió Mac.

—¿Se te ocurre una idea mejor?

Un círculo de luz del tamaño de una pelota de playa empezó a dibujarse sobre sus cabezas. Alguien estaba abriendo una de las escotillas.

Mac pudo ver que el brazo del Cerrajero se tensaba y el dedo índice se posaba sobre el gatillo. Se tapó los oídos. Así y todo, oyó el fuerte sonido de los frenos neumáticos del camión al soltarse.

—¡Eh, pará! ¿Qué hacés, boludo? —gritó el tipo que caminaba sobre la cisterna.

El vehículo se había vuelto a poner en movimiento. Sin embargo, la inercia del arranque se interrumpió de golpe y el camión pasó de moverse a estar detenido en una fracción de segundo. Mac, el Cerrajero y el rehén salieron despedidos hacia adelante, golpeándose contra uno de los rompeolas de acero inoxidable que dividían la cisterna en varios compartimentos. La tapa cayó en su lugar y el círculo de luz desapareció.

Si todas las herramientas, armas y equipo que traían no hubieran estado sujetos con cuerdas, el ruido los habría delatado.

Y si los perros hubieran tenido collar en vez de arnés, habrían muerto ahorcados.

***

El Pata respiró hondo. Acababa de clavar los frenos y el camión se había detenido en seco, derrapando apenas en el ripio.

—¿Qué hacés? ¿Estás loco? —oyó que le gritaba el empleado que se había quedado abajo.

Puso el freno de mano y se bajó corriendo, con las manos en la cabeza. Rodeó el camión por delante y vio que el otro había quedado colgando del arnés a un lado de la cisterna.

—Quedate ahí que ahora subo y te ayudo —le dijo.

—No —intervino el más joven—. No te podés subir sin un arnés.

—No te preocupes, que no me va a ver nadie —contestó, señalando la cámara de seguridad instalada en una esquina de la construcción blanca—. Si no tenés luz, no tenés cámaras.

Corrió hacia la parte trasera del tanque tubular y se detuvo ante la escalera de aluminio. Miró hacia arriba.

Son sólo tres metros y medio, se dijo. Sintió un escalofrío, pero se lo achacó al viento helándole la espalda transpirada. Contuvo la respiración y subió al paragolpes trasero. Después, al primero de los cuatro escalones de aluminio.

No mires para abajo.

CAPÍTULO 31

San Rafael, Mendoza, Argentina. Dos meses y medio antes.

El Pata miró hacia abajo desde la plataforma en la copa del eucaliptus. Se le revolvía el estómago.

—No puedo.

—¿Cómo no vas a poder? —oyó que le gritaba el Cerrajero desde otro árbol—. Por supuesto que podés. Lo único que tenés que hacer es levantar las piernas y agarrarte al cable.

—Ni siquiera eso —intervino Mac, poniéndole una mano en el hombro—. Tenés que sentarte en las tiras del arnés que te pasan por los muslos. Es como estar en un telesilla. ¿Fuiste a esquiar alguna vez?

—Nunca.

—Da igual. Lo importante es que no tenés que hacer nada de fuerza con los brazos.

—Pero me da miedo. ¿En qué idioma quieren que se lo diga?

Mac le agarró el arnés y tiró un poco.

—Estos mosquetones son los mismos que usan los alpinistas para enganchar las carpas cuando tienen que pasar la noche en una pared vertical. Y si esos tipos pueden dormir colgados a cinco mil metros de altura, te aseguro que a vos no te va a pasar nada arriba de un árbol.

—Mac, me podés explicar todo lo que quieras, pero yo el pánico a las alturas lo sigo teniendo. Acrofobia se llama. Es algo serio, búsquenlo en internet. Yo veo una víbora y si querés la agarro con la mano y le doy un beso en la boca. Las arañas me importan un carajo. Pero las alturas, loco, las alturas me dan mucho vértigo.

—Menos mal que no vamos a robar un rascacielos —le gritó el Cerrajero.

—Si querés, bajate y nos vemos en la recepción cuando terminemos el circuito —le sugirió Mac señalando los peldaños enganchados al tronco que acababa de subir—. ¿Sabés cómo le llamamos acá a hacer eso?

—No.

—Tomar el camino de la gallina.

CAPÍTULO 32

16 de julio de 2019, 11:29 a. m.

Encaramado a la escalera, el Pata pensó en sus compañeros dentro de la cisterna y en los que esperaban en Cerro Solo. Dependían de él. Esta vez no podía tomar el camino de la gallina.

Subió de a poco el resto de los peldaños. Cada uno fue un suplicio. Cuando llegó al último, se arrastró panza abajo sobre la cisterna y gateó hasta el cable de acero tenso por el peso del empleado que había quedado colgando.

Al asomarse del lado que no había pasamanos, sintió que se mareaba.

No podés ser tan flojo. No son ni cuatro metros.

—Loco, perdoname —le dijo al hombre que colgaba—. No sabés lo que era esa araña.

—Ayudame a bajar.

El empleado de seguridad más joven ahora corría hacia el camión con una escalera plegable. La apoyó sobre la cisterna junto a su compañero suspendido en el aire y le guió el pie hasta que el tipo logró afirmarse. El cable perdió tensión y, en cuanto el Pata pudo desenganchar el mosquetón, el hombre bajó a toda prisa.

Desde arriba, con el cuerpo contra la cisterna, el Pata miró a los empleados. Tenía que decir algo convincente, pronto.

—Era así de grande —les gritó, haciendo un círculo con ambos pulgares e índices.

—¿Qué cosa? —preguntó el que había traído la escalera.

—La araña. Además, peluda. Fue un acto reflejo. Cuando vi que me subía por la pierna, solté los pedales y el camión se empezó a mover. No tendría que haber frenado tan brusco. Perdoname, flaco. ¿Estás bien?

El guardia de seguridad, todavía atontado, asintió con la cabeza y se encaminó de nuevo hacia la parte trasera de la cisterna.

Parecía que le creían. Era una suerte que esos dos no tuvieran la más mínima experiencia manejando camiones. Sin la ayudita que el Pata le había dado al acelerador, el vehículo no habría avanzado. Y si de verdad la cisterna hubiera tenido treinta toneladas de gasoil, la frenada en seco habría sido imposible.

—No hace falta que subas —gritó—. Yo me encargo.

Arrastrándose, recogió la vara de plástico, que había quedado contra los hierros del pasamanos, y la metió en el agujero de la escotilla.

—La hago tocar fondo y la saco, ¿no? —gritó mirando directamente el agujero.

—Sí —le respondieron los dos desde abajo.

—Perfecto.

Bajó la vara palmo a palmo, lo más lento que pudo.

—¿Esto es para medir el nivel del gasoil y que no les metan el perro con el peso? —preguntó—. Hace unos años desmantelaron una estafa así con unos camiones que llevaban combustible a los yacimientos de petróleo de Comodoro. Siempre hay alguno que hace quedar mal al gremio.

No respondieron.

La vara tocó fondo. Era el momento de sacarla. El Pata asomó la cabeza para mirar a los dos empleados.

—Todavía me va a mil el corazón —dijo—. No saben el asco que les tengo a esos bichos. Nunca había visto una tan grande. Y eso que soy nacido y criado en la zona y estoy acostumbrado a las arañas pollito, pero esta era enorme. Para mí que vienen del norte, en las valijas de la gente. El otro turno de este camión lo hace un tucumano. Volvió la semana pasada de ver a su vieja.

—Puede ser —dijo uno de los dos sin ningún interés.

—Sacá la vara —indicó el otro.

El Pata lo intentó, pero la vara de plástico permaneció tan inmóvil como la espada Excálibur.

—Encima el agarrado nos trae una caja de seis alfajores. ¡Seis alfajores! ¿Ustedes saben la cantidad de choferes que somos en la empresa? ¿A quién se le ocurre traer seis para compartir? Con lo chiquitos que son los alfajores tucumanos. Se lo dije así, como se lo digo a ustedes, y no saben cómo se puso. No le gustó un cara...

Fingió pararse en seco. Chasqueó los dedos de la mano que no agarraba la vara y se rascó la barba teñida. Antes de hablar, abrió la boca como quien intenta encajar un golpe inesperado.

—¡Ahora lo entiendo! Me lo hizo a propósito. El tucumano hijo de puta me puso la araña por lo que le dije de los alfajores. ¡Me podría haber matado! Si la descubro en la ruta, a cien por hora, ¡me mato!

—Denuncialo a tu jefe. No sé. Pero sacá la vara, loco. Si te ven ahí arriba nos hacen un despelote bárbaro.

—Denunciarlo no. Lo voy a cagar a trompadas. Eso es lo que voy a hacer —refunfuñó el Pata y volvió a tirar hacia arriba de la vara.

***

Dentro de la cisterna, Mac vio asomar por la escotilla la punta amarilla de una vara de plástico.

—La hago tocar fondo y la saco, ¿no? —escuchó que decía el Pata desde arriba.

Miró al Cerrajero.

—Es para medir el nivel de gasoil —le susurró.

—Entonces estamos en el horno.

—Andá a buscar uno de los bidones que trajimos para las camionetas. Rápido. No hagas mucho ruido.

La expresión del Cerrajero fue de desconcierto, pero aun así pasó por encima del chofer maniatado y se perdió de vista por el agujero redondo en el centro del rompeolas que separaba ese compartimento de la cisterna del siguiente. Mac agarró la vara con ambas manos y se quedó quieto. Sus propios latidos le martillaban las sienes.

—*El otro turno de este camión lo hace un tucumano. Volvió la semana pasada de ver a su vieja* —decía el Pata desde arriba.

Luego oyó una voz amortiguada, lejana. Alguien le respondía. La vara plástica entonces se deslizó unos milímetros hacia arriba, intentando escaparse de sus manos. Pero Mac la aferró con fuerza y tiró hacia abajo, pegándola de nuevo al fondo del tanque.

***

Cuando el Cerrajero atravesó el primer rompeolas, la linterna que llevaba en la frente iluminó un compartimento vacío como una lata de cerveza gigante. Continuó al siguiente. Al verlo asomarse, los tres perros empezaron a llorar.

—Tranquilos, tranquilos —les dijo al pasar junto a ellos, sin detenerse.

Sus palabras no lograron que hicieran silencio, pero le valía con que no lloraran muy fuerte. El viento y los cinco milímetros de acero se encargaban del resto. Menos mal que a Mac se le había ocurrido vendarles las patas para que las uñas no repiquetearan en la cisterna vacía.

Atravesó la última división, que daba al compartimento más cercano a la cabina del camión. El haz barrió a toda velocidad cajas de madera, bolsos con herramientas, tubos de oxígeno para la lanza térmica y más bolsos con disfraces y uniformes.

Finalmente, distinguió el plástico amarillo de uno de los bidones de combustible.

***

Mac estaba a punto de soltar la vara cuando el bidón amarillo apareció por el agujero en el rompeolas. Atrás venía el Cerrajero.

—Mojala desde lo más arriba que puedas —le indicó.

El Cerrajero desenroscó la tapa plástica y se puso de pie, con los hombros tocando la parte superior de la cisterna. Después inclinó el bidón haciendo que el líquido chorreara por la vara.

El gasoil frío y aceitoso se escurrió entre los dedos de Mac.

—Pasale la mano, para que no quede ninguna parte seca.

El Cerrajero cerró el puño sobre la vara y lo deslizó hacia arriba y hacia abajo, asegurándose de recubrir todo el plástico con una película de combustible.

—Lo voy a cagar a trompadas. Eso es lo que voy a hacer —decía el Pata en el preciso momento en el que Mac abrió las manos para soltar la vara.

***

El Pata levantó la vara de a poco. Tuvo que hacer un esfuerzo para no gritar de alegría cuando vio que salía mojada y con olor a diésel.

—Acá tienen, muchachos —dijo, pasándosela a los empleados que aguardaban abajo.

El del arnés la agarró con una mano enguantada y la examinó.

—Está un poco bajo el nivel —dijo, mirando a su compañero—. No llega a los treinta y siete mil que indica el medidor de la cabina.

—Bueno —le respondió el otro—, que pase igual. Total, allá cuando descargue se lo miden con el caudalímetro.

—Eso es lo que no me explico —protestó el Pata con tono de hartazgo mientras cerraba la escotilla—. Si allá nos terminan enchufando el caudalímetro, ¿para qué nos pesan y nos controlan con la vara acá?

—Son órdenes de arriba —dijo el del arnés.

El Pata bajó de la cisterna y se subió a la cabina negando con la cabeza, como si no se explicara por qué todo el mundo le quería complicar la vida a él, un simple camionero.

—A ver si me arranca ahora. Crucen los dedos conmigo, muchachos —dijo, y giró la llave.

Tras el sacudón inicial, el motor ronroneó al ralentí.

—Parece que hoy ando con suerte —dijo, mostrándoles el pulgar hacia arriba.

—Pará —dijo uno de los guardias.

¿Y ahora qué quiere este?

El tipo se metió corriendo a la garita del Puesto de Entrada. Volvió enseguida con un aerosol negro.

—Insecticida. Por si querés fumigar la cabina. Yo también les tengo un cagazo tremendo a las arañas. Llevátelo y me lo devolvés cuando salgas.

—Muchas gracias —le dijo, rociándose con veneno los pies que, cinco segundos más tarde, aceleraban el camión.

El Puesto de Entrada fue haciéndose cada vez más chico en los retrovisores. El corazón del Pata iba a mil, y aunque los nervios lo habían empapado de sudor frío, el olor a insecticida lo obligó a bajar la ventanilla.

Se concentró en el ancho camino delante de él. Tal y como lo había descrito Minerva, era totalmente recto y plano, a excepción de unas pocas hondonadas suaves que ocultaban el horizonte para volverlo a descubrir más adelante. El ripio estaba mejor aplanado que en cualquiera de las rutas provinciales.

Durante los nueve primeros kilómetros, en los que no había ni una sola curva, contó ocho vehículos en dirección contraria. Tres eran camionetas grises de doble cabina con el logo de Inuit. El resto, contratistas.

Cada kilómetro y medio había una señal de tráfico amarilla con la silueta de algún animal autóctono. Eran similares a las que advertían sobre vacas sueltas en las rutas de La Pampa, o ciervos en la Cordillera de los Andes. Sin embargo, estas mostraban animales muy diferentes: guanacos, zorros, piches, maras y ovejas. Y debajo de cada uno, la leyenda «Los animales sueltos tienen prioridad de paso».

Rió para sus adentros. *Explosivos y cianuro, todo lo que quieras, pero no atropelles a un animalito.*

Al final de la recta, una curva a la derecha le reveló la matriz de construcciones blancas y cuadradas que conformaban el campamento. Y mucho más allá, difuminada por el polvo que levantaba el viento, las enormes estructuras de la planta de procesamiento.

CAPÍTULO 33

16 de julio de 2019, 10:55 a. m.

A los diez minutos de haber cortado el cable, Minerva salió del contenedor para mirar con los binoculares. A lo lejos, una camioneta gris abandonaba el campamento dejando atrás una nube de polvo.

—En media hora los tenemos acá —le dijo a Pólvora.

—Todo listo —respondió su compañero, mostrándole la pistola.

—No te olvides de lo que hablamos.

—Tranquila, que no soy tan revoltoso como parezco —retrucó con una sonrisa felina.

Volvieron a entrar al contenedor y cerraron la puerta. A Minerva, la media hora se le iba a hacer eterna. Por los nervios y porque algo le decía que Pólvora era una bomba de tiempo.

—¿Te acordás del día que nos conocimos, en lo de Mac? —le preguntó mientras se sentaban en el suelo.

—Cómo me voy a olvidar de la primera vez que dormí adentro de un OVNI —respondió él.

—Ese día me preguntaste por qué hacía esto. Y hace un rato, de nuevo. Sin embargo, vos nunca me contaste tus motivos.

—Estamos a punto de hacer el robo de nuestras vidas. Concentrémonos, por favor —dijo Pólvora con tono de burla, repitiendo las palabras que Minerva le había dicho hacía un rato.

Ella rió y negó con la cabeza.

—Tenés razón —reconoció, apoyándose contra una de las paredes.

—Tengo cinco pibes —dijo él después de unos segundos de silencio.

—¿Y tu mujer sabe lo que estás haciendo?

—No tengo mujer. Sólo hijos.

Pólvora dejó la pistola sobre sus muslos y se cruzó de brazos. Apoyó la espalda en el *rack* de servidores caído.

—¿No tienen madre esos hijos?

—Tres madres. Y dos de ellas no me dejan verlos porque dicen que soy una mala influencia.

Si tenía que basarse en lo poco que conocía a Pólvora, Minerva no podía culpar a esas dos mujeres.

—Salí en libertad hace unos meses. Tres años estuve guardado. Sólo puedo ver a los dos más grandes, que tuve con mi primera mujer.

—¿Y pensás que con mucha guita vas a poder ver a los otros tres?

—Con mucha guita, podés hacer lo que quieras.

Un tiempo atrás, Minerva habría sentido lástima por una respuesta así. Se habría preguntado qué clase de infeliz creía que con dinero se podía comprar el perdón. Pero a base de golpes cualquiera se volvía cínico. Por eso, aquella mañana pensó que quizás Pólvora tenía razón.

—Además, estoy cansado de robar. Y estar preso es una mierda. Este es mi último choreo. Si sale bien, me retiro. Con la guita de mi parte tengo planeado un negocio redondo.

Para Minerva, ese razonamiento era igual de sólido que el de un ludópata. Un robo más. Todo al rojo. Y, salga lo que salga, me voy a casa.

Pero los tipos así nunca se iban a casa.

Algo le decía que, además de por necesidad económica, Pólvora lo hacía porque disfrutaba la adrenalina de tener una pistola en la mano, como otros disfrutaban una montaña rusa. Eso la intranquilizaba, por más que Mario "el Banquero" Pezzano dijera que no se podía hacer un robo así sin alguien como Pólvora, que robaba desde los catorce años y sólo había estado preso una vez. Ser un ladrón casi invicto, había esgrimido Pezzano, demostraba que era excelente en lo que hacía. Y para rematar su argumento le había dicho:

«Además, un robo así es como una expedición al Polo Sur. Lo más difícil es encontrar voluntarios.»

La voz de Pólvora la devolvió al presente.

—Me parece que ahí viene.

Tenía razón. Del otro lado de las paredes de metal se oían ruedas acercándose por el camino de tierra. Se pusieron unos pasamontañas por encima de los gorros de tela.

El motor se apagó y la puerta del vehículo rechinó al abrirse. Pólvora levantó el índice. «Una sola persona», decía su dedo.

Ojalá que no sea Felipe Madueño, pensó ella un segundo antes de que se abriera la puerta.

***

Felipe Madueño estaba acostumbrado a las caídas de las comunicaciones en Cerro Solo. Al fin y al cabo, casi todas dependían de esa antena. Si el viento desconectaba los paneles solares y se acababan las baterías, chau. Si el polvo hacía fallar algún componente electrónico, también chau.

Estacionó la Toyota Hilux de doble cabina entre la antena y el contenedor. Mientras caminaba hacia la pequeña puerta miró en dirección al campamento. Le encantaba la vista desde el único cerro en toda esa planicie.

De un manojo de llaves separó la más pequeña, de color dorado. Sin embargo, cuando alzó la vista hacia la cerradura, se encontró con que no había ningún candado en la puerta.

¿Habrá venido para algo Mallo y otra vez se olvidó de cerrar?

Cuando volviera al campamento, hablaría con Gerardo Mallo. Aunque fuera su jefe. Aunque tuviera más de cuarenta años y Madueño veinticinco recién cumplidos. Porque después, si pasaba algo, era a él a quien mandaban a sacar las papas del fuego.

Giró el picaporte, empujó la puerta y accionó el interruptor de la luz. El contenedor continuó a oscuras, aunque la penumbra no le impidió ver a los dos encapuchados, ni al cañón del arma que le apuntaba a la cabeza.

El manojo de llaves se le cayó al suelo.

***

Mierda, era Madueño. Durante los cuatro años que Minerva había sido la responsable del área de informática y comunicaciones de Entrevientos, Madueño fue su mano derecha. Era inteligente y aprendía muy rápido. Quizás porque era un nativo digital o quizás porque a los veinte años todo el mundo aprendía rápido. En cualquier caso, le caía bien.

—Tranquilo que no es con vos —le dijo, enmascarando su voz con tono grave y acento porteño.

—Arrodillate —agregó Pólvora.

—Si le hacés caso, no te va a pasar nada.

Madueño se puso las manos en la nuca y bajó despacio al suelo.

—Sacate la campera, pibe —le dijo ella.

El técnico se quitó el abrigo, idéntico al que tenía puesto Minerva. Pólvora le ató las muñecas a la altura de los riñones con una brida plástica. Repitió la operación con los tobillos. Luego, con una tercera brida, unió las otras dos. El joven quedó boca abajo, con las rodillas dobladas y las manos pegadas a los pies a la altura de los glúteos.

Minerva se puso en cuclillas junto a él para recoger el manojo de llaves.

—No te vamos a hacer nada —lo tranquilizó.

El técnico, con media cara apoyada en el suelo polvoriento del contenedor, la miraba con ojos tan aterrorizados que a ella le dio un vuelco el estómago. Recordó algo que le había dicho su amigo Qwerty hacía más de quince años, cuando ella rechazó unirse a su banda de hackers porque consideraba que todavía le faltaba mucho por aprender:

«Podés leer cien libros sobre cómo andar en bicicleta, pero no vas a saber lo que se siente hasta subirte a una.»

—De verdad, quedate tranquilo —insistió Minerva.

Podés planear el atraco a Entrevientos durante meses, pero no vas a saber lo que se siente hasta ver a tu ex compañero de trabajo muerto de miedo, pensó.

Madueño asintió enérgicamente. Minerva le quitó la billetera y el teléfono celular. También le descolgó de alrededor del cuello la tarjeta de identificación. En los bolsillos hondos de la campera tirada en el suelo encontró una radio marca Motorola y uno de los cuatro teléfonos satelitales que había en el yacimiento.

Después sacó de su propia mochila una bolsa de dormir nueva, abrió el cierre para transformarla en una manta y la puso sobre el técnico.

—No te preocupes —le dijo—, como mucho vas a estar acá medio día.

Y lo dejaron atrás, cerrando la puerta del contenedor con un candado nuevo, elección del Cerrajero.

Caminaron hacia la camioneta de Madueño. Igual que todas las de la empresa, era una Hilux gris, tenía el logo de Inuit en las puertas y la reglamentaria pértiga plástica de dos metros y medio con un banderín rojo en la punta para que fuese más fácil verla a la distancia.

Antes de subir, se sacaron los pasamontañas, los gorros de quirófano y los guantes de látex. Pólvora se puso la campera de Madueño. Miraron mil veces por los binoculares.

—Me parece que ahí llegan —dijo ella, enfocando un camión de YPF que bajaba hacia el campamento por las curvas.

—¿Estás segura de que son ellos?

—Son ellos, vamos —dijo y se subió al asiento del acompañante de la camioneta.

Descendieron en silencio la ladera del Cerro Solo. Al

llegar abajo, Pólvora señaló hacia adelante.

—Parece que viene alguien.

Efectivamente, otra camioneta gris de la minera se acercaba hacia ellos.

—*Collons* —dijo Minerva.

—¿Qué?

—Son los de seguridad.

En cuanto estuvieron a doscientos metros, el vehículo les hizo señas de luces.

Ella se apresuró a buscar los anteojos de marco grueso que traía en la mochila. Pólvora se llevó la mano detrás del pantalón para empuñar la pistola.

CAPÍTULO 34

San Rafael, Mendoza, Argentina. Dos meses y medio antes.

Minerva recorrió con el puntero láser el camino que salía del campamento hacia el norte.

—Este camino es la columna vertebral de Entrevientos. Va del campamento a la planta, y después sigue hasta el túnel y las minas a cielo abierto. Diez kilómetros más adelante, llega a Cerro Solo.

—De ahí vamos a venir nosotros dos después de desconectar la antena, ¿no? —dijo Pólvora.

—Correcto. Y mientras antes lleguemos a este tramo, mejor —respondió Minerva, señalando el centro de la pantalla—. Los tres kilómetros entre el campamento y la planta son los más transitados de todo el yacimiento.

—Tampoco se imaginen una autopista —acotó el Pata.

—En promedio, un vehículo cada ocho minutos, entre camiones y camionetas —precisó Minerva.

Señaló con el láser las otras líneas, más finas, que salían en todas las direcciones desde el camino principal.

—Estos otros son poco más que huellas en la tierra. Los utiliza principalmente el equipo de exploraciones. Por ahí es más difícil moverse sin ser detectado, sobre todo si hay línea visual con el campamento o la planta.

—¿Los patrullan? —preguntó Mac.

—Las veinticuatro horas. El itinerario se genera cada día de manera aleatoria. Es decir, no se puede saber a qué hora va a pasar la patrulla por un determinado punto.

—¿Qué pasa si mientras estamos yendo de Cerro

Solo al campamento nos encontramos con alguno? —preguntó Pólvora.

—Tenemos un problema.

CAPÍTULO 35

16 de julio de 2019, 11:42 a. m.

Cuando ambas camionetas estuvieron detenidas, el empleado de seguridad se bajó de la suya y caminó hacia ellos.

—A lo mejor no es necesario —dijo Minerva, señalando la pistola que Pólvora acababa de desenfundar.

El otro la miró como si no entendiera. Entonces ella se tocó disimuladamente el logo de Inuit Gold que tenía bordado en el pecho. Después repitió el gesto con el de Pólvora.

—Somos dos empleados haciendo nuestro trabajo —le dijo.

Pólvora guardó la pistola justo a tiempo para que el vigilante no la viera y bajó la ventanilla.

—Buenas tardes. ¿De dónde vienen? —preguntó el hombre.

Hablaba con un tono policial, como la mayoría de los trabajadores de empresas de seguridad. Al parecer, el uniforme oscuro y la radio enganchada a la cintura producían un misterioso efecto sobre las cuerdas vocales.

—De Cerro Solo —dijo Minerva—. Se cayeron las comunicaciones y nos mandaron a ver qué pasaba. Encontramos un corto en la conexión de las baterías. Ahora volvemos al campamento a buscar los repuestos para arreglarlo.

—Necesito ver sus tarjetas de identificación.

Pólvora resopló y abrió la boca para decir algo, pero Minerva se le adelantó.

—Está todo el campamento incomunicado. No tardes

mucho por favor —dijo, y sacó del bolsillo la identificación de empleado de Inuit Gold.

A diferencia de las tarjetas genuinas, esta no abriría ninguna puerta si se la acercaba a los lectores instalados en las cerraduras de Entrevientos. No era más que un rectángulo de plástico que Minerva había falsificado en su casa de Trelew con una impresora de tarjetas de gama media. Le había puesto una foto suya después de cortarse y teñirse el pelo de negro para parecerse lo más posible a Mariela Castro. Esa misma tintura, que se había vuelto a aplicar ayer, era la responsable de las ganas que sentía a cada rato de rascarse la cabeza.

Mientras el guardia de seguridad ingresaba en la tablet el número de empleado de Mariela Castro, Minerva contuvo la respiración. Castro era una empleada de Inuit con un gran parecido físico a ella, pero trabajaba de administrativa en las oficinas de Puerto Deseado. No tendría absolutamente nada que hacer en Cerro Solo.

Después de unos segundos, el hombre asintió con la cabeza y le devolvió la tarjeta. Minerva exhaló. El cambio que había hecho la noche anterior en la base de datos se había propagado correctamente a la réplica guardada en la tablet. Mariela Castro ahora figuraba como parte del equipo informático.

Faltaba que el tipo hiciera lo mismo con Pólvora, pero ya no había peligro. Si se habían actualizado los datos de Castro, lo mismo habría sucedido con los de Manuel Ortiz, del equipo de exploraciones. También, recientemente transferido a informática y comunicaciones.

Pero el guardia de seguridad miró la tablet durante más tiempo del que a ella le parecía normal. Luego levantó la vista hacia Pólvora.

—Hay un problema.

Pólvora se llevó la mano a la cintura. Ella volvió a apoyarle la suya en el antebrazo.

—¿Qué problema?

—En la base de datos me figura que estás de licencia médica hasta la semana que viene.

Se había dirigido a Pólvora. La mano de este se escondió aún más detrás de su espalda.

Minerva sintió ganas de gritar. ¿Cómo había sido tan estúpida de no mirar la tabla de bajas médicas?

—Al final me dieron el alta antes —respondió Pólvora.

—Debe ser que, como no hay conexión, no tenés la versión más actualizada de la base de datos —intervino Minerva señalando la tablet—. En cuanto lo arreglemos y sincronice, vas a ver que cambia el estado en el registro.

Los términos informáticos parecieron convencerlo, porque le devolvió la tarjeta a Pólvora y dijo:

—Muchas gracias, adelante.

Como si fuera policía.

CAPÍTULO 36

16 de julio de 2019, 11:54 a. m.

—Ahora —pronunció Mac cuando el cronómetro llegó a los sesenta segundos.

Lo había activado en el reloj de su muñeca al oír los dos golpecitos del Pata en el exterior de la cisterna. Significaban que el camión ya estaba estacionado en el punto ciego elegido por Minerva, a un costado del campamento. Ninguna cámara de seguridad apuntaba hacia allí y muy pocas ventanas de los módulos de oficinas y habitaciones tenían línea visual directa.

Los dos golpecitos les decían a Mac y al Cerrajero que podían salir. Los sesenta segundos eran para darle tiempo al Pata a volver a la cabina y esconderse, porque tres conductores para un solo camión de combustible era demasiado sospechoso.

Con el Cerrajero siguiéndolo de cerca, Mac fue atravesando los diferentes compartimentos de la cisterna, pasando de uno a otro por el agujero en el centro de cada rompeolas. Dejó atrás al conductor atado y a los perros adormecidos. Se detuvo debajo de la escotilla a la que le había limado el pestillo de cierre. Bastó un empujón desde adentro para que sobre sus cabezas apareciera un círculo de cielo celeste y el zumbido del viento.

—Vos primero —le dijo al Cerrajero, entregándole una escala de soga con tres peldaños que había construido a imagen y semejanza de las de su parque de aventuras.

Su compañero la colgó del borde y sacó la cabeza por la abertura para mirar hacia ambos lados. Ayudándose con los codos, puso un pie en el primer escalón.

—Andá de a poco, por las dudas —le dijo Mac, pero el otro ya tenía medio cuerpo afuera.

Apenas el Cerrajero desapareció de su vista, Mac asomó la cabeza por la escotilla, irguiéndose por primera vez en dos horas. Se encontró con la cara de su compañero a menos de veinte centímetros de la suya. Estaba tirado a lo largo del camión, panza abajo, y tenía el índice puesto sobre los labios. Hizo un gesto señalando a su izquierda.

Mac subió al primer peldaño y estiró el cuello con cuidado. A cincuenta metros, un guanaco pastaba al lado del camino. El animal levantó la cabeza, alerta, pero decidió volver a concentrarse en la poca vegetación que crecía en invierno.

—No pasa nada, es un guanaco.

El Cerrajero negó con la cabeza.

—Viene alguien —susurró.

Mac se asomó un poco más y entonces sí los vio. Dos hombres equipados con chalecos refractarios caminaban hacia ellos a toda velocidad.

Volvió a agacharse. Unos segundos más tarde, sus voces se hicieron audibles.

—Si desde hace dos años bajo los viernes, no me puede venir a cambiar de un día para el otro —se quejaba uno, con acento del litoral.

—Por lo menos que te avise con una campaña de antelación —dijo el otro.

—Qué frío que hace hoy, la puta madre.

—Ahora en el taller preparo uno mates.

Las palabras empezaron a sonar más lejanas. Habían pasado junto al camión sin detenerse. Buena señal.

Mac volvió a asomarse. Los dos empleados caminaban, dándole la espalda, hacia un galpón aislado. Según los planos que Minerva les había hecho memorizar, era el taller mecánico donde reparaban los vehículos de la mina.

Miró hacia el campamento, observando las decenas de módulos, como cajas de zapatos gigantes, dispuestos en filas y columnas unidas por caminos de tierra. En el centro había otras construcciones, más grandes e igual de cuadradas, que Minerva había identificado como el comedor, el módulo de oficinas y la sala de actividades recreativas. Recordó la frase con la que Minerva había descrito al campamento. «Un pueblo prefabricado plantado a la fuerza en el medio de la estepa.»

Le hizo un gesto al Cerrajero. El otro asintió y gateó hacia la cola del camión. Mac terminó de salir por la escotilla y lo siguió. Bajaron por la escalera a toda prisa.

Los pies de Mac acababan de tocar la tierra reseca cuando sintió la voz a sus espaldas.

—¿Se complicó algo?

Un hombre vestido con pantalón azul y camisa con logo de YPF, idénticos a los que llevaban ellos, se acercaba todo lo rápido que le permitían sus redondeces. Venía desde un camión cisterna, también idéntico, que Mac habría jurado que hacía un minuto no estaba ahí.

—No, nada. Acabamos de descargar y nos estábamos yendo, pero me pareció sentir un ruido raro adentro —dijo Mac, golpeando con la palma de la mano el tanque cilíndrico—. Así que le dije a él que me diera una mano, para no subir solo.

Con «él», se refería al Cerrajero, que se había quedado mudo.

—¿Acaban de descargar? Me pareció que venían del Puesto de Entrada.

—Ah, sí. Porque cuando ya nos habíamos ido, este huevonazo se dio cuenta de que se había olvidado la billetera en el comedor. Tuvimos que pegar la vuelta.

El Cerrajero levantó la mano y agachó la cabeza fingiendo vergüenza.

—¿Y dicen que vinieron a descargar juntos? ¿Uno en cada camión o los dos en el mismo?

Mac miró hacia un lado, intentando pensar cuál sería la respuesta correcta. Para ganar tiempo, señaló al guanaco.

—Esto no me deja de sorprender nunca. En cualquier campo, te querés acercar con una camioneta y salen rajando. Y acá, con todo el ruido, las explosiones y la gente, los tipos están como Pancho por su casa.

—Mi mujer no me lo creyó hasta que le mostré una foto —dijo el camionero.

Por un instante, Mac pensó que había logrado cambiar de tema. Pero no.

—¿Y? ¿Vienen juntos o en camiones separados? —insistió el hombre.

—Juntos —se la jugó—. Él acaba de entrar a la empresa y está de aprendiz conmigo.

El camionero arqueó los labios hacia abajo.

—Eso debe ser nuevo. En mi época te subías solo y metías kilómetros desde el primer día. No saben la de cagadas que me mandé al principio. No me puse el camión de poncho, de milagro.

—Sí, es algo nuevo. A estos pibitos, si no los llevás de la mano, no saben qué hacer —dijo, dándole un par de cachetadas amistosas en la cara al Cerrajero.

El hombre soltó una risa. Después de desearles un buen viaje, se despidió de ellos con un fuerte apretón de manos y se encaminó hacia su camión.

—Nada más inoportuno que un buen samaritano —dijo Mac mirando alrededor.

—Te lo sacaste de encima muy bien.

—Gracias.

Esperaron en silencio hasta que el vehículo se perdió de vista. Después, Mac señaló la cabina del camión robado.

—Me voy con el Pata.

—Y yo me pongo a hacer lo mío. Pero primero te devuelvo esto.

Antes de que Mac pudiera preguntarle de qué hablaba, el Cerrajero le dio dos fuertes palmadas en la cara.

—Ahora sí. Sigamos —le dijo el Cerrajero y enfiló hacia los módulos de habitaciones.

***

Al subir a la cabina del camión, Mac se encontró al Pata tirado a los pies del asiento del acompañante, descalzo y con el torso desnudo. Contorsionaba su cuerpo grueso para deshacerse del pantalón.

—¿Los vio alguien saliendo de la cisterna? —preguntó tras quedarse en calzoncillos.

—Se nos acercó a hablar otro camionero, pero lo despachamos rápido.

—¿El Cerrajero ya se fue para las habitaciones?

—Sí —respondió Mac, apoyando las manos en el volante del camión detenido.

Mientras su compañero se ponía un vaquero y una camisa a cuadros con la misma torpeza con la que se había desprendido del uniforme de YPF, él permaneció atento al camino que se alejaba del campamento. Lo había estudiado en los mapas con la diligencia con la que un niño aprende las tablas de multiplicar. Tres mil doscientos metros de recta hasta llegar a la planta, cuyas construcciones altas cortaban el horizonte. Más allá, el camino conducía a las minas hasta morir, a diecisiete kilómetros del camión, en Cerro Solo.

Una vez vestido, el Pata se sentó a su lado en el asiento y remató el atuendo abrigándose con una campera negra que tenía el logo de Inuit bordado en el pecho. Justo en ese momento, Mac divisó una camioneta gris que se acercaba por el camino.

—Me parece que ahí vienen —dijo, mientras abría la guantera para buscar la radio de frecuencia encriptada.

El Pata permaneció en silencio, calzándose las botas de seguridad.

—Pólvora y Minerva. ¿Me escuchan? —preguntó Mac al aparato.

Sin una repetidora, las radios tenían un alcance de cinco kilómetros en campo abierto. Mucho menos si había paredes de por medio.

—Sí. Y también te vemos. Vamos para allá —respondió Minerva.

Tres minutos más tarde, la Hilux se detuvo junto al

camión, de modo que quedó oculta al campamento detrás de la cisterna.

Mac abrió la puerta y Minerva bajó la ventanilla para entregarle una tarjeta magnética.

—No tarden mucho.

CAPÍTULO 37

16 de julio de 2019, 12:13 p. m.

Mac caminó detrás del Pata en dirección al módulo más grande, en el centro del campamento. Conforme se iban acercando, notaba que el pulso se le aceleraba. Pensó en sus hijos para tranquilizarse, pero eso tuvo el efecto contrario.

Se detuvieron a diez metros de la puerta. El Pata encendió un cigarrillo y le dio uno a él. Fumar era una de las pocas excusas aceptables para estar a la intemperie con un viento de sesenta kilómetros por hora que congelaba las orejas.

Mac no fumaba desde que era adolescente. Al terminar el segundo cigarrillo, tenía la garganta áspera y las manos heladas. Estaba a punto de aceptar el tercero cuando vio que el Pata le hacía un gesto sutil con los ojos.

A su derecha, un empleado alto, de torso evidentemente macizo incluso debajo de varias capas de abrigo, abría la puerta para entrar al módulo. El tatuaje en el cuello no dejaba lugar a dudas. Ese era su hombre.

Esperaron ahí exactamente diez minutos. Después, el Pata enfiló hacia la puerta y Mac lo siguió de cerca repitiéndose mentalmente que, para cualquiera que los mirara, no eran más que dos de las cientos de personas que comerían aquel mediodía en la cantina de Entrevientos. Un empleado de Inuit y un chofer de YPF. Nada raro.

Entraron a un pasillo ancho con puertas a los costados. Según les había explicado Minerva, correspondían a una sala de conferencias, algunas oficinas y baños. La puerta del fondo era mucho más grande, y desde las dos hojas abiertas de par en par llegaba el sonido de cubiertos mezclado con voces ininteligibles.

Al atravesarla, los recibió un olor a carne al horno y papas fritas. La sala era grande como una cancha de básquet y, a pesar de que apenas eran las doce y media del mediodía, más de un centenar de personas se inclinaban sobre sus platos, sentados frente a largas mesas blancas. Muchos comían solos, sosteniendo el teléfono con una mano mientras manejaban el tenedor con la otra. Otros charlaban con sus compañeros de mesa.

El tipo del tatuaje pertenecía al segundo grupo.

El Pata ya se había detenido frente al molinete de metal cuando Mac oyó voces a sus espaldas. Se giró disimuladamente y vio que dos empleados de Inuit se paraban detrás de él, esperando su turno para entrar al comedor.

Se pegó todo lo que pudo al Pata, que ya acercaba al molinete la tarjeta que les había entregado Minerva. La luz roja se puso verde y su compañero atravesó la barrera mientras se rascaba la espalda con la mano que todavía sostenía la tarjeta. Mac la agarró con un movimiento ensayado frente al espejo y se la metió en el bolsillo.

Mientras el Pata se alejaba hacia una cola en la que varias personas esperaban a que les sirvieran la comida, Mac se palpó el pecho, las caderas y las nalgas.

—Qué boludo que soy —dijo.

Los dos empleados de detrás hicieron un comentario sobre el hambre que tenían. Él rebuscó un poco más en su ropa y chasqueó la lengua.

—Pasen ustedes, muchachos. Me olvidé el teléfono en la camioneta —dijo y se alejó del comedor con la tarjeta en el bolsillo.

CAPÍTULO 38

16 de julio de 2019, 12:36 p. m.

Tras pasar el molinete, el Pata caminó por el costado del salón en dirección al largo mostrador. Mientras esperaba en la cola, agarró una bandeja con cubiertos, servilletas de papel y un vaso de plástico. También se colgó al cuello una tarjeta con su foto y un nombre falso.

Cuando le llegó el turno, un joven con acné, delantal negro y gorra de tela señaló las fuentes de acero inoxidable.

—Hoy tenemos carne con papas al horno y lasaña de verduras.

—Carne, por favor.

Con el plato humeante en la bandeja, miró a un lado y al otro del comedor, como si no supiese dónde sentarse. Después de un momento de aparente indecisión, se encaminó hacia la mesa donde el tipo del tatuaje y otros tres operarios daban cuenta de generosas porciones.

—¿Me puedo sentar con ustedes, muchachos? —preguntó.

Uno de ellos respondió con un «sí» parco y volvió a prestar atención a la anécdota que contaba otro. El Pata se sentó junto al del tatuaje y probó la carne. Incluso con el nudo que tenía en el estómago, estaba buenísima.

Mientras masticaba en silencio, observó de reojo el dibujo en el cuello del hombre a su lado. Era un dragón rojo y verde, tal y como lo había descrito Minerva.

—Permiso —dijo, estirándose para agarrar una botella de Coca Cola que había entre las bandejas de los otros.

Se llenó el vaso hasta el borde y lo tomó lo más

rápido que pudo. Los cuatro empleados dejaron de hablar para mirarlo.

—El que la termina va a buscar otra —le advirtió uno, señalando una heladera llena de bebidas sin alcohol a un costado del comedor. Tenía acento peruano y unos rasgos andinos que hicieron que el Pata pensara en el Cerrajero. Si todo iba bien, su compañero también estaría en plena acción en ese momento.

—Parece que nunca hubieras tomado Coca Cola —le comentó el más rechoncho del grupo, sonriendo debajo de un tupido bigote.

—Cuando es gratis, es más rica —respondió, sirviéndose lo que quedaba en la botella.

Los cuatro empleados rieron y el Pata les mostró el vaso antes de volverlo a vaciar.

—Se nota que sos nuevo. Yo al principio también, cada vez que entraba acá, salía rodando. Pero, te doy un consejo, a la larga no es tan bueno —dijo el del bigote dándose sonoras palmadas donde el vientre abultado ponía tersa la tela de la camisa.

—No te preocupes, yo ya soy del club —respondió el Pata, tocándose su propia barriga.

—Al final, tiene razón este —dijo el otro, señalando al del tatuaje—. La única manera de estar en forma si trabajás acá es haciéndote vegano.

—Debe ser el único dragón del mundo que come lasaña de verduras y ensalada —acotó el peruano.

—¿En qué área trabajás? —le preguntó el del tatuaje, tratando de desviar la conversación.

—En exploración —respondió, señalándose la tarjeta colgada en el pecho—. ¿Y ustedes?

—En fundición, los cuatro.

—Ah, o sea que estoy sentado con los que cortan el queso.

—No, nosotros lo hacemos nomás —respondió el único que todavía no había hablado, un rubio con cara de alemán y acento de peón de campo—. El que lo corta y se lo come es otro.

Todos le festejaron la broma. Sin desdibujar la sonrisa de la cara, el Pata señaló la botella vacía y se puso de pie. Se dirigió hacia la heladera con una mano en el bolsillo, recorriendo con los dedos el tacto suave del frasquito de vidrio que le había dado Minerva. A medio camino se lo llevó a la boca simulando toser, y le arrancó el tapón de goma con los dientes.

Agarró otra Coca Cola de la heladera. Mientras fingía examinar cada una de las bebidas que la minera ponía a disposición de los empleados, desenroscó la tapa de la botella y vertió dentro el contenido del frasquito.

—...no todos lo valoran —estaba diciendo el del bigote cuando el Pata volvió a la mesa.

—¿A qué te refieres? —le preguntó el peruano.

El hombre movió una mano en el aire, restándole importancia.

—Nada. Una boludez. Mi hija, que me hizo terrible drama por el laburo.

—¿Drama? ¿Por qué?

El Pata se sirvió otro vaso hasta arriba. Después, sin preguntar, completó el de tres de los cuatro empleados de fundición. Resultó que el del tatuaje, además de ser vegano, había dejado las bebidas azucaradas hacía cuatro meses.

—Por el tema medioambiental. Está en el último año de la secundaria y le hicieron hacer un trabajo sobre la minería. El cianuro y todo eso.

El tatuado movió el tenedor en el aire.

—Mirá —dijo, señalando el centro del comedor—. Cada una de estas personas es un sueldo que entra en una familia.

—Más desastres hace la miseria —añadió el peruano.

—Además, una cosa es un derrame en un río. Pero, ¿acá? ¿Vos viste dónde estamos? Aunque estallara una bomba nuclear, nos morimos nosotros y cuatro guanacos, nada más.

—Vos lo que le tenés que hacerle entender a tu hija es que la mina trae trabajo a una provincia que está arruinada —dijo el rubio—. Contale que, por ley, el setenta por ciento de los empleados son residentes de Santa Cruz. Contale que la provincia se lleva sus buenas regalías.

¿La provincia o los políticos corruptos?, pensó el Pata.

—¿Y vos, qué opinás? —le preguntó en ese momento el del tatuaje.

—Yo estoy de acuerdo con ustedes —dijo, levantando las manos en señal de paz—. Pero todos tuvimos dieciocho años alguna vez, ¿no?

—Si yo te contara... —dijo el del bigote.

—A mí si alguno de mis pibes me viene con un planteo así, le arranco la cabeza de un sopapo —dijo el del tatuaje—. Probá con eso. Un par de golpes dados a tiempo le pueden venir bien. Y si no te entiende, la próxima vez que te pida guita preguntale si no le da vergüenza beneficiarse de un negocio tan sucio.

Al ver que los otros tres reían, el Pata se sumó a las carcajadas.

—Me gustaría ver cuánto durarían nuestras mujeres o nuestros hijos en un trabajo como este —continuó el tipo—. Al final, nosotros nos rompemos el lomo y ellos lo único que saben hacer es quejarse y pedir. Guita, guita, guita, es lo único que importa.

—Te van a elegir padre del año —dijo el peruano.

El otro lo fulminó con la mirada. Las gruesas venas que le recorrían el cuello daban la sensación de que el dragón había cobrado vida.

—Escuchame bien, Pachamama. Yo también lo veía todo color de rosa cuando mi primer pibe tenía seis meses. Pero antes de hacerte el zen, esperá a que el tuyo empiece a hablar. La primera palabra que te dice es papá, y la segunda, comprame.

En la mesa se generó un silencio incómodo. Al Pata le pareció raro que un vegano que no consumía azúcar no viera un problema medioambiental en la minería y sugiriera corregir a los hijos a tortazos. Quizás Sandra tenía razón cuando le decía que era un prejuicioso.

—¿Vos tenés hijos? —le preguntó al rubio con un tono desenfadado, quitándole hierro a la conversación.

—Sí.

—Yo también —mintió—, así que los cinco somos padres. Y aunque hay días que tenemos ganas de ahorcarlos, los queremos. Así que, si me permiten, voy a proponer un brindis. Por los jóvenes, que aunque a veces nos vuelvan locos, son lo más importante que tenemos en este mundo.

—Por los jóvenes —repitieron al unísono el peruano, el de bigote y el rubio.

—Y porque se hagan grandes pronto así nos dejan de romper las pelotas —añadió el del tatuaje.

Los cinco vasos de plástico se unieron en una seguidilla de clinks apagados. El Pata se llevó el suyo a la boca, pero antes de que el líquido le tocara los labios, fingió que le vibraba el teléfono en el bolsillo.

—Hablando de hijos, tengo que hacer una llamada urgente, muchachos —dijo, mirando la pantalla—. Que tengan un buen día.

Apenas se alejó de la mesa, respiró profundo. Para intentar calmarse, se imaginó a Sandra y a Mina debajo de un árbol cargado de cerezas. A pesar de los nervios, sonrió.

CAPÍTULO 39

Siete días antes. En el campo, a veintidós kilómetros de Entrevientos.

En el asiento del acompañante de la Sinpapeles, Mac se agarraba fuerte a la manija sobre la ventanilla. La camioneta iba a los saltos por una huella apenas visible que bajaba entre dos paredes de roca rojiza. El Pata, al volante, era el único otro tripulante humano. Hacía tres horas que habían salido desde Caleta Olivia, previo paso por la perrera municipal.

A Mac esta era la parte del plan que más le preocupaba. Él estaba acostumbrado a lidiar con aparatos, poleas y herramientas, que siempre se comportan de la misma manera. Los animales, en cambio, le parecían impredecibles.

—Por acá va a andar bien —dijo el Pata, deteniendo la camioneta.

—¿Dónde estamos?

—En un cañadón dentro de la estancia La Martineta, a ocho kilómetros de la casa de los dueños —respondió, señalando las rocas a ambos lados del camino—. Acá nadie va a ver la jaula.

—Mientras el perro pueda olerla...

—Todavía no me creés, ¿no? —preguntó el Pata con un gesto divertido.

No era que no le creyera. Si todo iba como estaba planeado y conseguían los tres perros, a razón de uno por día, tendrían un buen margen antes de que Entrevientos solicitara un nuevo camión blindado. Pero para Mac, lo que estaban por hacer tenía demasiados puntos de falla.

—Es que me resulta muy difícil entender cómo va a hacer el perro para olerla a ocho kilómetros —le dijo, mirando el GPS en el teléfono.

Se había descargado el mapa satelital de toda la provincia para poder tenerlo disponible en cualquier lugar. Como ahora, que estaban en el medio del campo, a noventa kilómetros del pueblo más próximo.

—No tengo la menor duda. Y a veinte también. Acá entran en juego tres cosas fundamentales en la vida de un perro: el olfato, la inteligencia y las ganas de ponerla.

Mac se rió ante la frase y se bajó de la Sinpapeles. Abrió la puerta trasera. Los asientos de la tercera fila estaban rebatidos para hacerle lugar a la jaula trampa que él mismo había fabricado. En uno de los dos compartimentos se puso en pie la perra en celo que habían recogido de la perrera. El otro estaba vacío.

Le pidió al Pata que lo ayudara a bajarla. Después levantó uno de los lados, dejando abierta la mitad vacía de la jaula. Había diseñado el mecanismo para que se cerrara automáticamente si el suelo del compartimento recibía una presión de más de nueve kilos.

La perra soltó un sollozo.

—Shhh, no te asustes, que mañana te venimos a buscar —le dijo el Pata, metiendo la mano en la jaula para acariciarla.

—Pobrecita —pensó Mac en voz alta.

—¿Pobrecita? ¡Esta perra se ganó la lotería! —respondió el Pata mientras llenaba de alimento el cajón sujeto a los barrotes y ponía agua en un bebedero.

—La estamos dejando como señuelo...

—La estamos rescatando de la perrera, boludo. La iban a matar. A partir de la semana que viene, esta hermosura empieza una nueva vida.

—¿Qué querés decir?

—La mando para San Julián con Sandra, mi mujer. La vamos a adoptar. Y dentro de poco, cuando seamos millonarios, nos vamos a comprar una finca en Los Antiguos. Va a poder correr todo lo que quiera. ¿Estuviste alguna vez en

Los Antiguos?

—No.

—Es uno de los lugares más lindos de la provincia. Ahí iban los tehuelches a pasar su vejez, por eso se llama así. Sandra y yo tenemos decidido que queremos vivir allá, cultivando cerezas y haciendo mermelada. Somos gente simple, no necesitamos cosas caras ni viajes por el mundo.

—La gente simple no suele arriesgarse a pasar sus mejores años en la cárcel. Tienden a buscarse un trabajo.

—Primero, mirá quién habla. Y segundo, esa ya la probé y no me funcionó. Laburé durante dos años y medio en la mina de Cerro Retaguardia. Fui un empleado ejemplar, y así y todo me echaron. Por ladrón.

—¿Te extraña que te echen por robar?

—Por *haber sido* ladrón. Después de dos años de trabajar sin faltar un solo día, me llama el gerente de recursos humanos y me dice que se enteraron de que había estado preso y que no podían seguir empleando a un tipo que había falsificado el certificado de antecedentes penales para entrar a la empresa. Ahí nomás, despido sin indemnización.

El Pata pasó los dedos por la jaula.

—¿Entendés? La ley dice que si te mandás una cagada, la pagás con un tiempo en la cárcel. Yo me comí cuatro años por pirata del asfalto. Pero lo que no está escrito en ningún lado es que cuando salís, la seguís pagando de por vida.

Mac asintió. No hacía falta haber estado preso para entender lo que significaba sufrir un estigma. Había sido toda su infancia uno de los hijos del chatarrero.

—A lo mejor en Mendoza es distinto —prosiguió el Pata—, pero acá la clase media no levanta cabeza nunca. Sandra es maestra. Hace tres años que no le aumentan el sueldo. Con una inflación del cincuenta por ciento, sacá la cuenta. Yo, con mi edad y mi experiencia, lo mejor que consigo es de empleado de seguridad en un puticlub. Y eso ni paga las facturas ni le hace bien a un matrimonio.

El Pata se apoyó en el capó y fijó la vista en una de

las paredes de roca que los flanqueaban.

—Lo único que quiero es una vida normal, loco —continuó—. Tener para comer, y no andar preocupándome por cuánto se afana el gobernador de turno. ¿Vos viste las máquinas abandonadas al costado de la ruta cuando veníamos para acá? ¿Viste las obras que el gobierno adjudicó a sus amigos y nunca se terminaron porque ahora están todos presos? Acá la única forma de que te vaya bien es robando o haciéndote político.

Mac estuvo a punto de hacerle el chiste fácil, pero prefirió asentir en silencio. Cada uno tenía sus motivos para jugarse la libertad. Los del Pata quizás eran los menos ambiciosos, pero a lo mejor también los más importantes.

—¿Ya le pusiste nombre? —le preguntó, señalando la jaula.

—Mina.

—¿Mina? —rió Mac.

—Sí, Mina. ¿Qué te parece?

Miró los ojos tristes de la perra. Se alegró al pensar que pronto tendría dónde correr.

—Apropiado.

CAPÍTULO 40

16 de julio de 2019, 12:07 p. m.

Después de devolverle las dos palmaditas en la cara a Mac, el Cerrajero dejó atrás el camión de combustible y caminó en dirección a las grandes construcciones modulares pintadas de verde oscuro. Observó los aparatos de aire acondicionado que sobresalían debajo de cada ventana. Minerva les había explicado que se utilizaban casi todo el año en modo calor.

Los módulos estaban dispuestos en forma de matriz. Cada fila tenía una letra y cada columna, un número. No le costó ubicar el que buscaba. Tenía el mismo tamaño que los demás, pero de este sólo asomaban cuatro aires acondicionados en vez de doce.

Con una tarjeta de identificación falsa visiblemente colgando del cuello, se detuvo frente a la puerta y tanteó el picaporte. Estaba abierta y daba a un recibidor vacío. Hall frío, le había contado Minerva que le decían, porque el aire del exterior se quedaba bloqueado entre las dos puertas. La interior tenía una pequeña ventana a la altura de los ojos y, en vez de picaporte, una manija ciega. Tiró de ella sin éxito. Para abrirla, los empleados necesitaban una llave.

Por suerte, él no era un empleado.

Sacó del bolsillo trasero un trozo de radiografía y observó las vértebras mal alineadas, como una torre de bloques de madera hecha por un niño.

—Ayudame, papá —murmuró, y le dio un beso rápido a la imagen antes de meterla entre la puerta y el marco.

Las radiografías eran unos de los mejores amigos de cualquier cerrajero. Él las había usado para abrir cientos de puertas, aunque nunca en condiciones como aquellas. Normalmente lo hacía con alguien respirándole en la nuca. O un ladrón apurado por entrar o un cliente de la cerrajería avergonzado de haberse quedado afuera de su propia casa.

Tardó menos de medio minuto en empujar el pestillo con la lámina. Una vez dentro, se llevó el teléfono a la oreja. Nadie le hace preguntas a un tipo que habla por teléfono.

Recorrió el pasillo examinando cada una de las cuatro puertas, dos a cada lado. Respiraba lentamente, tratando de convencerse de que a esa hora no habría nadie detrás de ninguna. El personal jerárquico era el que más horas pasaba fuera de sus habitaciones.

Se detuvo frente a la número cuatro y golpeó con los nudillos. Seguía con el teléfono pegado a la cara.

Silencio.

Al cabo de varios segundos, golpeó un poco más fuerte.

Nada.

Observó la cerradura. La radiografía no le iba a servir con ese bombín robusto. Era de esperar. Después de todo, del otro lado de esa puerta dormía la persona con más autoridad de Entrevientos.

Tanteó las ganzúas que llevaba en el bolsillo hasta identificar el tacto suave y sinuoso de la Bogotá. Sacó también un tensor de acero fabricado por él mismo. Sosteniendo el teléfono entre el hombro y el oído, metió ambas herramientas en la cerradura. Mientras empujaba el tensor con la mano izquierda, la derecha movía la Bogotá. *Rápido, como las alas de un colibrí,* le había enseñado su papá hacía media vida. Cuando todavía podía hablar y mover las manos.

Un buen cerrajero era capaz de abrir así la mayoría de las cerraduras. Sin embargo, de vez en cuando alguna se resistía. No siempre eran los modelos más caros, ni los mejores. Una décima de milímetro en el metal torneado podía marcar la diferencia entre una cerradura fácil y una casi imposible.

Retiró la Bogotá y aflojó la tensión. Sus dedos entrenados sintieron el clic de varios pernos volviendo a su sitio. Había logrado colocar algunos en la posición de apertura, pero no todos.

Tras otro par de intentos fallidos, cambió la Bogotá por una ganzúa de gancho, de perfil idéntico al de un palo de hockey. La metió hasta el fondo y luego la deslizó hacia afuera, contando el clic de cada perno. Eso ya no se lo había podido enseñar su padre.

—Pablo, hijo, ya no puedo trabajar con las manos —le había dicho una mañana, cuando el Cerrajero todavía no dominaba la técnica de la Bogotá—. En un tiempo voy a dejar de caminar. Dicen los médicos que al final ya no voy a poder ni hablar. Te vas a tener que hacer cargo vos de mi parte de la cerrajería. Tu tío Abel te va a enseñar todo lo que te falta.

Así, a los dieciséis años, la enfermedad degenerativa de su padre lo había empujado a la adultez. De un día para otro su tío se convirtió en su socio y su nuevo maestro. Primero le enseñó a hacer copias de llaves y después a utilizar el resto de las ganzúas. Mucho tiempo más adelante, pasaron a las cajas fuertes.

Contó cinco pernos. Mierda.

Metió nuevamente el tensor. El sudor que se condensaba sobre la pantalla le mojaba la oreja. Apretó aún más el aparato contra su mejilla para evitar que se resbalara, teniendo cuidado en no trasladar esa fuerza a los dedos.

Entonces oyó un sonido inconfundible. Alguien acababa de tirar de la cadena.

Se apresuró a guardar las herramientas y agarró el teléfono con la mano.

—Hola papá, ¿cómo estás? —dijo en voz baja.

Hizo una pausa.

—Bien, bien, por acá todo bien —agregó—. Trabajando.

Dejó pasar otro par de segundos. Aprovechó para acomodarse sobre el pecho la tarjeta que lo acreditaba como personal de mantenimiento.

—Sí, papá, yo también tengo muchas ganas de verte.

Aunque del otro lado de la línea no hubiera nadie, decía la verdad. Tenía ganas de ver a su padre. De verlo moverse otra vez. Y sonreír. Por eso estaba a cuatro mil kilómetros de su casa tratando de abrir esa puerta.

De la habitación contigua a la que él intentaba entrar, salió un hombre entrado en años y en kilos. El Cerrajero le dio la espalda y fingió estar enfrascado en la conversación mientras miraba hacia arriba, como quien revisa la instalación eléctrica. Recién se permitió darse vuelta cuando oyó que la puerta exterior del hall frío se había cerrado y el pasillo quedó nuevamente en silencio.

Entonces volvió a sacar la ganzúa y el tensor.

Tres minutos parecen poco tiempo. Pero si durante esos tres minutos pueden encontrarte con las manos en la masa y que el plan se vaya al carajo, son larguísimos. Sobre todo cuando dos de los cinco pernos de la cerradura son de seguridad. Pequeños pedacitos de metal con estrías perfeccionadas durante años por ingenieros alemanes para detener a gente como él.

Pero hacía mucho que el Cerrajero no abandonaba. Así como el primer candado había terminado cediendo años atrás, la cerradura que tenía enfrente se rindió en menos de doscientos segundos.

Del otro lado de la puerta se encontró con un panorama muy diferente al que había imaginado. Minerva les había mostrado fotos de las habitaciones para los empleados comunes: tres metros por tres metros, dos camas de una plaza, mesitas de material barato y un baño con ducha.

Esta no se parecía en nada.

Para empezar, el gerente general no la compartía con nadie. La cama era doble, casi tan ancha como larga. El televisor colgado en la pared opuesta era más grande que cualquier ventana. Debajo, un frigobar con puerta transparente y una variada oferta de bebidas sin alcohol. Al lado había una estantería llena de libros y fotos familiares en las que se veía la cronología de tres niños que se habían hecho hombres.

Sobre la mesita, de madera lustrada, había una lámpara, un lector de libros electrónicos y una caja de chicles de sabor café. Se guardó uno en el bolsillo. No sabía que los hacían de ese gusto.

Se acercó al escritorio, donde descansaban varios cables para conectar la computadora portátil que el gerente se llevaba a todos lados. Uno de los cajones estaba cerrado con llave. Lo abrió con la Bogotá y hurgó en una pila de papeles, metiendo varios en la mochila.

Antes de pasar al baño, examinó el ropero. En las perchas colgaban todo tipo de camisas. Algunas con el logo de Inuit, otras con un cocodrilo verde o un hombrecito jugando al polo. También había varios jeans azules y pantalones de gabardina beige.

La cosa se pone interesante, pensó mientras se ponía en cuclillas.

En la parte de abajo, entre mocasines y botas de seguridad, había un compartimento del tamaño de un microondas que él conocía muy bien. Era el modelo de cajas de seguridad más común en hoteles de medio pelo para arriba. Cualquier cerrajero de barrio podía abrir una en quince minutos.

Él tardó setenta y tres segundos. Adentro no encontró papeles ni dinero. Sólo un teléfono de color plateado, demasiado viejo para un tipo que cobraba una millonada por mes. Estaba apagado. Lo metió en la mochila y cerró la puerta de la caja de seguridad.

Pasó al baño. Bañera con hidromasaje, bidet y un montón de perfumes y lociones importadas en el pequeño mueble detrás del espejo.

Allí cumplió con la tarea que le había asignado Minerva. Después habló al aparato de radio.

—Todo listo en la habitación. Me parece que hay premio.

—Bien. ¿Premio? —le preguntó Minerva.

—Cuando nos veamos te explico. Cambio y fuera.

CAPÍTULO 41

16 de julio de 2019, 12:08 p. m.

Tras bajar de Cerro Solo y entregarles la tarjeta de Madueño a sus compañeros que esperaban en el camión, Minerva y Pólvora se alejaron sin perder un segundo. Doscientos metros más adelante, detuvieron la Hilux junto a otras cuatro idénticas, en el estacionamiento principal del campamento. El responsable de cada una podía encontrarse en una oficina, en el comedor, en el salón de usos múltiples o incluso en su dormitorio. Ellos podrían dejar la de Madueño ahí sin levantar ninguna sospecha.

Pólvora apagó el motor y le entregó la llave a Minerva para que la guardara. Después, cada uno se calzó una gorra con el logo de Inuit.

Minerva bajó de la camioneta y caminó con la cabeza gacha para evitar que las cámaras de seguridad captaran su cara. Se miró las botas de seguridad, el pantalón de fajina y la campera oficial de la empresa. No había nada sospechoso, se dijo a sí misma. Ella y Pólvora eran dos empleados más que daban pasos apurados para refugiarse del frío.

Se metieron al módulo principal y fueron a los baños, que estaban antes de llegar al comedor. Minerva entró al de mujeres, se sentó sobre un inodoro sin bajarse los pantalones y contó sesenta segundos. Después tiró de la cadena, se lavó las manos y salió.

Mac caminó hacia ella y la saludó con un beso en la mejilla, como si fuesen dos trabajadores que volvían a coincidir en Entrevientos después de sus siete o catorce días de descanso. Al ver la sonrisa de él, Minerva supo que el Pata había logrado su parte.

Tal y como estaba planeado, Mac le devolvió la tarjeta de Madueño. Por un microsegundo, ella recordó la conversación que había tenido con él el día anterior mientras entre los dos dejaban preparada la vía de escape. Le debía una disculpa por cómo lo había tratado, pero ese no era el momento ni el lugar, así que apartó el pensamiento como quien espanta una mosca.

Estaban por despedirse cuando un fuerte retumbo sacudió el suelo y las paredes a su alrededor. Mac abrió los ojos como platos y miró para todos lados. Minerva le puso una mano en el antebrazo y se acercó para hablarle al oído.

—Estamos en una mina, no te olvides.

Los primeros tiempos, a ella también la sobresaltaban las voladuras. A pesar de que los *pits* estaban a kilómetros de allí, las explosiones para romper la roca eran lo suficientemente fuertes como para hacer bailar los vidrios de todas las ventanas del campamento.

Mac asintió, seguramente recordando que ella les había mencionado todo esto en San Rafael. Se despidieron. Él regresó al baño de hombres y ella volvió a salir al mediodía frío. Afuera, dos contratistas de uniforme negro y verde fumaban con los brazos cruzados para conservar el calor. La repasaron de arriba abajo, como estaba acostumbrada. En un lugar aislado, donde el noventa por ciento de los empleados son hombres, las miradas a un cuerpo de mujer llovían como cuchillos, incluso en pleno invierno, cuando todas las formas quedaban desdibujadas debajo de las capas de abrigo. Al pasar junto a ellos, levantó apenas la mano para saludarlos. En un acto reflejo, se acomodó la gorra y se subió un poco los anteojos de marco grueso en el puente de la nariz. Ambos hombres correspondieron con un «Buenos días» empalagoso.

Se alejó con paso apurado por un camino de baldosas de cemento que había recorrido mil veces. Llevaba al *data center*, un contenedor adaptado de cuatro metros por dos. A diferencia de los que servían de despachos o de garitas de seguridad, este no tenía ventanas. De todos modos, ella sabía que adentro no había nadie, porque Madueño estaba en Cerro Solo y Mallo, según había oído en la radio, en su oficina. Acercó la tarjeta de Madueño al lector junto a la puerta y la pequeña luz roja cambió a verde.

Dentro, el olor a plástico caliente era tal y como ella recordaba. Cada uno de los servidores viciaba el aire de la sala mientras desempeñaba una función fundamental en la mina: correo electrónico, servicios web, comunicaciones, bases de datos. Si la planta de procesos era el corazón de la mina, como les había dicho a sus compañeros, el *data center* era el cerebro.

Se puso unos guantes de látex y se sentó en la silla frente al único escritorio. Su silla. Ni siquiera eso había cambiado en siete meses. Apretó la barra espaciadora y la pantalla negra cobró vida. Entre las opciones, eligió conectarse al servidor de cámaras, dedicado a transmitir y grabar todo lo que pasaba en Entrevientos.

Introdujo la contraseña sin tener que pensarla. Sus dedos se la sabían de memoria.

«Contraseña incorrecta. Inténtelo de nuevo.»

Volvió a introducirla, esta vez concentrándose en cada tecla, casi forzándose a hacerlo con lentitud. El resultado fue el mismo: cartelito rojo y frustración. Intentó una tercera vez, ya sin fe.

No puede ser. No cambiaron una sola contraseña y esta sí.

El cartel rojo ahora advertía que le quedaban dos intentos antes de que el servidor se bloqueara por una hora.

Había que pasar al plan B.

Sacó uno de los destornilladores que traía en la mochila y se agachó junto al servidor. Desenroscó los tornillos en la parte trasera y levantó la carcasa de metal con cuidado de no desenchufar ningún cable.

Ahí estaban, conectados a la placa madre, los seis discos que ella misma había configurado. Dos de ellos alojaban el sistema operativo. Desconectarlos llamaría tanta atención como tirar una bengala. En los cuatro restantes, por el contrario, se almacenaban los últimos ocho meses de las imágenes en alta definición que captaban cada una de las ciento veinte cámaras de seguridad del yacimiento.

Desconectó los cuatro discos con cuidado. En el monitor del servidor no apareció ningún mensaje de error. Era buena señal.

—Fuera cámaras —dijo a la radio mientras atornillaba de nuevo la carcasa.

De cara a los tres guardias que monitoreaban el circuito cerrado, nada habría cambiado. El servidor continuaba enviando las imágenes por la red interna, y cualquier persona autorizada podía verlas. La diferencia era que ya nada de lo que sucedía quedaría grabado. Y si Minerva destruía los cuatro discos que ahora se metía en la mochila, los últimos ocho meses de Entrevientos, incluyendo aquel día, desaparecerían para siempre.

El siguiente paso era inutilizar el servidor de internet satelital. Siguió con la vista el cable que corría a lo largo del zócalo, subía por una de las paredes y salía del *data center* por un agujero junto al techo. Ella misma había hecho ese agujero con un taladro para conectar la pequeña antena parabólica.

Tiró del cable para despegarlo del zócalo y luego lo apretó con un alicate, rompiendo parte del recubrimiento plástico. Algunos hilos de cobre quedaron a la vista. Lo retorció enérgicamente hacia un lado y hacia el otro hasta que varios se cortaron.

CAPÍTULO 42

16 de julio de 2019, 12:47 p. m.

El email que Carlos Sandoval acababa de escribirle a Ignacio Beguiristain, el jefe de Inuit de toda Argentina, había quedado en la bandeja de salida. Era normal que tardara en enviarse, porque Sandoval había adjuntado fotos en alta definición de diferentes áreas de Entrevientos para incluirlas en el informe anual.

Era el cuarto año que lo hacía, pero esta vez era diferente. Entre esas imágenes había una foto de él en primera plana. Él, Carlos Sandoval, iba a aparecer nada menos que en la portada del anuario que la empresa imprimía y distribuía entre sus miles de empleados en Canadá, Brasil, Chile y Argentina.

Sacó del bolsillo los chicles con gusto a café que le compraba a un importador de Buenos Aires. Se metió uno en la boca, cerró los ojos y por un momento regresó a su niñez en San Fernando del Valle, Catamarca. Tenía puesto un guardapolvo blanco impecable. Era la primera vez que empezaba el año escolar con uno nuevo. Había hecho toda la primaria usando guardapolvos heredados de algún vecino, con puños tan ennegrecidos que ningún detergente era capaz de volver a blanquear.

Estaba sentado en el sillón raído del comedor, frente al televisor en blanco y negro en el que su papá le dejaba ver los dibujos animados media hora por día. Ahora el aparato estaba apagado. Tenía a su padre a un lado y a su hermano al otro. Los tres tomaban café en tazas de acero inoxidable. Un café instantáneo de una marca que ya no existía y cuyo sabor él había redescubierto, casi por casualidad, en unos chicles que sólo se fabricaban en Estados Unidos.

Por un momento, afloró también el recuerdo de su madre, pero le duró poco. No tenía casi registro de ella. ¿Qué podía recordar, si no la había vuelto a ver desde que tenía once años?

Su infancia, sus verdaderos recuerdos, eran junto a su hermano y su papá.

—Si estudiás, vas a llegar lejos. Si no, vas a terminar como nosotros —le decía su padre.

Y vaya si había llegado lejos. Gerente de una de las minas más prósperas de la Argentina. Más de mil doscientas personas a su cargo. Empleado del año de una multinacional que cotizaba en Wall Street.

Volvió a abrir los ojos. La ruedita que giraba junto al email se había transformado en una equis roja. Abrió el navegador y tecleó la dirección de la web donde solía consultar el resumen de las diferentes bolsas del mundo.

Sin conexión.

Probó con su teléfono oficial. Un signo de exclamación en un rincón de la pantalla indicaba que había un problema. Lo mismo pasaba con el que usaba para llamar a Pame.

Resoplando, agarró la radio y seleccionó el canal asignado al área de informática.

—Atención, Madueño o Mallo. Soy Sandoval.

—Adelante, señor gerente. Soy Mallo.

—¿Otra vez hay problemas? No tengo internet en la computadora ni en el teléfono.

—Sí, yo también acabo de notar la interrupción. Madueño fue a Cerro Solo a ver qué pasó con la antena. Hace una hora que le estamos dando internet al campamento con el *backup* satelital, pero parece que ahora hay una falla con eso también. A nivel de software veo todo normal. En este momento estoy yendo al *data center* para ver si es un problema físico. Le informo en unos minutos.

CAPÍTULO 43

16 de julio de 2019, 1:06 p. m.

Gerardo Mallo se volvió a colgar la radio a la cintura y apuró el paso. Era su primer invierno trabajando en Entrevientos. No veía la hora de que se acabaran los catorce días de campaña para huir de ese frío que le cortaba la cara y abrazar a su mujer en la pequeña casa que habían comprado en las afueras de Rosario.

Pasó su tarjeta y entró al *data center*, recibiendo con agrado el aire cálido a base de circuitería. Le llamó la atención que la pantalla del terminal de servidores estuviera encendida. Normalmente se apagaba después de quince minutos de inactividad. ¿A lo mejor Madueño ya había vuelto de Cerro Solo y había estado recientemente allí? Era raro que no le hubiera avisado. Para eso se había llevado uno de los cuatro teléfonos satelitales del yacimiento.

Si no había llamado, lo más probable era que ya hubiera identificado la falla y estuviese tratando de arreglarla. Era bueno, el pibe. Muy bueno. Cuando se enfrascaba en un problema, se olvidaba hasta de comer.

Tecleó la contraseña del servidor de internet satelital y probó unos comandos de diagnóstico. La conexión estaba muerta.

Reinició el servidor. Nada.

Verificó los conectores en la parte posterior. El cable que venía de la antena parabólica estaba enchufado correctamente. No fue hasta que lo siguió con la mirada que detectó el problema.

Una de las abrazaderas atornilladas a la pared se había soltado y ahora el cable, que serpenteaba por el suelo, había ido a parar debajo de la pata de un armario de metal donde guardaban equipos viejos. Cómo había pasado eso, a Mallo se le escapaba. Tendría que hablar seriamente con Madueño.

Empujó con cuidado el armario hasta que un costado se levantó y pudo liberar el cable con el pie. El metal lo había aprisionado con tanta fuerza que varios hilos de cobre quedaban a la vista, como si los hubieran cortado con un alicate.

—Señor gerente, tengo identificado el fallo de la conexión satelital —dijo a la radio—. Un cable roto. Ya mismo lo cambio.

—Perfecto, Mallo. Manténgame al tanto. Tengo que enviar un email muy importante.

Conectó al servidor un nuevo cable y pasó el otro extremo por el agujero en la pared. Después abandonó el interior del *data center* y lo enchufó a la pequeña antena parabólica atornillada del lado de afuera del contenedor.

Volvió a entrar y ejecutó otra vez los comandos de prueba.

No puede ser. ¿Sin conexión?

Comprobó dos veces más el cable y volvió a reiniciar el servidor, pero no logró restablecer el enlace.

La única explicación para lo que estaba pasando era lo que él llamaba una tormenta perfecta. Mallo llevaba muchos años en esto y sabía que, de vez en cuando, Murphy se reía de todos mientras destrozaba al mismo tiempo el plan A y el plan B. Como en este caso, que había hecho fallar simultáneamente una torre de veintinueve metros de alto y un satélite treinta y seis mil kilómetros más arriba.

Para colmo, el verdadero experto en internet satelital no era él sino Madueño. Si Mallo hubiera ido a revisar el problema en Cerro Solo, el muchacho ahora estaría ahí para arreglar la conexión. Pero no, Mallo había decidido mandar al chico a que manejara media hora por un camino de ripio hasta la punta del cerro.

«Los mejores líderes son los primeros en arremangarse cuando surge un problema» había escuchado en un seminario de la empresa. Y él, esta vez, había hecho lo contrario. Se había escudado detrás de la jerarquía por comodidad.

Decidido a reparar su error, salió del *data center* y se subió a una camioneta. Iría a Cerro Solo a ayudar a Madueño.

CAPÍTULO 44

16 de julio de 2019, 1:04 p. m.

Minerva observó los filamentos del cable dañado. Ahora sí, todo el yacimiento se había quedado sin internet. Era cuestión de minutos hasta que alguien, probablemente Gerardo Mallo, apareciera en el *data center*.

Empujó por un costado un armario donde guardaban equipos rotos hasta que las patas laterales estuvieron en el aire. Entonces colocó con cuidado el cable y volvió a bajar el mueble, apoyándolo sobre la parte dañada. Cuando alguien se lo encontrara así, le daría más importancia a solucionar el problema que a preguntarse cómo se había originado.

Salió del contenedor con los cuatro discos en la mochila. Miró a ambos lados y caminó hacia el final de la pared, donde la pequeña antena parabólica apuntaba al satélite geoestacionario.

Cualquier desviación le hacía perder la conexión. Al principio, antes de que Minerva mandase a construir un refuerzo especial para el soporte, hasta los vientos fuertes eran un problema.

Dio un pequeño salto y se colgó del brazo de la antena, doblándolo apenas hacia abajo. Tuvo cuidado de tirar de él lo suficiente como para desviarlo más de los tres grados de tolerancia, pero no demasiado como para que alguien lo notara a simple vista. Si hubiera movido la antena, sería fácil volver a orientarla. Pero al doblar el brazo, el receptor quedaba fuera del foco de la parábola. Estuviera en la posición que estuviera, la antena no funcionaría.

Y les iba a costar un buen rato darse cuenta de eso.

CAPÍTULO 45

16 de julio de 2019, 1:39 p. m.

Tras el brindis con los empleados de fundición, el Pata abandonó el comedor y entró al baño silbando el estribillo de *Alma de piedra y carbón,* de Hugo Giménez Agüero. Mientras se lavaba las manos, vio por el espejo las dos puertas que se abrían a sus espaldas. Tal y como estaba planeado, de los cubículos salieron Mac y Pólvora.

Mac alzó las cejas a modo de interrogación.

—Tres de cuatro —susurró el Pata—. El del tatuaje se hizo vegano y tampoco toma Coca Cola.

Mac y Pólvora lo miraron incrédulos.

—¿No se lo pudiste poner en el agua? —preguntó Pólvora.

El Pata negó mientras se secaba las manos debajo del chorro de aire caliente.

—Es lo que hay, muchachos. Tampoco está tan mal —les dijo y salió del baño.

***

Treinta segundos después de que el Pata abandonara el baño, Mac le hizo una seña a Pólvora y salieron juntos del módulo.

Afuera se había levantado viento. Mac escondió la cabeza en el cuello de la campera para refugiarse del aire helado, que venía cargado de arenisca. Vio de reojo que alguien caminaba directo hacia ellos. El instinto le hizo apurar el paso. Cada vez que avanzaba la pierna derecha, el kilo y medio de la nueve milímetros que llevaba en el bolsillo le golpeaba el muslo.

—Tranquilo, es el Cerrajero —le dijo Pólvora.

Soltó todo el aire que tenía contenido en los pulmones. Los nervios le habían hecho olvidar por un momento que el Cerrajero se les uniría en ese lugar.

—¿Todo bien? —le preguntó en voz baja.

—Todo re bien —respondió el Cerrajero con su erre arrastrada.

Caminaron en silencio. Mac tenía los dientes apretados y la vista al frente. Pasaron junto a una autobomba. Minerva les había explicado que Entrevientos tenía una especie de cuerpo de bomberos voluntarios formado por empleados de la empresa. De otro modo, cualquier incendio ardería por más de dos horas antes de que alguien llegara a apagarlo.

Cuando dejaron atrás al vehículo, Mac se descolgó la radio de la cintura. Los separaban trescientos metros de la siguiente fase del plan.

—Minerva, estamos yendo a ver a Morales. El Pata metió tres de cuatro.

—Con eso tendría que alcanzar —respondió ella—. Salgo para allá.

Con Pólvora y el Cerrajero a cada lado, Mac continuó avanzando hacia otra de las cajas cuadradas de aquella ciudad artificial. Esta tenía una cruz roja en la puerta y dos ambulancias todoterreno estacionadas afuera.

La sala de espera olía a desinfectante. No había nadie sentado en las sillas de plástico contra la pared. Eso les jugaba a favor. Mac se puso un pasamontañas y los otros dos hicieron lo mismo. Era imposible llevar a cabo todo el plan con la cara cubierta, pero mientras menos tiempo se expusieran, mejor.

En una de las puertas, un cartel rezaba «Consultorio. Golpee y espere a ser atendido.» Iba a llamar, pero Pólvora se le adelantó, golpeando tres veces con los nudillos. Del otro lado se oyó el ruido de una silla deslizándose por el suelo hueco.

Abrió una mujer de anteojos enfundada en un guardapolvo blanco. Era alta y delgada, y no llegaba a los cuarenta años. Pólvora la agarró por los hombros y la empujó adentro del consultorio.

—¿Qué pasa? —preguntó ella.

Antes de que pudiera decir nada más, le apuntó con la nueve milímetros a la cabeza. La mujer abrió los ojos grandes detrás de los cristales, y los labios se le despegaron, pero no dijo una palabra. Mac cerró la puerta del consultorio, con el corazón latiéndole como un martillo neumático.

—¿Qué es esto? —preguntó un hombre sin pelo, también vestido de blanco, que tomaba mate en la silla en la que se sentaban los pacientes.

—¿A vos qué te parece que es? —repreguntó Pólvora, apuntándole ahora a él con la pistola.

El Cerrajero le indicó al hombre que se pusiera de pie y le ató las muñecas a la espalda con una brida de plástico.

—Doctora Morales. Enfermero Acuña —dijo Pólvora—. Si hacen lo que les decimos, no les va a pasar nada. Ahora, mi amigo les va a hablar de teléfonos.

La médica y el enfermero se miraron con desconcierto. Mac tragó saliva antes de hablar.

—Necesito su teléfono satelital, doctora.

La médica se apresuró a abrir un cajón del escritorio con manos temblorosas y entregarle el aparato. Mac se lo guardó en el bolsillo y señaló al teléfono fijo que había sobre la mesa.

—Ahora, por favor, levante el auricular y siga mis instrucciones.

***

—Es para vos, Andrés. La doctora Morales —dijo el mecánico apartándose de la oreja el teléfono manchado de grasa.

A Andrés Cepeda, conductor de una de las ambulancias de Entrevientos, le pareció raro recibir esa llamada.

No porque la doctora supiera dónde estaba —al fin y al cabo pasaba más tiempo en el taller que en su habitación—, sino porque lo contactara por teléfono en vez de por radio.

Se puso al auricular y escuchó las instrucciones de su jefa.

—Voy para allá, doctora —le respondió y salió casi corriendo para cruzar los cuatrocientos metros de campo que separaban el taller de la enfermería.

Llamó a la puerta del consultorio con un golpe rítmico, que la doctora ya identificaba, y al que normalmente respondía con un «Pasá, Andrés». A él le gustaba que ella lo llamara así, por su nombre.

Pero esta vez, la puerta se abrió sin que nadie pronunciara palabra. Del otro lado no apareció la figura larga de la doctora, sino un tipo con un pasamontañas en la cabeza y una pistola en la mano.

***

El Cerrajero salió de la enfermería vestido con el uniforme del chofer de la ambulancia. Le quedaba algo grande, pero no tanto como para levantar sospechas. Se había guardado el pasamontañas en uno de los bolsillos. Afuera, además de las dos ambulancias y la camioneta de los servicios médicos, vio otra Hilux gris. Al volante iba Minerva, vestida también de blanco y rojo.

Fue directo a una de las dos ambulancias, la arrancó y la acercó marcha atrás todo lo que pudo a la entrada de la enfermería. Luego abrió las puertas traseras del vehículo.

Mientras él vigilaba que no se acercara nadie, Pólvora hizo subir a punta de pistola a la doctora Morales, al enfermero y al verdadero conductor.

—Vámonos —dijo Pólvora, y subió él también con los rehenes.

El Cerrajero cerró las puertas traseras, volvió a ponerse al volante y aceleró la ambulancia en dirección a la planta. Vio por los retrovisores que Minerva se bajaba de la camioneta gris y se subía a otra casi idéntica, salvo que esta tenía una cruz roja en el capó. Mac, por su parte, se ponía al volante de la que Minerva acababa de abandonar. Tal y como lo habían hablado, Minerva lo siguió de cerca y Mac se quedó atrás.

El corazón latía en el pecho del Cerrajero a un ritmo demasiado rápido. Soltó un segundo el volante y abrió las manos, pero con el vehículo en movimiento no tenía forma de saber si le temblaban o no.

—Tranquilo —se dijo a sí mismo.

Pero no pudo evitar pensar en que para abrir una Kollmann-Graff se necesitaba un pulso más firme que para operar a corazón abierto.

CAPÍTULO 46

San Rafael, Mendoza, Argentina. Dos meses y medio antes.

Mac estaba tan absorto en la explicación que por un momento se olvidó de que había una banda de delincuentes en el comedor donde normalmente sus hijos tomaban el desayuno. Ahora, toda su atención la acaparaba el haz del puntero láser que Minerva movía en la pantalla.

—El mineral se va apilando acá —explicó ella, deteniendo el punto rojo en una montaña de rocas en el lado izquierdo de la pantalla—. Esta cinta transportadora lo lleva a la primera trituradora. De ahí salen piedritas del tamaño de un caramelo, que a su vez suben por esta otra cinta.

Ahora el puntero recorría el largo brazo de metal que conectaba un silo gris con la gran construcción de chapa negra que dominaba la planta.

—Ahí adentro pasa todo lo interesante. En la parte más alta está el molino, una especie de lavarropas del tamaño de un camión. Usa agua y bolas de acero para moler la roca hasta dejarla más fina que la sal de mesa. Después pasa a unas piletas enormes con una solución de agua y cianuro.

—¿Eso no es un veneno? —preguntó Pólvora.

Por la manera practicada y sin dramatismo con la que asintió Minerva, Mac supuso que se habría enfrentado muchas veces a esa misma pregunta durante sus años como empleada de Inuit Gold.

—Sí —contestó ella—. El cianuro de sodio es fundamental en el proceso, y también uno de los principales caballitos de batalla del movimiento antiminería. Si hay derrames, el resultado puede ser muy grave.

—Eso sí —intercedió el Pata—, cualquier empresa minera te va a decir que no es para preocuparse, porque la industria cambió mucho en los últimos años. «Ahora somos mucho más responsables con el medio ambiente.» —Acompañó la última frase dibujando comillas en el aire con los dedos.

—No muy lejos de acá —acotó Mac—, la mina de Veladero lleva ya tres derrames en los últimos cuatro años. El más grave contaminó cinco ríos.

Minerva asintió y alzó ambas manos.

—Si empezamos con las críticas a la industria minera, no terminamos más. Yo misma tengo una lista larga, sobre todo desde que no trabajo para ellos. Pero por ahora dejemos eso a un lado y sigamos hablando de la planta, ¿les parece?

Mac asintió, igual que el resto de sus compañeros.

—Les decía que el cianuro es clave porque disuelve el oro y la plata, separándolos del resto de la roca. El proceso se llama lixiviación.

—Tiene nombre de lesión de futbolista —dijo Pólvora—. Messi hoy no juega por una lixiviación de rodilla.

El Cerrajero negó con la cabeza ante el chiste. Minerva, en cambio, lo ignoró y siguió contándoles en detalle cómo se procesaba la roca hasta transformarla en lingotes.

—¿Cómo vamos a entrar a la planta? —preguntó Mac cuando ella terminó.

—Sólo hay un acceso, con portón y garita de vigilancia. Por lo demás, las doce hectáreas están rodeadas de una verja de dos metros y medio de alto, con alambre de púas en la parte de arriba.

—Buenas tardes. Venimos a desvalijarlos. ¿Serían tan amables de dejarnos pasar? —dijo el Pata con un tono exageradamente cortés.

Mac sonrió. Le caía bien ese tipo. Si no fuera porque habían pactado que después del robo no volverían a tener contacto entre ellos, podrían ser amigos.

—El protocolo es así —explicó Minerva—: cualquier vehículo que se acerque está obligado a identificarse por radio y avisar adónde va y con qué propósito. El empleado de seguridad tiene órdenes estrictas de abrir el portón únicamente a quienes figuren en el listado de personal autorizado.

—Supongo que no nos va a alcanzar con una simple llamada por radio para engañarlo —aventuró el Banquero.

—No. El aviso es para agilizar el ingreso. Si la persona efectivamente está autorizada, entonces el empleado de seguridad sale a pedirle la documentación. Si está todo correcto, vuelve a la garita y abre el portón.

—O sea que si logramos que nos abra, el resto es pan comido —dijo Pólvora.

—Para nada.

CAPÍTULO 47

16 de julio de 2019, 2:08 p. m.

El guardia de seguridad a cargo de la garita le estaba escribiendo un mensaje de texto a su madre, a cuatrocientos kilómetros de ahí, cuando alguien transmitió por el canal siete de la radio.

—Atención planta, somos del equipo médico. Nos acercamos con la ambulancia.

Confundido, dejó el teléfono en el escritorio y agarró la radio.

—Acá planta. ¿Por qué tema es? —preguntó.

Al no recibir respuesta, se asomó a la ventana y miró en dirección al campamento. Efectivamente, una de las ambulancias de la enfermería se acercaba, seguida por una camioneta de Inuit.

—Atención, personal médico. ¿Para qué necesita ingresar a la planta?

Otra vez, silencio. Salió de la garita por la puerta que daba a la parte externa del alambrado y le hizo señas a la ambulancia para que parara. El vehículo disminuyó la velocidad hasta detenerse a menos de diez metros del portón cerrado. La camioneta se paró detrás.

Debe ser un chofer nuevo, pensó el guardia.

Caminó hacia la ventanilla del conductor. Efectivamente, era nuevo. Peruano o boliviano, supuso. O a lo mejor de Jujuy, o Salta. Incluso detrás de los anteojos de sol, se le notaban los rasgos del altiplano.

Argentinos, suecos, bolivianos o de Marte, los del personal médico se creían dioses. Como si las reglas fueran distintas para ellos.

—Aunque vengas en una ambulancia, me tenés que avisar por radio quién autorizó el acceso.

—Discúlpeme. Soy nuevo.

—Para la próxima, ya sabés. ¿A qué vienen?

—No sé —respondió el conductor, encogiéndose de hombros y señalando con el pulgar a sus espaldas—. Yo hago lo que me dice la doctora Morales. Hable con ella si quiere.

En ese momento, el guardia oyó que las puertas de atrás de la ambulancia se abrían. Caminó hacia allí. La Hilux estacionada unos metros más allá también pertenecía al área de enfermería. La conducía una mujer de pelo corto y anteojos oscuros que lo saludó levantando un par de dedos del volante. Además de chofer nuevo, parecía que también habían incorporado una enfermera. Decidió que se pasaría en estos días por los consultorios con cualquier excusa.

Le devolvió el saludo a la mujer y se asomó a la parte de atrás de la ambulancia. Entonces unas manos lo agarraron del uniforme y tiraron con fuerza hacia adentro.

***

El Cerrajero abrió la pequeña ventana y descorrió la cortina para ver lo que pasaba en la parte de atrás de la ambulancia. Del otro lado, Pólvora obligaba al guardia a desnudarse a punta de pistola mientras la doctora Morales y los otros dos rehenes miraban asustados en un rincón.

Cuando el hombre estuvo en calzoncillos, el Cerrajero se bajó, rodeó la ambulancia y se metió por la puerta de atrás. Pólvora a su vez, se llevó a la doctora Morales a la parte de adelante.

El Cerrajero se puso a toda prisa el uniforme del guardia encima del fino ambo de enfermero.

—Ponete esto —le dijo al hombre desnudo, entregándole una muda de ropa nueva.

—Háganle caso a mi amigo que está más loco que yo —gritó Pólvora, sentado al volante, a través de la ventanita.

Para rubricar las palabras de su compañero, el Cerrajero levantó la pistola.

—Es fácil —dijo—. Si me hacen caso, no les va a pasar nada. Si alguien hace algún movimiento extraño, le pego un cuetazo. ¿Está claro?

El guardia de seguridad, el enfermero y el chofer de la ambulancia asintieron sin pronunciar palabra.

—Así me gusta —dijo y le ató los pies y las manos al guardia igual que lo había hecho con los otros dos. Después le puso una mordaza.

El Cerrajero bajó de la ambulancia y le hizo un pequeño gesto de asentimiento con la cabeza a Minerva, que esperaba al volante de la camioneta. Luego alzó un poco más la vista, en dirección al campamento. Mac se acercaba hacia ellos en la otra Hilux gris.

Apoyó la tarjeta del guardia en la cerradura de la puerta y entró a la garita. Era un recinto del tamaño de un dormitorio, con ventanas a los cuatro vientos y un escritorio por único mobiliario. Sobre él, una pantalla proyectaba imágenes de las cámaras de seguridad exteriores. En una de esas imágenes se veía la ambulancia en primer plano, con Pólvora al volante y la doctora de copiloto.

Recorrió con la vista las paredes de la garita hasta encontrar el botón verde en el lugar exacto que le había indicado Minerva. Lo apretó con fuerza y el portón de acceso de vehículos comenzó a deslizarse hacia un costado.

La ambulancia entró a la planta. Detrás le siguió Minerva, con la camioneta de los servicios médicos. Unos segundos más tarde llegó Mac en la Hilux del técnico informático.

Cuando los tres vehículos estuvieron dentro, el Cerrajero apretó otro botón y el portón comenzó a cerrarse.

Las manos le temblaban como un flan.

CAPÍTULO 48

San Rafael, Mendoza, Argentina. Dos meses y medio antes.

—Una vez dentro de la planta, lo siguiente es acceder a la *gold room* —dijo Minerva.

Hizo una pausa para mirar uno a uno a los cinco miembros de la banda. Comprobó satisfecha que la seguían escuchando a pesar de que hacía más de dos horas que no paraban para hacer un descanso.

—La *gold room* es el lugar más restringido de toda la mina. Dentro no suele haber más de ocho personas en ningún momento. El mandamás ahí es el jefe de fundición, que está presente cada vez que se vierte doré líquido en los moldes y supervisa el traslado de los lingotes a la bóveda. Según la hoja de turnos que descargué ayer del servidor, lo más probable es que nos toque Silvio Alcántara. Después les muestro una foto. Es fácil de identificar porque tiene un dragón tatuado en el cuello.

—¿Esta *gold room* tiene dos accesos como la de Cerro Retaguardia? —le preguntó el Pata.

—Sí. Uno para el personal y el otro para vehículos, que sólo se abre cuando viene el camión blindado.

—¿Cámaras de seguridad? —preguntó el Cerrajero.

—Ciento diez en total. La mayoría adentro, pero también afuera, apuntando a los alrededores. No hay un solo punto ciego. Ni siquiera en los vestuarios para el personal.

—¿Quiénes las monitorean?

—Adentro de la *gold room* hay una sala con varias pantallas en las que van rotando las imágenes. Desde ahí, dos empleados de seguridad ven todo. Los hornos de fundición, el transporte de los pallets con los lingotes, el interior de la bóveda. Todo.

—¿Y cómo vamos a entrar? —preguntó Mac.

Minerva respiró hondo antes de responder. El aire del comedor redondo estaba viciado con una mezcla de sudor y tabaco con olor a vainilla. Le vendría bien tomarse un descanso pronto, y a sus compañeros también.

—Entrar a la *gold room* es complicado incluso para un empleado legítimo —explicó—. De las mil doscientas personas que trabajan en Entrevientos, menos de treinta tienen autorización para ingresar. La inmensa mayoría de los trabajadores de una minera no ve nunca un lingote de doré.

—Yo nunca vi uno en Cerro Retaguardia —intervino el Pata.

—¿Y vos? —preguntó Pólvora, señalándola con el puro.

Minerva tragó saliva. Sabía que lo que estaba por decir dañaría su credibilidad, pero no les podía mentir.

—A través de las cámaras, únicamente.

Se hizo un silencio. Notó que las palmas se le volvían a humedecer. Por suerte, el Banquero no tardó en intervenir.

—Para los que sí pueden entrar, ¿cuál es el protocolo?

—Primero —explicó, pasándose las manos disimuladamente por las caderas—, hay que anunciarlo al entrar a la planta. Entonces el guardia de seguridad de la garita se lo comunica por radio a sus compañeros que están adentro de la *gold room*. Si la persona que quiere entrar está autorizada, se le permite caminar los setecientos metros que hay desde la entrada de la planta hasta la *gold room*.

Minerva señaló en la imagen aérea una zeta alargada que trazaba el camino a recorrer dentro de aquel cuadrado lleno de tanques, cintas transportadoras y maquinaria. Detuvo el puntero láser en el centro.

—Una vez frente a la puerta de acceso a la *gold room*, el empleado pasa su tarjeta de identificación por un lector. Del lado de adentro, a los de seguridad les salen todos los datos de quien quiere ingresar, incluyendo una foto, que pueden comparar con la imagen que ven en la cámara. Si se trata de la misma persona, le abren la puerta. Si no, le dicen que se pegue la vuelta.

—¿Están armados? —quiso saber Mac.

—No. No hay armas de fuego adentro del yacimiento. Muy pocas empresas de seguridad podrían proveer ese volumen de personal armado en un lugar tan remoto. Primero, porque en Argentina es muy difícil para un civil conseguir el permiso de portación de armas. Y segundo, porque si un empleado matara a alguien, incluso a un ladrón, la responsabilidad recaería sobre el empleador.

—Te lo resumo —intervino el Pata mirando a Mac—: no hay armas porque a la minera le saldría muy caro.

—Exacto, y eso nos juega a favor —dijo Minerva—. Pero ojo, no tenemos que subestimar a los empleados de seguridad. Son tipos entrenados y fuertes.

—¿Y qué pasa si alguien se planta en la puerta de la *gold room* y apunta con un fusil a la cámara exigiendo que abran?

—Activan alarmas, llaman a la policía y bloquean todo del lado de adentro. Entonces no entrás ni con una topadora.

El silencio de los cinco hombres esta vez fue muy diferente. Ahora se habían callado para pensar. Minerva reprimió una sonrisa. Era divertido tenerlos en vilo.

—Pero no se preocupen —dijo—, porque a nosotros nos van a abrir esa puerta.

CAPÍTULO 49

16 de julio de 2019, 2:16 p. m.

Después de atravesar el portón de acceso a la planta, Mac detuvo la Hilux en el estacionamiento interno de la planta, entre la garita de seguridad y un módulo de oficinas. Se quedó observando la ambulancia y la camioneta de Minerva hasta que desaparecieron de su vista tras una construcción de chapa.

Vamos, vamos, vamos, pensó mientras sus dedos repiqueteaban en el volante.

El corazón le latía desbocado. Una cosa era estudiar la planta desde el aire y otra estar ahí.

En una situación diferente, se habría maravillado ante las tolvas de todas las dimensiones y los enormes tanques cilíndricos unidos entre sí por un complejo entramado de caños amarillos. Le hubiera llamado la atención la enorme cinta transportadora que ascendía desde el silo donde se almacenaba el mineral triturado hacia una estructura de chapa negra que superaba en altura a cualquier otra en la planta. Se habría imaginado, ahí adentro, cómo el molino pulverizaba la piedra.

Pero ahora sólo podía pensar en lo que estaba a punto de pasar en la construcción baja que había en mitad de todos esos caños y tanques.

Y esperar.

***

La ambulancia avanzaba despacio por los caminos internos de la planta. Sentada en el asiento del acompañante, la doctora Morales calculaba las probabilidades de arrebatarle con éxito la pistola al asaltante que iba al volante.

Se inclinó disimuladamente para mirar por el retrovisor. Ahora sólo una de las dos camionetas venía detrás.

El asaltante detuvo la ambulancia al costado del acceso de vehículos de la *gold room*. Hasta ella sabía que sólo lo abrían para los camiones blindados. El hombre se giró en el asiento y abrió la pequeña ventana que comunicaba con la parte de atrás.

—Si alguno de ustedes tres hace un ruido, le pego un balazo en la cabeza a la doctora. Así que tranquilitos.

Patricia Morales cerró los ojos, pidiéndole protección a un dios con el que había perdido contacto en la primera comunión. Cuando volvió a abrirlos, vio que la camioneta que los había seguido estacionaba a dos metros de su ventanilla.

—Está claro lo que tenés que decir, ¿no? —le preguntó el asaltante, mirándose en el espejo para acomodarse la gorra y los anteojos de sol.

Ella asintió en silencio.

—No te escucho —le dijo el tipo, guardándose la pistola en un bolsillo de su uniforme de enfermero.

—Sí, está claro —logró decir con voz entrecortada.

—Muy bien, vamos.

De alguna manera, la tranquilizó ver que de la Hilux bajaba una mujer. Estaba vestida con el uniforme rojo y blanco del personal sanitario y también llevaba anteojos de sol. La asaltante le sonrió, se le acercó y apoyó en el hombro una mano cubierta por un guante de látex.

—Vamos, doc, que te vas a congelar acá afuera —le dijo con un acento... ¿porteño? Sí, porteño. Y tanguero.

Caminaron los tres hacia la puerta de acceso para el personal. La doctora Morales era consciente de que la cámara que los miraba desde arriba no captaba la pistola que el tipo clavaba en sus riñones. Su única alternativa era seguir las instrucciones que le habían dado, así que acercó su tarjeta al lector y llamó al intercomunicador.

—¿Sí? —respondió un hombre del otro lado.
—Hola, soy la doctora Morales.
—Buenas tardes.
Tragó saliva.
—Tenemos varios casos de intoxicación confirmados en el yacimiento. Aparentemente en la comida de hoy se sirvió algo en mal estado. Estamos haciendo un recorrido por todos los sectores. ¿Podría confirmar que la gente de la *gold room* está bien?
—Yo los tengo a todos en las cámaras y no se ve nada extraño.
—Es posible que se sientan mal pero los síntomas todavía no sean visibles. El personal de la cocina nos dijo que en el comedor había varios empleados de fundición. Pregúnteles por favor si alguien tiene algún tipo de malestar. En particular, dolores de estómago o ganas de vomitar.
El intercomunicador se quedó en silencio durante unos segundos.
—Esperen ahí, doctora.
—Vas muy bien —le susurró al oído la porteña.

CAPÍTULO 50

16 de julio de 2019, 2:01 p. m.

A Mallo le faltaban cinco kilómetros para llegar a Cerro Solo cuando se dio cuenta de que arriba, junto al contenedor que albergaba los equipos de comunicaciones, no había ninguna camioneta. Miró su aparato de radio para confirmar que seguía sin señal. Madueño se había ido de ahí sin solucionar el problema.

Consideró dar la vuelta y volver al campamento, pero ya tenía más de dos tercios del camino hecho. En diez minutos estaría en la cima del cerro y podría echar una mirada a los equipos. A lo mejor hasta tenía suerte y lograba arreglar el fallo.

Al llegar arriba estacionó junto al contenedor y se dirigió a la puerta. La llave de siempre no entraba en el candado. ¿Lo habían cambiado sin avisarle?

Entonces escuchó un golpe sordo dentro del contenedor, como si un objeto pesado acabara de caerse. Pegó un oído a la puerta y se tapó el otro para suprimir el viento. Oyó un nuevo impacto.

—Madueño, ¿estás ahí? —le gritó a la puerta.

Los golpes se intensificaron.

¿Qué está pasando?

Fue a la camioneta y agarró la llave cruz que utilizaba para cambiar las ruedas pinchadas. Tuvo que hacer palanca varias veces para que el candado cediera ante la barra de hierro.

Al entrar, descubrió a Felipe Madueño atado de pies y manos. Mallo se apresuró a quitarle la gruesa cinta plateada que le cubría la boca y Madueño escupió una bola de trapo.

—Tenemos que avisar —dijo con voz ronca y ojos espantados—. Hay una intrusión en el yacimiento.

Intrusión. Hasta ahora Mallo sólo había oído esa palabra en los simulacros que organizaba el gerente de seguridad. Esta vez, sin embargo, los aparatos destrozados a su alrededor dejaban claro que no estaban ante ningún ensayo.

—¿Qué pasó? —le preguntó mientras cortaba las bridas que inmovilizaban al joven.

—Me atacaron. Un hombre y una mujer. Están armados. Se llevaron la camioneta, mi identificación y el teléfono satelital. Tenemos que dar la alarma.

Mallo miró el contenedor saboteado. Iba a llevar un buen rato restablecer las comunicaciones.

—Voy a tirar una bengala —dijo, enfilando hacia afuera.

—No —lo detuvo Madueño—. Eso va a hacer que piensen que estamos en problemas y nos vengan a buscar.

—Estamos en problemas.

—Sí, pero entre que vienen y volvemos al campamento, va a pasar una hora. En ese tiempo podría haber una desgracia.

—Podemos bajar en la camioneta. Ahí ahorramos media hora.

—¿Qué pasa si nos encontramos a estos tipos en el camino? Vos porque no los viste, jefe, pero van en serio. Si nos tienen que meter un balazo, nos lo van a meter.

—¿Qué querés que hagamos entonces, Madueño?

—No sé. Hay que avisar, pero me da miedo salir de acá.

—No nos podemos quedar esperando. Vos mismo acabás de decir que puede haber gente en peligro.

—Si bajamos, los que nos ponemos en peligro somos nosotros.

Mallo le puso una mano en el hombro.

—Estás muy nervioso, Felipe. Pero alguien tiene que ir a avisar. Hagamos una cosa: tiro la bengala y vos esperás acá a que te vengan a buscar. Yo mientras voy bajando —le ofreció.

Madueño negó con la cabeza.

—Prefiero ir con vos a quedarme solo.

CAPÍTULO 51

16 de julio de 2019, 2:18 p. m.

Frente a la puerta de la *gold room*, Minerva daba golpecitos al suelo con la punta del pie. O, mejor dicho, era su pie el que golpeaba la tierra de manera automática, sin que su cerebro le diera ninguna orden.

—Doctora, parece que sí —dijo al fin el guardia por el intercomunicador—. Tenemos tres empleados con diarrea y dolor de estómago.

—¿Entramos con la ambulancia? —preguntó Pólvora.

—No hace falta. Pueden salir por sus propios medios. Dice el jefe que terminan el vertido del metal que ya tienen fundido y salen. Pasen a esperarlos si quieren.

La puerta de entrada del personal se abrió con un zumbido eléctrico. A Minerva se le puso la piel de gallina.

—Vos tranqui —oyó que Pólvora le susurraba a la doctora Morales.

El acceso a la *gold room* era un pasillo de techo bajo, paredes blancas con una puerta al fondo y otra a un costado. Esta última daba a una oficina con grandes pantallas. Minerva sabía que esos monitores transmitían en bucle imágenes de las más de cien cámaras de seguridad de la mina, aunque desde su posición en el pasillo y con la puerta cerrada, ella no podía ver ni la esquina de un escritorio.

De esa oficina salió a cortarles el paso un empleado de seguridad enfundado, como todos, en uniforme negro y amarillo. Apenas el hombre puso los pies en el pasillo, la puerta se cerró a sus espaldas con un mecanismo automático que Minerva desconocía.

—Esperen ahí —les dijo, haciéndoles un gesto para que se quedaran donde estaban.

Minerva metió disimuladamente una mano dentro del botiquín que traía colgado al hombro. Sintió el metal frío a través del látex de los guantes. En cuanto el empleado les dio la espalda para volver a su puesto, miró a Pólvora y asintió con la cabeza.

Se movió ella primero. Con una maniobra rápida, sacó del botiquín un aerosol y embadurnó de pintura negra la lente de la cámara de seguridad.

—No te muevas porque te quemo —gritó Pólvora un segundo después.

—¿Qué? —dijo el hombre, girándose hacia ellos.

Al ver que Pólvora le apuntaba con un arma, el guardia levantó las manos. Minerva se apresuró a atarle las muñecas con bridas y luego hizo lo mismo con la médica. Por último, Pólvora y ella se cubrieron las cabezas con pasamontañas.

Aquel era el momento más crítico del plan. A pesar de que las cámaras no estaban grabando, los altos puestos jerárquicos de la mina tenían acceso a la transmisión en vivo a través de la red interna. Eso significaba que, si justo alguien estaba monitoreando la cámara durante la fracción de segundo que Minerva había tardado en cubrir la lente, sabrían que había una intrusión. Las probabilidades eran bajísimas, porque esa cámara apuntando a un pasillo era de las menos consultadas, pero no dejaba de ser un riesgo.

En cualquier caso, la suerte estaba echada. Ahora tenían que moverse rápido y con cuidado. En cuanto abandonaran aquel pasillo, entrarían en el rango de visión de una nueva lente.

—Siéntense ahí —les dijo Minerva a la doctora Morales y al de seguridad, señalando el suelo junto a la puerta de la oficina.

Se puso de cuclillas frente a ellos y los miró a los ojos. En los de la médica había miedo. En los del otro, desconcierto.

—No se preocupen, va a estar todo bien —les dijo y ambos asintieron en silencio.

Descolgó la tarjeta de identificación del cuello del empleado y se la tiró a Pólvora. Su compañero la acercó al lector de la puerta de la oficina y negó con la cabeza.

—Hay que poner un código.

Mierda. Eso no estaba ahí cuando ella era empleada.

Miró al guardia, atado contra la pared. El tipo le sostuvo la mirada, desafiante. Entonces Pólvora se abrió paso y le metió la pistola en la boca.

—Decime el código y decímelo bien. Porque si lo pongo y esa puerta no se abre, te pego un tiro en los huevos antes de matarte.

El guardia empezó a hablar antes de que el hilo de baba que le unía el labio al caño de la pistola se cortara. Minerva le tuvo que dar la razón al Banquero: Pólvora era imprescindible.

—Siete cinco cuatro nueve.

Pólvora se acercó al teclado numérico y apretó el primer dígito con la punta de su dedo enguantado.

—¡Pará! —dijo Minerva—. Uno menos.

—¿Qué?

—El código. Probá con un número menos. Siete cinco cuatro ocho.

—Pero si nos acaba de decir...

—Hacé lo que te digo.

Pólvora le hizo caso y una luz verde se encendió en la cerradura. Un chasquido anunció que la puerta estaba abierta.

Apenas entraron a la oficina, Minerva se apresuró a rociar con pintura negra otra cámara.

—Las claves de las puertas tienen un mecanismo de seguridad —dijo—. Si le sumás uno a la clave, abren igual pero se activa una alarma silenciosa.

Pólvora miró al guardia con odio. Minerva le apoyó una mano en el hombro que no bastó para calmarlo.

—¿Así que te gusta hacerte el héroe? —dijo, acercándose al guardia y agarrándolo de la pechera mientras le apretaba el caño de la pistola en la nuez.

—Tranquilo —dijo Minerva.

El empleado de seguridad permaneció en silencio, respirando ruidosamente. Pólvora se agachó y le acercó la cara hasta que sus narices casi se tocaron.

—Hay gente a la que le rajaron la garganta por muchísimo menos —le dijo.

—¿Dónde está el teléfono satelital? —preguntó Minerva mientras miraba de reojo las pantallas. Quería ver el contenido de la bóveda, pero el guardia había bloqueado los monitores antes de permitirles el acceso. Era parte del protocolo.

—En ese cajón —señaló el empleado.

Minerva se guardó el teléfono en el bolsillo y se descolgó la radio de la cintura.

—Todos adentro, ya.

CAPÍTULO 52

16 de julio de 2019, 2:31 p. m.

El Pata se acercaba a la planta al volante del camión de combustible. Tenía la mirada fija en los tanques cilíndricos y las construcciones cuadradas de chapa oscura que Minerva les había hecho aprenderse de memoria.

—A la mayoría no nos vamos ni a acercar, pero es mejor saber qué es cada cosa —les había dicho.

Sin embargo, ahora él no hubiera sabido distinguir un tanque de lixiviación de uno de agua potable. La adrenalina sólo le permitía enfocarse en llevar el camión hasta el corazón de aquel laberinto de metal.

Cuando le faltaban trescientos metros para llegar al perímetro cercado, el portón de acceso empezó a abrirse. Se permitió sonreír al ver al Cerrajero vestido de uniforme negro y amarillo, como un vigilante de seguridad más de Inuit.

Junto al alambrado, dos guanacos pastaban ajenos a todo. Le hubiera gustado tener su tranquilidad.

Ciento cincuenta metros.

A un costado del portón en movimiento, el Cerrajero le hacía señas con la mano para que avanzara. El gesto era amplio y oficial. Un ademán normal, de un empleado de seguridad a un camionero autorizado.

Cien metros.

Tenía los nudillos blancos de aferrarse tanto al volante. Un camión de combustible no tenía nada que hacer adentro de la planta, porque los tanques de gasoil y el generador estaban del lado de afuera. Y un mastodonte remolcando una cisterna de treinta y siete mil litros no iba a pasar desapercibido por mucho tiempo en un recinto de máxima seguridad.

Cincuenta metros y empiezan los problemas, pensó.

Entonces el portón a medio abrir se detuvo durante una fracción de segundo. Cuando volvió a moverse, lo hizo en sentido contrario. Cerrándose.

Un hombre flaco y alto acababa de aparecer de la nada y le gritaba al Cerrajero al tiempo que levantaba la mano hacia el camión, indicándole al Pata que parara. No tuvo otra opción que apretar el freno.

La trompa del vehículo se detuvo a dos metros del portón.

CAPÍTULO 53

16 de julio de 2019, 2:31 p. m.

Gerardo Mallo aferraba con fuerza la radio para que no se le escapara de las manos. A su lado, Madueño aceleraba muy por encima del límite de sesenta kilómetros por hora establecido en el yacimiento, haciendo que la camioneta saltara como un caballo salvaje sobre el camino desparejo.

—Emergencia. Emergencia. Emergencia —volvió a decir Mallo al aparato—. Tenemos una intrusión. ¿Alguien me escucha?

Como todas las veces anteriores, no hubo respuesta.

—En cuanto entremos en la zona de cobertura de la repetidora que hay en el campamento te van a escuchar, jefe. Nos faltan dos o tres kilómetros.

Mallo sabía que Madueño tenía razón, pero lo último que iba a hacer era esperar.

—Emergencia. Emergencia. Emergencia —repitió, pronunciando las palabras establecidas en el protocolo.

Madueño tomó una de las únicas curvas del camino sin reducir la velocidad. La cuatro por cuatro derrapó un poco, pero el muchacho logró rectificar.

—Emergencia. Emergencia. Emergencia.

Un golpe de estática sonó en el aparato.

—Sí...lante...cucho.

—Soy Gerardo Mallo. Hay una intrusión en el yacimiento. Están armados. Hay que activar la alarma y llamar a la policía por el teléfono satelital. La antena de Cerro Solo y la conexión de internet secundaria siguen caídas. Repito: intrusión armada. Avisar a la policía.

—Note…ucho…ien. ¿Podrías…epetir…avor?

CAPÍTULO 54

16 de julio de 2019, 2:34 p. m.

—¿Qué está pasando acá?

Al girarse, el Cerrajero reconoció al hombre alto y flaco, de unos treinta y cinco años, vestido de camisa y vaqueros. Minerva les había mostrado fotos de los empleados clave de la empresa. Este tipo, que ahora señalaba el camión detenido del otro lado del portón, se llamaba Patricio Iglesias y era el jefe de seguridad de la planta. Su oficina estaba en el módulo junto al que Mac acababa de estacionar.

—Tiene la entrada autorizada por el gerente general —improvisó el Cerrajero, caminando hacia la garita con paso decidido.

—¿Y se puede saber para qué entra un camión de combustible a la planta? —preguntó Iglesias a sus espaldas.

El Cerrajero se limitó a señalar la garita sin disminuir el paso. Detrás de él, los botines de punta de acero de Iglesias crujían sobre la tierra reseca. Entró al pequeño contenedor con el otro pisándole los talones. Respiró hondo, intentando tranquilizarse.

—¿Dónde está Soto? —quiso saber Iglesias.

El Cerrajero dio media vuelta, con la mano izquierda en el bolsillo de la campera del tal Soto, sujetando la nueve milímetros.

—Siéntese —le dijo.

El otro lo miró extrañado. Seguramente no estaba acostumbrado a que le hablaran así.

—Mirá, pibe, a lo mejor sos nuevo y no sabés con

quién estás hablando.

—Sé quién es, señor Iglesias.

El tipo quedó descolocado por un instante. Luego tomó aire y habló en tono alto y envalentonado, enumerando demandas con los dedos.

—A ver si nos entendemos. Primero, quiero ya mismo tu nombre y apellido. Segundo, que me expliques por qué hay una ambulancia parada frente a la *gold room.* Y tercero, que me digas qué carajo tiene que hacer un camión de YPF adentro de la planta.

—Ya le dije, son órdenes del gerente general —respondió el Cerrajero, apretando el botón verde junto al escritorio. Con un zumbido distante, el portón comenzó a abrirse nuevamente.

—¿Qué hacés? Mostrame ya mismo la orden de Sandoval.

—Acá la tiene —le dijo, apoyando la nueve milímetros sobre el escritorio.

Iglesias se quedó petrificado.

—Escúcheme bien. Yo ahora voy a retirar esto de la vista, pero no crea que no le apunto, ¿eh? Tengo el caño dirigido, centímetro más, centímetro menos, directamente a sus huevos.

—¿Quién es usted?

Notó que Iglesias lo había dejado de tutear. Era increíble el respeto que producía un arma.

—¿No se imagina?

—Escúcheme una cosa. No le haga nada a ninguno de nuestros empleados, por favor.

—Por supuesto que no, Iglesias. ¿Por quién nos toma?

Los últimos metros de la cisterna terminaron de atravesar el portón. El Cerrajero apretó el botón rojo y la reja volvió a correr sobre el riel para cerrarse. El camión de combustible giró hacia la derecha, trazando el camino que tantas veces había recorrido el puntero láser de Minerva sobre el mapa.

En ese momento, el sonido ensordecedor de una

alarma retumbó en la garita. El Cerrajero se levantó de un respingo y apuntó a Iglesias con el arma.

—¿Qué es eso?

—Yo no hice nada, se lo juro —dijo Iglesias levantando las manos.

—Vamos ya a su camioneta.

El hombre asintió y salió sin rechistar. Afuera, la sirena sonaba en unos altavoces montados sobre postes. Al Cerrajero le recordaron a los campos de concentración de las películas de nazis que a su padre tanto le gustaban.

Iglesias caminó hacia el estacionamiento entre la garita y el módulo de oficinas, donde había más de media docena de Toyotas Hilux grises. Una era la de Mac.

—Esta es mi camioneta —gritó Iglesias por encima de la alarma, señalando otra de las Hilux.

—Rápido. Maneja usted. A la *gold room* —le dijo el Cerrajero, subiéndose del lado del acompañante y haciéndole señas a Mac para que los siguiera.

El jefe de seguridad de la planta no volvió a abrir la boca hasta que estacionaron junto a la ambulancia y el camión de combustible.

—¿Qué es exactamente lo que quieren? —preguntó entonces.

—Lo mismo que ustedes, Iglesias. El oro y la plata.

CAPÍTULO 55

16 de julio de 2019, 2:36 p. m.

La alarma comenzó a sonar al mismo tiempo en varios puntos del campamento. No era el *wup-wup* rápido de la alerta de incendios ni el *ni-no-ni-no* ensordecedor de una emergencia médica.

No. Carlos Sandoval sólo había escuchado el ulular lento de esta sirena durante los simulacros que organizaba Francisco Alvarado, el gerente de seguridad. Pero hoy Alvarado estaba ocupado preparando una charla que el mismo Sandoval le había encargado para los empleados que trabajaban en el túnel. Además, ¿qué probabilidades había de que Alvarado organizara un simulacro sorpresa el mismo día que se apagaba la antena de Cerro Solo y se perdía la conexión satelital?

Ninguna. La alarma de intrusión era legítima, y él tenía que poner en marcha ya mismo el protocolo.

El primer paso era llamar a la policía. Sin internet ni telefonía celular, necesitaba uno de los cuatro teléfonos satelitales del yacimiento. Uno lo tenía la división de informática, el otro la enfermería y un tercero, los empleados de seguridad de la *gold room*. El cuarto era como si no existiera, porque estaba asignado al equipo de exploraciones, que en aquel momento se encontraba a treinta y dos kilómetros sacando testigos de una nueva veta.

Al pensar en ellos, recordó que el día anterior un guardia de seguridad que patrullaba los caminos menos frecuentes había avistado una avioneta volando a siete kilómetros al norte de la planta de procesos. A Sandoval le había parecido extraño, pero ahora se arrepentía de no haberle dado más importancia.

Levantó el teléfono de su oficina. Por suerte la telefonía interna seguía funcionando. Marcó el número de la enfermería para avisarles que, si todavía no lo habían hecho, llamaran a la comisaría de Puerto Deseado.

La línea sonó varias veces pero no respondió nadie. Mala señal. En la enfermería siempre contestaban rápido.

CAPÍTULO 56

16 de julio de 2019, 2:36 p. m.

Dentro de la *gold room*, Minerva miraba con una mezcla de odio y pena al guardia de seguridad.

—Yo no fui —suplicó el hombre.

Estaba desparramado en el suelo de su propia oficina, donde Pólvora acababa de tirarlo junto a la doctora Morales.

La alarma retumbaba en las paredes prefabricadas. Minerva había contado con que en algún momento detectarían la intrusión, pero todo habría sido mucho más fácil si primero podían reducir a los empleados de fundición. Ahora, presas del pánico, esos tipos intentarían esconderse. O, peor aún, hacerse los valientes.

—El password —le dijo al guardia, señalando las pantallas bloqueadas.

El hombre se lo dio entre sollozos. El sonido de la sirena era tan estridente que tenían que gritar para entenderse.

Al abrir las imágenes, a Minerva se le encogió el corazón. Todas las cámaras transmitían un rectángulo negro. No sólo las dos que ella acababa de pintar. Todas.

—¿Qué es esto?

—Yo no fui. Se los juro. De hecho, si hubiera sido yo, la alarma no sonaría acá adentro. Sólo alertaría a los del campamento para que llamen a la policía.

—Qué. Es. Esto —repitió, señalando las ventanas negras en las pantallas.

—Dejamos de tener acceso a las cámaras si hay una intrusión.

Pólvora dio dos pasos rápidos hacia él y le apoyó el caño en la cabeza.

—¿Me estás diciendo que las cámaras se desconectan justo cuando más las necesitan? ¿Te pensás que somos boludos?

—No, no. Las cámaras no se desconectan. Nos cortan la señal a nosotros, adentro de la *gold room*. El resto lo puede ver desde afuera, pero estas pantallas quedan inutilizadas.

Pólvora miró a Minerva, como preguntándole qué hacer. Ella sintió que el nudo en el estómago se le cerraba aún más. No conocía ese detalle del protocolo.

—Tenemos que asumir que la policía ya está en camino —le dijo.

—Apurémonos entonces.

Con su acento porteño impostado, Minerva indicó a los rehenes que se pusieran de pie. Tardaron un poco más de lo normal porque con las manos atadas detrás de la espalda les costaba mantener el equilibrio. Cuando salieron de la oficina, Pólvora ya había abierto la puerta del final del pasillo con la tarjeta del empleado.

Un detector de metales ocupaba casi todo el ancho del nuevo corredor al que entraron. Era un arco rectangular idéntico a los de los aeropuertos. Minerva lo atravesó primero y el aparato emitió un *bip-bip-bip* que apenas se oía por encima de la alarma. La doctora Morales pasó detrás de ella. Le siguió el guardia de seguridad, y por último, Pólvora.

Continuaron por el pasillo hasta el final. Otra puerta y otro pasillo. Varias puertas más. La *gold room* era un laberinto, pero Minerva llevaba meses estudiando los planos.

—Esa es la sala segura —le dijo a Pólvora cuando llegaron a una puerta antivandálica junto a una ventana de vidrios blindados.

La sala segura era una oficina acorazada en la que los empleados tenían instrucciones de refugiarse en caso de intrusión. Minerva se asomó a la ventana. Dentro, el otro guardia de seguridad de la *gold room* tenía el auricular de un teléfono fijo contra la oreja. Los empleados de fundición todavía no habían llegado.

Pólvora dio unos golpecitos en el vidrio grueso con la culata de la pistola. Cuando el hombre levantó la vista, apoyó el cañón en la sien de su compañero maniatado.

El empleado de seguridad miraba a través del vidrio como un ciervo frente a las luces de un coche. Tardó unos instantes en moverse, y cuando lo hizo, a Minerva le pareció que iba a cámara lenta. Soltó el teléfono, mostró las manos vacías y abrió la puerta.

Minerva se apresuró a atarle las muñecas y a bajar la cortina de la ventana, para que nadie pudiera ver desde el pasillo lo que pasaba en la sala. Después, Pólvora hizo que los tres rehenes se sentaran en el suelo y ella les puso bridas también en los tobillos.

—Ahora, acuéstense boca abajo —ordenó Pólvora.

—Tranquilos, que no es con ustedes la cosa —agregó ella mientras iba uniendo las ataduras de las muñecas a las de los tobillos con una tercera brida. Cuando los tres estuvieron inmovilizados con el vientre contra el suelo, los amordazaron.

—Nos vemos en un ratito —les dijo Pólvora.

Salieron de la sala segura y Minerva cerró con llave.

—Esa es la última —le dijo a su compañero, corriendo hacia la puerta que había al fondo del pasillo, que daba al corazón de la *gold room*.

Se abrió sin quejas, con el mismo código que les había dado acceso a la oficina de las pantallas.

Recordando la charla que había tenido con Pezzano meses atrás, cuando todavía no pensaba en él como "el Banquero", Minerva se preguntó si del otro lado de esa puerta habría un león.

CAPÍTULO 57

Trelew, Chubut, Argentina. Cuatro meses y medio antes del golpe.

Minerva había tardado casi media hora en explicarle a grandes rasgos el plan a Pezzano. El viejo ladrón la había escuchado atento, tomando café en el mismo sofá desde el que ella le había enviado el email que había puesto todo en marcha.

—A simple vista, puede funcionar —dijo él.

—¿*Puede*? No me alcanza. *Tiene* que funcionar. Si no me lo sabés decir vos, que tenés más robos que los piratas del Caribe, ¿entonces quién?

Pezzano apuró el café y dejó la taza sobre el platito de cerámica con delicadeza.

—Imaginate que estás en una habitación en la que hay dos puertas. En una hay un león. En la otra, una habitación igual a la anterior.

—¿Yo sé en cuál de las puertas está el león?

—No. Vos tenés que abrir una y jugártela. No te queda otra. Si tenés suerte, abrís la que da a la habitación vacía, pero resulta que ahí también hay dos puertas.

—¿Y una de ellas también me lleva al león?

—Correcto —asintió Pezzano con las ojeras estiradas por la sonrisa—. Son diez habitaciones así. En la décima, una de las dos puertas es la de salida. A ver, ingeniera Viader, ¿qué probabilidades tenés de sobrevivir?

—Habría que elevar cero coma cinco a la...

—Bajísimas —la interrumpió Pezzano—. Es más fácil ganarte la lotería que salir viva de ahí.

—¿Y esto qué tiene que ver con el robo?

Pezzano ladeó la cabeza, como si la pregunta lo ofendiera.

—Si meto un tipo en la primera habitación, ¿creés que sobrevive o muere?

—Muere, obvio.

—¿Y si repito lo mismo un millón de veces? Cada tipo que entra elige la secuencia de puertas que quiera, sin saber lo que hicieron los anteriores.

—La gran mayoría muere, pero unos pocos sobreviven.

—¿Y esos pocos por qué sobreviven?

—Porque tienen la suerte de abrir las diez puertas correctas.

Pezzano se señaló el pecho con el dedo índice.

—Exacto. Yo soy uno de esos suertudos.

—O sea, me estás diciendo que sos el tipo que más bancos robó en todo el país por pura suerte.

—No. Te estoy diciendo que soy un sobreviviente. Por supuesto que hice todo lo que estaba a mi alcance para abrir las puertas correctas. Pegué la nariz al agujerito de la cerradura para ver si sentía olor a león. Apoyé la oreja para escuchar un rugido. Y a veces lo detecté. Pero cuando no tuve la más puta idea de qué puerta abrir, elegí una al azar.

—¿Adónde querés llegar?

—A que no estoy donde estoy por puro talento. Ni yo ni nadie te puede decir, de antemano, que atrás de las puertas que querés abrir no va a haber un león.

CAPÍTULO 58

16 de julio de 2019, 2:42 p. m.

Tras atravesar la última puerta, Pólvora se encontró con un panorama muy diferente a cualquier banco, cualquier joyería o cualquier mansión en la que hubiera robado antes. La *gold room* era tan grande como una cancha de fútbol y estaba llena de grandes aparatos industriales cubiertos de polvo y suciedad. Algunos, del tamaño de un auto, colgaban sobre sus cabezas.

Caminaron con sigilo. La alarma retumbaba en todos los rincones, aunque no sonaba tan fuerte como en los pasillos.

—Tenemos que encontrar rápido a los empleados de fundición —le dijo Minerva, encaminándose hacia uno de los costados.

Pólvora la siguió. Iban en dirección a unos cilindros de metal grandes como lavarropas. Uno de ellos estaba al rojo vivo. Crisoles de fundición. Ahí se fabricaban los lingotes.

A cinco pasos de distancia, notó un calor intenso en los ojos, que eran la única parte de la cara que el pasamontañas dejaba expuesta. Recordó otro de los datos de Minerva: sin el equipo de protección adecuado, resultaba imposible acercarse a menos de dos metros de un crisol sin sufrir quemaduras.

—No se ve a nadie —dijo Minerva.

Pólvora oyó a sus espaldas un ruido lo suficientemente fuerte para imponerse a la alarma. Como si alguien hubiera volteado un armario o dado un gran portazo. Había venido de la puerta por la que ellos acababan de entrar.

Se giró y salió corriendo entre las máquinas con la nueve milímetros en la mano. Al llegar a la puerta, giró el picaporte y la embistió con el hombro, pero no logró que se moviera.

—Los empleados de fundición se deben haber escondido al vernos entrar y salieron en cuanto esta puerta quedó libre —explicó Minerva, que había corrido detrás de él, mientras tecleaba el código en la cerradura.

Pólvora estaba atento a la luz roja junto a las teclas. En cuanto se pusiera verde, le daría otro empujón.

—No funciona —le dijo Minerva.

—¿Cómo que no funciona? Si para entrar...

—Debe haber un código diferente para salir. O un mecanismo de seguridad especial que la traba en caso de emergencia.

—¿Tantas cosas cambiaron en esta puta empresa en siete meses? —preguntó.

Minerva no le respondió.

Si termino preso, me lo merezco por boludo, pensó Pólvora. *¿Quién me manda a mí a dejarme arrastrar hasta el culo del mundo por esta tipa?*

Resopló por la nariz y levantó un poco el arma.

—Tenemos que agarrar a los empleados de fundición sí o sí —dijo—. Sin ellos, no podemos negociar.

—Están los de la ambulancia —le contestó Minerva.

—Sí, pero en la sala esa dejamos a la médica. La podemos necesitar.

Apuntó la pistola a la cerradura de la puerta.

—Pará, Pólvora.

—¿Qué te pasa?

—Los empleados de fundición pueden estar del otro lado.

Encima de que tiene el corazón blando, mira muchas películas. Se confirma que soy un boludo, pensó antes de apretar cuatro veces el gatillo.

Los disparos rasgaron el ulular monótono de la alarma. Donde había estado la cerradura, quedó un agujero en forma de cruz hecho por las cuatro balas.

—En la vida real, nadie que está escapando cierra una puerta y se apoya del otro lado.

Pateó la puerta, que cedió como si estuviera hecha de la madera más barata.

Del otro lado se encontraron con las espaldas de tres hombres que corrían al final del pasillo. Seguramente se habían detenido frente a la sala segura para intentar liberar a la doctora Morales y a los dos empleados de seguridad. Ahuyentados por los disparos, ahora se alejaban ralentizados por los pesados trajes que los protegían del calor de la fundición.

En ese momento, Pólvora sintió la vibración de la radio que llevaba colgada de la cintura. Levantó el arma y con la otra mano se llevó el aparato al oído.

—Estamos todos afuera —dijo el Pata—. Repito, estamos todos afuera.

—Andá a abrirles —le dijo a Minerva, que también tenía su radio pegada a la cara—. Yo me encargo de estos.

Ella asintió y volvió a meterse en la *gold room*.

Él levantó el arma y disparó tres veces.

CAPÍTULO 59

16 de julio de 2019, 2:44 p. m.

Pólvora miró hacia los tres hombres al final del pasillo. Las balas que había disparado al techo, lejos de paralizarlos, los habían hecho huir aún más rápido. Sonrió y echó a correr detrás de ellos.

No tardó en darles alcance. Los trajes para trabajar en la fundición los lastraban demasiado. Parecían astronautas.

—Párense o la próxima vez les apunto a la cabeza —gritó por encima de la alarma, que ya empezaba a ponerlo nervioso.

Se detuvieron al instante. Sacó un puñado de bridas del bolsillo y las tiró a los pies del que tenía más cerca.

—Atalos —le indicó.

Con movimientos torpes, el empleado juntó las muñecas y los tobillos de sus dos compañeros. Tras asegurarse de que el tipo lo había hecho bien, Pólvora lo ató a él.

—Falta uno. ¿Dónde está? —les preguntó.

Uno de ellos dijo algo, pero Pólvora no logró entender las palabras amortiguadas por la capucha del traje aislante. Se acercó y se la arrancó hacia arriba.

—No tenemos la combinación de la bóveda —se apresuró a repetir.

—No te pregunté eso. Te pregunté dónde está el que falta.

Entonces sintió un golpe en la cabeza y se le apagaron todas las luces.

CAPÍTULO 60

San Rafael, Mendoza, Argentina. Dos meses y medio antes.

—¿Y no sería más fácil asaltar el camión blindado en el medio del campo que entrar ahí? —preguntó Mac.

El Banquero vio que Minerva sonreía casi con ternura ante la ingenuidad de la pregunta. Pólvora, sin embargo, fue menos sutil y largó una de sus risas porcinas. El Pata se limitó a mirar a Mac con un brillo en los ojos que el Banquero sabía interpretar muy bien. Estaban intentando reprimir una sonrisa.

—¿De qué se ríen? En la mina hay setecientos tipos, guardias de seguridad y mil cosas que pueden salir mal. ¿No es más fácil interceptar el oro en tránsito?

—¿A este de dónde lo sacaste?

La pregunta se la había hecho Pólvora al Banquero, que se dirigió a Mac para responderla.

—Hoy por hoy, un camión blindado es uno de los objetivos más difíciles de robar.

Recordó con cierta nostalgia los años ochenta, al principio de su carrera como ladrón de bancos.

—Hubo una época en la que eran el eslabón más débil, pero eso cambió muchísimo. Ahora van armados hasta los dientes y tienen diez mil aparatitos.

—Además —intervino Minerva—, los blindados que transportan el doré no son los mismos que ves en las puertas de los bancos. Los que van a Entrevientos son más grandes y llevan más seguridad. Cuatro tipos con armas de grueso calibre.

—Son casi imparables —agregó el Pata—. Los que

iban a Cerro Retaguardia tenían doble eje trasero y tracción en cada una de las ruedas. Seis por seis. Y siempre estaban escoltados por una camioneta con otros dos tipos armados.

—Estos también —dijo Minerva—. Y, por supuesto, llevan teléfono satelital, GPS y una alarma silenciosa que se activa automáticamente si el camión para donde no está previsto.

—¿Y si les metemos una carga en pleno tránsito? —preguntó Pólvora—. A lo mejor Mac tiene razón. Con un par de kilos de explosivo plástico vuelan al carajo.

—Seguimos teniendo el problema de la escolta —acotó el Pata, pasándose la mano por la barba.

—¡No! —dijo Minerva con un tono firme que el Banquero no le había sentido nunca—. Eso no lo vamos a hacer porque si volamos el camión tenemos que matar a los cinco tipos que van adentro.

—Obvio, no les vas a pedir por las buenas que te abran la puerta —retrucó Pólvora.

El Banquero estuvo a punto de hablar para poner paños fríos al asunto, pero se reprimió. No había mentido al decir que él en este trabajo era poco más que un mecenas. La que dirigía la batuta era Minerva, y eso venía con responsabilidades. La miró a los ojos. *Es tu plan y tu equipo*, intentó decirle con un gesto.

Mac rompió el silencio en el que había quedado sumido el comedor.

—Si la idea es hacer una carnicería, conmigo no cuenten —dijo, devolviéndole el mate al Pata—. Me abro ahora mismo.

Minerva levantó las manos en señal conciliadora.

—No vamos a hacer ninguna carnicería. Eso grábenselo en la cabeza.

El Banquero sintió que el pecho se le llenaba de una especie de orgullo. Volvía a sentir por ella ese instinto paterno que lo había llevado a arriesgar su vida para ayudarla, quince años atrás, a escapar de los billares de Avenida de Mayo.

—Este robo va a ser sin sangre, ¿está claro? —prosiguió ella—. Armas tiene que haber, porque vamos a tomar rehenes. Pero heridos, no quiero ni uno.

—Obvio. Nadie nunca quiere heridos —dijo Pólvora—, pero a veces la cosa se pone fea y no queda otra que meter algún cuetazo.

—No va a ser el caso.

—Eso lo decís ahora —contestó con sorna—. A ver si seguís tan budista cuando la situación se complique.

—¡Lo vamos a hacer sin sangre ni heridos!

—Por supuesto, como todos tus golpes anteriores —retrucó Pólvora—. Recordame, ¿en cuántos robos sin sangre ni heridos participaste antes? ¿Treinta, habías dicho? ¿O eran cuarenta?

Hubo otro silencio, punteado por el crepitar de las llamas. El Banquero miró a Minerva para transmitirle tranquilidad, pero ella tenía los ojos puestos en la nada. La vio rodear la mesa, acercarse al sillón en el que estaba tirado Pólvora e inclinarse hacia adelante, descansando las manos en las rodillas.

—No sé qué es peor —le dijo cuando sus caras estuvieron al mismo nivel—, si no tener experiencia o tenerla y que no te haya servido para nada. A esta altura del partido, aunque te importe un carajo la vida de una persona, por lo menos deberías saber que hay un motivo práctico para no pegarle un tiro a nadie. La policía suele investigar más a fondo un asesinato que un robo a una multinacional.

Sin dejar de mirarlo a los ojos, Minerva señaló la pantalla.

—Ahí adentro trabaja gente honrada que se pasa la mitad del mes masticando polvo para mantener a una familia.

Se incorporó y miró al resto de la banda, incluyendo al Banquero.

—Si a alguno de ustedes no le gusta el plan, ahí está la puerta. Nadie es imprescindible.

—En realidad, vos sí —dijo Mac—. Sin toda tu información, no pasamos del Puesto de Entrada.

El Banquero dejó de contener la respiración y agradeció el tono calmado del anfitrión.

—Salvo que entremos a los tiros —agregó Pólvora.

Minerva volvió a mirarlo y abrió la boca para decir algo, pero la carcajada porcina se le adelantó.

—Relajate, Minerva, es un chiste. Si vos decís que no hay tiros, no hay tiros. Sos la jefa.

Pólvora acompañó sus últimas palabras llevándose las puntas de los dedos a la sien, imitando un saludo militar.

Minerva negó con la cabeza y se incorporó, mirando uno a uno a los miembros de la banda. El Banquero se mordió la lengua para no decir nada. Si hubiera abierto la boca, le tendría que haber dado la razón a Pólvora. Una cosa era que en el plan no hubiese muertos y otra, muy diferente, era lo que sucediese ese día.

Ningún plan salía al pie de la letra. Incluso Minerva, en el fondo, tenía que saberlo.

CAPÍTULO 61

16 de julio de 2019, 2:48 p. m.

Cuando Pólvora abrió los ojos, un dolor agudo le nubló la visión. Estaba tirado en el suelo, boca abajo. La nueve milímetros, que él veía borrosa, descansaba a apenas veinte centímetros de la punta de sus dedos.

Se estiró para agarrarla, pero entonces una bota plateada pateó el arma, haciendo que se deslizara por las baldosas de plástico. La pistola pasó entre los empleados maniatados y se detuvo varios metros más adelante, al final del pasillo.

Miró hacia arriba. El dueño de la bota era grande y musculoso. Incluso debajo del traje de astronauta se adivinaba una complexión maciza. No tenía puesta la capucha, y de la tela plateada asomaba un cuello grueso y nervudo con el tatuaje de un dragón verde que terminaba con la boca abierta debajo del oído. Como si le estuviera contando un secreto.

A pesar de los músculos, del tatuaje y de haber pateado la pistola, Pólvora vio miedo en los ojos de aquel hombre. Un miedo peligroso, de animal acorralado.

—Hay cuatro tipos armados afuera —dijo Pólvora—. Cuando entren, lo primero que van a hacer es venir a buscarme, y si no estás atado y tranquilito, te van a cagar a tiros.

La patada le golpeó las costillas con la fuerza de una maza. Después sintió un tirón en el pelo. El tipo le había arrancado el pasamontañas.

—Si es que entran —dijo, y volvió a patearlo.

¿Por qué siempre hay un tarado que se hace el

héroe?

Pólvora sacudió un poco la cabeza y se limpió las lágrimas que le habían arrancado los golpes. La rabia le hacía ver todo rojo. Ya no estaba en una mina de oro a dos mil kilómetros de su casa. Ahora estaba en el patio de la cárcel de Caseros, durante su primera semana.

Miró disimuladamente hacia atrás. Uno de los tres astronautas atados se arrastraba hacia el final del pasillo, tratando de llegar a la pistola.

Calculó sus posibilidades. Si el resto de la banda abría la puerta antes de que aquel tipo alcanzara el arma, estaba salvado. Si no, podía terminar como un colador.

Entonces hizo lo mejor que se puede hacer cuando estás tirado en el suelo y tus costillas están a la merced de dos botas con punta de acero: las abrazó con toda su fuerza.

En el forcejeo por liberarse, el del tatuaje terminó cayendo al suelo. Pero al otro empleado ahora le faltaba apenas medio metro para llegar al arma. Pólvora soltó al tipo del dragón y corrió hacia el fondo el pasillo. Saltó por encima del que se arrastraba y recuperó su nueve milímetros. Al girarse, vio que el tatuado desaparecía por la puerta que él había abierto a tiros.

Fue hacia allí todo lo rápido que le permitía el dolor en las costillas. Por más que se le escapara, del otro lado de la puerta sus compañeros ya estarían entrando con los vehículos y no tardarían en agarrarlo. Y cuando lo tuviera enfrente, dijera lo que dijera Minerva, le iba a devolver las patadas multiplicadas por mil.

Sin embargo, al abrir la puerta y volver a entrar a la *gold room*, toda esa sangre caliente se le enfrió de golpe.

CAPÍTULO 62

16 de julio de 2019, 2:53 p. m.

Que no hubiera ni rastro del tipo del tatuaje era lo que menos le preocupaba. Al fin y al cabo, la *gold room* estaba llena de rincones donde esconderse. Lo que realmente desconcertaba a Pólvora era que sus compañeros todavía no estuvieran ahí.

Miró hacia la gran puerta de acceso de vehículos de la *gold room* por la que deberían haber entrado. Estaba abierta. Según Minerva, daba a una especie de garaje enorme con una segunda puerta al exterior. Lo llamaban la esclusa.

A pesar de que el ángulo no le permitía ver la puerta exterior de la esclusa, supo que estaba cerrada. Si no, la claridad del día se colaría hasta la *gold room*. Ninguno de sus compañeros estaba a la vista. Tampoco podía oír a nadie, aunque eso quizás se debía a que la alarma lo enmascaraba todo.

Empezó a caminar hacia la esclusa, pero un destello plateado detrás de uno de los grandes hornos lo hizo cambiar de rumbo. Avanzó hacia él de a poco, con la nueve milímetros levantada.

Al rodear el horno, se encontró al tipo del tatuaje forcejeando con una puerta cerrada. Probablemente Minerva le había explicado adónde daba esa puerta, pero en aquel momento Pólvora no lo recordaba. De todos modos, importaba poco. Entre las máquinas que había junto al horno, la pared y la puerta, el tipo no tenía escapatoria.

Sin dejar de apuntarle, gritó por encima de la

alarma:

—Vení conmigo.

El hombre se giró lentamente y lo miró con odio. Luego levantó las manos abiertas, en las que todavía llevaba los gruesos guantes de cuero del traje. Pólvora dio un paso hacia atrás para dejarlo pasar. El otro, sin decir una palabra, comenzó a caminar delante de él.

Se adentraron un poco en la gran sala. Ahora estaban cerca de los crisoles. Uno de ellos seguía tan al rojo vivo como hacía un rato. En San Rafael había aprendido que, una vez que esas vasijas de piedra se calentaban a más de mil grados, tardaban horas en enfriarse.

—¿Adónde vamos? —preguntó el empleado.

—A la bóveda —indicó Pólvora.

En ese momento, un estruendo retumbó en toda la *gold room*. Por una fracción de segundo, Pólvora desvió la mirada hacia la esclusa, de donde había venido el ruido. Entonces un golpe en la muñeca le hizo soltar el arma, que rebotó en el suelo. Antes de que pudiera tirarse a recogerla, sintió otro golpe, esta vez en la cara.

¿En serio, a este tipo qué le pasa?

El tatuado pegaba fuerte y bien, como lo hacían en Caseros los que habían sido boxeadores. Pólvora le tiró una trompada a la cara, pero el tipo la esquivó con un movimiento rápido. Se movía como si el traje de astronauta fuera ropa de gimnasia.

Pólvora sabía que no tenía forma de ganarle cuerpo a cuerpo, pero debía mantenerlo ocupado. Si le daba un segundo de respiro, el tipo se agacharía a recoger la pistola.

Le tiró una patada a la rodilla. Y acertó. El tatuado soltó un gruñido y lo miró desconcertado, como si jamás se hubiera esperado un golpe tan abajo. Definitivamente, un boxeador.

El tipo respondió con tres ganchos a la cara. Pólvora sólo pudo bloquear el primero. Los otros dos golpes le hicieron perder el equilibrio, obligándolo a retroceder. El gusto metálico de su propia sangre le inundó la boca.

Sentía un calor intenso en la espalda. No le hacía falta darse vuelta para saber que estaba a poca distancia del crisol al rojo vivo.

—Loco, ¿qué te pasa? —le gritó—. Si no te quedás en el molde, cuando entren mis compañeros...

—Tus compañeros no van a entrar porque la alarma bloquea todo, así que chupame la pija —respondió, y le tiró otro golpe.

Pólvora logró esquivarlo a expensas de dar otro paso hacia atrás. Ahora el calor era insoportable. Tenía que salir de ahí cuanto antes.

Un estruendo aún más fuerte que el anterior retumbó en la *gold room*.

El tipo del tatuaje lo agarró del cuello con sus manos enguantadas y lo empujó hacia atrás. Hacia el crisol. *Este hijo de puta no sólo es más fuerte que yo sino que va protegido contra el calor*, pensó Pólvora. La piel de la nuca le hervía y ya sentía olor a ropa quemada. Su ropa.

Intentó liberarse, pero los dedos apretaban como tenazas. No tenía ni idea de cuántos centímetros había entre su espalda y el crisol, pero le dolía como si le hubieran prendido un fuego en la espalda. Se imaginó la piel burbujeando mientras se le formaban mil ampollas y supo que si no hacía algo, probablemente iba a morir.

Juntó todas sus fuerzas y volvió a patear al tipo en la misma rodilla. Sintió cómo la punta de acero de su bota rompía el hueso del otro. Un segundo más tarde ambos cayeron al suelo.

Pólvora se incorporó tosiendo y echó a correr hacia la pistola, pero el tipo alcanzó a agarrarle el tobillo y lo hizo caer de bruces. Sacudió los pies, haciendo que la mano enguantada de su adversario golpeara contra el cemento hasta que logró liberarse.

Entonces sí, gateó hasta la pistola, la empuñó, y se dio vuelta.

Se encontró con el tipo del tatuaje sentado en el suelo, señalándose el pecho.

—Acá tirame. Acá, la puta que te parió.

Se puso de pie y levantó el arma hacia él.

—¿Qué carajo te pasa? —le preguntó.

—Que si no me matás ahora mismo, te voy a matar yo. Te voy a ir a buscar adonde estés y te voy a sacar los ojos. Así que más te vale que aprietes ese gatillo ya.

Pólvora se lo quedó mirando. Lo que decía el tipo del tatuaje no tenía ningún sentido. Le mostró una sonrisa.

—Nunca vi a un empleado defender tanto a su empresa.

—A mí esta empresa me importa un carajo.

—No parece.

El rehén dio una fuerte palmada en el suelo con la mano enfundada en el grueso guante de cuero. Después agachó la cabeza y negó.

—¿No entendés? Necesito que me pegues un tiro.

Pólvora alzó las cejas. *Este tipo está completamente loco.*

—Tengo una mierda muy agresiva en el hígado. Merecida, además —dijo el tatuado, haciendo un gesto con el pulgar como quien bebe de una botella—. Me queda un año, como mucho. Si me matás acá, mientras estoy trabajando, mi familia cobra un seguro de vida. Mucha, mucha, muchísima moneda.

Pólvora se quedó en silencio. El otro levantó la mirada.

—Por favor, loco. Pegame un tiro.

CAPÍTULO 63

16 de julio de 2019, 2:53 p. m.

Cuando Minerva dejó a Pólvora con la pistola en alto, persiguiendo a los tres empleados de fundición en el pasillo, volvió a entrar a la *gold room* y corrió hacia el acceso de vehículos. Rompió el vidrio en el frente de una cajita de plástico y apretó el gran botón rojo para emergencias. La puerta se levantó lentamente con un zumbido hidráulico, revelando ante ella la esclusa. Era la segunda vez en su vida que estaba en esa especie de garaje de diez metros de largo. La primera había sido cuando entró a revisar la instalación de las cámaras de seguridad que ahora cubría con pintura subiéndose a la estructura de hierro de la pared.

Dentro de la esclusa, el sonido de la alarma era tan ensordecedor que alguien podría disparar un arma allí mismo y ella no lo oiría. Minerva cruzó la sala dirigiéndose hacia la puerta exterior. Del otro lado, esperaban el Cerrajero, Mac y el Pata.

Rompió otro vidrio y apretó un nuevo botón rojo, pero la puerta no se movió en absoluto. Volvió a apretar el botón. Nada. Intentó varias veces más a velocidad frenética, pero el mecanismo no dio acuse de recibo. Era como si le hubieran cortado los cables al botón rojo.

Quizás habían implementado un nuevo protocolo de seguridad que desconectaba la puerta al activarse la alarma. O tal vez era pura mala suerte y se trataba de un desperfecto. En cualquier caso, Minerva no contaba con eso.

—El botón de emergencia no funciona. No puedo

abrir el acceso de vehículos —gritó a la radio y se la pegó a la oreja para escuchar la respuesta.

—Fijate al lado de la puerta. A lo mejor hay una cadena para levantarla manualmente —sugirió Mac.

—No, el sistema es hidráulico.

—No te preocupes que yo lo soluciono —dijo el Pata—. Alejate del portón.

Minerva retrocedió y miró por detrás de su hombro hacia la *gold room*, pero no vio a Pólvora ni a nadie. Había demasiada maquinaria obstruyéndole la vista.

Volvió a centrarse en la esclusa, preguntándose qué se traería entre manos el Pata. Entonces un estruendo sacudió el portón exterior, aunque sin lograr abrirlo.

¿Explosivos?

Se alejó un poco más. Después de unos segundos que se le hicieron eternos llegó otro estrépito similar y, entonces sí, el portón cayó hacia adentro levantando una nube de polvo. En el rectángulo de luz se recortó la silueta ovalada de la cisterna, que el Pata había usado como si fuese una topadora.

Sin perder un segundo, Minerva corrió hacia afuera. Dejó atrás el camión de YPF y corrió hacia la ambulancia y las tres Hilux. Mac esperaba en la de Madueño y el Cerrajero en otra.

¿El que va al volante es Patricio Iglesias? Algo tiene que haber salido mal, pensó.

Sin tiempo para hacer preguntas, se subió a la ambulancia y la metió en la *gold room.* Estacionó a pocos metros de una de las paredes de la bóveda. Mientras Mac y el Cerrajero atravesaban también las dos puertas de la esclusa con una Hilux cada uno, ella volvió a correr hacia afuera y metió la tercera.

Cuando los cuatro vehículos atravesaron la esclusa y estuvieron dentro de la *gold room*, le tocó el turno al Pata. Minerva se bajó de la camioneta para mirarlo. Meter marcha atrás una cisterna de treinta y siete mil litros por un portón pensado para furgones blindados era como enhebrar una aguja.

El tanque rozó un par de veces los costados de la puerta interior de la esclusa, pero bastaron unas pocas maniobras para rectificar y que todo el camión estuviera bajo techo. Se notaba que el Pata había escondido muchos vehículos en su vida.

El plan original era cerrar el portón externo, que ahora estaba tirado en el suelo y aplastado por las ruedas delanteras del camión. Así que Minerva le hizo señas al Pata para que parara ahí, ocupando toda la esclusa, con apenas un cuarto de la cisterna asomando dentro de la *gold room*.

Mientras el Pata bajaba del camión, sacando pecho y escondiendo panza, Minerva notó un movimiento a su derecha. Al girarse, vio que Pólvora se asomaba detrás de un horno de retortas. Tenía el arma en la mano y había perdido el pasamontañas. Sonreía, mostrando los dientes manchados de sangre.

Pólvora se tocó la oreja con el dedo y señaló al techo.

—¿Cómo se apaga esta mierda? —gritó por encima de la alarma.

CAPÍTULO 64

16 de julio de 2019, 2:44 p. m.

Mac se bajó de la camioneta y, tras ponerse el pasamontañas, deslizó la mirada por toda la maquinaria que vibraba con fuerza en la *gold room*. Reconocía ciertos aparatos, como los montacargas para llevar pallets, y había otros cuya funcionalidad era obvia, como el horno de fundición y los moldes de los lingotes. Sin embargo, la mayoría de lo que veía a su alrededor le resultaba nuevo.

En el medio de la *gold room*, identificó el cubo gris del que tanto habían hablado durante los últimos meses: la bóveda.

—¡Juntamos rehenes! —gritó Minerva a su izquierda.

Mac tomó aire, sacó un cuchillo de la mochila y abrió la parte de atrás de la ambulancia. Con las manos temblando por los nervios, cortó las bridas de los pies de los tres hombres y los hizo bajar y sentarse contra una de las paredes de la bóveda.

Los miró uno a uno a través de los agujeros del pasamontañas. De los tres, el enfermero era el que parecía más tranquilo. El chofer de la ambulancia tenía la cara entre las rodillas y los hombros se le movían al compás de la respiración agitada. El guardia de seguridad de la garita había apoyado la cabeza en la pared y mantenía los ojos cerrados.

Mac sintió ganas de tranquilizarlos. De dejarles claro que todo iba a salir bien si colaboraban. Pero antes de que pudiera hablar, el Cerrajero apareció con el jefe de seguridad de la planta y lo sentó junto a los otros tres. Después volvió a perderse de vista detrás de la bóveda.

Mientras vigilaba a los cuatro rehenes, Mac observó el cubo de cemento contra el que apoyaban sus espaldas. A pesar de que Minerva había descrito la bóveda a la perfección —tenía cinco metros de lado y una sola puerta—, él se la había imaginado más brillante, lustrada y pintada de negro. Sin embargo, tenía ante él paredes de hormigón de aspecto ordinario en las que incluso se veían las marcas de la madera del encofrado. Y dentro de esas paredes, millones de dólares en oro y plata.

Pólvora apareció con un empleado enfundado en un traje plateado. Mac lo reconoció al instante por el tatuaje del dragón en el cuello. Casi al mismo tiempo, el Pata y Minerva llegaron arriando a seis personas más. Tres eran operarios de fundición vestidos igual que el del tatuaje, dos eran guardias de seguridad de la *gold room* y la última, la doctora Morales.

Mac contó los rehenes: once. Todos maniatados con bridas de plástico. Todos sentados contra la pared de la bóveda.

—Tengo ganas de vomitar —dijo uno de los de fundición.

Mac se acercó a la doctora Morales y le cortó la brida de las muñecas.

—Atienda a todo el que lo necesite, doctora —le dijo.

La mujer asintió y se puso de pie. Pero Pólvora le cortó el paso y se señaló su propia nuca.

—Primero mirame la espalda y decime qué tan serias son las quemaduras.

Mac no tenía ni idea de qué quemaduras hablaba su compañero. La doctora le levantó el uniforme, idéntico al de ella.

—Está un poco roja, nada más.

—¿No tengo ampollas? ¿Nada grave?

—No.

—¿Qué te pasó? —le preguntó Mac.

—Este, que se quiso hacer el héroe —dijo, señalando al tipo del tatuaje del dragón.

—Me tendrías que haber matado, hijo de puta —le

dijo el rehén, con odio.

Ignorándolo, Pólvora se dirigió a la doctora Morales.

—Doctora, decime qué necesitás de la ambulancia y te lo traigo.

—Para él, venda y tablillas. Para los que están descompuestos, agua mineral y el botiquín.

Pólvora se perdió en la parte de atrás de la ambulancia. Mac se preguntó qué había querido decir exactamente el del tatuaje con eso de «Me tendrías que haber matado».

En ese momento, Minerva levantó una mano, pidiendo la atención de los rehenes.

—Lo único que queremos es llevarnos el oro y la plata —les dijo—. Después, la empresa de seguros le paga a Inuit todo lo robado y aquí no ha pasado nada.

Al oírla hablar, Mac sintió una mezcla de fascinación y miedo. Fascinación por la facilidad con la que se había convertido en otra persona para encubrir su verdadera identidad. Otra actitud, otro acento. Y miedo por la templanza con la que le mentía a la cara a esas once personas. Era cierto que no tenían nada en contra de ellos, pero lo del seguro era una mentira grande como una casa. Inuit no iba a recuperar un solo peso de lo que se llevaran, eso ella lo había dejado muy claro dos meses y medio atrás en San Rafael.

Pólvora salió de la ambulancia a toda velocidad. Después de entregarle a la doctora Morales lo que le había pedido caminó como una flecha hacia Minerva y la llamó aparte.

Mac se acercó a ellos para ver qué pasaba.

—Estoy segura, son dos cosas distintas —oyó que Minerva le explicaba a Pólvora—. No tiene nada que ver el seguro contra robos de Inuit con el de riesgo de trabajo que tienen los empleados.

—¿O sea que al tipo del tatuaje le van a pagar por la rodilla que le rompí?

—Mucho.

—Bien. Él no tiene la culpa de la cagada que nos estamos mandando —dijo Pólvora y volvió junto a los rehenes.

—¿Quién iba a decir que este tenía sentimientos, no? —le preguntó Minerva a Mac cuando se quedaron solos.

CAPÍTULO 65

16 de julio de 2019, 3:08 p. m.

Sandoval estaba en su despacho con su secretaria y Francisco Alvarado, el gerente de seguridad. O por lo menos, así era la última vez que había prestado atención. Ahora llevaba un buen rato sumido en una especie de trance, con la vista fija en su computadora.

La rabia le subía por la garganta. En los treinta y tantos minutos que habían pasado desde que Mallo y Madueño habían reportado la intrusión, él había hecho poco más que activar la alarma y ordenar la evacuación de los puestos no imprescindibles de la planta. Ni siquiera había podido avisar a la policía, porque los asaltantes tenían todos los teléfonos satelitales.

—Señor Sandoval —oyó a sus espaldas.

—Ahora no, Marcela —dijo, haciendo un ademán en el aire.

Era el peor momento para despegar los ojos de la pantalla. Una a una, las imágenes que mostraban a los rehenes sentados con la espalda contra la bóveda se iban volviendo rectángulos negros a medida que un encapuchado cubría las cámaras con pintura.

—Señor gerente —insistió la secretaria—, el equipo de exploración volvió antes de lo previsto.

Entonces sí, Sandoval se giró para mirarla. Cuando vio lo que Marcela tenía en la mano, se permitió una sonrisa.

Se les acabó la suerte a esos hijos de puta, pensó.

Le arrebató el teléfono satelital a su secretaria y marcó el número de la policía.

—Comisaría de Puerto Deseado.

—Soy el gerente de Entrevientos. Tenemos una intrusión. Cinco personas armadas, hay rehenes. Necesito que manden todos los oficiales que puedan ya mismo.

—Un momento por favor.

—¿Cómo que un mo...?

Volvió a oír el tono de llamada. Al tercero, atendió otro hombre.

—Comisario Lamuedra, dígame.

Repitió lo que acababa de decir y además añadió:

—También les pido que activen el operativo cerrojo. Notifiquen a los pasos fronterizos y a la comisaría de Ramón Santos, en el límite con Chubut. Por si logran irse del yacimiento.

—Eso delo por hecho. Nosotros ahora mismo salimos para allá. También vamos a avisar a nuestros compañeros de San Julián y Caleta Olivia para que manden gente y extremen los controles.

—Muchas gracias.

—Escúcheme una cosa, señor Sandoval. Lo primero es la seguridad de sus empleados. No se ponga en contra de los asaltantes ni intente retenerlos. ¿Cuántos rehenes hay?

—Once, como mínimo.

—¿Como mínimo?

—En este momento hay más de setecientas personas en la mina, comisario. No es fácil hacer un recuento con las comunicaciones caídas.

—¿Tiene alguna forma de conectarse a internet?

—Ahora sí, con el teléfono satelital del que lo estoy llamando.

—¿Cree que podría confeccionar una lista de rehenes confirmados y otra de posibles?

—Por supuesto.

—Envíenos por email una primera versión cuanto antes, por favor. A medida que vaya teniendo novedades, actualícela y mándela de nuevo.

El comisario le dictó una dirección de correo electrónico.

—¿Llamo también a las otras comisarías? —preguntó Sandoval, tras anotarla.

—No hace falta. Lo hacemos nosotros.

—Muy bien, comisario. Vengan rápido, por favor.

Cuando Sandoval cortó, repitió la misma llamada a las comisarías de San Julián, Ramón Santos y Caleta Olivia. Por las dudas.

—En dos horas y pico llegan los de Deseado —les anunció a Marcela y a Alvarado—. Los de Caleta y San Julián van a tardar tres horas y media.

—Eso es un montón de tiempo —dijo Marcela.

—Podemos hacer algo para retrasarles la huida —sugirió él, ignorando el consejo del comisario.

—Señor Sandoval, ahí adentro hay compañeros nuestros. Esos tipos pueden tomar represalias.

—Marcela, ¿quién te dio vela en este entierro? Estamos ante una catástrofe. Si no sabemos resolverla nosotros, menos vas a saber vos.

Alvarado alzó las manos y habló en tono sereno.

—Todavía no se comunicaron con nosotros. Lo primero que hacen los secuestradores es un pedido. En general, los rehenes se matan cuando el pedido no se cumple. Así que por ahora nuestros empleados no están en la peor de las situaciones.

Por primera vez en los dos años que Alvarado llevaba trabajando para él, Sandoval se alegró de que el gerente de seguridad fuera un ex policía. Hasta ahora le había repugnado ese aire militar, que no se les iba nunca aunque llevaran media vida retirados. En ese momento, sin embargo, era un consuelo contar con alguien que no hubiera aprendido sobre tomas de rehenes en las películas.

Les pidió a Alvarado y a Marcela que confeccionaran las listas que le había solicitado el comisario. Mientras ellos trabajaban, él volvió a centrarse en las cámaras.

Las de adentro de la *gold room* no mostraban más que rectángulos negros. El resto transmitían tranquilidad.

No había nada fuera de lugar en las imágenes de la garita de seguridad, los tanques de lixiviación, o las cintas transportadoras. Lo único que indicaba que adentro de la *gold room* había cinco tipos armados y un montón de rehenes era la trompa de un camión de combustible en el acceso de vehículos, donde normalmente había un portón cerrado.

Volvió a las imágenes negras y apretó el botón de retroceder, para visualizar de nuevo la entrada de los tipos a la *gold room*. Un cartel rojo le indicó que la operación no estaba disponible.

—¿Cuánto falta para que lleguen Madueño y Mallo de Cerro Solo, Marcela?

—Ya tendrían que estar acá. Hace media hora que se comunicaron por radio —dijo la secretaria sin levantar la mirada de la pantalla en la que escribía los nombres que le dictaba Alvarado.

En cuanto llegaran, Sandoval los pondría a trabajar en las grabaciones. Antes de que los asaltantes pintaran las cámaras de la *gold room*, él había logrado ver a los rehenes sentados contra una de las paredes de la bóveda. Creía haber contado once, pero ahora no estaba seguro. Solo había podido identificar a Patricio Iglesias y a la doctora Morales.

—Atención, queremos hablar con Carlos Sandoval. Ya mismo.

La voz de mujer había salido al mismo tiempo de los tres aparatos de radio que descansaban sobre su escritorio. El gerente miró a Alvarado y este asintió con la cabeza.

—Soy Carlos Sandoval, ¿quién habla? —respondió, usando una de las radios.

—Vos sabés perfectamente quién habla.

Tenía un acento tan porteño que parecía que no hubiera cruzado la General Paz en su vida.

—Es simple, Sandoval. Tenemos once rehenes en la *gold room*. Están todos bien y van a seguir así si nos das lo que queremos.

—Sí, por supuesto —dijo, mientras la cabeza le maquinaba a mil por hora.

—Primero, apagá la alarma, que acá no escuchamos nada.

Sandoval levantó un pulgar y Alvarado desconectó la alarma con un par de clicks en su computadora portátil.

—Muy bien. Te recuerdo a vos y a todos los que me están escuchando que tanto el doré como la maquinaria están asegurados, así que Inuit no va a perder un solo dólar. O sea, no vale la pena hacerse el héroe.

Apretó el botón para contestar, pero no supo qué decir, así que volvió a soltarlo.

—¿Te quedaste mudo, Sandoval?

—No, acá estoy. ¿Qué puedo hacer para ayudar a mis compañeros?

—Desalojar la planta en diez minutos. En la *gold room* no queda nadie, pero en el resto de los sectores todavía hay gente. No queremos un solo empleado del lado de adentro del alambrado.

—Eso es muy peligroso. Hay maquinaria pesada y químicos muy nocivos ahí. Tiene que haber una mínima cantidad de personal monitoreándolos.

—Químicos muy nocivos —repitió ella—. Seguro que con los periodistas no usás esa frase.

Apretó el aparato de radio con todas sus fuerzas, imaginándose que era el cuello de esa mujer.

—Por suerte para vos, no soy periodista, así que retomemos. La planta se puede desalojar perfectamente si está parada.

La asaltante tenía razón, y eso lo enfurecía.

—Puedo reducir el funcionamiento al mínimo y que la controlen telemáticamente desde el campamento.

—A ver, Sandoval. ¿Vos te pensás que nosotros somos unos improvisados? Si te decimos que pares la planta, parás la planta. Que no quieras hacerlo porque a tu empresa le cuesta millones de dólares, es otro cantar. Sos el jefe, así que respetamos tu decisión. Si lo que producen estas máquinas vale más que la vida de tus empleados...

—No. Esperá. Dame quince minutos y la paro.

—A lo mejor no me escuchaste bien la primera vez.

Diez minutos, empezando desde ya mismo. Cambio y fuera.

Sandoval estrelló el aparato de radio contra la pared de su despacho. ¿Una mujer le venía a dar órdenes a él? Qué fácil que era hacerse la valiente a distancia. Si la hubiera tenido a tiro, le habría puesto los puntos sobre las íes en cinco minutos. Como lo había hecho en su momento con su esposa. Tres trompadas y se les acababa la valentía.

CAPÍTULO 66

16 de julio de 2019, 2:52 p. m.

El Cerrajero se detuvo ante la puerta como quien está a punto de entrar a un templo.

—Este es tu momento —le dijo Minerva, poniéndole una mano en el hombro.

Asintió en silencio, con la mirada en las bisagras que fijaban las dos hojas de acero polvorientas a la estructura de hormigón. Tenían el tamaño de su antebrazo.

Dio un par de pasos hasta quedar frente al dial de combinación. Antes de tocarlo, observó la inscripción dorada con las palabras Kollmann-Graff en cursiva. Era idéntica a la que había en la cerradura con la que había estado practicando durante dos meses y medio.

—Deciles que traten de hacer el menor ruido posible —le dijo a Minerva, señalando a través de la bóveda en dirección al resto de la banda y los rehenes.

La alarma se había apagado hacía unos segundos y ahora en la *gold room* sólo se oía la vibración constante de la maquinaria.

—Por supuesto. Yo me encargo.

—Ah, Minerva, otra cosa.

—¿Sí?

—El premio del que te hablé. En la habitación de Sandoval había una caja de seguridad.

—¿La abriste?

—Sí. Y adentro encontré un teléfono. Lo tengo en mi mochila con el resto de las cosas que me pediste. Está bloqueado.

—Te juego una carrera, entonces. A ver si logro desbloquearlo antes de que abras esta puerta.

Él asintió con una sonrisa tensa, incapaz de disimular los nervios.

Cuando se quedó solo, resistió el impulso de extender los dedos para ver si temblaban. Movió el cuello hacia un lado hasta hacer crujir las cervicales y se puso a trabajar. No podía ver al resto de la banda, porque estaban en la pared opuesta del cubo de hormigón, pero era como si tuviera sus ojos clavados en la espalda.

Las miradas así, se sentían. Las había recibido tanto de dueños desesperados por acceder a sus pertenencias más valiosas como del mafioso que lo había obligado durante años a abrir cajas fuertes, amenazando a su padre enfermo. Y ahora, la primera vez que robaba por voluntad propia, sentía las de sus compañeros.

Giró el dial de combinación y la sensación no le gustó nada. El movimiento de esa Kollmann-Graff era muy diferente al de la que él había usado para practicar.

Por el mismo motivo que no existía la cerradura perfecta, tampoco existían dos idénticas. Eso lo había aprendido abriendo sus primeros candados con ganzúa y tensor. Todas las técnicas para violar un mecanismo de seguridad se basaban en las imperfecciones de fabricación: un perno una centésima de milímetro más largo que otro, un tambor con una estría prácticamente imperceptible al tacto no entrenado, o un saliente mínimo en la muesca de una de las ruedas de una caja fuerte.

Ni siquiera Kollmann-Graff, una de las marcas con más prestigio en el mundo, podía producir una cerradura perfecta. El día que un fabricante lo lograra, los abrecajas de guante blanco como él desaparecerían. Pero eso, como le había dicho uno de los delincuentes con los que había desvalijado la casa de un político en Punta del Este, era lo mismo que asegurar que el día que la sociedad fuera perfecta ya no habría cárceles. Verdad, pero imposible.

La Kollmann-Graff que había usado para practicar giraba sin ofrecer ninguna resistencia. Él mismo había lubricado el eje y las ruedas con polvo de grafito. Esta, por el contrario, rotaba con un sonido abrasivo, como un cuchillo sobre la piedra de afilar. Esa fricción enmascaraba cualquier indicio que viniera del interior del mecanismo. Era como pretender oír a una persona que susurra en una discoteca.

—Tráiganme grafito en polvo —dijo en voz alta, para que lo oyeran sus compañeros, sin dejar de manipular el dial.

Lo primero que tenía que averiguar era si esa Kollmann-Graff era de cuatro o de cinco ruedas. Eso determinaría si la combinación para abrirla era de cuatro o cinco números. Era la parte más fácil y podía hacerla incluso con la vibración de la planta y el mecanismo sin lubricar.

Giró el dial en sentido contrario a las agujas del reloj varias veces. Luego lo movió poco a poco hacia el otro lado. Sintió que, en el interior, la última rueda entraba en contacto con la penúltima. Continuó un poco más y esta, a su vez, tocó una tercera.

Cuatro.

Cinco ruedas, mierda, pensó.

La cerradura con la que había practicado tenía cinco ruedas, pero él hasta ahora albergaba la esperanza de que esta fuera solo de cuatro. Eso habría reducido de manera exponencial el número de combinaciones posibles, y también la dificultad para abrirla.

En ese momento, la vibración de la planta empezó a apagarse. En apenas treinta segundos, la *gold room* pasó de un zumbido constante al silencio total, como cuando un avión, una vez detenido, para las turbinas.

Una a su favor. La quietud le permitiría trabajar más tranquilo.

Por costumbre, o quién sabe por qué, giró un poco más el dial y sintió que la quinta rueda enganchaba otra más.

Seis.

Un escalofrío le recorrió la espalda. Nunca en su vida había abierto una caja fuerte con seis ruedas.

De hecho, nunca había visto una.

CAPÍTULO 67

San Rafael, Mendoza, Argentina. Dos meses y medio antes.

Tras una breve pausa para ir al baño, que resultó ser un domo más pequeño con la ducha en el centro, se reunieron nuevamente frente al proyector.

—Una vez que estemos dentro de la *gold room*, es imposible seguir pasando desapercibidos —explicó Minerva—. En cuanto entremos, tenemos que asumir que hay alguien llamando a la policía. Además de internet y telefonía celular, hay cuatro teléfonos satelitales en el campamento.

—¿Cuánto tiempo tenemos hasta que lleguen?

—La comisaría más cercana es la de Puerto Deseado. Son noventa kilómetros hasta la entrada del yacimiento, pero es prácticamente imposible hacerlo en menos de dos horas.

—Es muy poco —dijo el Pata, acariciándose la barba canosa.

—Dos horas es un montón —lo contradijo Pólvora.

—En una ciudad, sí. Pero ahí no te alcanzan ni para llegar al asfalto más cercano.

—Es difícil para alguien que no es de la zona imaginarse lo remoto que es este lugar —terció Minerva—. De hecho, es remoto hasta para los patagónicos. Cuando estemos en Caleta Olivia y hagamos el viaje de reconocimiento al Puesto de Entrada, lo van a ver. Y esa característica, que esté tan aislado, puede jugar a favor o en contra.

—¿No dijiste antes que era perfecto? —intervino Pólvora.

—Porque lo vamos a saber usar a nuestro favor.

—¿La policía no puede venir en helicóptero? —preguntó Mac.

—El más cercano está en Bahía Blanca, a mil kilómetros. Tendría que parar a cargar combustible al menos una vez, probablemente en Trelew. Tardaría como mínimo cinco horas en llegar.

—Eso, si es que lo mandan —intercedió el Banquero.

—Lo manden o no, los primeros policías van a venir por tierra desde Puerto Deseado, por el norte. Una hora y pico después, van a llegar los de San Julián por el sur.

Mac levantó la mano con un gesto que a Minerva le arrancó una sonrisa. Parecía un nene en el colegio pidiendo permiso para ir al baño. Lo señaló con el dedo para darle la palabra.

—Pero entonces, suponiendo que la policía salga por tierra al mismo tiempo que nosotros, vayamos para donde vayamos, nos interceptan antes de llegar al asfalto.

—Salvo que tomemos un camino secundario de alguna estancia —opinó Pólvora.

—Ojo, que mientras más secundario, más lento —aclaró el Pata—. Y, tarde o temprano, vamos a tener que salir a una ruta principal. Además, todos los vehículos de las mineras tienen GPS. Si no hacemos un cambio de vehículo, nos pueden rastrear por satélite.

Divertida, Minerva decidió poner un palo más en la rueda de los pensamientos de sus colegas.

—Además, cuando la policía recibe el aviso de intrusión, activan lo que llaman un operativo cerrojo.

Retrocedió varias diapositivas hasta volver a poner el mapa de Santa Cruz.

—Fíjense, la provincia limita al este con el mar. Son mil kilómetros de acantilados y playas de canto rodado. Al sur y al oeste, con Chile. Hay diez pasos fronterizos, cada uno con policía chilena y argentina. La única conexión directa con el resto de Argentina es hacia el norte, pero justo acá, en el límite provincial, está la comisaría de Ramón Santos, que es un destacamento policial en el medio de la nada, puesto ahí específicamente para hacer controles camineros. Así que en cuanto se activa el operativo cerrojo, se cierran todas las salidas.

—Salvo que subamos por la ruta 40. Ahí no hay controles para cambiar de provincia.

—La ruta 40 queda a siete horas de Entrevientos.

Minerva miró con las cejas levantadas a cada uno de los miembros de la banda, invitándolos a que propusieran una solución. Después de un rato de silencio, el Pata se animó a hablar.

—Santa Cruz tiene más de mil kilómetros de punta a punta —dijo—. Algún lugar para esconderse habrá, digo yo, ¿no? Hasta que la cosa se calme y podamos pasar uno de los controles.

—No va a hacer falta —dijo Minerva.

—¿Esconderse o pasar controles?

—Ninguna de las dos cosas.

—¿Entonces cómo vamos a salir de ahí?

—Haciendo magia.

CAPÍTULO 68

16 de julio de 2019, 3:14 p. m.

El puñetazo que Carlos Sandoval dio en la gran mesa retumbó en la sala de reuniones. Se habían trasladado allí porque su despacho les había quedado chico cuando empezaron a llegar gerentes y subgerentes de todas las áreas.

—¿Cómo que las cámaras no están grabando, Mallo? —le dijo al teléfono en manos libres sobre la mesa.

—Entraron al *data center* con la tarjeta que le robaron a Madueño y se llevaron los cuatro discos del servidor —respondió la voz de Mallo desde el aparato—. También sabotearon la conexión de internet satelital.

Sandoval sintió ganas de romper todo a su alrededor, pero sólo se permitió largar un ruidoso soplido. Levantó la vista para mirar a los que estaban sentados alrededor de la mesa de reuniones. Uno de ellos era el propio Madueño, que acababa de conectar su computadora a un proyector para mostrar las imágenes de las cámaras de seguridad que seguían operativas.

—Desactivá ya mismo tu tarjeta —le indicó Sandoval—. Que no les sirva para abrir ni un contenedor de basura.

—Lo acabo de hacer, señor —respondió Madueño.

—¿O sea que no tenemos ninguna grabación de estos tipos? —preguntó Sandoval.

—No —dijo Mallo del otro lado de la línea.

—Acabo de configurar el servidor de cámaras para que utilice el espacio libre de la partición asignada al sistema operativo...

—En castellano, Madueño —rugió Sandoval.

—Desde hace treinta segundos estamos grabando de nuevo.

CAPÍTULO 69

16 de julio de 2019, 3:17 p. m.

A seis metros de los rehenes, Minerva se apoyó en el capó de la ambulancia y abrió la mochila del Cerrajero. Encontró un teléfono de baja gama, plateado, de tres o cuatro años de antigüedad. Al encenderlo, la pantalla le pidió un pin de cuatro dígitos.

Si tenía suerte, Sandoval le había puesto a ese teléfono una de las tres combinaciones que usaba siempre como contraseña. Probó con uno, tres, uno, dos, que era el que más usaba. La fecha de nacimiento de su mujer.

«PIN incorrecto. Ingrese PIN de cuatro dígitos»

Tendría que pensar muy bien los siguientes números. Los teléfonos solían bloquearse después de tres intentos fallidos. Cinco, como mucho. Miró la pantalla, recorriendo las letras y los números en el teclado que aparecía en la parte inferior. Algo le dio muy mala espina. Si el teclado era alfanumérico, era porque el PIN no necesariamente estaba formado sólo por números.

Si era así, sería imposible de adivinar. Sólo le quedaba confiar en que Sandoval hubiera utilizado únicamente números, como lo hacía generalmente. Una vez, hasta la había llamado para quejarse de que su cliente de email le obligaba a usar letras.

—Siempre me llevé mejor con los números, Noe —había dicho.

—Noelia —lo había corregido ella.

El segundo intento fue con la fecha de nacimiento del hijo mayor. Manipulaba el teléfono con cuidado, para manosearlo lo menos posible con sus manos enfundadas en látex. Si el aparato estaba en una caja fuerte, era porque contenía algo interesante. Mientras más huellas digitales de Sandoval tuviera, mejor.

—Huellas digitales —susurró.

—¿Dijiste algo, Minerva? —le preguntó Mac junto a los rehenes.

Negó moviendo apenas la cabeza, como si sacudirla demasiado fuera a espantar la idea que se le acababa de ocurrir. Apretó el botón del costado y la pantalla se apagó. Luego movió el teléfono hasta que uno de los focos de la *gold room* se reflejó en el vidrio.

Entonces las vio. Pequeñas marcas circulares distribuidas en la mitad inferior de la pantalla, donde aparecía el teclado cuando estaba encendida.

Huellas digitales.

La encendió de nuevo para ver con qué teclas se correspondían. Luego volvió a apagarla y notó que, en la fila de los números, sólo había marcas sobre el cinco, el nueve y el cero. Sonrió. Ya tenía el PIN de acceso al teléfono.

Cero, nueve, cero, cinco.

Nueve de mayo.

El día en que, hacía algo más de dos años, Entrevientos había vertido el primer lingote de doré.

En la pantalla apareció un único icono de color verde, correspondiente a una aplicación de mensajería. Lo presionó esperando encontrarse, como en cualquier teléfono, con conversaciones ordenadas de más a menos recientes. Sin embargo, ese teléfono sólo se había utilizado para comunicarse con una persona.

Gastón Muñoz.

El nombre le sonaba. Hizo clic y leyó los mensajes más recientes. Entonces no sólo supo quién era Muñoz sino también por qué Sandoval guardaba ese aparato en una caja fuerte.

Continuó leyendo durante más de un minuto mientras se le aceleraba la respiración. Aquello lo cambiaba todo.

Observó de reojo a los once rehenes sentados en el suelo. Sin darse demasiado tiempo para arrepentirse, caminó hacia Pólvora y le arrebató la radio de la mano.

—Escuchame, Sandoval —dijo, exagerando el acento porteño—, ¿qué harías para salvarle la vida a estas once personas?

—Cualquier cosa.

—Así me gusta. Vamos a hacer un cambio. Queremos que vengas, vos solito, a la *gold room*. Si venís, los liberamos a todos. Si no, una bala en la cabeza a cada uno.

—¿Qué es esto?

—¿No lo entendiste bien? ¿Te lo repito? ¿O preferís que te lo mande por WhatsApp a tu teléfono plateado?

Hubo un silencio de diez segundos.

—¿Qué garantías tengo de que si me presento ahí van a liberar a mis empleados?

—Ninguna. Lo que tenés son cuatro minutos para golpearnos la puerta.

En el tiempo que Minerva tardó en devolverle la radio a Pólvora, sus compañeros la rodearon como una jauría de lobos.

—¿Qué te pasa? ¿Te volviste loca? —preguntó el Pata.

Era esperable que reaccionaran así. Esa movida no estaba en el plan. O, mejor dicho, estaba en el plan original que había diseñado sola, pero la había descartado mucho antes de contactar con el Banquero.

Sin embargo, lo que acababa de ver en el teléfono cambiaba las cosas.

Se alejó unos pasos de los rehenes, y sus compañeros la siguieron como un enjambre detrás de la abeja reina.

—La puta que te parió, Minerva. ¿Qué carajo acabás de hacer? —mascculló Pólvora.

—Estos tipos son simples trabajadores —susurró ella—. Primero, no tienen la culpa de nada. Y segundo, si al final la cosa se complica, nos da más poder de negociación apuntarle a la cabeza al capo de Entrevientos que a cualquier otra persona.

—Pero son once —argumentó Mac.

—No los vamos a entregar a todos. Confíen en mí. Esto es muy importante —dijo ella.

—Pero no estaba en el plan —protestó Pólvora.

—Es muy importante —repitió.

—Si entregamos a más de uno, salimos perdiendo —dijo Mac—. Seguramente valoren más dos vidas que una.

—Estos lo único que valoran es lo que pueden medir en onzas.

Hubo un silencio en el grupo. El Pata y Pólvora negaban con la cabeza.

—Miren —dijo Minerva, entregándoles el teléfono—. Cuando él sepa que tenemos esto, va a hacer todo lo que le pidamos.

Señaló ciertos mensajes que dejaban claro que Sandoval haría cualquier cosa con tal de que esa conversación no saliera a la luz. Les insistió una y otra vez con que el trueque los dejaría en una posición muy superior a la que tenían.

Y también les ocultó un detalle. Había tomado esa decisión porque se acababa de dar cuenta de que si se iba de Entrevientos sin verle la cara a ese hijo de puta, no se lo perdonaría en la vida.

CAPÍTULO 70

16 de julio de 2019, 3:23 p. m.

Sandoval levantó la vista hacia las más de quince personas que habían oído el pedido de la mujer. El último en llegar a la sala de reuniones había sido Mallo.

—El protocolo de intrusión dice que tenemos que esperar a la policía —dijo Alvarado, el gerente de seguridad.

—Pero tenemos once empleados ahí adentro —protestó el de recursos humanos.

—Exacto. Una vida es una vida. Acá no hay gente más importante que otra. Si entregando a Sandoval liberamos a once compañeros, estamos obligados a hacerlo —remató el supervisor de mantenimiento, que además era delegado del sindicato.

Sandoval los escuchaba a medias. Todavía resonaba en su cabeza la frase de la mujer sobre el teléfono plateado. No le hacía falta salir corriendo para saber que sus conversaciones con Gastón Muñoz ya no estaban a buen recaudo en la caja de seguridad.

Carraspeó antes de hablar.

—El problema es que corremos el riesgo de que, incluso si me entrego, no liberen al resto.

—No estamos en posición de negociar —retrucó el sindicalista—. El que tiene la fuerza, tiene el poder. Y, en este caso, son ellos.

La sala se quedó en silencio. Sandoval podía escuchar la respiración de sus subordinados.

—Si te quedás acá y pasa lo peor, la responsabilidad va a ser tuya, Sandoval —añadió el del sindicato, tuteándolo por primera vez—. No vas a volver a dormir una sola noche tranquilo.

Detestaba a ese tipo. Si no fuera porque su título de delegado sindical hacía imposible despedirlo, le hubiera pegado una patada en el culo hacía años.

—Tenés razón —le dijo—. Voy a ir.

—Es lo que tenés que hacer, Carlos —agregó el gerente de minas.

Asintió con la cabeza, sin dejar de pensar un segundo en el teléfono plateado.

—Es lo que tengo que hacer.

CAPÍTULO 71

16 de julio de 2019, 3:29 p. m.

—Dejame acá. El resto lo hago a pie —dijo Sandoval.

—¿No querés que te acerque un poco más?

Negó con la cabeza.

—Fueron claros. Tengo que ir solo —dijo y abrió la puerta de la camioneta en la que Alvarado lo había llevado a la garita de control de acceso a la planta.

Mientras caminaba los setecientos metros que lo separaban de la *gold room*, sus ojos observaban la planta de procesos como no lo habían hecho nunca. Ahora no veía tanques de lixiviación, molinos de bolas ni hornos de retortas, sino mil recovecos desde donde podían estar apuntándole con un fusil. Notó que las manos le empezaban a transpirar en los bolsillos a pesar de la temperatura exterior de cuatro grados.

Avanzó con los dientes apretados, ralentizando el paso a medida que se aproximaba al gran portón de metal para los camiones blindados. Tal y como lo había visto a través de la cámara, lo encontró caído y aplastado por las ruedas delanteras de un camión cisterna. Se detuvo frente a la trompa del vehículo, miró a su alrededor y se acercó la radio a la boca. El aparato le temblaba en la mano como un huevo en agua hirviendo. Presionó el botón para hablar.

—Estoy afuera.

—Por el acceso de personal —le respondió una voz de hombre.

Unos metros más adelante, la puerta por la que ingresaban a pie los empleados de fundición se entreabrió apenas. Él se acercó de a poco, con cautela. Puso una mano en el picaporte helado y tiró.

Se encontró con un hombre enfundado en un pasamontañas. Los ojos de color verde pardo tenían un aspecto frío y profesional que dejaba claro que este no era su primer robo. El pulso firme con el que sostenía la pistola, lo confirmaba.

—Pasá, Sandoval. A la bóveda. Dame la radio —le dijo, arrancándole el aparato de la mano y sacándole la batería.

El encapuchado cerró la puerta. Después Sandoval sintió la punta del arma en la espalda y supo que tenía que caminar. Mientras lo hacía, su subconsciente buscaba cualquier distracción para hacerlo olvidar durante un instante que estaba muerto de miedo. Entonces pensó en que la planta sin empleados se parecía a un pueblo fantasma. Desde que la minera había comenzado la fase de producción, siempre había habido operarios y vigilantes. Aunque fuera Navidad, Año Nuevo, o las tres de la mañana.

Era extraño no sentir en el suelo la vibración constante de las máquinas. Aunque más extraño aún era que la puerta que abrieron para acceder a la *gold room* tuviera cuatro balazos en la cerradura.

—¡Carlos Sandoval! Bienvenido —lo recibió una mujer con la cabeza cubierta por un pasamontañas idéntico al del otro. Por el acento porteño, era la misma que lo había llamado por radio—. Venga, acérquese.

Avanzó hacia ella dejando atrás los hornos de retortas. A su izquierda, junto a la bóveda, la ambulancia y las tres Hilux de la minera estaban estacionadas de tal manera que no podía ver si ya habían logrado acceder al doré. La parte trasera de la cisterna del camión sobresalía de la esclusa, ocupando parte del espacio abierto de la *gold room*.

Cuando estaba a tres metros de la mujer, esta se dio vuelta y le hizo un gesto con la mano.

—Sígame.

Caminaron en dirección contraria a los vehículos. Tras rodear la primera esquina de la bóveda, Sandoval se encontró con otros dos encapuchados que custodiaban a varios rehenes. Cada uno tenía una bolsa de tela cubriéndole la cabeza. Contó once.

—¿Así que quiere salvarle la vida a sus empleados? —le preguntó la mujer en voz alta, para que los rehenes escucharan.

—Sí, sí. Por supuesto —balbuceó.

—Muy bien. Entonces usted se queda con nosotros y ellos pueden irse.

—¿Qué van a hacer conmigo?

—¿Eso no le parece irrelevante en este momento? Hagamos lo que hagamos, si decide quedarse les salva la vida a varias personas.

La mujer hizo asomar el teléfono plateado de un bolsillo de su uniforme de enfermera. Él sintió que se le tensaban todos los músculos del cuerpo.

—Por supuesto —dijo, tratando de hablar con voz firme—. Si los dejan ir a ellos, yo me quedo.

—Muy bien Sandoval, muy bien. Estoy orgullosa de usted.

La mujer se giró hacia los empleados encapuchados.

—A la persona a quien le corte las bridas, quiero que se ponga de pie sin hacer ningún ruido.

Los rehenes asintieron. La asaltante agarró un alicate y fue liberando uno por uno a todos menos al último.

—Si alguno de ustedes sigue atado, no se preocupe. No le va a pasar nada.

El único rehén todavía sentado se removió un poco en su lugar.

—Ahora quiero que todos los que están de pie giren noventa grados hacia la derecha y levanten la mano hasta tocar el hombro de la persona que tienen delante. Así, muy bien.

Sandoval miró la cadena de manos. Uno de los empleados, vestido con el traje de fundición, tenía la rodilla entablillada y caminaba con dificultad.

—Ahora, muy despacio, se van a dejar llevar por la persona que están tocando. No se saquen la bolsa de la cabeza.

El primero de la fila era el tipo del pasamontañas que le había abierto la puerta. Dio un paso hacia adelante lentamente para darles tiempo a los rehenes a reaccionar. Así, en cadena, los diez empleados de Entrevientos se perdieron por la puerta por la que Sandoval acababa de entrar.

—Póngase esto en las muñecas, señor gerente.

La mujer le tiró una brida de plástico. Sandoval la cerró todo lo que le permitieron los dedos.

—Ajústela más. Con los dientes. Muy bien. Ahora siéntese junto a él.

—¿No van a liberar a todos?

—¿Diez por uno le parece un mal cambio? —preguntó la mujer mostrándole una pistola.

Sandoval se dejó caer al suelo junto al otro rehén y apoyó la espalda en la bóveda. Le pusieron una bolsa en la cabeza y quedó sumido en la oscuridad total.

CAPÍTULO 72

16 de julio de 2019, 3:34 p. m.

El Cerrajero despegó la mano del dial de combinación y la sacudió para aflojar la tensión en los dedos. Miró el reloj en la muñeca izquierda. Llevaba más de media hora intentándolo. Pólvora ya había venido dos veces a preguntarle si quería que pasaran a la lanza térmica, pero él se había negado. Derretir cemento y acero era demasiado lento. Además, después de aplicarle el lubricante seco, el mecanismo giraba con más facilidad y él estaba casi seguro de que ya tenía cuatro números de la combinación.

El cuarto y el sexto todavía se le resistían. Quizás porque las dos ruedas a las que correspondían eran las que menos imperfecciones de manufacturación tenían. O quizás, y en eso intentaba no pensar, porque se había equivocado con uno de los cuatro números que creía correctos. Si era así, ahora no hacía más que girar el dial en falso.

Dio siete vueltas a la izquierda para volver a empezar. Ya empezaba a sentir los calambres en la base del pulgar. Introdujo los primeros tres números. Catorce, nueve, veintisiete. Cerró los ojos y giró el dial hacia la izquierda despacio, atento a cualquier cambio en el tacto.

Trató de relajarse e ignorar las voces que le llegaban del otro lado de la bóveda, igual que había tenido que ignorar la pistola que le apuntaba a la cabeza cuando abrió su primera Fichet en Punta del Este.

Pensó en su padre, que después de seis años en estado vegetativo había recuperado algo de habla y de movilidad gracias a un tratamiento experimental en Estados Unidos. Seguía en silla de ruedas, pero ya no era un vegetal.

También pensó en su madre. Hacía años que no la veía tan feliz.

Del otro lado de esa puerta blindada estaba la única manera de que su padre pudiera seguir yendo a Nueva York. Una vez por año, como mínimo, habían dicho los médicos del NYC Presbyterian Hospital. Si en un viaje había mejorado tanto, ¿cuánto podría avanzar si continuaba con las siguientes fases del tratamiento?

Entonces, sintió un clic casi imperceptible en la punta de los dedos desnudos. Incluso para un tacto entrenado como el de él, un simple guante de látex lo habría bloqueado. Era tan sutil que siempre que lo había tratado de describir, le había resultado imposible.

—Es como contarle a alguien lo que es estar enamorado —le había dicho su tío Abel—. Si lo sentiste alguna vez, lo entendés. Si no, no, por más que te lo expliquen.

Catorce. El cuarto número de la combinación era el mismo que el primero, y por eso le había costado tanto. Giró el dial en sentido contrario hasta detenerse en el cinco, que era el quinto número. Ahora sólo le faltaba uno, el más fácil. Bastaba con ir moviendo el dial y probar la manivela en cada número hasta acertar.

La manija cedió cuando el dial llegó al diecinueve. Tiró con fuerza y la puerta de hormigón forrada en acero se movió unos centímetros.

—Ya está —gritó.

Continuó tirando mientras oía a sus compañeros correr hacia él. La puerta se abrió un poco más.

—¿Qué mierda es esto? —gritó Pólvora a sus espaldas.

El Cerrajero se asomó para mirar el interior. La desilusión hizo que el estómago se le encogiera al tamaño de una pelota de golf.

Se giró hacia sus compañeros buscando una explicación. Pólvora miraba a Minerva furioso. El resto examinaban estupefactos el contenido de la bóveda.

Sus caras no daban crédito a lo que tenían delante.

CAPÍTULO 73

16 de julio de 2019, 3:36 p. m.

—Miremos el lado positivo —dijo el Pata—. El oro está.

Era verdad, pensó Mac. Dentro de la bóveda, había pallets sobre pallets polvorientos, cada uno con seis lingotes dorados. En una cuenta rápida, calculó que había ochenta y ocho barras de doré. Cinco mil trescientos kilos de oro y plata. Algo más que lo que había predicho Minerva.

—El oro está —repitió Pólvora, haciéndole burla—. Ya sé que está. No soy ciego. Pero ¿cómo carajo no sabías esto? —dijo, señalando a Minerva y después golpeó con la mano abierta uno de los gruesos barrotes que les impedían el paso.

Mac observó con detenimiento la reja. Igual que la puerta que el Cerrajero acababa de abrir, era de dos hojas. En el marco de acero de una había tres agujeros en los que se metían los pernos de la otra. Cada uno era del grosor de su muñeca.

Estaban tan cerca, pensó Mac, que si metía el brazo entre los barrotes podría tocar con la punta de los dedos algún lingote.

—Esta reja es nueva —dijo Minerva—. Hace un año no estaba.

—Cuando nos metimos en esto sabíamos que la mina cambia constantemente —la defendió él—. Ella nos lo dejó claro el primer día.

—¿Cuánto tiempo te puede llevar abrirla? —le preguntó Minerva al Cerrajero.

—Son dos llaves de doble paleta. Probablemente siete u ocho pernos —respondió el Cerrajero observando la cerradura en la reja.

—¿Cuánto tiempo?

—Entre veinte y cuarenta minutos...

Pólvora se agarró la cabeza y dio un paso hacia atrás.

—...cada una.

—¡Mierda! —gritó, golpeando con el puño la pared de cemento.

Durante unos segundos, todo fue silencio en la *gold room*.

—La derretimos con la lanza térmica —sugirió Pólvora.

Mac negó con la cabeza.

—Si usamos la lanza, nos va a llevar por lo menos media hora —opinó.

—¿Se te ocurre algo mejor?

Entonces en la *gold room* se oyó un *pip-pip-pip* electrónico que obligó a Mac a girarse para mirar a sus espaldas.

CAPÍTULO 74

16 de julio de 2019, 3:37 p. m.

Minerva oyó el pitido y, un segundo después, la voz del Pata.

—¡Despejen!

Estaba subido al volante de un montacargas que ahora daba marcha atrás, alejándose de la puerta de la bóveda.

¿Qué va a hacer?, se preguntó Minerva.

El montacargas se detuvo durante un momento y los dos dientes de metal se elevaron a un metro del suelo.

—Pará, Pata —gritó Mac.

Pero ya era demasiado tarde. El vehículo avanzaba con la furia de un toro hacia los barrotes. Lo único que les quedaba por hacer a Minerva y los otros era apartarse de su camino.

Pum.

Uno de los dos dientes golpeó de lleno en la cerradura.

Durante el segundo que duró el chirrido del metal contra metal, sucedieron tres cosas que Minerva vio como si fuesen a cámara lenta. Una, la puerta de barrotes se dobló hacia adentro. Dos, el impacto detuvo en seco al montacargas. Tres, el Pata salió despedido hacia adelante.

Corrió hacia él. Había quedado tirado en el suelo polvoriento, junto a la reja doblada.

—¡Pata! ¿Estás bien?

Su compañero la miró con los ojos perdidos y asintió, incorporándose sobre los codos. Entonces ella notó la mancha viscosa y brillante que se le extendía por la tela que le cubría la cabeza.

—Estás sangrando.

El Pata se sacó el pasamontañas y se palpó la cabeza pelada hasta que los dedos mugrientos encontraron el tajo de cuatro centímetros.

—Esto no es nada, Minerva.

—Voy a buscar a la doctora Morales y al botiquín —dijo Mac.

—Traé también el cloro, para limpiar las manchas de sangre —le indicó ella.

Al girarse, Minerva vio que Pólvora se había colado por la abertura de cuarenta centímetros que el montacargas había dejado entre los barrotes y acariciaba un lingote.

CAPÍTULO 75

16 de julio de 2019, 3:38 p. m.

—No vamos a poder usar el montacargas —dijo Mac.

A Minerva la cabeza le iba a mil por hora. Según el plan, después de abrir la bóveda, cargarían los pallets de doré utilizando esa máquina. Pero el impacto contra la reja no sólo había roto el mecanismo de elevación sino que además había retorcido los barrotes hacia adentro hasta trabarlos, haciendo imposible el acceso de ningún vehículo.

—Hay que cargar el doré a mano —gritó Pólvora—. Vos, vení conmigo.

Minerva se sobresaltó cuando su compañero la agarró por la manga y la llevó hasta la bóveda.

Tras pasar entre los barrotes doblados, se quedó paralizada. Durante los últimos meses se había preguntado muchas veces qué sentiría al poner un pie ahí dentro. Había días que vaticinaba euforia y otros, un miedo incontrolable. Ahora sentía las dos cosas al mismo tiempo.

—Dale, apurate —dijo Pólvora, agarrando el extremo de una de las barras de doré.

Minerva agarró la otra punta. Era la primera vez en su vida que tocaba un lingote. Incluso a través del látex, el metal era más frío y áspero de lo que se había imaginado.

Entre los dos levantaron los sesenta kilos y enfilaron hacia la puerta con pasos cortos. Cuando Minerva pasó caminando hacia atrás entre las dos hojas retorcidas de la reja, Pólvora soltó una de sus risas como si acabara de acordarse de un chiste.

—Oro y barrotes —dijo, señalando con el mentón a

su alrededor—. Uno de los dos es nuestro futuro.

Apenas pasaron la reja, el Pata y Mac entraron a buscar el siguiente lingote. Después de cargar el suyo, Minerva rodeó la bóveda y le puso una mano en el hombro al Cerrajero.

—Seguí vos. Yo me encargo de estos —le dijo, señalando a los dos rehenes encapuchados en el suelo.

El Cerrajero la miró extrañado ante el cambio de planes.

—Creo que me esguincé la muñeca. Ya la tenía medio lesionada —agregó ella, tocándose la muñequera en la mano izquierda—. Si sigo, creo que voy a terminar retrasándolo todo. ¿Vas vos a cargar los lingotes mientras yo me quedo con ellos?

—No hay problema —dijo el Cerrajero y se fue corriendo.

Cuando estuvo sola ante los rehenes, Minerva levantó la nueve milímetros.

No estaba en el plan, pensó, mientras apuntaba a la cabeza encapuchada de Sandoval y volvía a ser Noelia Viader por un instante.

CAPÍTULO 76

Entrevientos. Dos años antes del golpe.

A Noelia le dolía la espalda de tanto estar sentada. Hacía más de dos horas que ella y Sandoval estaban reunidos. El gerente general la había citado en su despacho para revisar la propuesta de una empresa contratista para la nueva red de comunicaciones.

—Esto no lo vamos a resolver en cinco minutos —dijo Sandoval, señalando los documentos esparcidos sobre la mesa.

Tenía razón, la cosa pintaba para largo.

—Descansemos un rato —propuso él—. ¿Café? Te recomiendo el *ristretto*.

—Bueno, dale. Lo pruebo.

Sandoval abandonó su silla y caminó hacia una cafetera roja con bordes cromados que había hecho instalar hacía poco en un lateral del despacho. Con el tiempo, Noelia había aprendido que el tipo era un verdadero adicto al café. Hasta mascaba chicles de ese sabor.

—Parece que te gustó la pulsera —dijo de espaldas a ella, mientras la máquina emitía un gorgoteo.

Noelia se miró la muñeca izquierda, donde el puma y el guanaco brillaban pálidos con la luz de oficina. Unos meses antes, Sandoval se la había regalado para agradecerle su dedicación al trabajo. «Es una aleación oro y plata en las mismas proporciones que tiene el doré que extraemos acá».

Ella se lo había agradecido, pero dudó durante días si ponérsela o no. Terminó decidiendo que no usar un regalo así, oficial, que el gerente le había dado para reconocer su desempeño, quizás se habría interpretado como un rechazo a su superior. Además, era una pulsera preciosa.

—Sí, es muy linda —respondió cuando la cafetera dejó de hacer ruido.

Sandoval se giró con una taza de café en cada mano. Rodeó el escritorio que los separaba y le entregó una a ella sosteniéndole la mirada. Cuando vio la forma en la que sonreía, Noelia supo que nunca se tendría que haber puesto la pulsera.

Bajó la vista hacia la taza y revolvió con la cucharita de metal. El tipo se acercó un poco más. Ella dio un paso hacia atrás, incómoda. Antes de que pudiera decir nada, Carlos Sandoval, su jefe y el de los mil doscientos empleados de Entrevientos, le dio un beso en la boca.

Se quedó petrificada durante un par de segundos, mientras los labios babosos del gerente resbalaban sobre su boca. La taza se le escurrió entre las manos y se hizo añicos contra el suelo, sacándola de la especie de parálisis en la que había quedado sumida. Entonces lo empujó con ambas manos para poner distancia.

—¿Qué hacés? ¿No te da vergüenza? Sos un tipo casado —le dijo, dirigiéndose a la salida de la oficina.

—Casado pero no castrado.

Cerró con un portazo y se alejó lo más rápido que pudo. Mientras caminaba sin saber muy bien hacia dónde, Noelia se avergonzó de su reacción. ¿Salir corriendo? Lo que tendría que haber hecho era reventarle los huevos de una patada. Y decirle «¿Qué te pasa, pelotudo? La próxima vez que me toques un pelo te denuncio». Pero no, las mejores reacciones nos suelen venir a la mente cuando ya es demasiado tarde.

Para tranquilizarse, se recordó a sí misma que esa tarde terminaban los catorce días de su campaña. Pasaría las siguientes dos semanas en su casa en Trelew, a setecientos kilómetros de este tipo.

CAPÍTULO 77

16 de julio de 2019, 3:43 p. m.

Minerva se agachó, agarró de la solapa al otro rehén y lo obligó a alejarse varios metros para que no escuchara lo que estaba por decirle a Sandoval. Al notar el movimiento a su alrededor, el gerente enderezó la espalda, alerta.

—Quiero saber lo que va a pasar mañana —le dijo Minerva cuando volvió junto a él.

—¿A qué te referís?

—Quiero que me cuentes lo que pasa en una mina el día después de que les roban trece millones de dólares.

De nuevo, había intentado hablar con el máximo acento porteño posible. Disimulando el suyo, que era como el de cualquier otro patagónico a excepción de un par de palabras que todavía sobrevivían de sus primeros catorce años de vida en Barcelona.

—Supongo que lo primero es que la policía científica haga su trabajo. Después empezaremos con las reparaciones necesarias para volver a poner en marcha la planta.

—¿Cuándo vuelve a estar en funcionamiento?

Sandoval no contestó.

—¿Cuándo? —gritó ella.

—Posiblemente mañana a última hora.

—O sea que perder trece millones de dólares para ustedes es poco más que un mal día.

—No, para nada. En paralelo, hay que hacer todos los trámites del seguro. Eso va a llevar mucho tiempo y trabajo.

—A ver si entiendo. Nosotros le robamos a Inuit,

pero Inuit no pierde un solo dólar.

Sandoval asintió apenas. Minerva se mordió la lengua para no decirle que no podía estar más equivocado.

—A lo mejor hasta les estamos haciendo un favor. Con lo que se van a ahorrar en transporte del doré desde acá hasta Austria, puede que terminen ganando guita.

El cuerpo del gerente pareció tensarse.

—¿Te sorprende que sepa dónde está la refinería? No pensarás que esta porteñita no hizo los deberes.

Sandoval no respondió. Minerva largó un suspiro exagerado y falso antes de proseguir.

—En fin, tendremos que conformarnos con hacernos ricos. Siempre dije que lo de David contra Goliat era una de las mentiras más grandes de la Biblia. Puro pan y circo para mantener contentos a los pobres infelices.

—En eso estamos de acuerdo —respondió Sandoval.

—Este Goliat es demasiado grande para que lo tumbe una banda de ladrones como nosotros. Sobre todo porque tiene el apoyo de ladrones mucho más importantes, con asientos mulliditos en la cámara de diputados.

Sandoval inspiró hondo. Sin dejar de apuntarle, Minerva sacó del bolsillo el teléfono plateado, lo encendió y leyó en voz alta:

—«Habría que corregir el artículo 4. Donde dice "Abarcando la región..."».

A medida que Minerva leía, veía que los puños de Sandoval se cerraban con más fuerza.

—No sigo porque es largo, pero te lo resumo. El gerente general de una de las mineras más grandes del país le da instrucciones a un diputado sobre qué cambios hacer en la nueva ley de minería. Después hay otros mensajes donde se habla de compensaciones, donaciones, aportaciones y otros eufemismos.

Intentó disfrutar ese momento. Lo tenía ahí, a su merced, con una pistola en una mano y un teléfono en la otra, dos objetos con los que podía destruirlo. Le hubiera encantado saber qué pasaba por esa cabecita que siempre creía tener la mano ganadora.

—Ahora respondeme, Sandoval. ¿No te parece perverso este Goliat?

Sandoval dudó un segundo antes de responder.

—Mi trabajo es que esta mina produzca oro, y yo lo cumplo. No es responsabilidad mía cómo funciona la política en este país. Es como si a alguien que trabaja en una fábrica de cuchillos lo hicieran responsable de los apuñalamientos.

—Como excusa, es poco original. En eso ya se escudaron muchos hijos de puta a lo largo de la Historia.

CAPÍTULO 78

Entrevientos. Dos años antes del golpe.

Al segundo día de la siguiente campaña, Sandoval la volvió a citar a una reunión para definir la bendita infraestructura de comunicaciones. Aquella mañana había amanecido con un viento insoportable, de ráfagas de ochenta kilómetros por hora.

Esta vez, Noelia había sugerido que usaran la sala de conferencias principal en vez del despacho del gerente. Por las dudas, también se llevó a Felipe Madueño. Al fin y al cabo, el equipo de soporte informático estaba siempre compuesto de dos personas: un jefe y un subordinado. Noelia y Madueño. Así que se convenció a sí misma de que era fundamental que el muchacho estuviera presente.

Durante la reunión, Felipe hizo pocos comentarios, pero fueron todos muy acertados. Después de todo, era él quien tenía más contacto con el hardware. Cuando algo dejaba de funcionar, era el primer soldado en avanzar.

—Madueño, andá, que yo tengo que hablar unas cosas con la ingeniera Viader —dijo Sandoval cuando terminaron la reunión.

Felipe Madueño asintió. Ella trató de hacerle entender con la mirada que no la dejara sola, pero no tuvo éxito.

El gerente se levantó de la silla y acompañó a Felipe hasta la puerta del despacho. Lo despidió con un apretón de manos, felicitándolo por su trabajo hasta el momento. Le dijo que Noelia le había hablado muy bien de él y que, si seguía así, podría «hacer una gran carrera en la empresa». A Madueño, el cumplido le hinchó el pecho.

Sandoval trabó la puerta con el pestillo. Después fue

hasta la única de las ventanas que tenía la cortina abierta y la cerró.

Noelia se puso de pie junto a la gran mesa de reuniones.

—Yo también me tengo que ir. Tengo un montón de...

El gerente se abalanzó sobre ella y la agarró de ambas muñecas, empujándola contra la pared. Quedó con los brazos inmóviles apuntando hacia arriba.

—Pará. ¡Qué hacés! —gritó.

—Te extrañé un montón. Estaba contando los días para que volvieras a subir. No puedo dejar de pensar en el beso que nos dimos.

—No, pará Carlos. No nos dimos ningún beso. El beso me lo diste vos a mí. Te estás confundiendo mal.

Pensó en pedir ayuda a gritos, pero la sala de conferencias era un contenedor aislado y las cuatro paredes no lindaban más que con un pequeño baño. Incluso si alguien pasaba por afuera, el viento impediría que la oyeran.

—Dale, si sé que te gusto. Si no, no te hubieras puesto la pulsera, ¿no?

—Andate a la mierda. ¿Qué tiene que ver eso?

Intentó inútilmente liberar la muñeca para mostrarle que ya no la tenía puesta.

—Además, sé que te gustan los maduritos —agregó, y le intentó dar un beso en la boca.

El asco le provocó dos cosas. Una fue girar la cabeza para evitar los labios de Sandoval y la otra, levantar la rodilla a toda velocidad para aplastarle los testículos. Pero los hijos de puta a veces tienen suerte, y el golpe fue a parar al muslo.

—No seas histérica.

—Soltame, la puta que te parió.

Noelia logró liberar la mano derecha y le dio una bofetada. Si hubiera sido por ella, le habría bajado un par de dientes, pero estaban tan cerca que apenas pudo imprimirle fuerza al golpe.

Lejos de espantarlo, lo excitó. Sus manos bajaron a toda prisa, rozando los pechos de Noelia y buscando la hebilla del cinturón. Ella sintió que se moría del asco y de la rabia.

—¡Pará, la concha de tu madre! —gritó dándole puñetazos en los brazos y en el pecho.

Pero Sandoval seguía sonriendo, y ahora se bajaba los pantalones. Noelia notó que el bulto rígido adentro del calzoncillo se apoyaba contra sus caderas. Entonces su mano buscó la cara del gerente y apretó, hundiendo las uñas con toda su fuerza. Sintió que rajaba la piel y apretó más aún. Si hubiera podido, le habría arrancado los ojos.

Sandoval soltó un aullido de dolor. Cuando Noelia empezaba a creer que el tipo la dejaría tranquila, sintió el puñetazo en la nariz. Nunca había recibido un golpe así. Se le llenaron los ojos de lágrimas y se le oscureció todo.

Al volver en sí, estaba tirada en el suelo plástico de la sala, con Sandoval encima de ella. Le sujetaba los brazos en forma de cruz y la besaba intentando meterle la lengua en la boca mientras respiraba por la nariz con bufidos rápidos.

Si Noelia hubiera estado observando la escena desde afuera, probablemente habría sentido arcadas. Sin embargo, tuvo un momento de lucidez. Algo le indicó cómo actuar, y todos los otros caminos posibles desaparecieron.

Aflojó la tensión en la mandíbula y abrió un poco los labios. Sintió la lengua con gusto a café entrar de a poco en su boca, acompañada de un gemido de placer. Entonces cerró los dientes. Sus incisivos se hundieron en la carne blanda y Sandoval soltó un gruñido gutural. La sangre tibia no tardó en inundar la boca de Noelia. A pesar de los gritos del tipo y de la repulsión que sentía, cerró los ojos y continuó apretando con toda su fuerza.

Sandoval tardó poco en rodar hacia un costado, apartándose de ella. Recién cuando el único contacto entre los dos era a través de sus bocas, ella se permitió abrir los ojos y los dientes. Se puso de pie a toda velocidad, mientras el gerente balbuceaba algo ininteligible.

Escupió sobre él una saliva teñida de rojo y salió de

la oficina. Corrió directamente a la enfermería, tapándose la cara con la manga para que nadie le hiciera preguntas. En el baño de la sala de espera, se enjuagó la boca varias veces y se lavó la sangre pegada al mentón y a las mejillas. Luego llamó a la puerta de la doctora Morales.

CAPÍTULO 79

16 de julio de 2019, 3:48 p. m.

La pistola temblaba. Minerva la apoyó aún con más fuerza en la cabeza encapuchada de Sandoval. Si lo mataba, rompía su propia regla de un atraco sin sangre. Pero por otro lado, ¿qué ramificaciones tendría dejar con vida a un hijo de puta como ese? Recordó un documental en el que un biólogo hablaba de la progresión geométrica con la que aumentaba la población de castores en Tierra del Fuego. Eliminar a un castor hoy evitaba tener que matar doce mil ejemplares de esta especie invasora en diez años.

Del otro lado de la bóveda, el resto de la banda seguía trajinando con los lingotes. La carga manual era lenta y no podían hacer nada para acelerarla, porque la abertura entre las rejas sólo admitía que pasaran de a un lingote por vez.

No tenía forma de ayudar a sus compañeros a ir más rápido, así que sólo le quedaba esperar. Y nunca se le había dado bien hacerlo en silencio.

—Respondeme una cosa, Sandoval. ¿De qué sirve todo esto?

—No sé a qué te referís.

—No es una pregunta con trampa. ¿Para qué se instaló la mina acá?

—Para extraer oro y generar riqueza.

—Sí, pero ¿para qué se usa ese oro?

No podía revelarle el verdadero motivo por el que había planeado el robo, pero sí hablarle de lo otro. De las cosas que antes ella no veía. O no quería ver.

—Sin minería no tendríamos aparatos electrónicos, ni autos, ni casas —respondió el gerente—. Tampoco energía nuclear, ni muchas de las cosas que la sociedad moderna...

—Te estoy hablando del oro, no de la minería en general. ¿El oro también es fundamental para nuestra sociedad moderna? ¿Sin oro no habría casas ni energía nuclear?

Sandoval se quedó en silencio.

—Respondeme.

—El oro se usa mucho en electrónica y medicina, por ejemplo.

—¡Sólo un diez por ciento! —rugió ella—. Y vos lo sabés muy bien. ¿O no lo sabés muy bien?

La cabeza encapuchada asintió. Ella sonrió debajo del pasamontañas.

—A ver si hiciste los deberes, Sandoval. La mitad del oro del mundo se usa para...

—Joyería.

—Joyería, muy bien. Y otro cuarenta por ciento para...

—Inversión.

—¡Excelente! Inversión. Hacer lingotitos y guardarlos por si las bolsas de Nueva York y de Londres se van a la mierda. Es decir, el noventa por ciento de lo que se llevan de acá termina en el cuello de alguien o guardado en una bóveda en Suiza. Ahí tenés las aplicaciones de tu oro: vanidad y especulación.

Por un segundo, se sintió una hipócrita. Había trabajado durante años para esa industria sin rechistar y ahora, que no le debía obediencia a cambio de un sueldo, daba un sermón. Parecía esos ex fumadores que de la noche a la mañana se convierten en activistas antitabaco.

Pero el segundo pasó rápido, y al siguiente negó con la cabeza. Ser hipócrita era muy distinto a cambiar de opinión. Lo verdaderamente raro habría sido seguir viendo las cosas de la misma manera. Sobre todo, después de pasar meses leyendo documentos confidenciales que le pondrían los pelos de punta a cualquiera, empleado o no.

—¿No te da vergüenza trabajar para eso?

La cabeza encapuchada de Sandoval permaneció inmóvil. A Minerva no le sorprendió. Sabía muy bien que la culpa era algo que este tipo desconocía por completo.

CAPÍTULO 80

Puerto Deseado, Santa Cruz, Argentina. Dos años antes del golpe.

—Y entonces convencí a la doctora Morales de que estaba teniendo un ataque de pánico y de que me trajeran en ambulancia hasta acá —le explicó Noelia a la jefa de recursos humanos.

Con «acá», se refería a Puerto Deseado, el pueblo más cercano a Entrevientos, donde la minera tenía una oficina administrativa.

La jefa de recursos humanos había escuchado consternada la historia. La preocupación genuina en su mirada había ido aumentado conforme Noelia avanzaba con el relato.

—Primero que nada, quiero que sepas que te podés tomar todo el tiempo que necesites. No importa lo que diga este papel —dijo, señalando un certificado médico donde el único psiquiatra de Puerto Deseado recomendaba dos semanas de baja.

Noelia asintió con la cabeza. Estuvo a punto de decir «gracias».

—Quiero denunciar a ese hijo de puta. Quiero que lo echen y que nunca más vuelva a conseguir trabajo en ningún lado, ni de albañil.

—Tranquila. Yo te entiendo, creeme que te entiendo —dijo mirándola a los ojos—, pero hay algo que tenés que saber antes de hacer nada.

—¿Qué?

—En todo Inuit Argentina, hay una sola persona que está por encima de Carlos Sandoval. Es el gerente nacional,

Ignacio Beguiristain. Trabaja en la oficina de Buenos Aires.

—Lo conozco. Estuvo un par de veces de visita en Entrevientos, y también nos dio una charla en la capacitación que hicimos en abril en Buenos Aires —dijo, recordando la ponencia a la que había llegado tarde por quedarse bailando tango y tomando cerveza con Pezzano en la milonga.

—La única forma de que esto tenga consecuencias para Sandoval dentro de la empresa es yendo directamente a Beguiristain. Apenas salgas por esa puerta, yo me encargo de llamarlo por teléfono y explicarle la situación.

Noelia asintió.

—Por otra parte, ¿tenés pensado denunciarlo a la policía?

—Por supuesto.

—Bien hecho —contestó la jefa de recursos humanos—. Mientras antes lo hagas, mejor.

***

Catorce días más tarde, Noelia se levantó a las cinco de la mañana. Como cada dos semanas desde hacía tres años, cerró con llave su casa en Trelew y se subió a un taxi con destino al aeropuerto. De ahí tomó un avión a Comodoro Rivadavia, donde la esperaba una camioneta de transporte de personal que la llevaría, junto a otros dieciocho empleados desembarcados del vuelo de Buenos Aires, al yacimiento de Entrevientos.

Puerta a puerta, el viaje duraba ocho horas. Pasó cada minuto pensando en cómo sería su trabajo a partir de ahora. La jefa de recursos humanos había hablado con el gerente nacional y habían logrado que a Sandoval le iniciaran un sumario interno. Por lo pronto, Beguiristain había propuesto que, cuando Noelia estuviera lista, se reincorporase en un régimen de siete días de trabajo por catorce de descanso, garantizándole que, durante su semana de servicio, Sandoval tendría prohibido poner un pie en el yacimiento.

—Le doy mi palabra, señorita Viader —le había dicho por teléfono.

Incluso si era verdad, ¿cómo serían sus turnos en Entrevientos después de haberle declarado la guerra al gerente?

Lo averiguó pronto. Fueron siete días en los que apenas caminó de su habitación a la oficina y de ahí al comedor. A pesar de que sabía que Sandoval no estaba en el yacimiento, tenía la sensación desagradable de que se lo encontraría en el pasillo menos pensado.

No quería ver a nadie ni hablar con nadie. Ante cada llamada por teléfono por un servidor desconfigurado o una computadora rota, se limitaba a enviar a Madueño. Por suerte, los de recursos humanos le habían asignado una habitación para ella sola, y ya no tenía que compartir con la supervisora medioambiental.

Así transcurrieron tres campañas. La denuncia en la comisaría de Puerto Deseado había pasado al juzgado, donde la máquina burocrática movía los expedientes a velocidades geológicas. De vez en cuando, la jefa de recursos humanos la llamaba para ver cómo estaba y le decía que Beguiristain seguía el caso muy de cerca.

Mientras tanto, Noelia veía que los días en los que ella trabajaba, la cuenta de correo electrónico de Sandoval seguía igual de activa que aquellos en los que no. En un par de ocasiones le preguntó, casi al pasar, a la secretaria de Sandoval dónde estaba su jefe. La respuesta fue similar las dos veces: el gerente tenía la agenda repleta de reuniones en Puerto Deseado, Catamarca o Buenos Aires, y no volvería hasta la semana siguiente.

En otras palabras, esa especie de orden de alejamiento decretada por Beguiristain era un secreto. Para el resto de los empleados, Sandoval seguía siendo el mismo de siempre.

Fueron tres campañas anodinas en las que ella se iba llenando de rabia y rencor. Se imaginaba a Sandoval en reuniones de directorio hablando de onzas, de horas-hombre y de millones de dólares mientras ella se escurría por los pasillos de Entrevientos minimizando la interacción con otros seres humanos, haciéndose cada vez más pequeña. Eso le producía una sensación de angustia que le apretaba la garganta. Su indignación era como el aire cargado de electricidad, en el que bastaba un trueno para desatar la tormenta.

Y el trueno llegó el último día de la tercera campaña, exactamente cinco minutos antes de que Noelia abandonara el yacimiento de Entrevientos para pasar otras dos semanas en su casa de Trelew y volver a respirar.

CAPÍTULO 81

16 de julio de 2019, 3:54 p. m.

La pistola apoyada en la cabeza de Sandoval ya no temblaba tanto.

—Llévense todo, pero no nos hagan nada. Lo único que hacemos es ganarnos la vida.

—Decime una cosa, Sandoval, ¿no se cansan nunca ustedes de repetir el mismo discursito?

—No entiendo. ¿Qué discursito?

—El que te hace quedar a vos y a la mina como los salvadores. Pobre gente la de esta provincia, ¿no? Menos mal que vino Inuit a sacarlos de la miseria.

—Sin la mina habría mil doscientos puestos de trabajo menos. Eso es sin contar el empleo indirecto.

En eso, Sandoval tenía razón. Minerva se sabía de memoria todos los beneficios de la industria minera, que el personal jerárquico no tardaba en recitar ante el menor cuestionamiento. Ella misma los había esgrimido hasta hacía poco, cuando ocupaba uno de los mil doscientos puestos que mencionaba Sandoval.

Cuando no estaba del otro lado.

—Ustedes lo llaman trabajo y progreso, yo lo llamo migajas. Están dejando la tierra como un colador. La llenan de agujeros, le meten explosivos, cianuro a toneladas y gastan más agua que un pueblo entero. Mientras tanto, en Puerto Deseado la gente tiene prohibido regar.

Sandoval levantó la cabeza. Si no estuviera encapuchado, la estaría mirando a los ojos. Minerva supo que se retorcía por dentro para no contestarle. No estaba acostumbrado a que le llevaran la contra.

—Generamos riqueza, algo que pocos pueden decir.

Minerva se preguntó si Sandoval sería tan gallito si pudiera ver el arma.

—En eso estamos de acuerdo. Generan riqueza, para los más ricos. Al resto, incluyéndote a vos, le dan migajas. Ni siquiera pagan impuestos en el país.

—Con todo respeto, señorita, nosotros pagamos cada uno de los impuestos que indica la ley.

—¿Ah, sí? Decime una cosa, Madre Teresa, ¿vos escuchaste hablar de los papeles de Luxemburgo? Son como los de Panamá, pero menos famosos.

Sandoval permaneció en silencio.

—Ustedes se llenan la boca diciendo que Inuit es de capitales canadienses, ¿pero vos sabés cómo es en realidad, no? No me creo que el gerente general no sepa que la dueña de Inuit Argentina es Inuit Chile.

—No entiendo qué tiene que...

—A su vez, la dueña de Inuit Chile es de Barbados. Bueno, mejor dicho, era de Barbados, hasta que en 2011 la transfirieron a Luxemburgo porque les daba más beneficios fiscales. Y uno diría, bueno, de Luxemburgo a Canadá. ¡No señor! De Luxemburgo a Irlanda. Y entonces sí, a Canadá.

—Eso no es ilegal.

Minerva lanzó una carcajada.

—Es inmoral, que es mucho peor. Mientras tanto, todos los que trabajan en Inuit tienen que pagar el impuesto a las ganancias, a los bienes inmuebles, al automotor y hasta el IVA cuando van al supermercado. Todos, incluso vos.

—Insisto, no la sigo.

—Soy yo la que no lo sigue. ¿Por qué ellos, que son los que más ganan, no pagan impuestos como cualquier hijo de vecino? ¿Por qué, encima de que vienen a hacernos agujeros en la tierra y literalmente envenenarla, la tienen más fácil? ¿Por qué la guita que se llevan de acá tiene que pasar por medio mundo antes de llegar a Canadá? ¿Te pensás que es porque les gusta todo este despelote? ¡No! Es para no dejar ni siquiera las migajas de la torta ni en Argentina ni en Canadá. Eso sí, «generan riqueza». Haceme un favor y andate un poquito a la mismísima mierda.

CAPÍTULO 82

Entrevientos. Dos años antes del golpe.

En el Puesto de Entrada, el empleado de seguridad a cargo del escáner de rayos equis señaló algo en la pantalla y llamó a un compañero.

—¿Esta valija es tuya? —le preguntó a Noelia mientras ella pasaba por el detector de metales.

—Sí.

—Acompañanos un segundo.

Noelia oyó un murmullo entre los otros dieciocho empleados de Inuit que pasaban el control de seguridad junto con ella. Después de siete o catorce días de trabajo ininterrumpido, con un minibus esperando en la puerta para emprender el viaje de regreso a tu casa, cualquier demora era molesta.

El empleado de seguridad bajó la valija del escáner y se la llevó a una pequeña sala a un costado. Noelia lo siguió, con otro de los vigilantes escoltándola.

Al entrar al cuartito, uno de ellos cerró la puerta y el otro puso la maleta sobre una mesa de plástico.

—¿Podrías abrirla, por favor?

Hizo lo que le pedían.

—¿Puedo? —preguntó el empleado de seguridad, señalando el contenido.

—Como quieras —respondió, encogiéndose de hombros.

El joven hurgó entre sus cosas. Parecía más interesado en la ropa que en los artículos de higiene. Sacaba una a una las prendas y las apretaba con las manos, como si buscara algo. Desenrolló un pantalón y, después de palparlo un poco, sus dedos trazaron el contorno de un bulto largo y cilíndrico en uno de los bolsillos.

El guardia de seguridad metió los dedos y sacó un bolígrafo con el logo de Inuit Gold. A Noelia le llamó la atención, porque nunca se los metía en los bolsillos del pantalón. Le resultaba muy incómodo.

—¿Desde cuándo está prohibido llevarse una lapicera?

—Es bastante pesada —dijo el empleado, sopesándola en la mano.

Noelia se dio cuenta de que algo iba mal. A simple vista, se trataba de uno de esos bolígrafos baratos, de punta retráctil, que la empresa distribuía entre sus empleados. Sin embargo, en el agujero por donde asomaba la punta había restos de silicona o algún pegamento transparente.

El empleado de seguridad puso una hoja de papel sobre la mesa y desenroscó el bolígrafo. En cuanto las dos mitades se separaron, un polvo dorado cayó siseando hasta formar una montañita del tamaño de un bombón.

—Eso no es mío —se apresuró a decir ella.

—Ahora vuelvo. Tengo que llamar al supervisor de seguridad patrimonial —dijo el empleado en tono casi de disculpa.

***

El telegrama de despido llegó dos días después. La empresa había decidido prescindir de los servicios de la ingeniera Noelia Viader aludiendo que el bolígrafo encontrado en su ropa quebrantaba el código de conducta de Inuit. Eso sí, de que su jefe directo casi la había violado no decían nada. El texto terminaba anunciándole que, dada la naturaleza del despido y según la ley, no recibiría indemnización alguna.

Llamó por teléfono a la oficina de Puerto Deseado y habló con la jefa de recursos humanos.

—Noelia, yo no puedo hacer nada —se defendió la

mujer—. La empresa está en todo su derecho a despedir a quien quiera. Si te parece que te corresponde una indemnización, podés plantearlo en el juzgado.

—Pero vos sabés que esto estuvo todo arreglado. Esa lapicera no era mía, me la pusieron. Ese hijo de puta me la puso para que me echaran.

La jefa de recursos humanos cortó la comunicación. Noelia sintió que una rabia ácida le quemaba por dentro. ¿Primero se le había hecho la amiga y ahora la dejaba con la palabra en la boca?

Entonces su teléfono volvió a sonar.

—¿Vos tenés forma de probar eso? —le dijo la mujer como si la conversación no se hubiera interrumpido.

Ahora hablaba muy bajo, apenas lo suficiente para superar el sonido del viento. Había salido de la oficina para llamarla desde su teléfono personal.

—Porque si tenés cualquier prueba, yo estoy dispuesta a ayudarte.

—Tengo una denuncia a la policía por intento de violación, y justo da la casualidad que, tres campañas después, me echan. No puede estar más claro, fue Sandoval.

—No pudo haber sido él, Noelia. Antes de ayer Sandoval estaba en una reunión en Buenos Aires con Beguiristain. Supongo que, entre otras cosas, lo habrá citado para hablar de tu denuncia.

Noelia se imaginó la reunión entre los dos hombres. «Vamos a hablar de la producción, de la presión gremial y de tu abuso a Noelia Viader. Ay, Carlitos, no seas tan revoltoso.»

—Que Sandoval no haya estado presente ese día no quiere decir que no haya organizado todo esto para sacarme del medio.

—Noelia, vos sabés que robar es un pecado capital en Inuit. Apenas con una sospecha ya les alcanza para el despido. Y a vos te encontraron yéndote del yacimiento con doré.

—Te estoy diciendo que es todo un circo para perjudicarme. ¿No lo ves?

—Yo de eso no tengo pruebas, y parece que vos tampoco. Pensá un poquito, Noelia. En los papeles, ahora figurás como una empleada del peor tipo: una ladrona. Una vez que tenés colgado ese sanbenito, es muy complicado que te vuelvan a tener confianza. Yo hice todo lo que pude para que te pagaran una indemnización.

—Tengo el telegrama en la mano y dice justamente lo contrario.

—Creeme que les insistí. Les dije que un juicio nos iba a salir más caro. Pensé que te iba a venir bien ese dinero mientras decidís cómo sigue tu vida. Pero no me escucharon.

—¿O sea que encima te tengo que agradecer?

—Noelia, te voy a ser completamente franca porque te aprecio mucho y siempre me caíste bien. Entre lo que te pasó con Sandoval y esto, Entrevientos es el último lugar en el mundo en el que deberías querer trabajar.

—¿Por qué separás las dos cosas? No hay un «lo que me pasó con Sandoval» y un «esto». Es lo mismo. Todo culpa de ese hijo de puta.

—Entiendo tu ira, de verdad. Pero yo no puedo hacer nada. Lo único que está a mi alcance es que este proceso sea lo menos traumático posible para vos. Por eso, no hace falta que vengas a la oficina a dejar tus cosas. Lo más importante, que es tu computadora, quedó en el campamento. Y la tarjeta magnética ya está desactivada.

La jefa de recursos humanos había vuelto a hablar con el tono robótico de los que repiten algo que ya han dicho mil veces. De fondo ya no se escuchaba el viento sino el eco de algún pasillo.

La mujer había vuelto a entrar en las oficinas de Inuit Gold, y Noelia supo que ya no le quedaba nada que hablar con ella.

CAPÍTULO 83

16 de julio de 2019, 4:02 p. m.

Minerva no le había disparado nunca a nadie. Ni siquiera cuando Pezzano le dio una pistola para que se defendiera de las balas que zumbaban sobre su cabeza en el billar de la Avenida de Mayo. No estaba en su naturaleza. Al menos hasta el momento.

Debajo de los guantes de látex, las manos le chorreaban de sudor.

—Si los mensajes de este teléfono llegaran a la prensa, ¿qué creés que pasaría, Sandoval?

Silencio.

—Yo creo que habría un juicio —continuó ella—. Inuit podría ganar o perder. Pero vos, Sandoval, vos sólo podés perder. Porque lo primero que van a hacer es distanciarse. Van a decir «La conducta del señor Sandoval, quien ya no tiene vínculo alguno con Inuit Gold Argentina, es inaceptable y va en contra del espíritu transparente de la empresa.»

Minerva blandió el teléfono frente a la cara de Sandoval como si él pudiera verlo.

—O sea, si quisiéramos, te podríamos destruir, Sandoval. Pero no vayas a creer que somos tan malos. Después de todo, somos ladrones, así que no estamos en la mejor posición para criticar cómo se gana la vida cada uno. Si le querés seguir vendiendo tu alma al diablo, lo vamos a respetar.

Sandoval temblaba. Minerva se preguntó si sería por miedo o por rabia.

—¿No me vas a agradecer?

Más silencio.

—Ah, claro. ¡Qué tonta que soy! La capucha no te deja ver que te sigo apuntando a la cabeza —dijo, y le volvió a apoyar el arma en la frente—. Vamos de nuevo, ¿no me lo vas a agradecer?

—Gra... gracias.

—Así no, che. Das pena. Repetí conmigo: gracias, señora ladrona...

—Gracias, señora ladrona...

—...por permitirme continuar ayudando a unos gordos canadienses de traje que no tocaron una pala en su puta vida a llevarse toda la riqueza de este lugar sin pagar impuestos.

Sandoval volvió al silencio. Minerva apretó aún más la pistola en la cabeza del hombre. La adrenalina la había puesto tan eufórica que, si no se controlaba, iba a terminar soltando una carcajada histérica.

—Te voy a dar veinte segundos para que repitas lo que te dije. Si no lo hacés, a lo mejor disparo. O a lo mejor te dejo con vida y mando una copia de lo que hay en este teléfono a todos los diarios.

—Por favor.

—Veinte. Diecinueve. Dieciocho...

—De verdad, escuchame.

—Se te acaba el tiempo. Catorce. Trece...

—¿Por qué me hacés esto? Soy un trabajador. Nunca le hice mal a nadie.

La frase la impactó como un rayo. *Hijo de mil putas*, pensó. La mano izquierda se le cerró en un acto reflejo, haciendo que el teléfono cayera sobre las piernas de Sandoval.

—*Collons* —susurró sin querer mientras se agachaba a recogerlo.

Tras pronunciar la palabra, se quedó petrificada. Un escalofrío le bajó por la espalda. ¿Cómo podía haber sido tan estúpida? ¿Cómo se le podía haber escapado un insulto en catalán? Eso y entregarle su DNI a Sandoval era más o menos lo mismo.

Lo miró durante un largo segundo. Le pareció que el cuerpo de Sandoval había adquirido cierta rigidez. Incluso con la cabeza encapuchada, podía verlo pensar.

—El tiempo sigue corriendo —le dijo exagerando todo lo que pudo su acento porteño—. Ocho. Siete. Seis.

¿La había oído? ¿O no era más que paranoia suya? Al fin y al cabo, apenas había susurrado la palabra. Pero no podía arriesgarse. Tenía que disparar. Había dicho que el asalto sería sin sangre, pero ahora no le quedaba otra opción. Si quería proteger su identidad, tenía que sacar a Sandoval del medio.

Deslizó el dedo índice por el costado del arma hasta rozar el gatillo.

—Cinco. Cuatro.

Sintió ganas de arrancarle la capucha, levantarse el pasamontañas y admitir que sí, que era ella. De mirarlo a los ojos y decirle que la bala en la cabeza iba a cuenta de lo que le había hecho. Pero ni eso se merecía ese hijo de puta. Le encajaba más morir sin explicaciones. Como una cucaracha.

Y si borrándolo del mapa lograba que una sola persona no tuviera que pasar por lo que había pasado ella, ya habría valido la pena. Un castor menos.

—Tres. Dos.

El índice ahora se apoyaba firme en el gatillo. Quizás demasiado firme. En cualquier momento saldría el disparo. Sandoval abrió la boca y comenzó a hablar.

—Gracias, señora ladrona por permitirme continuar ayudando a unos gordos canadienses...

Pero lo interrumpió una voz a espaldas de Minerva.

—Nos vamos.

Al girarse, Minerva se encontró con Mac, todavía encapuchado. Tenía el polar y el pantalón de Inuit ennegrecidos por el roce de los lingotes. Verlo así le recordó que el robo a Entrevientos ya no le pertenecía sólo a ella.

CAPÍTULO 84

16 de julio de 2019, 4:07 p. m.

Sintió un tirón en los pelos cuando le sacaron la capucha.

—Te salvaste porque ya nos vamos —le dijo la voz de la mujer.

Carlos Sandoval largó el suspiro contenido más largo de su vida. Según sus cálculos, habían tardado más de veinte minutos en vaciar la bóveda.

Observó a la mujer del pasamontañas. Tenía ojos marrones, igual que Noelia Viader, pero ni el acento ni la actitud encajaban. Viader era débil, se pasaba el tiempo libre jugando con su computadora y había salido corriendo a denunciarlo por un simple avance. En cambio la porteña que tenía enfrente, fuerte, decidida y al mando de un grupo de hombres armados, le parecía una mujer con los huevos bien puestos.

Junto a ella había otros dos miembros de la banda. El más fuerte, que lo había recibido en la entrada de la *gold room*, lo obligó a ponerse de pie tirándole de la ropa y lo empujó hasta que doblaron una de las esquinas de la bóveda.

El brazo macizo señaló los vehículos. El que estaba más cerca era la ambulancia. Detrás asomaban los capós de las tres Hilux. Más allá, el camión cisterna encajado en la esclusa.

—Ahora le vas a decir a tu gente que nos deje salir tranquilos.

Sandoval asintió sin despegar la vista de la ambulancia. Tenía una de las puertas traseras abierta de par en par y, aunque el ángulo no era el mejor, podía ver claramente un lingote junto a las patas de la camilla.

Es imposible que se lleven cinco mil kilos en la ambulancia, pensó. *Los tienen que haber repartido.*

—Si te portás bien, me olvido de los mensajes que leí.

La porteña le mostró el arma y el teléfono plateado. Su secuaz le acercó la radio a la boca y apretó el botón.

—Alvarado, habla Sandoval —dijo al aparato.

—Señor gerente, ¿todo bien?

Qué pregunta estúpida.

—Escúcheme, tengo un trato con esta gente. Quiero que les abran el portón y los dejen salir sin ponerles ningún obstáculo.

Hubo un silencio del otro lado de la línea.

—Señor gerente. Usted sabe muy bien que una vez que se activa el protocolo de cierre, los únicos que tienen el código para desbloquearlo son los de la empresa de seguridad.

El que sostenía la radio la alejó de la boca de Sandoval para acercársela a la suya.

—Entonces tenés dos minutos para pedírselo —dijo, y, apuntando al techo de la *gold room,* disparó una vez. Sandoval sintió un pitido en los oídos—. ¿Escuchaste eso? La próxima va en la cabeza de tu jefe.

—Deme unos minutos, por favor.

—Dos —dijo el encapuchado, y empujó a Sandoval para obligarlo a sentarse en el suelo.

Con toda la maquinaria en silencio, Sandoval sólo oía el zumbido del viento golpeando la enorme construcción de metal. No se atrevió a hacer ningún comentario en el minuto y medio que transcurrió hasta que el hombre que había disparado volvió a hablar por la radio.

—¿Y? ¿Qué pasa?

—Lo estoy intentando, pero no puedo comunicarme con la empresa de seguridad.

Sandoval cerró los ojos. Estaba perdido. ¿Cómo era posible, con la millonada que pagaba Inuit por ese servicio de seguridad?

—Nos vamos igual —dijo otro asaltante, de barriga prominente, mientras caminaba hacia el camión de combustible—. Nos vamos ya.

—Pero el portón de la planta está cerrado —dijo la mujer.

—Nos vamos —repitió.

El que había hablado por radio con Alvarado se acercó al otro rehén encapuchado, lo ayudó a levantarse y lo hizo subirse al asiento del acompañante de la ambulancia.

La mujer, por su parte, se acercó a Sandoval, le volvió a poner la capucha y le cortó las bridas que le ataban las muñecas.

—No te muevas hasta que nos hayamos ido —le dijo, y oyó que sus pasos se alejaban.

CAPÍTULO 85

16 de julio de 2019, 4:10 p. m.

Lo primero que hizo el Pata al subirse al volante del camión fue unir dos cables pelados para volver a conectar el GPS. Después, puso el motor en marcha.

—Todo listo —le dijo por la ventanilla a Pólvora.

—¡Vamos, vamos, vamos! —gritó Pólvora al resto de sus compañeros, mientras golpeaba una pared de chapa con la culata de su nueve milímetros.

El Pata hizo avanzar con cuidado el camión embutido en la esclusa hasta liberarlo por completo. Entonces apretó el acelerador a fondo.

Vio por el retrovisor que los otros vehículos salían derrapando tras él. Una Hilux. Dos Hilux. Tres Hilux. Y por último, la ambulancia.

Puso cuarta y dobló a la derecha. Ahora sólo le quedaba llegar al perímetro de la zona vallada y girar otra vez a la izquierda para salir de la planta por el portón por el que habían entrado. Si era verdad que no lo habían abierto, estaba decidido a llevárselo por delante.

Pero cuando se acercó lo suficiente a la garita como para tener una vista despejada del portón, supo que por ahí sería imposible abrirse paso. No sólo estaba cerrado, sino que del otro lado habían estacionado la autobomba de la brigada antincendios para bloquearles la salida.

Hijos de puta.

Era el único acceso a la planta, y ahora estaba obstruido.

Le quedaban menos de cien metros para tomar una decisión.

Ochenta.
Sesenta.
Pisó el acelerador a fondo.

***

—¿Qué hace? —preguntó Minerva en voz alta, a pesar de que en su camioneta no había nadie más que ella.

Seguía al camión de YPF en la Hilux que le habían robado a Madueño. De esto hacía apenas cuatro horas y media, pero a ella le parecía una vida.

No entendía por qué el Pata aceleraba tanto.

A esta velocidad, cuando tenga que doblar para salir por el portón va a terminar volcando, pensó.

Pero entonces llegó al punto en que las construcciones ya no le obstruían la visión del portón. Y se dio cuenta de que el Pata no tenía pensado salir por ahí.

***

El camión de combustible iba hacia el alambrado a setenta kilómetros por hora, y subiendo. Sin levantar el pie del acelerador, el Pata consideró ponerse el cinturón de seguridad, pero desistió muy pronto. Al fin y al cabo, si esto le salía mal, un par de huesos rotos serían el menor de sus problemas.

Del otro lado de la valla, a la orilla del camino que pasaba junto a la planta para conectarla con el campamento y las minas, los dos guanacos que había visto al entrar seguían allí, tranquilos.

Por favor. Que salga bien. Por favor.

Había embestido muchos alambrados en su época de pirata del asfalto, pero nunca uno que protegiera un recinto de máxima seguridad. Una cosa era llevarse por delante seis hilos de acero unidos con postes de madera y, otra muy distinta, chocar con una malla de dos metros de alto apuntalada por pilares de hormigón.

Para colmo, el ancho del camión hacía inevitable

golpear al menos uno de esos pilares. Si hubieran estado más separados entre sí, podría apuntar entre dos y chocar solamente con el alambre.

De los tres postes grises a los que se dirigía, notó que el de la derecha tenía dos varas de metal a los costados. Eso significaba que ahí un rollo de alambre empalmaba con otro. Se agarró fuerte del volante y enfiló hacia ese. Una telaraña siempre era más débil en los bordes que en el centro.

Pensó en Sandra, en Los Antiguos y en Mina. También en los pasajeros que viajaban en la cisterna. Dos metros antes de impactar contra el pilar, cerró los ojos.

Al ruido del cemento partiéndose le siguió el rechinar del alambre tejido mientras se estiraba y se desprendía del poste. La velocidad del camión disminuyó de golpe y la inercia empujó al Pata hacia adelante. Los brazos, demasiado firmes sobre el volante, le produjeron un dolor punzante en los hombros.

Abrió los ojos. La cabina se sacudía para todos lados mientras el camión cruzaba la franja de tierra entre el alambre y el camino, zarandeando al Pata como si estuviera en un lavarropas. Sin levantar el pie del acelerador, giró el volante hacia la izquierda y puso el camión en dirección al campamento. Por el espejo retrovisor vio, una a una, las tres Hilux y la ambulancia salir de la planta por el hueco que acababa de abrir.

Bajó la ventanilla, asomó un puño y vació los pulmones con un grito eufórico. Los guanacos se habían movido cien metros más allá y volvían a buscar algo que masticar.

CAPÍTULO 86

16 de julio de 2019, 4:13 p. m.

Poco después de salir de la planta, Minerva adelantó al Pata para ponerse a la cabeza del convoy. Detrás del camión de combustible venía el Cerrajero en otra Hilux, seguido de Pólvora en la ambulancia. Cerraba Mac con la tercera camioneta.

Atravesaron el campamento a toda velocidad y tomaron el camino sinuoso que lo conectaba con el Puesto de Entrada. Minerva puso a cero el cuentakilómetros.

Le dolía la mandíbula de tanto apretar los dientes. Se aferraba el volante con las dos manos, atenta a las curvas, intentando no pensar en que todavía les quedaba lo más difícil.

Cuando el contador marcaba tres kilómetros, las curvas se terminaron. Continuó por la recta ancha que se perdía y reaparecía con las suaves ondulaciones del terreno en dirección al Puesto de Entrada.

Apenas el tres coma nueve se transformó en un cuatro, bajó la ventanilla, asomó una mano abierta y pisó el freno.

La caravana se detuvo en un bajo del terreno. Detrás de ellos, ni el campamento ni la planta estaban a la vista. Delante, el camino se perdía en la siguiente ondulación y el Puesto de Entrada quedaba oculto tras el horizonte. Sólo veían camino y meseta.

Minerva se bajó de la camioneta y se reunió con Mac, Pólvora y el Cerrajero junto a la ambulancia.

—¿Todo listo? —le preguntó Pólvora, sacando una navaja del bolsillo.

Ella asintió y Mac abrió la puerta del acompañante de la ambulancia.

Mientras tanto, el Pata maniobraba el camión.

CAPÍTULO 87

San Rafael, Mendoza, Argentina. Dos meses y medio antes.

Minerva apoyó el puntero láser sobre la mesa y apagó el proyector.

—Supongo que tendrán preguntas.

—¿Quién se va a encargar de colocar el doré? —quiso saber Pólvora desde el sillón que compartía con el Banquero frente a la chimenea.

—El Pata —respondió ella mientras se servía una taza de té—. Tiene un contacto en Chile.

—Mauro —dijo el Pata—. Uno de los mejores contrabandistas de Sudamérica.

—¿Tenemos que sacar cinco toneladas a otro país? —protestó Pólvora tras darle una nueva chupada a su puro de vainilla—. ¿Estamos locos? ¿Por qué no lo vendemos en Argentina?

—Es verdad. No se me había ocurrido —dijo el Pata con sarcasmo mientras se tocaba la sien y miraba el techo.

—No me tomes el pelo. Te estoy hablando bien.

—Eh, tranquilo —intervino el Banquero—. ¿No te aguantás un chiste?

—No.

—Te vamos a amansar a base de cariño —rió el viejo ladrón y le pegó un par de cachetadas suaves en la cara. Pólvora lo apartó de un manotazo.

—Sólo hay unas pocas refinerías en el mundo que separan el oro de la plata —explicó Minerva—. Canadá, Austria, Australia... La más cercana está en Sudáfrica. Como te imaginarás, no nos podemos plantar en la puerta con cinco mil kilos de doré y decirles que lo procesen sin pedirnos explicaciones.

—¿Qué tiene que ver eso con Chile?

Minerva le hizo un gesto al Pata para que lo explicara.

—Nuestra minería es muy joven comparada con la chilena. Del otro lado de la cordillera llevan décadas y décadas de oro, plata, cobre y lo que se te ocurra.

—Un mercado negro para un producto tan específico no surge de un día para el otro —añadió ella—. Lleva tiempo construir redes de contactos que te permitan vender doré.

—¿Qué porcentaje se lleva el chileno? —preguntó Pólvora, expulsando humo con cada palabra.

—Él se queda con la plata y nosotros con el oro. Todos los gastos de traslado corren por nuestra cuenta.

—En guita, ¿cuánto sería?

—Si al final nos llevamos cinco mil kilos al cuatro y medio por ciento de oro, le quedarían tres millones de dólares a él y diez a nosotros.

—Diez dividido entre seis da a más de un palo y medio por cabeza —calculó el Cerrajero.

Minerva miró uno a uno a los hombres. A casi todos les brillaron los ojos ante la cifra. Pólvora, sin embargo, no parecía convencido.

—¿No hay forma de entregarle a tu contacto el doré en Argentina?

El Pata movió de un lado a otro la cabeza afeitada.

—Imposible. Si queremos los diez palos verdes, tenemos que meter los lingotes en Chile.

—¿Se puede saber cómo vamos a salir de la mina con cinco toneladas de carga y las vamos a llevar a otro país?

—Ya les dije, haciendo magia —respondió ella, intentando no sonreír, y se metió una mano al bolsillo.

Sacó una moneda brillante y la sostuvo entre el pulgar y el índice, mostrándosela a sus compañeros. El gesto hizo que en el comedor no volara una mosca.

—Imaginemos que esta moneda son los cinco mil

kilos de doré —le dijo Minerva a los hombres.

Haciendo un movimiento de ola con los dedos, hizo pasar la moneda de nudillo en nudillo, primero del índice hacia el meñique y luego en dirección contraria. Todos sus sentidos estaban concentrados en que la moneda no cayera al suelo, como le había pasado incontables veces mientras practicaba frente al espejo.

—Cuando todo el mundo está mirando la mano derecha, lo realmente importante pasa en la izquierda. Esa es la esencia de cualquier truco de magia. Desviar la atención.

Cerró ambas manos, la que tenía la moneda y la que no. Las agitó al mismo tiempo.

—La maniobra de salida será un truco sofisticado, con varias capas de distracción. Digamos que, cuando la policía llegue, se va a encontrar con una caja. Adentro habrá otra caja. Dentro, otra más chiquita. Y así.

—¿Y cuando por fin abran la última? —preguntó el Cerrajero.

Minerva abrió ambas manos, enseñando las palmas vacías.

—No va a haber nada.

Luego hurgó en uno de sus bolsillos, sacó la moneda y se la mostró a la audiencia.

—Mientras más capas le pongamos, más protegidos vamos a estar, porque si una de ellas no funciona, nos quedarán las otras.

—Dale Minerva, no te hagas la misteriosa y contá —le dijo Pólvora entre humos de vainilla.

Entonces Minerva asintió y explicó al detalle cada una de las cuatro maniobras de distracción. También, por supuesto, les reveló el truco: les dijo cómo iban a hacer desaparecer cinco toneladas de doré de Entrevientos y cómo las iban a hacer reaparecer en Chile.

PARTE V:

El truco de magia

CAPÍTULO 88

16 de julio de 2019, 4:11 p. m.

Cuando dejó de oír el motor de los vehículos, Carlos Sandoval se quitó la capucha. Abrió los ojos con un miedo irracional a encontrarse con un arma apuntándole al entrecejo, pero frente a él no había nadie.

Recorrió con la mirada las paredes de chapa y la maquinaria de la *gold room*. Había pocos indicios de lo que acababa de pasar. Apenas unos manchones de pintura negra en las cámaras, la claridad del día recortándose en la puerta abierta de la esclusa y el agujero de un balazo en el techo por el que se colaba un rayo de sol.

Y el silencio. La última vez que la planta se había parado por completo había sido catorce meses atrás por una falsa alarma. Detener el proceso le costaba a la empresa medio millón de dólares por hora.

Se puso de pie, rodeó la bóveda y, entonces sí, el desastre se hizo patente. Se metió entre las rejas, hundidas hacia adentro como si un gigante les hubiera dado un puñetazo. En el interior, la luz de los fluorescentes iluminaba quince pallets de madera apilados contra la pared. No quedaba ni uno de los ochenta y ocho lingotes que figuraban en el inventario. Los ladrones se habían llevado cinco toneladas de doré y un rehén.

Se los imaginó huyendo, desesperados por salir de Entrevientos lo antes posible, y lo invadió una sensación de pánico. ¿Y si se encontraban con un problema, o se habían olvidado algo y decidían volver? Tenía que irse de ahí cuanto antes.

Echó a correr, dejando atrás la bóveda, y atravesó la

gold room en dirección a la esclusa. Pasó por encima del portón de chapa aplastado contra el suelo y salió al exterior. Con el viento frío golpeándole la cara, continuó a todo lo que le daban las piernas en dirección opuesta a la garita de seguridad. En la otra esquina de la planta había una pequeña puerta en el alambrado que conectaba con el recinto de los generadores de electricidad. Y esa puerta, al igual que todas en Entrevientos, se abría ante su tarjeta.

Mientras corría, la mente ingenieril de Sandoval calculaba las pérdidas. Bóveda vacía, destrozos, planta detenida por completo, indemnizaciones para los rehenes, y todo lo que todavía podía pasar. El reclamo de Inuit a la compañía de seguros sería por mucho más que los trece millones de dólares del doré faltante.

Le quedaban apenas veinte metros para llegar a la puerta en el alambre cuando vio por el rabillo del ojo que una Hilux gris se acercaba a él a toda velocidad. Corrió más rápido aún. Sentía que los pulmones le iban a explotar.

La camioneta lo alcanzó y clavó los frenos. Algunas de las piedras que levantó al derrapar golpearon sus piernas.

Se tiró al suelo, con las manos en la nuca.

—Jefe. ¿Está bien?

Era Francisco Alvarado, el gerente de seguridad.

—Sí, estoy bien —dijo, apresurándose a ponerse de pie—. ¿Se fueron?

—Sí, rompieron el alambre y salieron en dirección al Puesto de Entrada.

—¿Los otros gerentes? —preguntó, refiriéndose a sus subordinados inmediatos.

—Siguen en la sala de reuniones.

—Llevame con ellos.

CAPÍTULO 89

16 de julio de 2019, 4:22 p. m.

Al entrar a la sala de reuniones, Sandoval notó el aire denso y viciado. Las catorce personas sentadas alrededor de la mesa levantaron la cabeza hacia él. Reconoció a los siete gerentes de cada una de las divisiones de la mina, algunos supervisores que reportaban directamente a ellos, su secretaria y los informáticos Madueño y Mallo. Varios se pusieron de pie y se acercaron a él.

—Estoy bien —dijo, zanjando el aluvión de preguntas—. ¿Qué se sabe de los ladrones?

—Atravesaron el campamento y siguieron para el Puesto de Entrada —dijo alguien.

—De la *gold room* se llevaron por lo menos un rehén. ¿Sabemos quién es?

—Andrés Cepeda, conductor de la ambulancia —respondió el gerente de seguridad.

—¿Falta alguien más?

—Todavía estamos ejecutando el protocolo de recuento. En unos minutos vamos a tener los resultados.

—¿Se fueron todos los vehículos juntos?

—Sí, en caravana. El camión cisterna, las tres camionetas y la ambulancia.

Sandoval se giró hacia Felipe Madueño, que escribía frenéticamente en su computadora portátil.

—¿Comunicaciones?

—Restablecimos el enlace de internet satelital —dijo Mallo al ver que Madueño seguía tecleando sin levantar la cabeza—. Ahora estamos intentando rastrear los GPS de los vehículos que se llevaron.

Sandoval rodeó la mesa de la sala de reuniones y miró la pantalla por encima del hombro de Madueño. Debajo de una ventana que mostraba un mapa satelital del campamento, el joven introducía comandos a toda velocidad.

—Me parece que los tengo —exclamó Madueño.

—¿Dónde están? —preguntó Sandoval.

—El programa puede tardar unos segundos en mostrarlos en el mapa. Estas son las coordenadas —dijo, señalando unos números en la parte negra de la pantalla.

Apenas el muchacho terminó de hablar, una fila de cuatro círculos muy juntos apareció en el monitor. Se movían hacia el norte, en dirección al Puesto de Entrada. Madueño apretó un par de teclas y la imagen se proyectó en la pantalla de tela blanca instalada al fondo de la sala. Todas las cabezas se giraron en esa dirección.

Uno de los cuatro puntos se puso de color rojo.

—¿Qué es eso? —preguntó Sandoval.

—Nada. Le cambié el color a la ambulancia para que sea más fácil distinguirla. Los tres grises son las Hilux.

—Falta el camión de combustible —observó Sandoval.

—No es propiedad de la mina. Habría que pedir a YPF que nos dé acceso a su servicio de GPS. Sin eso, es imposible.

—Marcela, conectame con alguien en YPF que pueda resolver esto ya. ¡Ya!

—Sí, señor Sandoval —dijo la secretaria, mirando a Madueño mientras sacaba su teléfono del bolsillo—. No tengo señal.

—Podés usar el programa de voz sobre IP —respondió Madueño—. Primero te conectás a esta red Wifi...

La conversación entre el informático y la secretaria desapareció de la cabeza de Sandoval. Lo único que le importaba eran los cuatro puntos que continuaban avanzando en la pantalla. Tenía muchísimas ganas de fumar.

Se metió a la boca uno de sus chicles de café y agarró una de las radios que había sobre la gran mesa. Ya se había acercado el aparato a la boca cuando se dio cuenta de que no sabía lo que iba a decir. Parte de él quería ordenar a los del Puesto de Entrada que cruzaran en el camino todos los vehículos que tuvieran a mano, para bloquearles el paso. Si impedía que se fueran, a lo mejor podría recuperar el teléfono plateado. Por otra parte, quería confiar en que si los ladrones lograban salir, la porteña cumpliría su palabra y los mensajes entre él y Gastón Muñoz no verían nunca la luz.

—Atención, habla el gerente general —dijo, utilizando el canal para emergencias—. Los asaltantes se dirigen al Puesto de Entrada. Abran el portón y déjenlos salir. Repito, abran el portón y no opongan ninguna resistencia. Van armados.

—Espere. ¡Se pararon! —exclamó Madueño.

Al mirar la pantalla, comprobó que el muchacho tenía razón. Los vehículos se habían detenido a cuatro kilómetros del campamento. Todavía les faltaban ocho para llegar al Puesto de Entrada. Sandoval reprodujo mentalmente el trayecto, que había hecho miles de veces en ambos sentidos. Estaban detenidos en un punto ciego, sin línea visual directa con el campamento ni con el Puesto de Entrada.

—¿Qué están planeando estos hijos de puta? —se preguntó en voz alta.

Por toda respuesta, le llegaron los murmullos de la sala: Marcela hablando por teléfono y los gerentes exponiendo en voz baja hipótesis que no consideraban lo bastante sólidas como para planteárselas a su jefe.

—Señor Sandoval, está en línea el jefe de seguridad de la flota de vehículos pesados de YPF —dijo Marcela unos segundos más tarde, entregándole un teléfono.

—Necesito rastrear uno de sus camiones cisterna. Es una emergencia —dijo apenas se apoyó el aparato en la oreja.

Como todo jefe de seguridad, el empleado de YPF se mostró desconfiado. Sandoval tardó cuatro minutos en convencerlo de que estaban ante una emergencia real en la que no sólo peligraba el patrimonio de YPF sino también la vida de uno de sus empleados. Al fin y al cabo, nadie sabía qué había pasado con el chofer al que los asaltantes habían robado el camión.

—Deme el número de matrícula —dijo al fin el tipo.

—MRG118 —leyó Sandoval de uno de los portapapeles que había sobre la gran mesa de reuniones.

—Déjeme ver qué puedo hacer.

—No, «déjeme ver», las pelotas. Necesito las coordenadas del GPS ya. ¿No te da cuentas de que es una emergencia?

Hubo un silencio del otro lado de la línea.

—¿Señor Sandoval?

—Sí.

—Repítame el número, por favor.

Mientras lo hacía, Sandoval tuvo una extraña sensación de familiaridad. ¿Dónde había visto antes esa secuencia de números y letras?

—No hay ningún MRG118 en nuestra flota.

—No puede ser. Fijate de nuevo.

—A ver, espere. Me parece que acá pasa algo raro —dijo la voz del otro lado de la línea.

No me digas, pensó Sandoval.

—Tenemos un camión que ya debería estar de camino a la refinería, pero me figura como que todavía está en el yacimiento. En este momento parece que va por un camino recto...

—¡Es ese! ¡Es ese! Necesitamos las coordenadas ya, para que la policía pueda rastrearlo.

El hombre volvió a hablar, pero la rabia de Sandoval sólo le permitía escuchar su voz como un sonido de fondo. Cuando cortó, tiró el teléfono de Marcela sobre la mesa.

—¿Qué pasa? —le preguntó Alvarado.

—Dice que nos envía por email el enlace al GPS del camión lo antes posible. ¡No lo quiero lo antes posible, lo quiero ahora!

—Se mueve la ambulancia —anunció Madueño, señalando el punto rojo en la pantalla, que ahora se alejaba de los grises—. Va para el Puesto de Entrada.

Sandoval informó la novedad al Puesto de Entrada, indicándoles que se pusieran a resguardo y reiterándoles que no dificultaran la salida del vehículo. Siguieron un par de minutos en absoluto silencio, en los que él no despegó los ojos del puntito rojo que avanzaba hacia el norte.

Felipe Madueño avisó que un email de YPF acababa de llegar. Varios de los gerentes se enderezaron en sus sillas cuando el informático proyectó un mapa muy similar al anterior que, en vez de círculos rojos y grises, mostraba la posición del camión con un rectángulo azul.

Se movía, aunque en una dirección inesperada.

—No puede ser —exclamó Sandoval—. Tiene que haber un error.

El gerente de seguridad se llevó las manos a la cabeza.

—¿Qué hacemos? —preguntó otro.

—No hay que perder la calma —dijo un tercero con tono poco convencido.

—¿A qué velocidad viene?

—A setenta kilómetros por hora —aclaró Madueño, señalando con un puntero láser uno de los números en un rincón del mapa.

—¿Viene? —preguntó Marcela—. ¿Cómo que *viene*?

Sandoval asintió sin ser capaz de pronunciar palabra. *Venir* era el verbo correcto. El camión de combustible de YPF había dado la vuelta y se dirigía hacia el campamento.

Hacia ellos.

CAPÍTULO 90

16 de julio de 2019, 4:34 p. m.

Carlos Sandoval volvió a hablar por el canal de emergencias.

—Atención a todo el personal, un camión de YPF se dirige en este momento hacia el campamento. Llega en dos minutos. Quiero que todo el mundo se mantenga alejado de ese vehículo. Hay asaltantes armados y posiblemente rehenes a bordo. Repito, mantenerse alejados del camión de YPF. No quiero a nadie afuera de los módulos. Todo el mundo, a cubierto.

—Ahí viene —dijo Marcela señalando la ventana.

El camión azul levantaba una gran polvareda por el camino principal, que atravesaba el campamento para conectarlo con el Puesto de Entrada y la planta. La ventana por la que Sandoval lo observaba daba directamente a ese camino.

—¿Qué quieren? —preguntó Madueño.

Tuvieron algún problema. O vienen a buscar más rehenes, pensó Sandoval.

En la sala de reuniones no volaba una mosca. Sólo se sentía el siseo oscilante del viento empujando la construcción modular. Mientras miraba al vehículo acercarse, el gerente general pensó en su mujer y en sus tres hijos. Hacía muchos años que no sentía tanto miedo. Tenía el presentimiento de que el camión lo venía a buscar a él. Un pánico irracional le decía que ese era el último día de su vida. Que se iba a morir en Entrevientos, lejos de su familia, de su ciudad, de la casa en la que su padre y su hermano lo habían criado.

Si moría hoy, le quedarían demasiados asuntos pendientes. Recomponer el matrimonio con su esposa. Salir en la tapa del anuario de Inuit Gold. Buscar a su madre y escupirle toda la bilis que llevaba rumiando cincuenta años.

Dios, te prometo que si salgo vivo de esta, cambio. Chau Pamela y las otras putas. Tampoco le vuelvo a levantar la mano a mi mujer. Te lo juro. Pero hoy no, por favor.

El camión atravesó el campamento sin reducir la velocidad un ápice. Cuando pasó junto a ellos, un reguero de cantos rodados roció las paredes prefabricadas de la sala de reuniones.

—Parece que va para la planta —dijo el gerente de seguridad, apresurándose a avisar por radio.

Sandoval apoyó la espalda en la pared junto a la ventana. Intentó calmar su respiración e ignorar los latidos en la sien. Su mirada recorría de un lado a otro la pantalla al final de la sala. Arriba, el punto rojo de la ambulancia se dirigía a la salida. Abajo, el rectángulo azul del camión cisterna se acercaba a la planta. En el centro, las tres Hilux quietas.

—Sigue de largo —dijo alguien en la radio—. El camión no va a la planta.

—¿Entonces adónde va? —preguntó Marcela, como si del otro lado de la radio pudieran oírla—. Pasada la planta no hay nada más que los *pits* a cielo abierto.

—No tiene sentido —dijo Sandoval en voz alta, más para sí mismo que para los demás—. Los caminos que hay más allá de los *pits* son huellas apenas transitables con camionetas cuatro por cuatro. No hay forma de que un camión pueda avanzar por ahí.

—Me parece que no tiene intención de avanzar —dijo Madueño señalando la pantalla.

En una triple bifurcación, el camión se había desviado a la izquierda y ahora avanzaba por un camino sin salida.

—¿Esa no es la entrada al túnel? —preguntó Marcela.

—¿Para qué quieren meterse ahí? —intervino el

gerente de minas.

Por más que la lógica no pudiera explicarlo, el rectángulo azul continuó avanzando. Cuando llegó a la boca del túnel, se detuvo en seco.

CAPÍTULO 91

San Rafael, Mendoza, Argentina. Dos meses y medio antes.

Mac miró hacia afuera por las ventanas triangulares del domo. La última claridad del día había desaparecido y ahora era noche cerrada.

Volvió a prestar atención a Minerva, que apuntaba con el láser a una foto aérea proyectada en la pantalla. En el campo marrón se veían socavones tan grandes que los camiones que había dentro parecían diminutos. Mac estimó que cada uno tenía el tamaño de un estadio de fútbol.

—Por esto le dicen minería a cielo abierto —explicó Minerva—. Estos agujeros alargados, llamados *pits*, siguen la veta de roca rica en oro y plata.

Minerva volvió a cambiar la imagen. En la pantalla apareció un camino de tierra que descendía hasta la entrada de un túnel. A Mac le recordó a los túneles que habían hecho los ingleses para el ferrocarril que unía Mendoza con Santiago de Chile. Salvo que este no atravesaba ninguna montaña sino que descendía hacia las entrañas de la planicie.

—El setenta por ciento del metal está demasiado profundo para hacer *pits* —continuó Minerva—. A la empresa no le conviene quitar tanta roca estéril hasta llegar a la rica, así que un túnel es más rentable. Incluso con los riesgos que conlleva.

Una ilustración en tres dimensiones de un tubo que bajaba en tirabuzón reemplazó a la fotografía.

—El túnel caracolea hacia abajo para acceder a la

veta a diferentes profundidades, como si fuera la rampa de un estacionamiento subterráneo gigante. En este momento tiene tres kilómetros y llega a ochenta metros bajo tierra, pero estiman que alcanzará los doscientos. La única boca para entrar y salir es esta y, atención, no hay control de acceso.

—¿No hay control? —preguntó Pólvora, sorprendido.

—No, porque nadie en su sano juicio se metería ahí sin tomar todas las precauciones necesarias. Al entrar, hay un tarjetero donde los empleados dejan su identificación. De esa manera, de un simple vistazo se puede ver quién está adentro.

—¿Hay comunicaciones abajo? —preguntó Mac.

—Hay señal de VHF y es vital. Si se corta, se suspenden todas las actividades. Todo está estrictamente controlado, porque es uno de los lugares más peligrosos de Entrevientos. Se revisa desde cada centímetro de cable hasta el último paquete de galletitas de los refugios.

—¿Refugios? —pregunto el Cerrajero con su erre arrastrada.

—Tres búnkeres para emergencias. Si hay un derrumbe y queda gente atrapada, tienen orden de encerrarse en los refugios hasta que los vengan a rescatar. Ahí tienen oxígeno envasado, víveres, agua, mantas, baños químicos y hasta juegos de mesa.

—Después de lo que pasó en 2010 en Chile, las mineras reforzaron mucho la seguridad en los túneles —añadió el Pata—. Uno de los problemas que tuvieron los famosos treinta y tres fue que en el refugio no había casi comida. Como la mina es tan profunda, se habían ido comiendo a escondidas las provisiones durante los meses anteriores, porque les quedaba más cómodo que subir. Por eso ahora los controles son muy estrictos y las despensas siempre están repletas.

—¿Qué capacidad tienen esos refugios? —preguntó el Cerrajero.

—Veinte personas cada uno.

CAPÍTULO 92

16 de julio de 2019, 4:42 p. m.

—¿Se pararon en la puerta del túnel? —preguntó Sandoval.

—No, se metieron. Adentro no hay señal de GPS, y por eso en la pantalla dejó de moverse —respondió Madueño al tiempo que el rectángulo azul, detenido, se tornaba semitransparente y comenzaba a parpadear.

Sandoval tenía ganas de gritar.

—¿Cuántos empleados hay dentro? —le preguntó al gerente de minas.

—Ninguno. Dimos la orden de evacuar, igual que en la planta.

Madueño proyectó en la pantalla la imagen de la única cámara que apuntaba a la entrada del túnel. Todo lo que se veía era un camino que descendía a un agujero negro. De no ser por los coirones amarillos que se movían con el viento, habría pasado por una foto.

—No podemos entrar hasta que no venga la policía —opinó el gerente de seguridad—. No sabemos quiénes están ahí, si tienen armas, rehenes...

—En cuarenta y cinco minutos, más o menos, la policía de Deseado tiene que estar acá —intervino Marcela—. Y en dos horas y media, como mucho, tenemos a los de San Julián y al grupo especial de Caleta Olivia.

—Las Hilux ahora también se mueven —anunció Madueño.

La pantalla volvía a mostrar el mapa con el camino de acceso al yacimiento. La ambulancia continuaba hacia el norte. Le faltaban dos kilómetros para llegar al Puesto de Entrada. Seis kilómetros más abajo, los tres puntos grises que habían estado detenidos ahora se alejaban en una línea perpendicular al camino.

—Parece que agarraron para el este por una de las huellas secundarias que usamos nosotros —dijo Alberto de Abreu, el gerente de exploraciones.

—¿Adónde va a parar? —preguntó Sandoval.

—A otras huellas, y de ahí a otras más. Son caminos de difícil tránsito, pero con esas camionetas no van a tener problema para avanzar, incluso lastrados por el doré.

—¿Por dónde podrían terminar saliendo?

—Por la ruta 47, y de ahí buscar el asfalto en Tres Cerros. O también pueden llegar a la 83, que bordea la costa, y termina a setenta kilómetros de San Julián.

Sandoval apretó con fuerza ambos puños. Aunque no recordaba exactamente las rutas provinciales de las que le hablaba De Abreu, le quedaba claro que los ladrones tenían demasiadas vías de escape.

—Vayan para donde vayan, van a terminar saliendo en la ruta 3 —dijo el gerente de planta.

—Se vuelven a parar —comentó Madueño.

Sandoval resopló por la nariz. Estaba harto de no saber qué carajo pasaba. Los tres puntos blancos, ya alejados casi dos kilómetros del camino principal, se habían detenido. Le hubiera encantado que alguien levantara la mano y ofreciera una explicación para todo aquello. O al menos una teoría.

—Parece que se separan —añadió el joven informático.

Las tres Hilux se alejaban del camino principal, y a la vez se distanciaban entre sí, describiendo un tridente que se abría hacia el norte.

—Van por caminos diferentes, pero las tres van a terminar desembocando en la ruta 47 —dijo Sandoval.

—Me parece que se equivoca, señor gerente —respondió Madueño ampliando la imagen satelital.

—¿Cómo que me equivoco? —Sandoval dio largas zancadas hasta la pantalla y trazó tres líneas hacia arriba con el dedo—. Van directo a la 47.

—En eso tiene razón. Me refería a que no van por tres caminos diferentes.

—¿Qué querés decir, Madueño?

—Que no van por ningún camino.

Tuvo ganas de ahorcarlo. Matar al mensajero.

—¿Me estás diciendo que van por el medio del campo, entre las matas?

—Parece que sí. Fíjese en la pantalla. Están avanzando por campo virgen.

Eso no tenía ningún sentido.

—Entonces es imposible que vayan cargadas con mil setecientos kilos cada una. Tienen que ir vacías.

—Si van vacías, el doré tiene que estar en la ambulancia o en el camión de combustible.

—En la ambulancia hay una parte. Estoy seguro porque lo vi —dijo Sandoval—. Pero todo, no creo. Cinco toneladas es muchísimo peso.

—Entonces el resto tiene que estar en el camión de combustible.

—O sea, adentro del túnel.

El gerente estuvo a punto de dar un nuevo puñetazo en la mesa, pero se controló a tiempo. Miró el mapa, que ahora Madueño volvía a alejar. El círculo rojo ya había llegado al Puesto de Entrada.

CAPÍTULO 93

16 de julio de 2019, 4:43 p. m.

Por la ventana de vidrio doble, que en ese momento hubiera querido que fuera blindado, el vigilante de seguridad del Puesto de Entrada vio en el horizonte las luces rojas de la ambulancia. Volvió a mirar el portón de salida para asegurarse de que estaba abierto de par en par, como lo había indicado el gerente.

—Vamos —les dijo a sus dos compañeros, intentando que no se le notara el temblor en la voz.

Se encerraron en la pequeña sala sin ventanas que usaban para examinar el equipaje del personal cuando el escáner detectaba algo raro. Los otros dos se sentaron en el suelo, pero él prefirió quedarse de pie. Se persignó mientras pensaba en lo absurdo que era tener un puesto de vigilante sin un arma con la que defenderse.

La sirena de la ambulancia, lejana, rompió el silencio. Ninguno de los tres pronunció palabra. Poco a poco, el sonido se fue haciendo más intenso, igual que el latido de su corazón. En unos segundos estaría en la puerta del Puesto de Entrada. No pudo evitar imaginarse a dos tipos con ametralladoras bajándose a repartir tiros.

Sin embargo, sucedió lo contrario. Cuando la ambulancia estuvo del otro lado de la pared en la que él se apoyaba, oyó la aceleración del motor y la sirena se fue atenuando a medida que el vehículo se alejaba.

Gracias, Dios, dijo mentalmente mientras se descolgaba la radio de la cintura. Se permitió unos segundos para recobrar el aliento y salió junto a sus dos compañeros a la sala principal.

—La ambulancia acaba de abandonar el Puesto de Entrada —anunció mientras la veía por la ventana alejarse levantando una nube de tierra—. Va hacia el norte por la ruta 47. Repito, hacia el norte por la 47.

—Gracias, Puesto de Entrada —dijo del otro lado la voz del gerente—. ¿Pudieron ver al conductor?

—No. Nos refugiamos apenas la vimos aproximarse, como usted nos indicó. Cuando salimos, ya se había alejado.

CAPÍTULO 94

16 de julio de 2019, 4:50 p. m.

A la izquierda de la pantalla, el proyector mostraba el mapa con los cuatro puntos del GPS: las tres camionetas yendo hacia el noroeste y la ambulancia hacia el noreste. A la derecha, la cámara que apuntaba a la entrada del túnel por donde se había metido el camión cisterna. Sandoval alternaba entre ambas imágenes, como si en una de ellas estuviera la clave para entender lo que estaba pasando.

—¿Hay alguien en los *pits*? —preguntó a la sala.

—No, también los evacuamos —respondió Alvarado—. Todo el personal del yacimiento está en el campamento, a excepción de los tres que hay en el Puesto de Entrada. Los empleados tienen instrucciones de encerrarse en sus habitaciones hasta nuevo aviso. Los que suben y bajan a Deseado en el día están en el comedor.

—¿Cuánto falta para que llegue la policía?

—En teoría, poco más de media hora —dijo Marcela mirando el reloj en su muñeca—. Pero como en el camino no hay señal y la radio no tiene alcance suficiente, no tenemos forma de saber por dónde van.

—Haceme acordar de que cuando todo esto vuelva a la normalidad le donemos un teléfono satelital a todas las comisarías de la zona.

—Sí, señor —respondió Marcela, anotándolo en su agenda.

Sandoval volvió a concentrarse en la pantalla. Intentó calmarse, pero estaba rabioso. Apoyó el dedo en el lado derecho, donde se proyectaba la entrada al túnel. La tela se hundió, deformando la imagen.

—¿A qué están jugando estos tipos? Esto no tiene ningún sentido. ¿Para qué se acorralan ahí?

—A lo mejor se atrincheraron para negociar —sugirió uno de los gerentes—. Agua y comida no les va a faltar. Tienen los tres refugios.

—¿Cuánto tiempo pueden quedarse adentro? —preguntó.

—Depende de cuantos sean —respondió el gerente de minas—. Cada refugio tiene agua, comida y oxígeno envasado para que veinte personas sobrevivan doce días. Así que, si son dos o tres, podrían estar ahí abajo...

—Entre nueve meses y un año —calculó Sandoval.

—Voy a dar el parte a las comisarías —dijo Alvarado—. Creo que para estos tipos no va a alcanzar con el grupo especial de Caleta Olivia. Necesitamos, como mínimo, un negociador y una unidad de asalto.

Sandoval asintió con gesto ausente. Su cabeza estaba en otro lado, intentando encontrarle sentido a la maniobra. Si habían entrado a la mina en ese camión de combustible, era lógico que también salieran en él. Sobre todo porque era el único vehículo capaz de transportar todo el oro que se habían llevado.

Sin embargo, el lingote que él había visto en la ambulancia le dejaba claro que el doré estaba repartido. Pero ¿de qué manera? ¿Una parte en la ambulancia y otra en el camión? ¿O también había lingotes en las Hilux? En ese caso, ¿por qué llevarlas lastradas por el medio del campo, arriesgándose a que una avería los dejara tirados?

Ninguna de las explicaciones terminaba de convencerlo.

—Con la maquinaria que hay ahí adentro, ¿podrían hacer un túnel? —preguntó.

—Como máximo pueden perforar cien metros en línea recta antes de que se les acabe el combustible —respondió el gerente de minas.

—Con eso no van a ir muy lejos —añadió Alvarado.

—A menos que conecten el túnel con otro que ya hicieron previamente.

—Imposible —volvió a interceder el de minas—. Nosotros, que somos profesionales, avanzamos a paso de hormiga. Imagínense una banda de ladrones. Además, ¿desde dónde tendrían que haber empezado para que no los hayamos detectado? Estamos hablando de kilómetros de suelo rocoso.

—Yo creo que el doré no está ahí —opinó el gerente de planta—. No tiene ningún sentido meterse en un túnel sin salida.

El gerente de minas carraspeó y se acomodó en su silla.

—En realidad, tiene salida —dijo—. No una, sino ocho.

—¿Ocho salidas? —preguntó Marcela.

—Sí, los *shafts* de ventilación. Son unos pozos verticales que conectan el túnel con la superficie. Sirven para que circule el aire.

—¿Qué diámetro tienen? —preguntó el gerente de planta.

—Noventa centímetros.

—O sea que un hombre puede salir por ahí sin problemas.

—Están diseñados para eso. Además de ventilaciones, son puntos de acceso al túnel. Sirven para llevar a cabo las maniobras de rescate en caso de derrumbe.

—¿Tienen escalera en el interior?

—No. Para sacar a alguien por ahí se necesita una grúa o un motor eléctrico.

—¿Qué hay en la superficie, donde sale cada *shaft*?

—Una reja metálica para evitar que caigan animales o rocas. Es muy fácil de abrir, tanto de afuera como de adentro, porque está pensada para brindar asistencia en caso de catástrofe.

—Madueño, proyectá todas las cámaras que apunten a esas ocho bocas de respiración —ordenó Sandoval.

—No hay ninguna —intervino Alvarado, en tono casi de disculpas—. Casi todas esas bocas quedan detrás de una lomada en el terreno, ciento y pico de metros más allá de la entrada al túnel. No hay nada que vigilar ahí.

Sandoval examinó el mapa. Detrás de la boca del túnel había dos kilómetros cuadrados de campo virgen, sin caminos ni *pits*.

—Más allá de la entrada al túnel, es todo campo —añadió Alvarado, como si le hubiera leído la mente.

CAPÍTULO 95

16 de julio de 2019, 4:59 p. m.

El comisario Rodolfo Lamuedra aferraba con fuerza el volante de la cuatro por cuatro de la Policía de Santa Cruz que cruzaba la estepa a setenta kilómetros por hora. Su mirada alternaba entre el velocímetro, la recta de tierra que surcaba el campo frente a él y el espejo retrovisor. Detrás de la nube de polvo, venían otras dos camionetas idénticas a la suya.

Hacía más de una hora que habían abandonado el asfalto para dirigirse hacia el sur, en dirección a Entrevientos. También había un grupo especial en camino, pero venían desde Caleta y podían tardar dos horas más que ellos en llegar. Una hora y media, con suerte. Lamuedra tenía claro que él y sus tres hombres serían los primeros en lidiar con el conflicto.

La adrenalina lo ponía en alerta. No se sentía así desde hacía dos años, cuando había ayudado a la criminalista Laura Badía con el caso que luego la prensa llamó *El coleccionista de flechas*. Después, había vuelto al trabajo burocrático. Siendo uno de los comisarios más veteranos de la provincia, ya estaba demasiado arriba en el escalafón como para escaparle.

Por eso disfrutaba de momentos como este, en los que podía hacer el trabajo para el que había nacido. Ser policía era una elección de vida. Ser comisario, en cambio, una circunstancia.

—Ahí viene alguien —dijo Bellido desde el asiento del acompañante, sacándolo de sus pensamientos.

El oficial señalaba el horizonte. Entrecerrando los

ojos, Lamuedra logró ver una nube de polvo que el viento disipaba hacia la izquierda. Medio minuto más tarde, en el origen de la polvareda distinguió un vehículo rojo y blanco. Cuadrado. Y lo que en principio le había parecido el reflejo del sol bajo de la tarde, ahora se manifestaba demasiado regular. Eran luces parpadeando en el techo.

—¿Una ambulancia? —se preguntó.

—Parece que sí —dijo Bellido.

Soltó una mano del volante y agarró la radio.

—Viene una ambulancia en nuestra dirección —dijo al aparato, mirando por el retrovisor—. Vamos a pararla para que nos diga qué novedades hay.

—De acuerdo, Comisario —respondió Pereira desde la camioneta de atrás.

—De acuerdo —repitió Ramírez, que cerraba la caravana.

Una ambulancia era mala señal. Maldijo para sus adentros estar incomunicado. No tenía ni idea de qué había pasado en Entrevientos en la última hora y pico, desde que su teléfono se había quedado sin servicio al salir de Puerto Deseado.

Mientras conducía, especulaba. Por una parte, si había heridos era porque la cosa se había complicado. Por otra, que la ambulancia hubiera logrado salir significaba que, o bien los secuestradores lo habían permitido o ya no estaban en Entrevientos.

Le hizo señas de luces y empezó a reducir la velocidad. Le pareció que el vehículo también frenaba, pero un segundo más tarde tuvo la sensación contraria. Como si el conductor se hubiera arrepentido. Bajó la ventanilla y, por encima de las ráfagas de viento, oyó la sirena lejana que acompañaba a las luces rojas. Sacó la mano izquierda, indicándole que se detuviera.

Entonces sí, la ambulancia disminuyó la velocidad.

Estaban a cincuenta metros el uno del otro. Ambos avanzando despacio, levantando apenas polvo.

Hay algo raro, pensó Lamuedra. *¿Por qué no se acerca más rápido?*

La sirena seguía sonando. Treinta metros. Ahora Lamuedra podía leer las letras en el capó, debajo de la palabra ambulancia escrita de derecha a izquierda: «Servicios Médicos. Inuit Gold. Yacimiento Entrevientos.»

Detuvo su camioneta por completo. La ambulancia también dejó de avanzar. Era el momento de bajarse, dar veinte pasos y preguntarle al conductor qué novedades había. Sin embargo, a pesar de los dos kilos de kevlar que le protegían el torso, el comisario Lamuedra tuvo miedo. Después de treinta y nueve años en la policía, uno desarrolla un olfato especial para el peligro.

El conductor, un hombre de entre treinta y cuarenta años, permanecía con las manos en el volante y la mirada clavada en ellos. La distancia y el sol de frente dificultaban verle la expresión en el rostro.

Descolgó el comunicador de la radio y se lo llevó a la boca. Habló mirando a Bellido.

—No me gusta la actitud del tipo. No baja la ventanilla ni nos hace ninguna seña. Voy a acercarme a ver qué pasa.

—¿Solo? —preguntó Pereira por la radio.

—Solo.

Dejó el aparato, se pasó los pulgares por la sisa del chaleco antibalas y abrió la puerta de la camioneta.

No llegó a poner un pie en la tierra.

CAPÍTULO 96

16 de julio de 2019, 5:05 p. m.

Si el hombre que manejaba la ambulancia se hubiera podido santiguar, lo habría hecho. Pero los nervios a flor de piel le agarrotaban los antebrazos, impidiéndole soltar el volante como la electricidad impide desprenderse de un cable pelado. Se permitió cerrar los ojos durante un segundo para pensar en sus hijos. Cuando volvió a abrirlos, sucedieron dos cosas a la vez. Las dos, malas noticias.

La primera fue que se abrió la puerta de una de las tres camionetas de la policía que tenía enfrente. La segunda, mucho más grave, que la pantalla del teléfono sobre el asiento del acompañante se encendió por primera vez desde que había salido de Entrevientos. En el aparato empezó a sonar música clásica.

Si escuchás a Beethoven, estás en problemas, recordó. Se le aflojaron las piernas.

Antes de que el policía frente a él terminara de abrir la puerta de la camioneta, puso primera y apretó el acelerador a fondo. Incluso por encima de la sirena y de Beethoven, oyó la ráfaga de piedras que las ruedas lanzaron contra el suelo de la ambulancia.

Pasó junto a las camionetas detenidas y se animó a mirar a los policías durante un instante. Esperaba encontrar un arma apuntándole, pero sólo vio caras de desconcierto.

Cien metros más adelante, la música dejó de sonar. Recién entonces se permitió vaciar por completo los pulmones y mirar por el retrovisor lateral. A través de la nube de polvo, divisó las tres camionetas de la policía intentando darle alcance.

Sólo le faltaban cinco kilómetros. Si lograba recorrerlos antes de que lo detuvieran, todo estaría bien. Si no, no volvería a ver a sus hijos ni a su esposa. En realidad, no volvería a ver a nadie.

CAPÍTULO 97

16 de julio de 2019, 5:06 p. m.

El comisario Lamuedra ya no oía la sirena de la ambulancia. Se lo impedía la de su propia camioneta. Bellido la había encendido mientras él, Pereira y Ramírez maniobraban para girar ciento ochenta grados en medio de una nube de polvo y piedras.

—Es probable que haya más gente en la parte de atrás del vehículo y que estén armados —dijo Lamuedra a la radio cuando las tres camionetas ya iban detrás de la ambulancia.

Maldijo nuevamente el aislamiento. Si hubiera tenido contacto con Entrevientos, ahora quizás sabría quién iba al volante.

—A lo mejor llevan a un herido muy grave y no pueden parar —sugirió Bellido.

—Oficial, nadie que no para cuando se lo indica la policía es trigo limpio. Ni siquiera una ambulancia.

—Pero tenía la cara descubierta. Si hubiera sido uno de los ladrones, se habría tapado, ¿no?

Lamuedra no estaba para conjeturas. En aquel momento, lo único que le importaba era apretar el acelerador a fondo y acortar los ciento cincuenta metros de ventaja que les llevaba la ambulancia.

—¿Qué vamos a hacer, comisario? —preguntó Bellido.

—Lo vamos a parar. Por las buenas o por las malas.

El viento parecía haberse tomado un respiro en el peor momento. El polvo que levantaba la ambulancia ahora tardaba en disiparse, y mientras más se acercaban, peor era la visibilidad. Así y todo, Lamuedra continuó acelerando y se le puso a diez metros.

—Deténgase.

La orden, amplificada por el megáfono en el techo de la camioneta, no surtió efecto.

—Le ordenamos que se detenga o vamos a abrir fuego.

Tanto él como Bellido sabían que era una amenaza vacía. No podían disparar sin tener claro quiénes iban en la ambulancia. Incluso si mataban a un culpable, la justicia argentina se encargaría de llenarlos de problemas para el resto de sus carreras.

Por lo visto, el conductor de la ambulancia también lo sabía.

Por un segundo el comisario deseó que fuera posible que Bellido sacara medio cuerpo por la ventanilla y le metiera un balazo a una de las ruedas, como en las películas. Pero eso era tan verosímil como encontrarse una selva con monos y palmeras detrás de la siguiente curva.

Lamuedra desvió la mirada hacia el velocímetro durante una fracción de segundo. Fue justo en ese momento cuando sonó el impacto.

Pac. Un golpe seco.

Un entramado de rajaduras concéntricas apareció en el parabrisas a la altura de la cara de su acompañante.

—Es una piedra. No pasa nada, Bellido —le dijo.

A ochenta y cinco kilómetros por hora sobre ripio seco, los vehículos se deslizaban a punto de perder el control y dejaban a su paso un reguero de guijarros que salían disparados a toda velocidad. Por eso, en la Patagonia era tan común encontrar un parabrisas trizado como uno sano.

—Me cagué todo, comisario. Pensé que había sido un balazo —respondió su subordinado, pálido.

Al ver que la ambulancia no aminoraba la marcha, Lamuedra se abrió hacia la izquierda, decidido a pasarla. El polvo le impedía ver más que unos metros hacia adelante, así que tendría que confiar en que no viniera nadie en sentido contrario.

La ambulancia imitó su movimiento, cerrándole el paso. El comisario volvió hacia la derecha y aceleró más aún, poniendo la trompa de su camioneta a la par del paragolpes trasero. El vehículo sanitario volvió a la derecha para bloquearlo nuevamente. Lamuedra se preguntó por qué lo hacía poco a poco, impidiéndole pasar pero a la vez dándole tiempo para retirarse.

—Pereira, ayúdeme —dijo a la radio.

No hizo falta que Lamuedra le dijera cuál era el plan. Pereira intentó pasar el vehículo por la izquierda y, cuando la ambulancia se movió para obstruirle el paso, Lamuedra logró ponérsele a la par por la derecha. El tipo que iba al volante alternaba miradas rápidas hacia adelante y hacia ellos. En la cara tenía el miedo de los que se saben sin escapatoria.

—¡Pare! —gritó Lamuedra por el megáfono.

El conductor negó con la cabeza.

—¡Pare, le digo!

Esta vez, ni siquiera negó. Lo ignoró por completo, con la mirada puesta en el camino.

—Ustedes dos, quédense atrás —dijo Lamuedra por la radio mientras adelantaba a la ambulancia.

—¿Qué va a hacer, comisario? —preguntó Bellido, aferrado al asiento.

—Lo voy a parar.

CAPÍTULO 98

16 de julio de 2019, 5:12 p. m.

Cuando, después de las primeras curvas, el conductor de la ambulancia vio el puente del río Deseado, entendió por qué la camioneta de la policía lo había dejado atrás hasta sacarle doscientos metros de ventaja. El puente, de unos veinte metros de largo, tenía apenas el ancho suficiente para que pasaran dos vehículos. A los costados, unos pilares de hormigón unidos por tres caños horizontales actuaban de barrera contra una caída de cuatro metros al lecho reseco y cuarteado. Era el lugar perfecto para cortarle el paso.

Si ellos supieran, pensó.

Tal y como se lo imaginaba, la camioneta de la policía entró al puente con un sacudón y aprovechó el corto tramo de pavimento para disminuir la velocidad. Al llegar al otro lado, se puso perpendicular al camino.

Dos policías se bajaron y se refugiaron detrás del capó. Ambos sacaron sus pistolas y apuntaron directamente hacia él. Al mirar por el retrovisor, supo que estaba todo perdido. Las otras dos camionetas iban a la par, ocupando prácticamente toda la ruta. No tenía escapatoria.

Volvió a pensar en sus hijos y esta vez sí, se persignó.

Disminuyó la marcha y notó que los que lo seguían hacían lo mismo, para mantener la distancia. Parecía que le tenían miedo. Si hubieran sabido lo que sabía él, le tendrían mucho más aún. Y ni se les hubiera ocurrido cerrarle el paso.

Pasó del ripio al asfalto del puente y avanzó a paso

de hombre hasta detenerse exactamente en el medio. De los dos policías que le apuntaban, el más viejo había cambiado la pistola por un fusil de asalto.

Beethoven volvió a sonar.

El conductor abrió la puerta de la ambulancia, dio dos zancadas hasta la baranda del puente y saltó al vacío.

CAPÍTULO 99

16 de julio de 2019, 5:15 p. m.

Para Lamuedra, todo pasó en una fracción de segundo. En un instante estaba apuntando con la mira telescópica al conductor de la ambulancia, y en el siguiente el tipo volaba puente abajo.

Abandonó su puesto detrás de la camioneta y corrió a asomarse por la baranda. El hombre estaba tirado en el lecho del río seco. Amortiguados por la arena, los cuatro metros de caída no parecían haberle hecho demasiado daño porque se incorporó y, sin darse vuelta para mirarlos, corrió cauce arriba esquivando las grandes grietas que habían dejado las aguas del verano pasado.

—¿Qué pretende? ¿Este boludo piensa que se va a poder escapar?

Lamuedra bajó por la ladera hasta el cauce seco y echó a correr. Bellido, más joven y más rápido, hizo lo mismo y no tardó en dejar atrás al comisario. Cincuenta metros más adelante, dio alcance al hombre y lo derribó tirándose encima de él como un jugador de rugby. Lamuedra agradeció no haber tenido que ser él quien hiciese esa maniobra. Con casi sesenta años, probablemente habría terminado con algún ligamento roto.

Cuando llegó junto a ellos, Bellido ya tenía al tipo sujeto por las muñecas y le inmovilizaba la cabeza con una rodilla. La nariz, aplastada contra la tierra, levantaba polvo con ritmo agitado. Murmuró algo con tono alarmado que Lamuedra no llegó a entender.

—Ya vas a tener tiempo de dar explicaciones —le dijo mientras le ponía las esposas.

El hombre volvió a intentar hablar, esta vez más sobresaltado. Lamuedra le hizo una seña a Bellido para que levantara un poco la rodilla.

—Que no se acerquen —gritó el detenido, arqueando el cuello para mirar en dirección al puente.

Pereira y Ramírez avanzaban hacia la ambulancia con sus armas apuntando a las puertas traseras.

—¡Está cargada de explosivos! Van a explotar en menos de dos minutos. Que no se acerquen, por el amor de Dios.

—Aléjense de la ambulancia —dijo el comisario a la radio—. Hay explosivos. Aléjense de la ambulancia ya mismo.

Automáticamente, sus oficiales se replegaron hasta ponerse a resguardo detrás de sus camionetas.

—Nosotros también —añadió el conductor—. Hay dos kilos de ANFO. Acá estamos muy expuestos.

A pesar de que estaban a cincuenta metros del puente, Lamuedra no quiso arriesgarse. No tenía idea de qué era el ANFO ni mucho menos cuán potente podía resultar. Le hizo un gesto a Bellido y entre los dos levantaron al hombre por los brazos y corrieron con él río arriba, poniendo más distancia entre ellos y los explosivos.

A cien metros del puente, un recodo en el lecho del río les ofreció una pared de tierra de un metro de alto detrás de la que parapetarse. Lamuedra sentía que el corazón se le iba a salir por la boca. Hacía años que no corría tanto.

—Estamos a resguardo —dijo a la radio.

—Nosotros también, comisario. Detrás de las camionetas.

Respiró hondo y miró a Bellido. Pereira y Ramírez estaban apenas a diez metros de la ambulancia, pero los alrededores del puente no ofrecían ningún refugio mejor.

Pasaron unos segundos en silencio. Por encima de sus cabezas, el viento silbaba en los recovecos del río muerto.

—¿Quién sos? —le preguntó al detenido.

—Me llamo Andrés Cepeda. Trabajo en Entrevientos. Soy chofer de la ambulancia.

—¿Y dónde están los otros?

—¿Qué otros?

—Los otros miembros de la banda.

—Yo no...

—¿Dónde están? ¿Cuántos son?

—Cinco. Me parece que son cinco. No sé dónde están. Pero yo no tengo nada que ver. Me secuestraron, y cuando salimos del campamento me dijeron que tenía que llevar la ambulancia al otro lado del río Deseado. Los explosivos están programados con el GPS de un teléfono. Si la ambulancia se para antes de pasar el río, detonan.

El comisario asomó la cabeza. El vehículo blanco y rojo estaba detenido exactamente en medio del puente, justo encima del lecho del río.

—Parece que el GPS interpreta que cruzaste al otro lado.

—No puede ser, porque sonaba Beethoven.

—¿Qué?

—Me dijeron que si el teléfono se ponía a sonar, era porque los explosivos estaban por detonarse. Y el tono de llamada era de Beethoven. Antes de saltar del puente estaba sonando. Deben quedar menos de un minuto para que vuele todo.

Lamuedra era incapaz de decidir si le creía o no. La cara del tipo era el vivo reflejo del miedo, pero él había visto demasiados mentirosos a lo largo de su vida como para dejarse llevar por eso.

—Esperamos quince minutos. Si no pasa nada, abrimos la ambulancia —le dijo Lamuedra a Bellido.

—¡No! —se apresuró a intervenir el conductor—. Ese es el otro disparador de los explosivos. Si alguien abre la puerta trasera, explota.

Lamuedra notó que Bellido lo miraba.

¿Qué hacemos?, decía la cara de su subordinado.

No tengo ni la más remota idea, quiso responder él con la suya, pero intentó disimularlo.

CAPÍTULO 100

16 de julio de 2019, 4:21 p. m.

En el kilómetro cuatro del camino que llevaba del campamento al Puesto de Entrada, Minerva se bajó de la Hilux y levantó la cabeza para observar la caravana detenida. Las tres camionetas de la minera y la ambulancia estaban a un costado del camino, justo delante de un cartel que indicaba que los animales sueltos tenían prioridad de paso. Unos metros más allá, el camión cisterna con el Pata al volante soltaba soplidos con cada una de las maniobras. Hacía once minutos que habían salido de la *gold room*.

Minerva se reunió con el resto de la banda junto a la ambulancia.

—¿Todo listo? —preguntó Pólvora con una navaja en la mano.

Asintieron y él abrió la puerta. Dentro, el conductor de la ambulancia, un tal Andrés Cepeda, estaba sentado con el cinturón de seguridad puesto, atado de pies y manos y con una bolsa de tela cubriéndole la cabeza. Minerva observó atenta los movimientos de Pólvora y el Cerrajero. Mientras el primero cortaba con la navaja las ataduras del rehén, el segundo le metió la mano por la bolsa que le cubría la cabeza.

—Te voy a sacar la mordaza, pero la capucha te la dejás puesta, ¿está claro?

Cepeda asintió con movimientos cortos y rápidos.

—Acá podés gritar sin problemas, que no te va a escuchar nadie —agregó Pólvora dándole una palmada en el hombro.

Minerva sintió ganas de agarrar a su compañero del cogote. ¿Qué necesidad había de hacerse el gracioso con un tipo muerto de miedo?

—No me hagan nada, por favor —suplicó el hombre en cuanto pudo hablar.

—No te preocupes, *mostro* —le respondió Pólvora—. Va a estar todo bien. Eso sí, ¿me vas a hacer caso, no?

El conductor de la ambulancia volvió a asentir debajo de la capucha. Pólvora le rodeó la espalda con el brazo y lo ayudó a bajarse.

—Muy bien. Vení conmigo. Pero ni se te ocurra levantarte la bolsa de la cabeza.

***

Mientras maniobraba con el camión, el Pata vio por los retrovisores que Pólvora salía con el rehén de la ambulancia. Después observó cómo Minerva y el Cerrajero abrían las puertas traseras y trasladaban el único lingote cargado en ese vehículo a la caja de una de las Hilux. Lo habían dejado a propósito bien visible, para que cuando le quitaran la capucha a Carlos Sandoval en la *gold room*, lo notara.

Cuando terminó con las maniobras del camión, se bajó y le hizo señas a Minerva. Ella y el Cerrajero corrieron hacia la parte de atrás de la cisterna y subieron por la escalera.

Al verlos moverse sin arnés por ahí arriba, tuvo que apartar la mirada.

***

Apenas entró a la cisterna, Minerva oyó los llantos de los perros retumbando con un eco metálico.

—Tranquilos, chicos, que ya terminamos —les dijo, asomando medio cuerpo por el agujero del rompeolas para pasar al compartimento donde estaban los animales—. Un último esfuerzo y vuelven a casa.

Los miró uno a uno. Los tres tenían los ojos vidriosos a causa del sedante. A medida que el haz de la linterna que tenía sujeta a la cabeza les daba en la cara, parecían calmarse un poco.

El Cerrajero, desde arriba, abrió la escotilla y tiró una soga. Minerva decidió empezar con el border collie blanco y gris. Lo acarició, desenganchó la correa que lo ataba al rompeolas y tiró de él con suavidad para llevarlo justo debajo de la abertura. Por último, sujetó la soga al arnés del perro.

—Ya está el primero —dijo, mirando hacia arriba.

Empujó al animal por el vientre mientras el Cerrajero tiraba de la soga hasta que lograron sacarlo por la escotilla. Unos segundos más tarde, Minerva oyó el ruido de las patas vendadas caminando un metro por encima de su cabeza.

Tras hacer lo mismo con los otros dos perros, Minerva volvió al primer compartimento de la cisterna, también iluminado por la luz de una escotilla abierta de la que colgaba una soga. Sacaron ocho bolsos de viaje hasta dejarlo vacío.

Por último, Minerva atravesó un par de rompeolas más hasta llegar al penúltimo. La linterna iluminó el rostro sucio y brillante de sudor de un hombre.

—Te dije no que te iba a pasar nada —le dijo con una sonrisa.

El legítimo chofer del camión se apresuró a asentir con la cabeza.

—Falta que nos hagas un último favor.

El hombre volvió a asentir. Ella sacó una navaja, abrió la hoja y se la mostró.

—Portate bien, te lo pido por lo que más quieras —le dijo antes de cortarle las ataduras.

CAPÍTULO 101

16 de julio de 2019, 4:33 p. m.

Cuando le sacaron la capucha, Andrés Cepeda estaba frente a la puerta del conductor de la ambulancia.

—Subite —le indicó el más musculoso y gritón de toda la banda, apuntándole con un arma.

Al sentarse al volante, sintió un ruido plástico debajo de sus glúteos, como si hubiera aplastado un regalo envuelto en celofán. El asaltante hurgó un poco debajo del asiento hasta sacar un teléfono conectado a un largo cable que se perdía junto a los pedales. Tocó la pantalla un par de veces y luego tiró el aparato sobre el asiento del acompañante.

—Esto es un invento de uno al que le decimos Mac —le dijo, señalando hacia atrás con el pulgar—. ¿Te gusta la música clásica?

Cepeda no supo qué responder.

—¿Sos sordo? ¿Te gusta o no te gusta la música clásica?

—No, no me gusta.

—A mí tampoco. La odio. Así que si escuchás a Beethoven, estás en problemas.

—No entiendo —fue todo lo que pudo decir.

—¿Sabés lo que es el ANFO?

—Un explosivo.

—Tenés dos kilos abajo del asiento. Para que te des una idea, con un kilo tu empresa vuela seis toneladas de roca.

Cepeda giró sobre sí con un gesto instintivo, decidido a salir de la ambulancia.

—Ni se te ocurra —lo detuvo el ladrón—. El explosivo está conectado a un sensor de peso, y el teléfono a un GPS. Si te levantás de ahí, volás en pedacitos en menos de diez segundos. Si parás la ambulancia por más de tres minutos, o alguien abre la puerta trasera, también volás en pedacitos.

—No, por favor.

El ladrón levantó una mano y la pasó por la cabeza de Cepeda, como una madre que consuela a su hijo.

—¿Tenés familia? —le preguntó.

Asintió.

—Te van a estar esperando en casa. Lo único que tenés que hacer es salir por el Puesto de Entrada, doblar a la derecha y seguir por la ruta provincial. El teléfono está programado para que cuando pases el puente del Río Deseado se desactive el sensor de peso. Entonces te podés bajar de la ambulancia sin problemas. Pero no te pares antes ni te vayas para otro lado, porque ¡bum!

—¿Y si falla? ¿Si esta cosa se activa antes?

—Mac no falla.

El tipo cerró la puerta de la ambulancia, le sonrió y se llevó los dedos a la frente, imitando un saludo militar.

Temblando de miedo, Andrés Cepeda apretó el acelerador y la ambulancia salió disparada hacia el Puesto de Entrada.

***

El chofer del camión de combustibles sintió esperanza al volver a ponerse al volante de su vehículo. Algo le hacía pensar que faltaba poco para que esta pesadilla terminara. El tipo de barriga prominente que se había sentado en el lugar del acompañante movió un poquito la pistola con la que le apuntaba.

—Dame la mano.

No podía verle la cara porque tenía puesto un pasamontañas, pero supo por la voz que era uno de los que lo habían parado en la ruta para secuestrarlo hacía dos días. Supuso que también era él quien acababa de maniobrar el camión hasta ponerlo apuntando en dirección contraria al resto de los vehículos.

Sin otra alternativa que hacerle caso, extendió el brazo. El hombre le puso en la muñeca un reloj fino, de correas de goma, con una pantalla de números violetas. Después sacó un teléfono de la guantera y lo conectó a un cable que se perdía debajo del asiento.

—Esa pulsera tiene un GPS y monitorea tu ritmo cardíaco. Envía la señal a este teléfono. Y este cable está conectado a una linda cantidad de explosivos.

Las palabras lo dejaron petrificado.

—En resumen, si te sacás la pulsera, explota. Si te alejás más de diez metros del camión, explota. Si te morís, explota.

El encapuchado señaló los espejos retrovisores a cada lado del camión.

—¿Viste qué rápido que salió la ambulancia? Bueno, él tiene instalado un dispositivo muy parecido al tuyo.

—¿Qué tengo que hacer?

—Ir para el otro lado.

—¿Volver al campamento?

—Sí, pero no te pares ahí. Pasás el campamento y seguís. Pasás la planta también.

—¿Voy a los *pits*?

—Incorrecto. Al túnel. Debajo de la tierra no hay señal de GPS, y este teléfono desactiva los explosivos si pierde la geolocalización por más de tres horas. Así que lo que tenés que hacer es meterte al túnel y bajar todo lo que puedas. Cuando llegues al final, dejás el camión ahí, esperás ciento ochenta minutos y empezás a caminar hacia arriba. Son tres kilómetros en subida, así que te va a llevar una hora más o menos. Vas a salir cansado, pero sano y salvo. ¿Alguna duda?

El camionero intentó tragar saliva pero no pudo.

—No —carraspeó.

—Entonces no pierdas tiempo —le dijo el ladrón, dándole dos palmaditas en la espalda, y se bajó.

CAPÍTULO 102

16 de julio de 2019, 4:39 p. m.

El Pata se quedó observando al camión hasta perderlo de vista. De la ambulancia, que había partido en dirección contraria, tampoco quedaba rastro.

—Vamos —dijo Minerva.

Ahora, en las cajas de cada una de las tres Hilux había, además de casi treinta lingotes de doré, un perro. El Pata se metió en una de las camionetas y sus cuatro compañeros se repartieron en las otras dos.

Recorrieron un kilómetro en la dirección en la que se había ido la ambulancia. Cuando llegaron al siguiente cartel que abogaba por el respeto a los animales sueltos, giraron a la izquierda para salir del camino por una de las huellas perpendiculares que solamente tenían permitido usar los equipos de exploración. Avanzaron por ella dos kilómetros y se detuvieron.

—Rápido, Pata, los perros —le dijo Minerva.

El Pata rodeó su Hilux y casi se tropieza con los pies de Mac, que asomaban por debajo de una de las ruedas. Le costó más de la cuenta desatar al primer animal, porque el nudo se había tensado con el vaivén sobre el camino desparejo. Para cuando lo logró, Mac emergía de debajo de la camioneta con un cilindro de plástico en la mano y un destornillador en la otra.

—Acá tenés el primer GPS, Pata —le dijo, dándole el aparatito antes de volver a tirarse al suelo junto a otra de las Hilux.

El Pata se puso en cuclillas frente al ovejero. El animal gruñó, enseñándole los colmillos a través del bozal.

—Tranquilo, ya te vas a casa —le dijo, acariciándole la cabeza.

Le quitó las vendas de las patas y le puso uno de los tres collares que había fabricado Mac. Eran similares a los que llevaban los San Bernardo, sólo que en vez de cargar un barrilito con licor, estos tenían un tubo de plástico. Metió dentro el localizador satelital de la camioneta y tiró de la correa del animal para hacerlo abandonar el camino. Diez metros campo adentro, le desató el arnés sujetando al perro con una especie de abrazo.

—Qué linda pareja que harías con Mina —le dijo al oído.

Con una serie de movimientos rápidos, le quitó el bozal y retrocedió varios pasos. El border collie ni siquiera se molestó en ladrarle. Abrió la boca para estirar la mandíbula y se internó en el campo, olisqueando matas y levantando pequeñas nubes de tierra con cada paso.

El Pata giró sobre los talones y repitió la operación con los otros dos perros.

Un minuto más tarde, Pólvora y Mac pisaban el alambrado para que las tres camionetas cargadas de doré pasaran de Entrevientos a la estancia vecina, propiedad de un tal Byrne. Una vez allí, se alejaron a toda velocidad por un camino que iba hacia la estancia Bahía Laura, al sur. Mientras tanto, los ovejeros con los GPS al cuello se abrían en un tridente que apuntaba en la dirección opuesta.

CAPÍTULO 103

San Rafael, Mendoza, Argentina. Dos meses y medio antes.

La pantalla desplegada frente a la pared cóncava del domo no mostraba ni un mapa ni fotos de Entrevientos. La imagen que ocupaba toda la lona era una ilustración del corte transversal de un hocico canino que Minerva había escaneado de un libro de veterinaria.

—Todo el mundo sabe que los perros tienen muy buen olfato, pero pocos entienden que es su sentido principal —les explicó a los cinco hombres—. Oler para ellos es como ver para un humano. Tienen cincuenta veces más receptores olfativos que nosotros. Eso es equivalente a una persona con la nariz del tamaño de una sandía.

—El Banquero no anda muy lejos —dijo Pólvora.

El viejo ladrón de bancos le respondió con una sonrisa y levantando el dedo del medio.

—La capacidad de orientación que llegan a tener algunos perros en el campo es, para nuestra mente humana, algo sobrenatural —prosiguió Minerva.

—No todos —aclaró el Pata—, hay perros tontos igual que hay gente tonta. Pero un perro así, en el campo no sobrevive. Si lo tienen trabajando es porque es bueno en lo que hace.

—Por eso es muy importante que consigamos perros adultos de estancias de la zona —agregó Minerva.

—Ovejeros —explicó el Pata—. Los peones de campo también suelen tener galgos y toscos, pero esos sólo sirven para cazar. El ovejero de la Patagonia es de una inteligencia superior. Un animal extraordinario. Yo mismo he visto en alguna estancia cómo de repente el paisano le dice al perro «vaya a buscar el consumo», y el animal sale que no le dan las patas.

—¿El consumo? No creo que en un campo de ahí abajo signifique lo mismo que en mi barrio —dijo Pólvora tocándose la nariz.

—El consumo son las ovejas que come el paisano. Cuando el tipo le dice «vaya a buscar el consumo», así, como te lo estoy diciendo yo, sin gestos ni entonaciones raras, el perro sale corriendo y a la media hora vuelve. ¿Y sabés qué hizo? Corrió cinco kilómetros y metió quince ovejas en el corral.

—Te gusta darle un poco de color, ¿no? —preguntó Pólvora.

—No, no le está dando color —intervino Minerva—. Es difícil de creer si no lo viste, porque los ovejeros de la Patagonia son, justamente, increíbles. Ha habido casos de perros que se cayeron de la camioneta del dueño en la ruta, a veinte, treinta, cincuenta kilómetros de la estancia, y vuelven sin problemas.

—Un buen ovejero siempre vuelve a su casa —resumió el Pata—. Tardará un día, dos, o cinco. Pero, lo sueltes donde lo sueltes, vuelve. Su instinto no le permite hacer otra cosa.

CAPÍTULO 104

16 de julio de 2019, 5:21 p. m.

Jacinto Fernández se dijo a sí mismo que ya no estaba para esos trotes. Nunca se lo iba a reconocer al patrón, no fuera cosa que don Byrne pusiera en su lugar a uno más joven. Pero, la verdad, su cuerpo ya no aguantaba once horas arriba de una yegua. Había salido de su ranchito cuando todavía estaba oscuro y volvía ahora, que al sol no le faltaba ni media hora para ponerse. Le dolían los riñones y una acidez caliente le subía por la garganta. Para colmo, se había olvidado la petaca de ginebra sobre la mesa de la cocina. En cuanto llegara a su ranchito, se iba a tomar un par de vasos. Seguro que eso le calmaba los dolores y el tembleque que últimamente le aparecía de repente en la mano.

Por más dolorido y viejo que estuviera, Jacinto Fernández iba a seguir siendo peón de campo hasta el día que no se pudiera subir a un caballo. No sabía hacer otra cosa. Por eso estaba hoy ahí, recorriendo nueve leguas de alambrado para asegurarse de que no hubiera lugar por donde se escaparan las ovejas de don Byrne.

Escupió, levantó la vista y le dio un suave espolazo a la alazana para seguir rumbo a su casa.

Vio unos vehículos grises en el horizonte. Parecían camionetas de la minera, pero venían demasiado rápido y por un camino que estaba afuera de la estancia Entrevientos, que era la que la empresa tenía alquilada. O a lo mejor la vista le estaba jugando una mala pasada y eran pescadores que iban para Bahía Laura. Aunque era raro en pleno invierno.

En otra época de su vida los hubiera seguido para asegurarse de que no le carnearan ninguna oveja ni le pisaran el alambrado para pasar por donde no se podía. Pero él estaba viejo y al día le quedaba poca luz.

De todos modos, se quedó un rato mirándolos. Por costumbre. Entonces distinguió que de cada camioneta sobresalía una vara larga con un banderín rojo en la punta. Ahora sí que no le cabían dudas: eran vehículos de la minera.

¿Qué hacían yendo tan rápido en el campo del vecino? O sea, en el campo de su patrón.

Hasta ahora, los mineros siempre habían sido tranquilos, respetuosos de las normas y de los animales del campo. Demasiado, para su gusto. A don Byrne tampoco le hacía ninguna gracia que se le hubieran instalado al lado. Desde que habían empezado a trabajar, hacía ya años, los guanacos se habían reproducido como conejos y cada vez le dejaban menos pasto a la oveja.

Además, últimamente había vuelto el puma. Al vecino, que alquilaba el campo a la minera, ¿qué le iba a importar que una hembra matara veinte ovejas en una noche enseñándole a cazar a los cachorros? Pero a él sí, y a su patrón también. A ellos no les llovían los millones como al de Entrevientos.

Así que apuró a la yegua, que ya estaba cansada, para que lo llevara de vuelta a su rancho. Cuando llegara, mientras se tomaba la ginebra, iba a ver si podía comunicarse con el patrón usando la radio que le había instalado el verano pasado. A veces funcionaba y a veces no. Según don Byrne, era porque la antena que había hecho poner al lado del molino no era lo suficientemente alta. Pero a veces el patrón hablaba por hablar, sin saber. Como la noche que le dijo que el hombre había llegado a la luna hacía cincuenta y pico de años.

Volvió a mirar las camionetas de la mina, yendo a todo lo que daban por un campo al que no estaban autorizadas a entrar.

—Mirá qué bien, Flecha —le dijo a la Alazana—. Algunas cosas las respetan y otras se las pasan por los calzones.

Había oído muchas veces a su patrón decir que si los de la minera querían poner un pie en su campo, tenían que pagar. Y si don Byrne cobraba gracias a él, a lo mejor le aumentaba un poco el sueldo.

CAPÍTULO 105

16 de julio de 2019, 5:46 p. m.

—Ya casi estamos —dijo el comisario Lamuedra a la radio.

En el horizonte se veían las construcciones cuadradas de la entrada a Entrevientos. Hacía tres años, cuando la empresa lo había invitado a él y a otras autoridades de Puerto Deseado a recorrer las instalaciones, esa había sido la primera parada. Lo llamaban el Puesto de Entrada. A diferencia de aquella vez, ahora el estacionamiento que había del lado de afuera del alambrado estaba desierto.

Hacía veinte minutos que habían dejado atrás el río Deseado. Antes de irse, él mismo se había acercado a las camionetas que esperaban en el lado sur del puente y las había alejado de la ambulancia.

Ahora esas dos camionetas llegaban a la entrada de Entrevientos. Él manejaba una y Bellido, la otra. La tercera había quedado cruzada en el puente.

Les había ordenado a Pereira y a Ramírez que cortaran el tráfico quinientos metros antes de llegar al río en ambos sentidos. Tenían prohibido dejar que cualquiera que no fuera de la brigada de explosivos se acercase a la ambulancia.

En cuanto a Andrés Cepeda, lo habían dejado con Pereira tras confirmar que se trataba de un empleado de Inuit que trabajaba en el área de servicios médicos. Su nombre y foto se encontraban en la lista de posibles rehenes que el gerente le había pasado por email antes de que salieran de Deseado.

Al preguntarle por lo que había en la parte de atrás

de la ambulancia, Cepeda no les supo decir gran cosa. Relató que cuando sus captores le quitaron la capucha y lo pusieron al volante, la ventana rectangular que conectaba la cabina con la parte trasera estaba cerrada por dentro y con la cortina corrida.

El hombre que los estaba esperando en el Puesto de Entrada se presentó como Francisco Alvarado, gerente de seguridad de Entrevientos. Al comisario le bastó con cruzar un par de palabras para saber que Alvarado había tenido un pasado en las fuerzas de seguridad. Quizás en el ejército, o incluso en la misma policía.

Lo primero que hizo Lamuedra fue pedirle un teléfono para avisar a la comisaría de Comodoro Rivadavia que enviaran la brigada de explosivos al puente. Tardarían, como mínimo, cuatro horas en llegar.

—Síganme, comisario. Los voy a llevar con Carlos Sandoval, el gerente general —dijo Alvarado antes de subirse a una camioneta gris estacionada junto al portón del Puesto de Entrada.

***

Cuando el comisario Lamuedra entró con Bellido y Alvarado a la sala de reuniones, los recibieron las miradas de quince personas sentadas alrededor de una larga mesa. Era un ambiente grande, de paredes blancas decoradas con planos y fotografías aéreas de diferentes partes de la mina. Olía a cueva de oso.

—Por fin llegaron —dijo un hombre canoso, poniéndose de pie y rodeando la mesa. Tenía lamparones de sudor en las axilas, el pelo algo desordenado y la cara brillante.

—Soy Carlos Sandoval, el gerente general de la empresa —se presentó, estrechándoles la mano—. Ya conocieron a Francisco Alvarado, nuestro gerente de seguridad. Ellos son el resto del personal jerárquico.

Lamuedra los saludó con un ademán.

Hablando a toda velocidad, Carlos Sandoval los puso

al tanto de las novedades desde su llamada a la comisaría hacía dos horas y media. Una era que Sandoval mismo se había entregado a los asaltantes a cambio de la liberación de diez rehenes. Otra, que los ladrones habían logrado vaciar la bóveda y se habían ido de la *gold room* llevándose trece millones de dólares en oro y plata y, hasta donde ellos sabían, a Andrés Cepeda como único rehén.

—¿Dónde está el conductor al que le robaron el camión cisterna? —preguntó Lamuedra.

—No lo sabemos —respondió Sandoval, y les contó que el camión de combustible había pegado la vuelta y se había atrincherado en el túnel mientras las tres camionetas se internaban en el campo.

Cuando terminó el relato, Sandoval sacó un chicle del bolsillo y se lo metió a la boca.

—¿Quiere uno? —le ofreció.

Lamuedra aceptó.

—Son de café —agregó el gerente.

La idea de mascar un chicle de ese sabor le pareció asquerosa.

—Lo guardo para después —dijo el comisario, metiéndoselo en el bolsillo—. Va a ser un día largo. Ahora, por favor, muéstreme el camino que hicieron las camionetas tras abandonar la planta.

El gerente general señaló con un puntero láser el mapa proyectado sobre la gran pantalla.

—Pasaron el campamento y se fueron en dirección al Puesto de Entrada. Pero ocho kilómetros antes de llegar salieron por esta huella. Y dos kilómetros más adelante, se separaron.

El comisario observó los tres círculos grises en la pantalla. Dos de ellos se movían en paralelo, hacia el norte. El que iba más adelantado ya había cruzado la ruta 47. El tercero se dirigía casi en línea recta hacia el este, y ahora se encontraba a unos siete kilómetros al norte de esa sala de reuniones.

A Sandoval le sonó el teléfono y se apartó para atender. Lamuedra se concentró en esos tres puntos, ignorando las conversaciones a su alrededor.

—¿A qué velocidad van? —preguntó a la sala.

—No lo sabemos, pero no muy rápido —contestó el gerente de exploraciones—. Están atravesando el campo como si no hubiera caminos. Además, por momentos se detienen o cambian de rumbo. Probablemente para pisar un alambrado o bordear algún escollo.

—Es probable que quieran mantenerse alejados de los caminos para no cruzarse con nadie —agregó el de seguridad.

—De las tres, ¿esta es la que está más cerca del campamento? —preguntó el comisario, señalando el puntito que se movía hacia el este.

—Sí. A siete kilómetros más o menos.

—¿Y del túnel?

—A dos kilómetros.

Lamuedra observó los tres círculos grises que, según le habían dicho, habían salido del mismo lugar. El que estaba más cerca del túnel se abría en una dirección casi perpendicular a la de los otros dos.

—¿Es posible que el chofer del camión haya logrado salir por una de las ventilaciones y esta camioneta lo esté pasando a buscar?

—¿Qué sentido tendría eso? —preguntó un hombre que se presentó como el gerente de minas—. ¿Para qué arriesgarse a meter el camión en el túnel? El oro, evidentemente, por la ventilación no lo pueden sacar.

—¿No cabe?

—Cabe, pero tendrían que subirlo lingote a lingote. Además, una camioneta no llega a dos mil kilos de capacidad de carga. Ellos tienen cinco mil.

—Pero Sandoval vio parte del oro en la ambulancia. No podemos descartar que haya otra parte en ese camión.

—Descartar no podemos descartar nada, pero yo no le encuentro sentido —opinó el gerente de minas—. Si lo hubieran querido en la camioneta, se lo habrían llevado en la camioneta. ¿Para qué bajarlo al túnel y después subirlo a mano?

Lamuedra le daba la razón al hombre. No tenía sentido. Pero tampoco lo tenía cargar oro en la ambulancia, llenarla de explosivos y poner un rehén al volante.

—Tiene que estar en esas camionetas —concluyó Alvarado, el gerente de seguridad—. Cinco mil dividido entre tres es casi mil setecientos. Eso no es mucho más que la carga máxima que recomienda el fabricante.

—¿Pero para qué van a ir por el medio del campo, exponiéndose a tragarse una roca o alguna grieta y quedarse tirados? —preguntó Alberto de Abreu, de exploraciones.

—¿A alguien se le ocurre una explicación mejor? —preguntó en voz alta Alvarado.

Hubo un silencio en la sala.

—Yo estoy de acuerdo —dijo Lamuedra, señalando a Alvarado—. Lo más probable es que el doré vaya en las tres camionetas. Y la que tenemos más cerca es esta.

Se acercó a la pantalla y tocó el punto gris que se dirigía hacia el este, dejando atrás la boca del túnel.

—Parece que va para el lado de Punta Buque, ¿no? —dijo, prolongando con el dedo la trayectoria hasta llegar al mar.

—Por ahí pasa la ruta 83 —se apresuró a decir el gerente de exploraciones.

El comisario asintió y sacó su teléfono del bolsillo. Tenía buena cobertura. Marcó el número de la comisaría de Puerto Deseado con la intención de pedir que mandaran a alguien desde el pueblo para interceptar a la Hilux en caso de que decidiera ir hacia el norte. Pero antes de que pudiese llevarse el aparato a la oreja, Carlos Sandoval lo interrumpió.

—Me acaba de llamar Marcelo Byrne —dijo, mostrándole su propio teléfono.

—¿El gringo Byrne? —preguntó Lamuedra.

—Sí, el dueño de La Esperanza, la estancia lindera con el yacimiento.

—Lo conozco. Fuimos juntos a la escuela.

—Dice que su peón vio tres camionetas de nuestra

empresa yendo hacia el sur a toda velocidad. Se comunicó con Byrne para avisarle.

—¿Para avisarle? ¿Por qué? ¿Vio algo raro?

—Los vecinos no nos quieren mucho, comisario. Cuando nos hablan, es para tratar de sacarnos dinero. Byrne tiene avisado a su empleado de que si nos metemos un centímetro en su campo, se lo comunique. Y aparentemente estas tres camionetas estaban de su lado del alambrado.

—O sea que Byrne llamó para quejarse.

—No, esta vez Byrne me contactó de buena fe, porque sabe que hubo un robo en la mina y pensó que el dato podía ayudarnos.

—¿Le dijo cómo se enteró del robo?

—Lo sabe todo Puerto Deseado. Lo dijeron en la radio. Nuestros empleados habrán enviado mensajes a sus familias en cuanto restablecimos las comunicaciones, y de ahí... usted sabe cómo es.

El comisario se imaginó cuál de los seudoperiodistas habría diseminado la noticia sin medir las consecuencias. Como siempre.

—De todos modos, lo de Byrne podría ser una falsa alarma —ofreció el gerente.

—¿Por qué lo dice?

—Porque su campo está al oeste del yacimiento, y el GPS indica que las camionetas se están abriendo en dirección noreste —dijo, señalando en la pantalla—. No puede ser que el peón las haya visto dirigiéndose hacia el sur. Y mucho menos las tres juntas.

Sandoval señaló las tres trayectorias de manera brusca, enfatizando que se separaban.

—O sea que los GPS dicen que van separados hacia el noroeste y el gringo Byrne dice que iban juntas hacia el sur —resumió Lamuedra, tratando de entender.

—Byrne no, su peón —puntualizó Sandoval.

—¿Qué hay al sur de la estancia de Byrne?

—Otro campo. Se llama Bahía Laura. Hay una parte de nuestro yacimiento que limita con ellos.

—¿Tampoco tienen buena relación?

—En este caso, no hay ninguna relación. Hasta hace dos años la administraba el dueño, pero cuando murió, el heredero no se hizo cargo. Vive en Buenos Aires. Le vendió la mayoría de las ovejas a Byrne y también puso en venta el campo. Aunque me parece que para eso no tiene demasiado apuro, porque guarda la esperanza de que nuestro equipo de exploración encuentre oro ahí también.

—O sea que Bahía Laura es una estancia abandonada.

—Sí.

Lamuedra se pasó una mano por el tupido pelo gris, como hacía cada vez que intentaba pensar. No era amigo del gringo Byrne, pero lo conocía de toda la vida. Era un tipo trabajador, honesto, que había sabido llevar adelante una familia próspera y muy querida por todo Puerto Deseado. No había por qué desconfiar de él. Del peón, por otra parte, no tenía ninguna referencia. Incluso si decía la verdad, ¿era posible que se hubiera confundido las camionetas de la minera con otras que pasaban por ahí?

Tenía que elegir entre creer en los GPS o en la palabra del empleado de Byrne. Y había algo que le hacía inclinarse por lo segundo. No sólo porque la tecnología podía hackearse, sino porque él había estado en muchos campos y conocía la agudeza mental de los peones dentro de su dominio. Era verdad que solían ser hoscos al trato y que la mayoría no sabía leer ni escribir más que su nombre, pero arriba del caballo se convertían en superhumanos.

Además, ¿qué tenía más sentido? ¿Que los ladrones se llevaran el oro a paso de hombre esquivando matas o que se fueran por un camino a toda velocidad hacia una estancia abandonada?

Decidió que iría a Bahía Laura. Incluso si se equivocaba, las policías de Caleta Olivia y de Puerto San Julián estarían allí en una hora.

Volvió a marcar el número de la comisaría.

—Habla Lamuedra.

—Buenas tardes, comisario.

—Estoy en Entrevientos, fuimos los primeros en llegar. Quiero que avisen a las comisarías de San Julián y de Caleta Olivia que, según los GPS de la empresa, los tres vehículos sospechosos se dirigen hacia el noreste. Ahora le voy a mandar por email un enlace para que puedan seguirlos por internet en tiempo real. Envíe ya mismo una camioneta con cuatro efectivos hacia Punta Buque por el camino costero.

—Perfecto, comisario. Doy la orden.

—Están armados. También puede que transporten explosivos.

La voz del otro lado tardó un segundo en responder.

—Entendido, comisario.

Tras cortar el teléfono, Lamuedra se dirigió al gerente general:

—Cuando lleguen mis colegas de San Julián y de Caleta Olivia, deles el enlace para que ellos los sigan desde acá.

—¿Y ustedes qué van a hacer, comisario?

—Nos vamos a Bahía Laura.

CAPÍTULO 106

16 de julio de 2019, 6:36 p. m.

El sol ya se había puesto detrás del horizonte cuando el comisario Lamuedra salió del campamento de Entrevientos en dirección a Bahía Laura en su camioneta de la policía. Atrás venía Bellido en la otra. Seguían al gerente de exploraciones, Alberto de Abreu, que era una de las personas que mejor conocía los caminos de la zona. Carlos Sandoval se había quedado en la sala de reuniones.

Tardaron casi una hora en recorrer los cuarenta y cinco kilómetros de ripio en mal estado. Sin tener con quién hablar, Lamuedra pasó el trayecto recordando lo poco que sabía de Bahía Laura. Nunca había estado allí, pero conocía que había sido uno de los tantos pueblos que el Gobierno argentino había fundado con el propósito de aumentar la población en la Patagonia. Algunos viejos pobladores de Puerto Deseado aún recordaban la época en que la oficina de correos y las pocas casas de Bahía Laura todavía estaban habitadas.

De los escasos datos que Lamuedra tenía sobre el lugar, el más importante era que por ahí pasaba la ruta 83, un camino de ripio que recorría la costa desde Puerto Deseado hasta Puerto San Julián. Si los ladrones llegaban con el oro a uno de esos dos pueblos, sería mucho más difícil atraparlos.

Ya era noche cerrada cuando el gerente de exploraciones se detuvo en una bifurcación. El reloj de Lamuedra marcaba las siete y veintitrés de la tarde. El comisario se bajó de la camioneta y se acercó a la de la minera. La noche había traído consigo un viento helado que se metía por la ropa y dolía en la cara.

—Ya estamos en Bahía Laura —indicó De Abreu.

El comisario miró hacia adelante. Los faros de la camioneta de la minera iluminaban cien metros de estepa antes de perderse en la negrura.

—¿Y el mar?

De Abreu señaló en la misma dirección que los haces de luz.

—Un poco más allá.

—¿Por cuál de los dos caminos?

—Por los dos. El de la derecha va a parar a las ruinas del antiguo pueblo de Bahía Laura, que está en el extremo sur de la bahía. Por el de la izquierda, a unos siete kilómetros, se llega a la casa de la estancia Bahía Laura. Está casi en la playa, justo a mitad de camino entre los dos extremos de la bahía.

—¿La que está abandonada?

—Sí. Si fuera de día, se vería desde acá.

Alberto de Abreu se inclinó sobre el volante para mirar hacia arriba por el parabrisas.

—Hay buena luna. Casi llena —dijo y sacó un par de prismáticos del compartimento entre los asientos. Antes de bajarse del vehículo, apagó las luces. Lamuedra le indicó a Bellido que hiciera lo mismo con las camionetas de la policía.

—La casa en sí no se llega a ver, pero sí la silueta de los árboles que la rodean. Fíjese —dijo De Abreu, pasándole los prismáticos.

El comisario barrió la oscuridad con los binoculares hasta que logró ubicar el cúmulo de árboles que protegían la casa del viento. Probablemente, pensó Lamuedra, eran los únicos árboles en cuarenta kilómetros a la redonda.

—¿No me dijo que estaba cerca de la playa? —preguntó—. No veo el mar.

—Bahía Laura tiene una de las playas de canto rodado más anchas del país. La casa está en la playa, sí, pero de ahí al agua hay casi dos kilómetros.

Lamuedra buscó con los binoculares hasta que logró

distinguir, apenas, la línea que marcaba el fin de la estepa para dar paso a los guijarros. Entonces volvió a los árboles, tratando de encontrar alguna luz u otro indicio de que los ladrones pudieran estar ahí.

Nada. Tal vez habían tomado recaudos para mantenerse en la oscuridad absoluta. O habían seguido viaje. O, peor aún, quizás el peón del gringo Byrne se había confundido y venir a Bahía Laura había sido un error.

Estaba a punto de despegar los ojos de los prismáticos cuando le pareció ver un destello. Volvió a recorrer con el aparato el campo oscuro hasta que descubrió tres formas cuadradas que reflejaban la luz de la luna. No estaban a más de cien metros de los árboles.

—Me parece que ahí están —dijo, pasándole los binoculares a De Abreu.

—Si, son tres camionetas de la minera —asintió el gerente de exploraciones—. Veo las pértigas de seguridad en la parte de atrás. ¿Por qué las dejaron fuera del perímetro de los árboles? Si las hubieran entrado, no las veríamos ni siquiera de día.

Lamuedra se preguntaba lo mismo.

—¿Qué hacemos, comisario? —preguntó De Abreu.

—¿Hacemos? No *hacemos* nada. Bellido y yo vamos a acercarnos un poco. Usted nos sigue con las luces apagadas, y en cuanto se lo indiquemos, se para y espera.

—Comisario, no me puedo quedar de brazos cruzados. Tenemos a setecientos empleados nerviosos, algunos con ataques de pánico. Yo fui enfermero en el servicio militar. Sería mucho más útil en el campamento, con Sandoval, que esperándolos a ustedes.

—No sabemos dónde están los atacantes, De Abreu. Si usted vuelve y lo interceptan, podemos terminar con setecientos nerviosos y un muerto. Haga lo que yo le digo, ¿está claro?

—Sí, comisario.

—Bien —dijo Lamuedra, dando dos golpecitos sobre la chapa del techo de la camioneta.

Volvió a su vehículo y lo puso en marcha sin encender las luces. Avanzó a paso lento, con Bellido siguiéndolo a pocos metros y De Abreu cerrando el convoy.

***

Siete kilómetros más adelante, Lamuedra detuvo su camioneta. Estaban a apenas trescientos metros de los árboles que rodeaban la casa. Procurando hacer el menor ruido posible, sacó del asiento trasero el rifle de asalto, metió el cargador en la culata y apuntó hacia la casa.

A través de la mira telescópica, Lamuedra examinó las tres camionetas de Inuit. Estaban estacionadas fuera del perímetro de árboles, una al lado de la otra, y parecían vacías. Barrió también la enorme bahía, pero sólo vio tierra yerma, la playa interminable y, a lo lejos, los destellos brillantes de la luna sobre el agua.

—No veo ningún movimiento —dijo, acercándose a Bellido.

—Yo tampoco —respondió el oficial, que observaba con los binoculares del gerente de exploraciones—. ¿Quiere que nos acerquemos más?

—Sí, pero a pie y de a poco.

Lamuedra le hizo señas a De Abreu para que esperara en su vehículo y se puso a caminar junto a Bellido. Siguieron el camino, que era apenas dos marcas paralelas sobre la estepa. A los cien metros llegaron a una nueva bifurcación. Por la izquierda se iba a un portón de madera que franqueaba, más para los animales que para las personas, el perímetro de árboles. Por la derecha, a las camionetas.

Decidió ir a la derecha.

Caminaron en silencio. Cuando les faltaban cincuenta metros para llegar a los vehículos, Lamuedra notó que el suelo cambiaba por completo. Casi sin transición, el trazado pasó de ser una huella precaria a una de las rutas de ripio más anchas que había visto nunca.

Le resultó extraño el cambio tan abrupto, pero la corrupción en las obras públicas de la Argentina lo había curado de espanto. En su propio pueblo, sin ir más lejos, había catorce kilómetros de asfalto que no llevaban a ningún lado.

Continuó con pies de plomo, apretando un poco más los dientes con cada paso que daba hacia las Hilux.

CAPÍTULO 107

16 de julio de 2019, 5:37 p. m.

Una hora después de haber liberado los perros, las tres Hilux estacionaron al final del camino. Estaban en Punta Mercedes, el pequeño peñón que se erigía en el extremo sudoeste de Bahía Laura. Un siglo atrás, el Gobierno argentino había instalado allí un pueblo de manera caprichosa. Tres casas, un muelle, una oficina del correo y un hotelito para los ganaderos que venían a despachar por barco la lana.

No quedaba rastro del muelle, ni de los ganaderos, ni del hotelito. El único vestigio de que ahí había habido un poblado durante más de cincuenta años eran las gruesas paredes de dos casas de piedra y la estructura retorcida de un faro de hierro caído. El resto se lo habían robado o se había desintegrado tras medio siglo de viento salitroso.

Mac estacionó junto al faro. Se bajó con unos binoculares colgando del cuello y caminó a lo largo de la estructura de acero derrumbada. Le recordaba a una enorme jirafa muerta. La punta, donde alguna vez había estado la lámpara, colgaba al borde del precipicio.

Miró al mar y sonrió. A cincuenta metros de la costa, el Maese era la única embarcación en los ciento ochenta grados de horizonte azul. Dieciséis metros de casco verde dólar iluminados por el sol bajo. En la popa, el Banquero agitaba una bandera pirata. Estaba todo bien.

—¿Algún movimiento extraño? —preguntó por la radio.

Vio que el Banquero dejaba la bandera en la

cubierta y se descolgaba la suya de la cintura.

—Nada raro —oyó tras un instante de estática—. Todo listo.

Sin perder tiempo, se sentó al borde del precipicio, justo debajo de la viga de hierro oxidada a la que él mismo había sujetado, treinta y dos horas antes, el cable de acero que colgaba de la estructura. Miró hacia abajo. Tres vueltas de cable descansaban en las rocas al pie del acantilado.

—Dale —dijo por la radio.

Siguió con los binoculares cada paso del viejo ladrón de bancos. Lo vio agacharse junto al mástil y apretar el botón que encendía el cabrestante para que empezara a enrollar el cable.

—Listo, parece que va todo bien —anunció el Banquero—. Empiezo a aflojar el *backstay*.

Mac le dio el visto bueno, atento al cable. A medida que el cabrestante lo enrollaba, se iba tensando en una línea curva que unía el mástil con el agua.

Dos minutos después, las tres vueltas extendidas sobre las rocas, veinte metros por debajo de sus pies, empezaron a desaparecer en el agua. Como si un gigante submarino sorbiera un espagueti de acero.

***

Tres metros por detrás, Minerva observaba en silencio los movimientos de Mac. Igual que el día anterior, cuando los dos habían estado en ese mismo lugar para dejar todo preparado, lo seguía con la mirada mientras él hablaba por la radio y se ponía y sacaba los binoculares cada cinco segundos.

—¿Cómo va? —le preguntó.

Mac no respondió. Estaba demasiado concentrado en el cable que iba del viejo faro al agua y del agua al mástil del Maese. Ahora, el extremo atado a la estructura de hierro comenzaba a inclinarse hacia adelante a medida que la línea se tensaba. Según habían cronometrado el día anterior, el cable tardaría casi un minuto más en emerger por completo del agua.

A Minerva le parecía una eternidad. Estaba tan nerviosa que su mente se le iba a cualquier lado con tal de no pensar en lo que pasaría si algo salía mal en ese momento. Se repitió a sí misma que no había de qué preocuparse. El día anterior ella y Mac habían tendido el cable con extremo cuidado, tomando todos los recaudos necesarios para que nada fallara.

Pensar en eso le hizo recordar la conversación que habían tenido a bordo de la pequeña lancha Zodiac. Volvió a sentir vergüenza. Le debía una disculpa por cómo lo había tratado. Si todo salía bien, tendría tiempo de explicarle que había sido un malentendido. Que hacía treinta y dos horas ella no sabía que era viudo. Que se lo había contado Pólvora hoy, mientras esperaban en el contenedor de Cerro Solo.

Su mente dejó de divagar cuando vio que Mac agitaba un puño en el aire.

—¡Bien! El cable ya está fuera del agua —exclamó él, girándose para mirarla.

Un segundo después, el faro retorcido soltó un gruñido metálico que no auguraba nada bueno.

CAPÍTULO 108

16 de julio de 2019, 7:39 p. m.

—Esta también está vacía —dijo Bellido al asomarse a la caja de la tercera camioneta.

—¿Dónde se metieron estos tipos? —masculló Lamuedra.

El silencio de la noche sólo se veía interrumpido por el zumbido del viento.

—A lo mejor están escondidos en la casa.

—No podemos descartarlo, aunque es poco probable. Si hubieran querido esconderse, no habrían dejado las camionetas a la vista.

—O capaz que se fueron por mar, comisario.

Bellido había dicho esto señalando a su derecha, donde, muy a lo lejos, centelleaba el agua oscura.

Lamuedra quiso recordarle que, para llegar a la orilla, había que atravesar dos kilómetros de playa de canto rodado. La única manera de transportar cinco mil kilos por ahí sin quedarse encallado era con un camión todoterreno, tipo los Unimog del ejército. Pero un bicho así hubiera dejado unas huellas enormes que se verían incluso a la luz de la luna.

Antes de que pudiera decirle nada de esto, Bellido empezó a caminar. Así que el comisario lo siguió hasta la línea donde las matas bajas y torcidas daban paso a los guijarros. Mientras su subordinado escudriñaba la playa, él de tanto en tanto se giraba y levantaba el rifle para mirar hacia los árboles por la mira telescópica. Sólo se movían las ramas agitadas por el viento.

—No veo huellas de vehículos ni pisadas, comisario.

A lo mejor mañana, de día, encontramos algo.

—Volvamos —le indicó Lamuedra, caminando hacia las camionetas.

Cuando llegaron de nuevo junto a las Hilux, el comisario habló en voz baja.

—Lo que menos me cierra es que no hayan hecho el cambio de vehículo adentro del cuadrado de árboles. ¿Qué necesidad tenían de estacionar donde se ensancha tanto el camino?

—¿Qué camino?

—El único que hay, Bellido. Este, ¿qué otro camino ve usted? —respondió, señalándose los pies.

—Esto es muy ancho para ser un camino.

—¿Y entonces qué... ?

Pero el comisario dejó la frase a medias.

—Hijos de puta —soltó, ya sin sentir necesidad de mantener el tono de voz bajo.

¿Cómo no se había dado cuenta antes? Estaban en Bahía Laura, una estancia fundada en los albores del siglo veinte. Encendió una linterna y comenzó a caminar.

—Comisario, apague esa luz. Nos pueden ver.

Lamuedra lo ignoró y siguió caminando todo lo rápido que pudo, con el haz enfocado hacia abajo. Llegó a un punto en que la franja de tierra se cruzaba con otra igual de ancha en un ángulo de cuarenta y cinco grados.

—Hijos de puta —repitió.

Dejó atrás la intersección y continuó, barriendo con la linterna la tierra reseca y compactada. Por fin encontró lo que buscaba: tres huellas de neumáticos que empezaban de repente, como caídas del cielo.

—Tenés razón, Bellido. Esto no es un camino. Es una pista de aterrizaje.

CAPÍTULO 109

16 de julio de 2019, 7:50 p. m.

En la sala de reuniones había cerca de veinte personas. Hacía una hora, cuando la policía de Puerto San Julián y de Caleta Olivia había llegado a Entrevientos, eran muchas más. Sandoval los había puesto al corriente de los movimientos de Lamuedra, y los oficiales se habían repartido por el yacimiento. Algunos habían ido tras las señales de los GPS y todavía no habían vuelto. Otros custodiaban la entrada al túnel a la espera de la llegada del negociador y el equipo de asalto. Los dos más veteranos se habían quedado con él y escuchaban ahora la voz de Lamuedra emitida por el teléfono en manos libres sobre la mesa. Acababa de llamar desde Bahía Laura con el teléfono satelital de De Abreu.

—¿Cómo dice? —preguntó Sandoval sin poder creer lo que acababa de oír.

—Que encontramos las tres camionetas en Bahía Laura. Se fueron en avión —repitió el comisario.

—¿En avión?

—Sí. La estancia tiene una pista de aterrizaje abandonada, como muchas otras de la zona. En la primera mitad del siglo pasado, los dueños de los campos solían contratar avionetas para que los vinieran a buscar y los llevaran a las ciudades principales.

Eso Carlos Sandoval lo sabía. Varios patagónicos le habían contado que, hasta la década del cincuenta, la aviación civil había sido fundamental para el desarrollo en la zona, porque los automóviles eran demasiado precarios y los caminos, impracticables. Estos relatos sobre los años dorados de la aeronáutica casi siempre terminaban mencionando a Antoine de Saint-Exupéry, el autor de *El Principito*, que había utilizado algunas de esas pistas privadas durante los dieciséis meses que voló en la Patagonia como piloto de la Aeroposta. Algunos incluso sostenían que se había inspirado en la desolación del terreno patagónico para escribir el libro.

—Pero estas pistas no se usan desde hace décadas, comisario.

—Los dos juegos de huellas son recientes. Cada uno consta de tres marcas. O sea, un tren de aterrizaje. Como decía mi madre, es blanco y en botella —respondió el policía.

Sandoval sintió una punzada de duda. El día anterior, el reporte diario que le enviaba el jefe de la cuadrilla encargada de patrullar los caminos mencionaba que un empleado había visto una avioneta sobrevolar el yacimiento. Él no le había dado importancia.

—¿Qué tan separadas estaban las huellas de las ruedas traseras sobre la pista? —preguntó.

—Dos metros y medio. Tres, como mucho. Hay dos juegos, así que, o bien aterrizaron dos avionetas iguales, o aterrizó la misma dos veces.

—Señor comisario, con todo respeto —intervino De Abreu del otro lado de la línea—. Yo he hecho relevamientos aéreos en aviones de todo tipo. Una avioneta con un tren de aterrizaje de tres metros no puede llevar más de mil kilos entre carga y pasajeros.

—¿Qué está sugiriendo? —preguntó Lamuedra.

—No estoy sugiriendo nada. Puede ser que en esta pista haya aterrizado una avioneta, o dos. Pero esos aparatos no se pudieron llevar el oro.

Mientras el comisario y el gerente de exploraciones discutían a cuarenta y cuatro kilómetros de él, la cabeza de Sandoval intentaba encajar las piezas de ese puzzle sin sentido. Si las camionetas estaban ahí, ¿de dónde venían las tres señales de GPS que la policía de San Julián había salido a rastrear? ¿Qué tenían que ver el túnel y la ambulancia? Si eran maniobras de distracción, ¿realmente se podían haber ido por aire? Por más que las leyes de la física respondieran con un no implacable, el día anterior alguien había avistado una avioneta y el aeroclub más cercano estaba a ciento veinte kilómetros en línea recta.

Decidió no mencionarlo. Si lo hacía, la policía centraría todos sus esfuerzos en buscar por ese lado. En cambio si callaba, la incertidumbre haría que siguieran considerando todas las posibilidades.

—¿Y si lo escondieron? —sugirió el oficial de San Julián que se había quedado en la sala—. A lo mejor guardaron el oro en algún lugar y se fueron en dos avionetas.

La primera reacción de Sandoval ante esa teoría fue pensar que era una ridiculez. Sin embargo, tenía que reconocerle al policía que la parte más difícil de robar cinco toneladas era llevárselas. Si las dejaban atrás, el escape se simplificaba mucho.

CAPÍTULO 110

Bahía Laura. El día anterior al atraco.

La avioneta se había ido al mediodía. Unas horas más tarde, el Banquero se había acercado a la costa con el Maese, lo había anclado y había hecho varios viajes con la Zodiac hasta que toda la banda estuvo a bordo.

Ahora Mac acababa de dar una última mirada a la cubierta para asegurarse de que todo estaba en su lugar. Caminó hacia la popa y se detuvo junto a la bobina. No era mucho más ancha que un taburete, pero pesaba ciento noventa y cinco kilos. Sin una grúa como la que habían usado para cargarla en Buenos Aires, era imposible moverla y no romper algo en el velero.

Asomó medio cuerpo sobre la regala. La pequeña Zodiac flotaba al ritmo de las olas como una extensión trasera del Maese. Minerva ya estaba posicionada con una mano en el timón, como si temiera que alguien le fuera a quitar el puesto. Mac la entendía. Él había modificado su plan y era normal que ella quisiera seguirle los pasos de cerca.

Se puso unos gruesos guantes de cuero y desenrolló las primeras vueltas de cable. Las pasó sobre la baranda de popa y Minerva las extendió en el suelo plástico de la Zodiac, dibujando un gran ocho.

Mientras desenrollaba, Mac repasó por última vez cada uno de los doscientos cincuenta metros de cable de acero con núcleo de polipropileno. Cuando casi toda la bobina estuvo sobre la Zodiac, llevó los últimos metros hasta el mástil de aluminio del Maese.

Se subió a una escalera de pintor y pasó el extremo

del cable por la polea que él mismo había instalado a tres metros y medio de altura. Justo debajo, habían forrado el mástil con varios colchones de los camarotes. Los que habían sobrado, junto a un par más comprados para la ocasión, se apilaban en la cubierta debajo de la polea.

Enhebró la punta del cable en el eje de un cabrestante eléctrico al pie del mástil. Luego apretó el botón para enrollar hasta que el carrete quedó cubierto con varias vueltas.

—Esta punta ya está —dijo, levantando la vista hacia el Banquero, que cuidaba su barco como un perro guardián y había escrutado cada uno de sus pasos.

Se giró hacia el Cerrajero, el Pata y Pólvora, que también lo habían observado trabajar pero desde la popa, dándole espacio.

—Ya saben lo que tienen que hacer —les dijo—. Nos vemos en un rato.

Saltó a la Zodiac y Minerva aceleró de a poco, poniendo rumbo a la costa. Mientras tanto, él iba tirando el cable al agua.

El lecho no estaba a gran profundidad, así que tenían metros de sobra. Quince hasta el fondo, cincuenta hasta llegar a la costa y casi veinte de altura hasta el faro caído.

Mientras el mar azul engullía el cable, se preguntó si el Gobierno argentino alguna vez reconstruiría el faro Campana. Según habían podido averiguar, se había derrumbado en algún momento entre 2009 y 2016. Lo más probable era que no, concluyó. Aquel esqueleto estaba condenado a ser olvidado y desintegrarse a la intemperie. Igual que Entrevientos cuando dejara de ser rentable.

Una ola golpeó con fuerza el casco de la Zodiac, empapándolos con un espray helado.

—En el Caribe supongo que el agua debe ser muy diferente —le dijo a Minerva.

—Seguro que a tus tres hijos les va a encantar.

A Mac, la contestación cargada de sorna lo tomó por

sorpresa.

—Supongo que sí. Aunque pensaba escaparme unos días sin ellos.

—Escuchame, Mac, no es el momento.

En eso, le daba la razón a Minerva. El día antes de cometer un robo millonario no había lugar para ponerse romántico. Lo mejor era callar y seguir tirando vueltas de cable al mar.

Pero uno no siempre hace lo mejor.

—¿Cómo sabés que tengo tres hijos?

Minerva no despegó la mirada de la playita mínima a un costado de los acantilados a la que se acercaban.

—Minerva, ¿qué te pasa? ¿Te molesta que tenga hijos? Decímelo y punto. No vas a ser la primera ni la última.

—Lo que me molesta es que tengas una mujer y te hagas el galán conmigo.

—¿Qué?

—Flaco, trabajé durante muchos años rodeada de tipos alejados de su familia. Tengo un máster en detectar a los casados que se hacen los solteros.

—Conmigo el detector te falla.

—Mirá Mac, yo mañana me juego la vida y vos también. Tenemos mejores cosas que hacer que hablar de esto. Por eso y por respeto a la mujer de la foto que tenés en la billetera, no digas nada más.

—¿Revisaste mis cosas?

Minerva se encogió de hombros.

—Soy la líder de la banda. Tengo que saber con qué bueyes aro.

Mac negó con la cabeza. No sabía si empezar por preguntarle quién le había dado derecho a revolver en sus cosas o explicarle que lo había entendido todo mal. Pero ella tenía razón en que ese no era el momento. Necesitaban la cabeza fría y plena concentración durante las siguientes treinta y dos horas. Si todo salía bien, ya tendrían tiempo de hablar.

La Zodiac se frenó en la playa de canto rodado antes

de que ninguno de los dos dijera otra palabra. Saltaron a las piedras húmedas en silencio. Quedaban más de cien metros de cable en la embarcación. Mac los fue llevando en tramos hacia unas rocas debajo del acantilado. Minerva mientras tanto se calzó la mochila y caminó en dirección contraria, hacia donde la pared de roca dejaba de ser vertical, y empezó a trepar.

Cuando ya no quedaba cable en la Zodiac, Mac miró hacia arriba. La punta del faro caído asomaba por el acantilado, veinte metros por encima de su cabeza. Dos minutos después, la figura de Minerva se recortó entre las vigas oxidadas y le tiró una soga que cayó desenrollándose a toda velocidad. Mac la ató a la punta del cable y levantó el pulgar. Después corrió para subir al acantilado por donde lo había hecho su compañera.

Al llegar arriba, se unió a Minerva junto al faro caído. Ella ya tenía varios metros de cable enrollados a sus pies.

—Con esto tenemos suficiente —dijo él, sacando de la mochila una toalla y un rollo de cinta adhesiva. Volvió a estudiar cada una de las gruesas y herrumbrosas vigas de acero del faro como lo había hecho unos días atrás. Concluyó una vez más que la mejor era una que, a pesar de estar completamente cubierta de óxido, no había sido debilitada por la corrosión. Además, su ubicación era ideal: estaba justo al borde del precipicio, a noventa centímetros del suelo.

Cubrió la viga con la toalla y la sujetó con la cinta adhesiva. Enrolló el cable sobre la superficie acolchada y remató la sujeción con un cierracables. Observó el resultado, satisfecho. Se necesitarían más de diez mil kilos de fuerza para que esa atadura cediera.

—La hora de la verdad —le dijo a Minerva, haciendo un gesto hacia una de las casas de piedra en ruinas.

Caminaron juntos hasta allí para buscar la primera de las latas de pintura rellenas con plomo fundido que habían dejado escondidas dos días atrás. Cada una tenía seis litros de metal y pesaba sesenta y seis kilos. Más o menos lo mismo que un lingote de doré.

CAPÍTULO 111

16 de julio de 2019, 5:46 p. m.

El día anterior, cuando habían tendido el cable y habían hecho la prueba con las latas de plomo, la estructura del faro también se había quejado con ruidos de metal retorcido. Sin embargo, a Mac le parecía que ahora los chirridos eran más fuertes. Quiso pensar que los oía amplificados por los nervios y la adrenalina.

—¿No hace demasiado ruido? —le preguntó el Pata.

—Es normal —respondió él con el tono más sereno que fue capaz de lograr.

—Pero ayer sonaba mucho menos —intervino Minerva.

—Porque hoy hay más viento y el cable tira un poco más. No se preocupen, está todo calculado.

Estuvo a punto de agregar que hasta los grandes rascacielos del mundo oscilaban con el viento, pero prefirió no hacer ningún comentario sobre estructuras altas delante del Pata.

—¿Cómo va? —preguntó a la radio, con la vista en el Maese.

—Normal —respondió el Banquero.

—Veo que el cable ya salió de la superficie. ¿A qué altura está?

—La parte más baja, entre un metro y medio y dos metros sobre el agua, dependiendo de las olas.

—Muy bien. Empecemos.

Mac abrió uno de los bolsos negros y sacó un trozo de red de pesca de los que habían estado preparando los días anteriores. Eran cien, todos idénticos, cortados en cuadrados de un metro veinte de lado y con un lazo de soga enhebrado en las cuatro esquinas. Lo apoyó en el suelo rocoso al borde del precipicio, noventa centímetros por debajo del cable unido al faro.

—Vamos con el primero.

Entre el Pata y Pólvora descargaron un lingote de la camioneta estacionada a apenas tres metros del precipicio y lo apoyaron en el centro de la red. Mac tiró del lazo, cerrándola en torno al doré. Después enganchó el hatillo a una polea con sistema de frenado y la colocó sobre el cable de acero.

—Ayudame, Pólvora.

Entre los dos, lo empujaron al precipicio.

El doré se deslizó colgando de la polea, como una bala lenta disparada al mástil del velero.

***

Ahí viene. *No te me muevas ahora, Maese...* pensó el Banquero, con la mirada clavada en el bulto que se deslizaba hacia él por la tirolesa.

Si el Maese se mantenía en posición, el mástil resistiría. Al fin y al cabo, estaba diseñado para aguantar las toneladas de fuerza que el viento ejercía sobre las velas cuando estaban desplegadas. Pero si el ancla se movía o una ola fuerte lo hacía virar, la tirolesa podía tocar alguno de los obenques, unos cables que reforzaban el mástil a babor y estribor. Sin el *backstay* y con un obenque roto, las tensiones se desajustarían tanto que el cable que unía al Maese con el faro Campana podía terminar arrancando el mástil.

...y espero que los colchones aguanten.

Lo otro que lo ponía nervioso era el impacto. Habían hecho pruebas el día anterior con latas rellenas de plomo y los colchones habían amortiguado el peso sin problemas. Pero él había estado en suficientes robos para saber que un ensayo no era más que un ensayo. El día del robo, Murphy solía presentarse con su ley muy afilada.

El lingote golpeó con un ruido sordo el primero de los colchones, que se arqueó como el guante de un jugador de béisbol. El segundo se dobló un poco menos. El tercero, menos aún. En conjunto, los colchones resistieron de manera estoica.

El Banquero se subió a la escalera de pintor desplegada junto al mástil y le hizo un tajo a la red con un cuchillo. El metal cayó más de un metro y aterrizó en los colchones apilados en la cubierta. Sonrió, satisfecho.

Desenganchó la polea con la red vacía y volvió a levantar la bandera pirata. Vio que en el otro extremo del cable acoplaban una nueva polea.

Pero esta vez no colgaron un lingote. El segundo envío iba a ser muy distinto.

***

—Vos primero, Pata —le dijo Mac mientras sacaba del bolso un manojo de correas negras—. La pierna derecha por acá y la izquierda, por acá.

El Pata le hizo caso. El corazón le latía desbocado, igual que dos meses y medio atrás, cuando se había calzado un arnés idéntico en San Rafael. A diferencia de aquella vez, ahora no tendría la opción de elegir el camino de la gallina.

Sintió los tirones en el pecho y en las piernas cuando Mac verificó que el arnés estaba bien colocado. Después, su compañero le apoyó la mano en el hombro y lo guió al borde del acantilado.

—Mejor no mires para abajo —le dijo.

Aquello fue como cuando te dicen que no pienses en un elefante. Lo primero que hizo el Pata fue agarrarse con fuerza a la estructura oxidada del faro y agachar la mirada. Las olas rompían contra unas rocas de bordes afilados veinte metros debajo de sus pies. Caer era una muerte segura.

Pasó los dedos por el cable de acero y le pareció ínfimo.

—¿Estás seguro de que esto aguanta?

—¿No viste que acabamos de tirar un lingote de sesenta kilos? Si aguantó eso, te aguanta a vos, que sos piel y hueso —le respondió Mac, golpeándole con la mano abierta la prominente panza.

—Te estoy hablando en serio. Tiene un centímetro de diámetro y está atado a un amasijo de hierros oxidados. ¿No se va a cortar? —insistió, tirando del cable.

—Por supuesto que no se va a cortar. En tres años no se me cortó nunca ninguno. Y te puedo asegurar que a esta tirolesa le puse muchas más pilas que a cualquier otra. Además, ¿qué es lo peor que te puede pasar? ¿Un chapuzón fresquito?

El Pata chasqueó la lengua y negó con la cabeza.

—Estoy cagado de verdad, Mac. Muy cagado. Vi en internet que el agua acá está a tres grados. Y yo no sé nadar.

—No se va a cortar, ni te va a pasar nada. Te lo prometo. Ahora, sentate en el borde.

Sin soltar los hierros oxidados, el Pata se agachó hasta sentarse en la roca con las piernas extendidas hacia adelante. El precipicio empezaba en sus tobillos.

—Muy bien —le dijo Mac, enganchando la polea del arnés al cable, que casi le tocaba la cabeza—. Ahora arrimate un poco más al borde. Imaginate que es un paredoncito de medio metro.

—No puedo imaginarme eso, boludo. Tengo fobia a las alturas, ¿no lo entendés?

—No te va a pasar nada, dale. Vos agarrate al cabo de la polea y yo cuento hasta tres y te empujo, ¿sí?

El Pata asintió y cerró los ojos. A pesar de que en el bosque aéreo Mac le había enseñado que el peso lo aguantaban las tiras de los muslos, se aferró con ambas manos a la soga que lo unía a la polea como si fuera su único punto de contacto con la vida.

Reptó sobre los glúteos hacia adelante hasta que las pantorrillas le quedaron colgando.

—Uno... —dijo Mac.

El Pata sintió al mismo tiempo el empujón en la espalda, el vacío en el estómago y las tiras del arnés apretándole los testículos. Sobre su cabeza, la polea comenzó a zumbar a medida que ganaba velocidad en el cable.

—¡Dijiste hasta tres, hijo de...!

Fue incapaz de completar el insulto porque, conforme avanzaba, la rabia y el miedo se le fueron transformando en una sensación de alivio. Tuvo una especie de visión: estaba, casi literalmente, volando hacia su libertad. Volvió a pensar en Sandra, en Los Antiguos y en Mina corriendo entre cerezos.

—Cuidado con los pies —le gritó el Banquero desde el velero, señalando el lingote de doré, todavía sobre los colchones.

La llegada no fue glamurosa. El cuerpo del Pata golpeó los colchones de costado, con el hombro y la cadera al mismo tiempo. El frenazo de golpe le hizo soltar las manos del cable y terminó cabeza abajo, con la cara colgando a un metro del lingote.

El Banquero lo tuvo que ayudar a desengancharse. Cuando estuvo libre, se movió un poco y comprobó que no se había roto ningún hueso. Entonces lo invadió una euforia que le tensó todos los músculos.

—Uuuuuhuuuuuuuuuu —gritó con toda su fuerza.

—Festejá un poco más acá, que ahí viene el Cerrajero —le indicó el Banquero mientras señalaba el otro extremo del cable, donde una silueta se asomaba al precipicio.

Veinte segundos después, el Cerrajero llegó pálido a los colchones sobre la cubierta. Apenas se libró de la polea, corrió a asomarse por la regala para vomitar.

—Dale, che, devolvé rápido que tenemos trabajo —le gritó el Pata, riéndose.

El Cerrajero se limpió la boca con la manga y volvió al mástil junto a él.

—Estoy bien, gracias por preguntar.

El Pata sonrió, le dio una palmada en el hombro y señaló el lingote en los colchones. Lo levantaron entre los dos y lo llevaron hacia la estrecha escalera que se adentraba en el barco.

Lo último que el Pata vio antes de meterse al velero fue que el Banquero volvía a agitar la bandera pirata. Y entonces un nuevo rectángulo partió hacia ellos, reflejando los rayos de un sol bajo que no tardaría en ponerse.

***

Les llevó más de quince minutos descargar la primera camioneta. Cuando estuvo vacía, Minerva la condujo once kilómetros y la estacionó en uno de los extremos de la pista de aterrizaje de la estancia Bahía Laura. Sacó de la mochila una jabonera de plástico donde guardaba un trapo embebido en cloro. Lo pasó sobre el volante, la palanca de cambios y la manija de la puerta.

Sin perder tiempo, corrió los cien metros hacia el rectángulo de árboles. Abrió la tranquera con el corazón a mil y los pulmones ardiendo.

La puerta de entrada a la casa de dos pisos seguía sin llave, como desde hacía tres días, cuando el Cerrajero había hecho su magia. Entró y cerró tras de sí.

CAPÍTULO 112

16 de julio de 2019, 7:56 p. m.

Refugiándose del viento dentro de la camioneta de De Abreu, el comisario continuaba con su conversación con el gerente general a través del teléfono satelital.

—Por ahora, tenemos que estar abiertos a todas las posibilidades —dijo al aparato—. Si el doré se fue por tierra, lo más probable es que lo intercepten en algún control caminero o fronterizo. Está avisada la policía de toda la provincia. Pero también pueden habérselo llevado por mar o haberlo escondido.

—Con los barcos sucede lo mismo que con los aviones —respondió el gerente del otro lado de la línea—. Para cargar cinco mil kilos se necesita uno grande, que sólo podría llegar a la costa atracando en un muelle.

—A lo mejor usaron una lancha para transportar los lingotes desde la orilla a un barco más grande —ofreció De Abreu, apoyando el codo en el volante.

—Algo así requeriría muchos viajes —retrucó Sandoval—. No les habría dado el tiempo.

—Además, en la playa no se ve ninguna huella —acotó Bellido.

—De alguna forma se tienen que haber llevado el doré —opinó De Abreu—. A mí la idea de que lo hayan escondido no me convence para nada.

Al comisario, tampoco. De hecho, ninguna de las alternativas tenía sentido para Lamuedra. Empezaba a resignarse a esperar a que fuera de día para encontrar una respuesta. Ahora, en plena noche, sólo les quedaba una cosa por hacer.

Tras cortar la comunicación con Sandoval, se giró hacia Bellido, que estaba sentado en el asiento de atrás.

—Vamos a entrar a la casa.

—Pero, comisario, somos dos y ellos son cinco. Si nos están esperando, nos van a acribillar.

—Ahí adentro no hay nadie, Bellido.

—¿Usted cómo lo sabe? —preguntó De Abreu.

—Porque no tiene sentido. Estos tipos no son ningunos boludos. Si se quieren esconder, no dejan tres camionetas a la vista.

—¿Entonces para qué quiere entrar? ¿Cree que el oro puede estar escondido ahí?

El comisario negó con la cabeza.

—¿Y entonces?

—Porque esa casa es la única construcción en pie en cuarenta kilómetros a la redonda, Bellido. Y es una de las casas más cercanas a la mina de Entrevientos. Y porque las Hilux están casi en la puerta. ¿Cómo no vamos a entrar?

El comisario abrió la puerta de la camioneta.

—Usted espera acá —volvió a ordenarle a De Abreu.

Lamuedra y Bellido caminaron en silencio hacia el portón entre los tamariscos. El comisario iba atento a cualquier sonido, pero sólo oía el viento y sus pasos haciendo crujir la tierra dura. Abrió el portón con cuidado y se adentraron en el rectángulo de árboles que protegía a aquel puñado de construcciones solitarias.

A la luz de la luna, la gran casa en el centro del cuadrilátero tenía un aire tétrico. Era de chapa, del estilo inglés tan popular en la Patagonia de antes. Lamuedra había visto muchas con ese tipo de arquitectura, pero nunca una de dos pisos como la que ahora tenía enfrente. La puerta principal estaba protegida con un alero a dos aguas rematado por un ojo de buey. En la chapa se adivinaban las últimas escamas de lo que alguna vez había sido pintura blanca.

Alrededor de la vivienda, como satélites menores, había tres construcciones más. Dos eran galpones para la esquila y demás trabajos del campo, hechos de la misma chapa. La tercera, una pequeña casa de cemento. Probablemente ahí había vivido el peón.

Lamuedra avanzó directamente hacia la vivienda principal. Se llevó el dedo índice a los labios y miró a Bellido. Cada uno sacó su arma.

El comisario encendió la linterna y tanteó el picaporte. La puerta se abrió con un chirrido y el haz de luz reveló una amplia cocina-comedor presidida por una estufa a leña. En el centro había una mesa sin sillas.

Se acercó a la estufa y la tocó con el dorso de la mano. Estaba helada.

Además de la puerta de entrada, en la sala había otras cuatro que comunicaban con el resto de la casa. Apuntó a una de ellas y le hizo señas a Bellido para que la abriera. Resultó ser una despensa en la que todavía quedaban algunas latas de conserva oxidadas. Repitieron la maniobra con la segunda, que daba a una habitación con la cama hecha. Detrás de la tercera encontraron un baño viejo y polvoriento. La última conducía a una escalera.

—¿Subimos? —le susurró Bellido.

Lamuedra asintió y puso un pie con cuidado en el primer peldaño. Pero apenas le apoyó todo su peso, la madera rechinó como la peor de las bisagras. Así que subió corriendo, tomando los escalones de dos en dos.

El pasillo de arriba estaba desierto. Contó otras cuatro puertas, y se dispuso a revisarlas. La única que estaba abierta daba a un baño igual de viejo que el de abajo. Las siguientes dos eran habitaciones, una de matrimonio y la otra con tres camas individuales. Todo estaba pulcramente ordenado.

Acá no estuvieron, pensó.

Resignado, abrió la última puerta.

Y entonces supo que se había equivocado.

CAPÍTULO 113

16 de julio de 2019, 8:01 p. m.

Acá sí estuvieron, se corrigió.

La cama de matrimonio que debería haber ocupado el centro de la habitación estaba apoyada de costado contra una pared, con las patas apuntando hacia Lamuedra. En su lugar había seis sillas dispuestas en dos filas, orientadas hacia una pequeña mesita sobre la que descansaba un vaso vacío. Detrás de ella, dos láminas clavadas en la madera de la pared. Una era un plano del proyecto minero de Entrevientos. La otra llevaba por título «*Gold Room*», y tenía anotaciones manuscritas en rojo.

Lamuedra se los imaginó aquella misma mañana, levantándose temprano y haciendo cada uno las camas en las que habían dormido. Sin contar la de esa habitación, había cinco en la casa. Cinco camas, cinco asaltantes.

—Tendrían que venir los de criminalística, ¿no? —sugirió Bellido a sus espaldas.

—Sí, mejor salgamos para no seguir contaminando la escena.

Bajaron las escaleras sin tocar las paredes. En la planta baja, Bellido enfiló hacia la salida, pero el comisario se quedó atrás, observando la vieja estufa a leña.

Cubriéndose los dedos con la manga de la camisa, abrió la puerta de hierro fundido. El haz de la linterna reveló cenizas y un trozo de madera que no había terminado de arder. Al moverlo, quedó al descubierto un pedazo de papel chamuscado.

Acercó la cara a la puertita de la estufa, y al observarlo más de cerca, se quedó paralizado. Quiso convencerse de que estaba equivocado, pero mientras más lo pensaba, más sentido cobraba.

Decidió no tocarlo. Que lo encontraran los peritos forenses. Cerró la estufa y salió de la casa. Afuera, mientras el viento de la madrugada le volvía a helar la cara, le contó a Bellido lo que había descubierto y le pidió absoluta reserva. Después comprobaron juntos que tanto los galpones de esquila como la pequeña casa del peón estaban vacíos.

Abandonaron la protección de los árboles, caminando hacia sus camionetas. Lamuedra no podía dejar de pensar en el pedacito de papel. Esa esquinita, que por algún capricho del destino no se había consumido en el fuego, acababa de entregarle a un miembro de la banda.

***

El comisario y Bellido volvieron a la camioneta en la que De Abreu los había esperado, por segunda vez, obedientemente. Antes de que cerraran las puertas, el gerente de exploraciones ya estaba llamando a Sandoval.

—¿Encontraron algo? —les preguntó, mientras la línea daba tono de llamada.

Lamuedra negó con la cabeza, haciendo un esfuerzo para no revelar lo que sabía. Su mujer siempre le decía que era pésimo para mentir.

—¿Alguna novedad? —atendió Sandoval.

—Lamentablemente, no —dijo Lamuedra—. Entramos a la casa pero no se ve nada.

—No se pueden haber esfumado, comisario —insistió Sandoval.

—Desde luego. Mañana, con la luz del día, seguramente obtendremos pistas nuevas.

—¿No sería mejor seguir buscando? —preguntó De Abreu.

—¿Adónde quiere que busquemos? La casa está vacía y todo parece indicar que se fueron por aire.

—¡De Abreu le acaba de explicar que es demasiado

peso para llevárselo por aire! —intervino Sandoval del otro lado del aparato.

Lamuedra estuvo a punto de responderle con un tono aún más alto. ¿Quién se había creído el tipo este? ¿El presidente de la nación?

Pero ponerse a gritar no era una buena movida. Así que el comisario respiró hondo y habló en el tono más calmado que logró conseguir.

—Señor Sandoval, no pierda los estribos. Ahí hay una pista de aterrizaje con claras huellas de ruedas de avión. Puede que usted tenga razón y el doré esté escondido. Si es así, lo vamos a encontrar. Ahora lo que tenemos que hacer es volver al campamento.

Mientras le hablaba al aparato, Lamuedra sacó del bolsillo de la campera el chicle que le había dado Sandoval en su oficina. Una de las esquinas era idéntica al trozo de papel chamuscado que había en la estufa.

CAPÍTULO 114

16 de julio de 2019, 6:05 p. m.

Al entrar a la vieja casa de la estancia Bahía Laura, Minerva se puso guantes de látex y una gorra de cirujano. Cerró la puerta tras de sí y subió a toda prisa las escaleras que conducían a la planta de arriba. Fue directa a la habitación más grande.

El sol se había puesto hacía diez minutos, pero la última claridad del día todavía se filtraba por las cortinas. Siguiendo sus órdenes, Pólvora y Mac habían puesto la cama de canto y llevado allí todas las sillas de la casa, orientándolas hacia una de las paredes de madera.

Sacó un rollo de cinta adhesiva de la mochila y hurgó entre los objetos que el Cerrajero había conseguido en la habitación de Sandoval. Pegó sobre la pared un plano de la mina y otro de la *gold room* con anotaciones manuscritas del gerente.

Antes de salir de la habitación, esparció en el suelo algunos de los pelos grises que el Cerrajero había juntado en la ducha de Sandoval. Después fue al baño y escondió detrás de la pileta el repuesto de una maquinita de afeitar.

Bajó a la cocina y abrió la pequeña puerta de hierro de la estufa. Se encontró con cenizas y trocitos de madera carbonizada de un fuego viejo. Bingo.

De la bolsa, sacó el chicle de café. Lo abrió y se obligó a metérselo en la boca. Una ola de asco y el recuerdo del miedo le recorrieron el cuerpo, pero siguió masticando mientras observaba el envoltorio.

Prendió una punta con un encendedor y esperó a que el fuego lo hubiera consumido casi todo. Cuando sopló, sólo quedaba una esquina del papel entre sus dedos enguantados. La dejó dentro de la estufa.

Por último, se arremangó el brazo izquierdo y se levantó la muñequera hasta el codo. Incluso con la escasa luz, la pulsera de doré brillaba. Se la había vuelto a poner el día que decidió robar la mina, para que se le clavara como una espuela en los momentos de duda. Y había funcionado. Como una brújula macabra, la pulsera le había marcado el único camino para estar a mano con ese hijo de puta.

Respiró hondo. Faltaba muy poco para poder arrancársela con todas sus fuerzas. Se imaginó el alivio que sentiría cuando su piel dejara de estar en contacto con ese metal.

—Ahora vamos a ver quién es el guanaco y quién el puma —dijo en voz alta, cerrando con un fuerte golpe la puerta de la estufa.

Y salió de la casa.

CAPÍTULO 115

16 de julio de 2019, 6:25 p. m.

Minerva corrió dentro del perímetro de árboles hasta un galpón de esquila a cincuenta metros de la casa. En el interior habían dejado escondida a la Sinpapeles. Se subió, puso la palanca de la caja automática en la posición de avance y salió del perímetro de árboles.

Recorrió los once kilómetros hasta Punta Mercedes con cuidado de mantenerse en el centro del ripio duro, donde las huellas quedaban mucho menos marcadas. Al llegar junto al faro caído, sus compañeros ya habían terminado de descargar la segunda Hilux y comenzaban con la tercera.

—¿Cómo va? —les preguntó, subiéndose a la caja para ayudar a mover un lingote.

—Por ahora, bien —dijo Pólvora.

Trabajaron en un silencio únicamente interrumpido por los gruñidos del faro. Había que levantar cada lingote, llevarlo hasta una nueva red abierta en el suelo, enganchar la red a unas poleas y, a su vez, las poleas al cable de acero. Después, empujar con mucha fuerza y esperar a que hubiera sesenta kilos más a bordo del velero.

Tras tirar con Mac un nuevo lingote por el precipicio, Minerva regresó a la camioneta para descargar con Pólvora el siguiente. El faro soltó uno de sus gruñidos, que Minerva ya se había acostumbrado a ignorar. Sin embargo, al levantar la mirada vio que el cable perdía inclinación, como si se hubiera cortado en el otro extremo. Miró hacia el Maese y vio que el Banquero agitaba los brazos en la popa.

—El cable está perdiendo tensión y se está hundiendo en el agua —anunció Mac.

En ese momento, en la radio sonó la voz del Banquero.

—Se acaba de cortar el cabo del ancla. Estoy a la deriva y el cable me arrastra hacia el acantilado.

CAPÍTULO 116

16 de julio de 2019, 6:32 p. m.

Mac sintió el tirón brusco cuando Pólvora le arrebató la radio de la mano.

—¿Qué hacemos? —preguntó al aparato.

—Nos vamos. Ya hay setenta y tres lingotes a bordo —le respondió el Banquero.

—Nos quedan quince.

—Pero no tenemos ancla. No me pienso arriesgar con la de repuesto.

Mac escuchaba la conversación con la vista en el velero. Ya habían hablado de eso, y él estaba de acuerdo con el Banquero. Si usaban la segunda ancla del Maese y la perdían, tendrían que decirle adiós a la posibilidad de fondear en ningún lado. Eso y entregarse a la policía era prácticamente lo mismo.

—No pienso dejar los quince lingotes acá.

—No se trata de lo que pienses, Pólvora. Se cortó el ancla. Nos vamos —respondió el Banquero.

Mac echó un vistazo al resto de los lingotes, en la caja de la última camioneta. Quizás existía una forma de cargarlos sin recurrir al ancla. Le pidió la radio a Pólvora.

—Banquero, tengo una idea. Arrancá el motor y navegá alejándote de la costa, para volver a tensionar el cable.

—¿Estás loco? Quedarse sin motor es mucho peor que quedarse sin ancla.

—No va a pasar nada. La tensión que necesitamos en el cable es mucho menor que la resistencia del agua mientras el velero se mueve. Si el Maese puede navegar a ocho nudos, puede mantener la tirolesa tensa.

Hubo un silencio del otro lado de la radio.

—Intentémoslo —insistió Mac.

—Ante el menor problema, nos vamos.

—Por supuesto.

Al oír esto, Pólvora se alejó para descargar con Minerva el siguiente lingote.

—Una cosa más, Banquero —dijo Mac.

—¿Qué?

—Como el motor está más atrás del mástil, vas a estar empujando al velero como quien empuja una bicicleta por el asiento. ¿Sabés lo que significa eso no?

—Que si me desvío un par de grados, el Maese puede hacer un giro brusco.

Y terminar hundiéndose, pensó Mac.

—Correcto. No te desvíes.

***

El Banquero cerró las manos sobre el timón del Maese y soltó un soplido profundo. El Pata y el Cerrajero salieron de la bodega después de guardar un lingote.

—¿Qué pasó? Sentimos como un tirón —preguntó el Pata.

—No me digas que... —dijo el Cerrajero, mirando el cable sumergido en el agua.

—Perdimos el ancla. Voy a intentar tensar el cable con el motor.

—¿Eso no es peligroso? —preguntó el Cerrajero.

El Banquero chasqueó la lengua, como si la pregunta lo indignara.

—No para el capitán Nemo —dijo, señalándose el pecho con un dedo. Bastante tenía con sus nervios como para también preocupar a los otros dos.

Apoyó con suavidad la mano derecha en la palanca del acelerador. El motor del Maese comenzó a empujar y el cable se tensó poco a poco. La mano izquierda apretaba el timón con toda su fuerza, como si se le fuera a escapar.

—Ya está completamente afuera del agua —anunció el Cerrajero treinta segundos después.

—¿A cuánto?

—Un metro.

—El cable está a un metro del agua —repitió el Banquero por radio.

—No alcanza —respondió Mac—. Si un lingote se choca con una ola y se frena, nos deja inutilizada la tirolesa.

Sin responder, el Banquero empujó un poco más la palanca.

—Metro y medio —anunció el Cerrajero.

—Metro y medio —repitió a la radio.

—Bien. Necesitamos por lo menos dos metros para estar seguros.

—El motor está casi al máximo.

—¡Dale!

Aceleró un poco más, aunque sin llevar la palanca hasta el fondo. Era su barco y no pensaba arriesgar más de lo necesario.

—Ahora sí, entre un metro y medio y dos, dependiendo de las olas —dijo el Cerrajero, y él se lo comunicó a Mac.

—Perfecto, va el siguiente lingote.

Para cuando el Banquero giró la cabeza hacia Punta Mercedes, una nueva barra de metal viajaba hacia el Maese. Siguió la trayectoria hasta el punto más bajo del cable. El lingote pasó apenas a veinte centímetros de la cresta de una ola.

Mierda, pensó. Si aflojaba un ápice la marcha del motor, chau tirolesa.

***

—Cuatro lingotes más y terminamos —anunció la voz de Mac en la radio.

Menos mal, pensó el Cerrajero, que miraba el mando del velero desde los colchones junto al mástil. Por más que el Banquero había querido disimular, a él le quedaba claro que lo que estaban haciendo era muy arriesgado. Para colmo, se estaba levantando viento y las olas eran cada vez más grandes.

—Ahí viene el siguiente —anunció el Pata, que estaba al otro lado de la pila de colchones.

El Cerrajero siguió al lingote con la vista mientras cruzaba el cielo, iluminado apenas con la última claridad rosa del crepúsculo.

—Che, ¿no está muy bajo el cable? —atinó a decir.

Como si su frase hubiera sido un mal presagio, la punta del lingote tocó el agua, lanzando hacia adelante un espray en forma de abanico.

Al ver que el impacto había reducido mucho la velocidad del hatillo, el Pata salió corriendo hacia la popa. El Cerrajero lo siguió con los ojos fijos en la barra de doré, que ahora subía hacia ellos por el último tramo del cable a paso de caracol.

—No va a llegar —anunció el Banquero desde el timón.

Tiene razón, pensó el Cerrajero. *No va a llegar. Y si no llega, chau tirolesa.*

—A lo mejor llegamos nosotros —gritó el Pata, que desenganchaba una larga vara de madera atada a la cubierta.

El Cerrajero adivinó al instante las intenciones de su compañero. La vara, de tres metros de largo, tenía un gancho de metal en la punta. El Banquero les había explicado que la había comprado en República Dominicana durante una temporada en la que estuvo obsesionado con *El viejo y el mar* y había intentado, sin éxito, pescar marlines en el Caribe.

Mientras los sesenta kilos de doré subían por el cable a una velocidad mínima, el Pata se paró en el borde de la popa, apoyó los muslos contra el pasamanos cromado y asomó medio cuerpo fuera del velero.

—No te vayas a caer al agua, Pata.

El Pata se inclinó aún más hacia adelante y extendió

la vara.

Por algo lo llaman fiebre del oro, pensó el Cerrajero, y sujetó a su compañero por detrás, agarrándolo del cinturón. *Ya se olvidó de que le tiene miedo a las alturas*.

El lingote estaba a punto de detenerse y todavía le faltaba un metro para ponerse a tiro del gancho de metal en la punta de la vara.

—Agarrame fuerte —gritó el Pata, y se inclinó aún más hacia adelante.

—Pará, boludo —le dijo el Cerrajero. Su compañero tenía más cuerpo afuera que adentro del velero. Si lo soltaba, se iría al agua.

—¡La tengo!

El Cerrajero miró por encima del Pata y vio que el garfio de metal estaba enganchado a la red. Pero una cosa era impedir que el lingote se les escapara y otra muy distinta subirlo a bordo por un cable ascendente.

Tiró con toda su fuerza del cinturón. Su compañero logró estabilizarse, pero el lingote seguía colgando sobre el agua a medio metro de la popa.

—¿Y ahora, qué van a hacer? —gritó el Banquero desde el timón.

La pregunta era muy apropiada. A pesar de que ya tenían la red al alcance de la mano, nunca lograrían que la polea subiera por el cable.

—Banquero, ¿cuánto tiempo podés soltar el timón?

—Treinta segundos, como mucho.

—Habría que engancharlo con una soga y tirar desde el mástil —dijo el Pata, señalando una cuerda enrollada sobre la cubierta.

—Es una idea pésima —dijo el Banquero y se agachó para abrir un mueble debajo del timón.

Cuando volvió a erguirse, llevaba en la mano un machete de acero inoxidable.

—No, pará, ¿qué vas a hacer?

—Terminar con esta estupidez —dijo, y caminó hacia ellos con paso decidido.

Estirándose con un movimiento rápido, el Banquero

se subió a la baranda y cortó la red de un sablazo. El lingote hizo *zup* al hundirse en el agua, y el Cerrajero cayó hacia atrás, aprisionado entre la cubierta del Maese y el cuerpo del Pata.

Para cuando se levantó, el Banquero ya había vuelto al timón. En el agua no había rastros de lo que acababa de suceder. Solo se veían las burbujas que arremolinaba el motor del velero.

—¿Quedan tres, no? —oyó que el Banquero decía a la radio.

—Sí.

—Mandalos en ráfaga. Si llegan, bien. Si se chocan con el agua y se quedan trabados, mala suerte. Ya tenemos bastantes.

CAPÍTULO 117

16 de julio de 2019, 6:35 p. m.

Mac vio a través de los binoculares que los últimos tres lingotes llegaban a destino sin tocar el agua. Lo invadió una sensación de éxtasis. De las ochenta y ocho barras de doré, ochenta y siete estaban a bordo del Maese y una en el fondo del mar. Nada mal.

—Te mando el último paquete —le dijo al Banquero por radio.

—*Okey*.

Colgó una última polea del cable. Enganchó dos bolsos de viaje con todos los mosquetones, las redes y las poleas que les habían sobrado. Empujó los bultos al borde del precipicio y los siguió con la vista hasta que apenas pudo distinguirlos. Hacía media hora que el sol se había puesto a sus espaldas y ya era casi de noche.

Encendió una linterna y examinó el suelo. A excepción de un cortador de pernos que él mismo había apoyado en el faro oxidado, a sus pies solo había tierra dura y piedras. Cerró la pequeña boca del cortapernos sobre el cable de acero y este dio un latigazo, perdiéndose en el acantilado como una serpiente que se retrae tras haber sido herida. Ahora, sin una línea que los uniera al velero, no podían dar un paso en falso.

Desenrolló el metro de cable que había quedado alrededor de la viga del faro y quitó la toalla con la que la habían envuelto. Tras guardar todo en la mochila, examinó el metal. La tela había hecho su doble trabajo a la perfección: además de impedir que el cable se dañara con el roce del hierro oxidado, había evitado que en este quedaran marcas.

El único indicio de que alguien había estado ahí eran ellos mismos, las dos Hilux y la Sinpapeles.

—Vámonos —les dijo a sus compañeros.

***

Antes de subirse a la Sinpapeles, Minerva miró hacia las dos Toyotas de la minera. Pólvora ya estaba al volante de una y Mac se metía en la otra con la mochila al hombro.

Los tres vehículos, con el de ella a la cabeza, recorrieron con las luces apagadas los once kilómetros hasta la casa de la estancia Bahía Laura. Pólvora y Mac estacionaron las dos Hilux junto a la que Minerva había dejado ahí hacía un rato.

La policía tenía que pensar que se habían ido en avioneta. Mejor dicho, en dos avionetas idénticas. Por eso habían contratado a un piloto para que aterrizara en aquella pista la mañana anterior y los llevara a dar una vuelta por la zona —que inevitablemente incluyó un sobrevuelo de la mina— antes de volver a dejarlos en Bahía Laura. Cualquiera que examinara la pista concluiría lo mismo: dos aterrizajes recientes.

Repasó el volante y las puertas de las Hilux con el paño mojado en cloro. Encendió una linterna y dio un último vistazo. Cuando estuvo satisfecha, sacó de su mochila la bolsa con pelos de varias peluquerías de Caleta Olivia y las esparció sobre los asientos de las tres camionetas de Inuit. Lo había visto en la película *The town* y le había parecido brillante.

—Volvamos —le indicó a sus compañeros.

Recorrieron en la Sinpapeles los once kilómetros de regreso a Punta Mercedes. No estacionó junto al faro caído, como habían hecho con las camionetas cargadas de doré, sino doscientos metros más allá, donde el acantilado miraba hacia el sur.

Mientras sus compañeros se bajaban y abrían la puerta trasera, ella dio una última mirada a la guantera y los bolsillos del parasol. Todo vacío.

Cuando bajó de la camioneta, Mac ya esperaba con el bloque de cemento en las manos.

—Toda tuya —le dijo ella.

Mac asintió y se puso al volante. Ella lo observó seguir los pasos que habían practicado varias veces en el campo, cerca de Caleta Olivia. Primero, poner la palanca en la posición de avance. Segundo, apoyar el bloque de cemento sobre el pedal del acelerador. Tercero, bajar el freno de mano. Y cuarto, saltar de la camioneta mientras ésta ganaba velocidad.

Minerva contó dos segundos entre que la Sinpapeles cayó por el precipicio y ella oyó el sonido del agua. Después corrió hacia el borde.

—Parece que funcionó —oyó que Mac decía a su lado.

—Parece que sí —dijo ella con una sonrisa. El único rastro de la Sinpapeles era un círculo de espuma blanca que brillaba con la luz de la luna.

Sin perder un segundo, bajó corriendo por la ladera de Punta Mercedes hacia el extremo sur de Bahía Laura. Sus compañeros la seguían de cerca, avanzando por las rocas con cuidado de no poner un pie en el canto rodado de la playa. Hacerlo dejaría un rastro tan visible como un cartel de neón.

De tanto en tanto, levantaba la mirada. Frente a ellos, el Maese flotaba en el agua con cinco mil kilos de doré en la bodega. La luz de la luna le permitía distinguir dos siluetas apoyadas en la baranda de la cubierta. Supuso que serían el Pata y el Cerrajero, porque el Banquero estaría ocupado enrollando el cable de acero en el cabrestante.

Llegaron por fin a la orilla. Entre los tres, empujaron la proa de la Zodiac encallada en la playa hasta que comenzó a flotar. La marea se encargaría de borrar el surco en las piedras. Ignorando los pinchazos que le producía el agua helada en los pies, Minerva subió de un salto y se apresuró a encender el motor. Cuando Mac y Pólvora estuvieron a bordo, puso rumbo al velero.

Acortaron la distancia en silencio. El viento les traía

la voz del Banquero, que le indicaba al Cerrajero cómo ajustar el *backstay* para poder desplegar las velas.

CAPÍTULO 118

16 de julio de 2019, 6:45 p. m.

Minerva fue la última de los tres en saltar a bordo del Maese. Apenas lo hizo, le levantó un pulgar al Banquero, que esperaba junto al mástil.

—¿No la vamos a subir a bordo? —preguntó Pólvora señalando la Zodiac.

—No hace falta —respondió el Banquero mientras desplegaba las velas—. Hay un viento buenísimo. Podemos remolcarla sin problemas hasta alejarnos lo suficiente de la costa.

Navegaron durante treinta minutos prácticamente en silencio, con las luces del velero apagadas y la mirada en la costa árida, que a cada minuto se hacía más lejana, borrosa y oscura. A Minerva el corazón todavía le latía a toda velocidad. Sentada a estribor, apoyó la espalda en la baranda y le dedicó una mirada a cada uno de sus compañeros.

El Banquero iba al timón, con expresión segura, como si fuera el capitán de un barco mercante durante un día de trabajo cualquiera. Pólvora sonreía mientras le daba codazos al Pata, que tenía las dos manos en la cabeza afeitada y los ojos como platos. El Cerrajero estaba despatarrado sobre la cubierta como si fuera un muñeco de trapo que habían tirado desde la punta del mástil. Mac tiraba al agua arneses, cables y herramientas que ya no necesitarían y podían comprometerlos.

Ella también tenía que tirar algo por la borda. Se arremangó el abrigo dispuesta a arrancarse la pulsera, pero se encontró con su muñeca izquierda desnuda.

Sintió que se le tensaba la espalda.

No puede ser. Por favor, no puede ser.

Se metió los dedos por la manga hasta el codo. Nada.

Intentó hacer memoria. Se la había mirado en la casa de Bahía Laura. De ahí había corrido hacia el galpón de esquila donde estaba guardada la Sinpapeles y había recorrido los once kilómetros a Punta Mercedes.

Seguramente se le había salido durante ese trayecto y ahora el puma y el guanaco descansaban adentro de la Sinpapeles en el fondo del mar. O quizás se había caído al sentarse en la Zodiac.

Cualquier otra posibilidad era muchísimo peor. Si la había perdido al cerrar con brusquedad la estufa, o mientras corría de la casa al galpón, o junto al faro, la policía podía encontrarla. Entonces estaría en graves problemas.

Respiró hondo, intentando convencerse de que las probabilidades eran muy bajas. Además, la suerte estaba echada. Ya no había nada que pudiera hacer.

Dejó a un lado ese pensamiento y levantó la vista. Se encontró con la mirada de Mac, que había terminado su tarea y la observaba desde la otra banda del velero. La luna le iluminaba la cara. De la barba oscura surgió una sonrisa blanca, que ella correspondió.

Sintió ganas de abrazarlo. Esa sería su forma de pedirle disculpas por haberlo tratado injustamente. Se llenó los pulmones de aire salitroso y caminó hacia él.

—¡Vamos, carajo, la reputa madre que los remil parió! —oyó a sus espaldas cuando iba a mitad de camino—. Encuéntrennos si pueden, hijos de puta.

Era Pólvora, que señalaba con un puro hacia la costa. O, mejor dicho, hacia donde había estado la costa, porque ahora el horizonte eran trescientos sesenta grados de agua oscura. El único punto de referencia era la luna, que los acompañaba desde atrás.

Pólvora se acercó a ella, soltó una bocanada de humo de vainilla y le apoyó las manos en los hombros. Sus caras estaban frente a frente, a treinta centímetros de distancia. La miró a los ojos y le sonrió.

¿Qué hace este? No me digas que...

Pólvora empezó a moverse hacia arriba y hacia abajo doblando las rodillas. Primero un poco, como quien espera impaciente y luego más y más hasta terminar saltando frente a ella. Cuando ya no podía saltar más alto, gritó tan fuerte que varias gotitas de saliva aterrizaron en la cara de Minerva.

—¡El que no salta es Sandoval! ¡El que no salta es Sandoval!

Minerva no pudo evitar sonreír. Pronto se les unió el Pata, y después el Cerrajero. Diez segundos más tarde, los seis ladrones de Entrevientos se abrazaban en la cubierta y saltaban, desgarrándose la garganta.

—¡El que no salta es Sandoval! ¡El que no salta es Sandoval!

PARTE VI:

Después

CAPÍTULO 119

Comodoro Rivadavia, Chubut, Argentina. Un día después del golpe.

El piloto sintió que un escalofrío le recorría la espalda.

—¿Estás bien? —le preguntó uno de los dos policías.

Asintió.

Había aterrizado hacía cuarenta y cinco minutos. Después de guardar su avioneta Piper Cherokee Six en el hangar, cuando se disponía a subirse al auto para volver a casa, apareció el patrullero de la Policía de Chubut.

Ahora los dos oficiales y él estaban sentados en una oficinita del aeroclub. La ventana daba a la pista de aterrizaje.

—¿Nervioso?

—¿Por qué voy a estar nervioso? —dijo, sin poder evitar que las palabras le salieran como un ladrido.

—No sé, porque te mandaste una cagada y ahora tenés dos oficiales interrogándote.

El otro policía puso una hoja de papel sobre la mesa y habló por primera vez.

—Esta es una fotocopia del registro de vuelos de este aeroclub. Supuestamente antes de ayer saliste con destino a Los Antiguos. Sin embargo, en el aeroclub de allá no hay registro tuyo.

—Yo no... yo lo único que quiero es ganarme la vida.

—Pero hay leyes.

El piloto agachó la cabeza. Lo habían descubierto. Ya no tenía sentido intentar ocultarlo.

—¿A quién le hago mal? ¿Eh? ¡Díganme! Si rompo el

avión aterrizando, me mato yo. Y es mi avión. Además, yo sabía que la pista estaba en buenas condiciones.

Le pareció que había confusión en las miradas que intercambiaron los policías. Como si algo de lo que acababa de decir no encajara.

—Sé que es un aterrizaje ilegal —continuó—, pero tampoco es que esté llevando droga. ¿Qué tiene de malo cumplirle el sueño a un señor mayor?

—¿Qué señor mayor?

—El papá de la cumpleañera. A mí me contrató él. Me dijo que se había criado en ese campo en la época dorada de la aviación en la Patagonia.

—¿Cumpleañera? ¿De qué estás hablando?

El piloto tomó aire e intentó explicarse mejor.

—El dueño de la estancia Bahía Laura. Quería que llevara a volar a su hija, al marido y a unos amigos. Me dijo que ella cumplía treinta y cinco años y nunca se había subido a un avión. Por eso él quería que su primer vuelo fuera para conocer desde el aire el lugar donde su padre se había criado.

—Entonces vos aceptaste, sin más, y anteayer aterrizaste en Bahía Laura.

—Sin más, no. Hice mis averiguaciones. La pista está en condiciones aceptables, como le digo. Además, el señor me pagó el viaje por adelantado.

—¿Dónde fue esta transacción?

—Acá, en Comodoro. En un café del centro.

—¿Este señor estaba en Bahía Laura anteayer?

El tono serio de los policías le dejó claro que aquello iba de algo más que un simple aterrizaje en una pista no declarada.

—No. Me dijo que los pasajeros iban a ser su hija, el marido y tres amigos que estaban pasando varios días en la casa de la estancia.

—¿No te pareció raro que alguien se vaya de vacaciones a un lugar así en pleno invierno?

—Sí. La verdad que sí.

A estas alturas, las sospechas del piloto estaban casi

confirmadas. No había que ser un genio. La prensa de todo el país no paraba de hablar de que, ayer, cinco ladrones habían robado la mina de Entrevientos. Un día después de que él la sobrevolara con cinco pasajeros.

Ahora no solo tenía escalofríos. Se le estaba empapando todo el cuerpo de sudor.

—¿Cómo era físicamente el que te contrató?

—Tendría unos setenta años. Poco pelo. Canoso, peinado hacia atrás.

—¿Ojos?

—No sé. Marrones, supongo. Lo que sí recuerdo era que tenía unas ojeras muy marcadas. Pero, entiéndanme, el hombre me dijo que sólo quería...

El sonido con el que uno de los policías aplastó la fotografía contra la mesa lo obligó a dejar la frase a medias.

—El dueño de la estancia Bahía Laura es Nicolás Reyes, un abogado de Buenos Aires. Tiene cuarenta y nueve años y esta mata de pelo negro.

—Este no era —dijo, tras mirar la foto.

—Además, ni él ni nadie de su familia se criaron en la estancia. El padre de Reyes la compró hace veinte años y él la heredó hace dos. En este momento la tiene a la venta.

—¿Esto tiene algo que ver con el robo a la mina? —se atrevió a preguntar.

—Es lo que queremos saber. Contanos todo, desde que despegaste de esa pista hasta que volviste a aterrizar —dijo el más callado de los policías, señalando la ventana.

Les relató el vuelo con lujo de detalles. Había despegado con cinco personas en Bahía Laura y, cuando ya habían sobrevolado la bahía de punta a punta, la supuesta cumpleañera le había pedido que, si podía, se acercara un poco a la mina de Entrevientos.

—Lo que me pareció más raro de todo fue que cuando volví al aeroclub y revisé la avioneta, los asientos estaban llenos de pelos.

—¿Los limpiaste?

—Por supuesto.

—Necesitamos inspeccionar esa avioneta.

—Vamos ahora mismo y se la muestro. Tómenle huellas digitales si quieren, aunque creo recordar que todos tenían guantes. Por el frío. Escuchen, yo me hago cargo de haber hecho un aterrizaje ilegal, pero no soy ningún ladrón. Soy un tipo honesto.

Los policías tardaron casi una hora más entre revisar la aeronave y acabar con su interrogatorio. Después, lo dejaron ir. Mandarían a la científica al día siguiente para levantar huellas y muestras de pelos.

CAPÍTULO 120

Océano Atlántico, Latitud 49 sur. Un día después del golpe.

Minerva no podía creer la poca privacidad que se tiene cuando seis personas comparten un velero de dieciséis metros de eslora. Sobre todo si es invierno y se navega en dirección al Círculo Polar Antártico, porque salir a la cubierta se siente como meterse en una cámara de criogenia en la que, además, te rocían con agua.

Hacía veintisiete horas que habían zarpado de Bahía Laura y se disponían a pasar su segunda noche a bordo. Ella acababa de salir del baño, vestida y con una toalla en el pelo. Por obra de algún milagro, en el paso y medio que había desde allí a su camarote no se cruzó con nadie. Las otras puertas estaban cerradas y la mesa del comedor, desierta. Desde la diminuta cocina, que el ángulo no le permitía ver, llegaba ruido de ollas. Esa noche le tocaba a Pólvora preparar la cena.

Estaba a punto de encerrarse en su camarote cuando Mac salió del suyo, que compartía con el Cerrajero.

—¿Baño polaco? —le preguntó, señalando la toalla en la cabeza de Minerva.

Ella asintió con una sonrisa. El día anterior, el Banquero les había explicado que no iban a tener suficiente agua para utilizar la ducha. Entonces el Pata había dicho: «Todo el mundo, baño polaco. Cabeza, culo y sobaco.»

Se quedaron un instante en silencio. Mac parecía a punto de decir algo, pero ella se le adelantó.

—¿Tenés un segundo? —le dijo, invitándolo a su camarote.

Entraron en la diminuta habitación. Ella encendió la luz y cerró la puerta. Se sentaron en el borde de la pequeña cama.

—Te debo una disculpa, Mac.

—¿Por qué?

—Cuando estábamos tendiendo el cable para la tirolina, yo no sabía que eras viudo. Recién me lo dijo Pólvora al día siguiente, mientras esperábamos en Cerro Solo. Te hablé así de mal porque detesto a los tipos que seducen a una mujer mientras otra los espera en casa.

—Somos dos. Yo también los detesto.

—¿Me perdonás?

—¿Vuelve a estar en pie lo del Caribe? —le dijo él, en tono de broma.

Minerva negó con la cabeza.

—No nos conviene. Los romances y los robos no se llevan bien. Además, yo vengo con mucho equipaje, y vos también.

—Soy viudo, no extraterrestre. Y tampoco tengo el síndrome del muerto perfecto.

Minerva arqueó las cejas. Él sacó su billetera y puso la foto sobre el colchón.

—Casi todos los que forman pareja con un viudo tienen miedo a que los comparen con el que ya no está.

Ella se encogió de hombros, como si le diera igual.

—Esta foto es de hace cinco años. Es uno de los últimos momentos en los que mis hijos tuvieron un padre y una madre felices, que no se llevaban a las patadas.

Minerva levantó la foto y observó a la mujer. Era tan hermosa que daba envidia.

—Cecilia murió hace un año. Estábamos en pleno proceso de divorcio. No te voy a contar detalles por respeto a su memoria. Me guste o no, era la madre de mis hijos. Pero creeme si te digo que no era buena persona. Tanto es así que un juez me había dado la tenencia de los nenes a mí.

Mac puso otra foto sobre el colchón. En esta sólo estaba él con sus tres hijos.

—Hasta hace seis meses, yo llevaba esta en mi billetera. Pero un día la vio Lautaro, mi nene más chico, y se puso a llorar porque su mamá no estaba. Me hizo cambiarla por una en la que saliéramos los cinco juntos y prometerle que la iba a llevar conmigo siempre.

El dedo índice de Mac tocó la foto que Minerva todavía sostenía en la mano.

—Tengo bagaje, pero no es tan pesado como te lo imaginaste —le dijo él, ofreciéndole una sonrisa tímida.

Minerva se lo quedó mirando sin saber qué decir. Decidió inclinarse hacia él para abrazarlo, pero tres golpes fuertes resonaron en la puerta del camarote, como si la quisieran tirar abajo.

—Minerva, la cena está lista. Dale, que se enfría.

Era Pólvora.

CAPÍTULO 121

Entrevientos. Once días después del golpe.

El comisario Lamuedra estaba furioso. No se sentía así desde hacía dos años, con lo del robo de la colección Panasiuk.

—Lo que me molesta, Bellido, es que me tomen por boludo.

Desde el asiento del acompañante, Bellido asintió sin quitar la mirada de la ruta de ripio.

Media hora más tarde, Lamuedra estacionó frente al portón del Puesto de Entrada. Había perdido la cuenta de los viajes que había hecho a Entrevientos desde el día del atraco. El último había sido cinco días atrás, cuando vino acompañado por una criminalista del juzgado para tomar muestras de ADN a todos los gerentes de la mina.

Normalmente, habrían necesitado una orden judicial para eso, pero la cúpula de jerárquicos se había ofrecido de manera voluntaria. A él le había extrañado tanta colaboración hasta que el abogado de Inuit Gold le explicó que el seguro no cubriría las pérdidas ni los daños si se demostraba que los asaltantes habían contado con la colaboración de un integrante de la cúpula jerárquica. Es decir, si Sandoval o cualquiera de los otros siete gerentes de área habían tenido algo que ver, la empresa no vería un dólar.

En todos los años que la policía de Santa Cruz llevaba haciendo análisis de ADN, Lamuedra nunca había visto que los resultados de ocho hisopados volvieran tan rápido del laboratorio. Evidentemente, había grandes intereses en juego. Inuit quería exculpar a sus altos rangos lo antes posible para cobrar, entre pérdidas y asistencia psicológica a los rehenes, más de veinte millones de dólares.

Quince minutos después de pasar el Puesto de Entrada, Lamuedra detuvo la camioneta en el estacionamiento principal del campamento. Un grupo de seis personas que fumaban fuera del comedor se giraron para observarlos. Los vehículos de la policía siempre llamaban la atención.

En la antesala de la oficina del gerente los recibió Marcela Sanabria, su secretaria.

—El ingeniero Sandoval está en una reunión.

—No se preocupe, yo me encargo de avisarle que se terminó —dijo Lamuedra y abrió la puerta del despacho.

—¡Comisario! —exclamó Sandoval con expresión contrariada al verlo irrumpir en la sala—. Ya termino y estoy con usted.

—Sandoval, queda detenido por el robo de cinco mil kilos de doré en esta mina el día dieciséis de julio.

Sandoval miró a los dos hombres con los que estaba reunido con una sonrisa estupefacta.

—Señor comisario, la broma es de muy mal gusto.

—Espóselo, Bellido.

Si el vehículo de la policía había llamado la atención, que se llevaran detenido al gerente general fue un verdadero revuelo. Durante los trescientos metros que recorrieron con Sandoval esposado hasta la camioneta, decenas de miradas y de teléfonos los apuntaron desde todas las ventanas.

—Comisario, cuando se compruebe que todo esto es un error, no le quepa duda de que le voy a iniciar una demanda por daños y perjuicios. ¿Tiene idea del respeto que me tiene toda esta gente? Soy la autoridad máxima de la mina y me está arrastrando como a un delincuente.

—Cállese la boca, Sandoval. Por favor, no diga una palabra más hasta que lleguemos a la comisaría.

***

Durante las dos horas y media de viaje a Puerto

Deseado, Carlos Sandoval intentó en varias oportunidades explicarles a Lamuedra y a Bellido que se estaban equivocando. Pero no lo escucharon.

Hijos de puta, ya se la iban a pagar. Humillarlo así adelante de los empleados de la mina. Su mina. Les iba a hacer un agujero así de grande.

Cuando estacionaron frente a la comisaría, Sandoval reconoció al hombre que se bajaba de un Renault Clío y caminaba hacia ellos. Era un periodista del pueblo. Sin responder a ninguna de sus preguntas, se metió en el edificio. Silvio Fuentes, el abogado de la empresa en Puerto Deseado, lo esperaba en uno de los bancos de madera de la recepción.

—No te preocupes, Carlos, va a estar todo bien —le dijo.

Lo condujeron hacia una sala que olía a desinfectante y le quitaron las esposas. Tuvieron la delicadeza de no sujetarlo a la argolla unida a la mesa.

—Avíseme cuando esté listo —le dijo Lamuedra a Fuentes, y los dejó solos.

Sandoval escuchó atento durante veinte minutos las indicaciones del abogado. Después llamaron a Lamuedra, que volvió a entrar a la sala de interrogatorios, esta vez en mangas de camisa.

—Mi cliente quiere saber exactamente de qué se lo acusa.

—De ser uno de los integrantes de la banda que robó cinco mil kilos de oro y plata de Entrevientos.

—¿Cómo pueden decir semejante ridiculez? —preguntó Sandoval.

La sangre le hervía. *En vez de ir a buscar a los verdaderos ladrones, este inútil pierde tiempo conmigo,* pensaba.

La mano de Fuentes en el hombro le recordó que habían quedado en que se limitaría a responder preguntas.

—¿Con qué fundamentos se lo acusa?

—Pruebas forenses, sobre todo. El ADN del pelo y de

la maquinita de afeitar que encontramos en la casa de Bahía Laura coincide con el del señor Sandoval.

—Me la robaron —se apresuró a defenderse—. Al día siguiente, cuando me fui a afeitar, la maquinita no estaba.

—También encontramos documentación con anotaciones de su puño y letra en la casa. Y en la estufa había un pedazo del envoltorio de un chicle de café. ¿Conoce a alguien más que masque esa porquería?

—Eso también me lo robaron. Entraron en mi habitación.

—Nos fijaríamos en las cámaras de seguridad, pero resulta que los discos con las grabaciones desaparecieron.

¿Qué es ese tono irónico? ¿Este tipo piensa que yo hice desaparecer las grabaciones? Casi se tuvo que morder la lengua para no gritarle.

—Eso lo hicieron ellos, los ladrones —se limitó a decir.

—Puede ser. ¿El email desde su cuenta de correo para que dejen pasar al camión de combustible que traía a la banda también lo enviaron ellos?

—¿Qué email?

—El comisario puso sobre la mesa una hoja A4.

Sandoval leyó el correo electrónico y sintió que un nudo se le cerraba en el estómago. El mensaje había sido enviado desde su cuenta, con el asunto «Importante: Aviso sobre combustible». En el cuerpo del texto, alguien que se había hecho pasar por él daba una orden a los vigilantes del Puesto de Entrada: no debían dilatar más de lo estrictamente necesario los controles a los camiones de combustible debido a que la planta generadora de electricidad había llegado al mínimo crítico.

—El día del robo, el nivel de combustible era alto. Yo no escribí eso.

—Eso lo tendrá que determinar un juez, ¿no?

—Comisario —intervino Fuentes—, le pido que se limite a presentar las pruebas que tiene contra el señor Sandoval sin realizar acusaciones.

Sandoval se enderezó un poco en la silla. Parecía

que al fin Fuentes iba a demostrar que valía la millonada que Inuit le pagaba por mes.

—Olvidémonos del email, entonces —concedió el policía—. ¿Usted está al tanto de que los asaltantes ingresaron al yacimiento en la cisterna de un vehículo de combustible?

—Correcto.

—¿Y sabe qué número de matrícula tenía ese camión?

—No lo recuerdo, pero estará asentado en los registros del Puesto de Entrada.

—MRG118 —dijo el comisario mirándolo a los ojos.

—¿A dónde quiere llegar, comisario? —preguntó Fuentes.

—A que en la base de datos del Registro Nacional del Automotor, esa matrícula está a nombre de Fabricio Ugarte, con domicilio en San Fernando del Valle de Catamarca. Usted vive en esa ciudad, ¿verdad, señor Sandoval?

—Sí.

—¿Y conoce a Fabricio Ugarte?

—Por supuesto. Vive frente a mi casa. ¿Qué está insinuando? ¿Que fui tan estúpido como para asaltar una mina y dejar una pista así de obvia?

—Yo no estoy insinuando nada, Sandoval. Me limito a presentar las pruebas sin hacer acusaciones —dijo Lamuedra mirando al abogado.

Sandoval tenía ganas de gritar, de patalear, de agarrar del cogote a ese policía inútil que se hacía el detective. Pero se decidió por un camino más diplomático.

—Señor comisario, me gustaría contarle algo, ¿puedo?

—Adelante.

—Carlos —dijo Fuentes.

Sandoval lo desestimó con un ademán y empezó a hablar.

—Soy el jefe máximo de una de las minas de oro más prósperas de Sudamérica. No sólo me encanta mi trabajo sino que gano mucho, mucho, mucho dinero. No es necesario que le diga cuánto, pero le aseguro que no recuerdo la última vez que quise algo y no pude comprármelo.

—Carlos, mejor centrémonos en las pruebas —insistió Fuentes.

—Además —continuó—, este año Inuit me va a nombrar empleado del año. Con el premio que me van a pagar podría comprarme una casa en Recoleta. ¿Entiende lo que le quiero decir?

—No.

—Con todo respeto, comisario Lamuedra, lo que intento explicarle es que soy un privilegiado en el plano económico. Tengo mucho capital y ninguna necesidad de morderle la mano a quien me da de comer.

—¿Ni siquiera por trece millones de dólares?

Sandoval estuvo a punto de sonreír. ¿En serio era tan ingenuo este tipo?

—Ese es el valor oficial, comisario. En el mercado negro lo van a vender por menos. Después de dividir entre cinco, o mejor dicho, seis, si suponemos que soy parte de la banda, no llega a dos millones por cabeza.

—¿Le parece poco?

—Para arriesgar mi posición, sí.

Ante el silencio del comisario, Sandoval infló los pulmones, satisfecho. La forma en la que una persona se dirigía a otra cambiaba drásticamente según los ceros que hubiera en sus cuentas bancarias.

—Señor Sandoval, a mí también me pagan por mi trabajo. Seguramente no tanto como a usted, pero me pagan. Y mi trabajo no es decidir si me dice la verdad o no, como bien apunta el señor Fuentes. En la policía nos dedicamos a recolectar pruebas. Como el ADN suyo en la casa de Bahía Laura, los planos garabateados con su letra, el papel del chicle, la coincidencia de las matrículas y el correo electrónico que le acabo de mostrar. Ah, y también como esto.

Lamuedra sacó del bolsillo una pulsera y la puso sobre la mesa. Sandoval la reconoció al instante.

Hija de puta.

—Esa pulsera no es mía.

—Quizás es mejor que nos volvamos a reunir en privado —sugirió Fuentes.

—¡Esa pulsera es de Noelia Viader! —gritó.

No se le escapó que, a su lado, Fuentes se pinzaba con los dedos el puente de la nariz. Lamuedra, en cambio, sonreía como si hubiera estado esperando ese momento. Sacó de la carpeta una fotocopia y se la entregó a Sandoval.

—¿La misma Noelia Viader que lo denunció por acoso sexual?

—La misma Noelia Viader que Inuit tuvo que despedir por robar —respondió Sandoval, sacudiendo la hoja sin siquiera mirarla.

—Es verdad. Acá tengo la segunda denuncia de la mujer, en este caso presentada directamente al juzgado, por despido improcedente.

—¿No lo ve, comisario? Viader me odia a mí y odia a la empresa.

—Yo lo que veo, Sandoval, es esto.

Lamuedra dio vuelta la pulsera y señaló una pequeña marca rectangular en el vientre redondo del guanaco.

—A simple vista no se percibe —indicó Lamuedra—. Pero con una lupa se distingue bien. Dice «Nimia Joyas». ¿Le suena?

Sandoval tragó saliva.

—A mí, desde luego, no me sonaba —prosiguió el comisario—. Pero buscando un poquito en internet, resulta que Nimia Joyas es un taller de joyería artesanal que hay en San Fernando del Valle de Catamarca, su ciudad.

Sandoval apretó los puños y los dientes. Debajo de la mesa, sus pies daban golpecitos en el suelo a la velocidad de un pájaro carpintero.

—Los llamé por teléfono. La dueña resultó ser una mujer encantadora. Me contó que diseña joyas por encargo. ¿Sabe lo que me dijo en cuanto le mencioné una pulsera con un puma y un guanaco? Que recordaba perfectamente al señor canoso, de unos cincuenta años, que se la había pedido. Parece que este cliente eligió una aleación muy poco común, al cuatro y medio por ciento de oro y el resto, plata. ¿No es esa la proporción que produce Entrevientos?

—Sí, pero eso no quiere decir que...

—La mujer, además, me mandó una copia de la factura, hecha a nombre de un tal Carlos Sandoval. ¿Entiende ahora por qué me veo obligado a detenerlo? La mayoría de las pruebas que encontramos apuntan a usted.

CAPÍTULO 122

Isla Dawson, Chile. Trece días después del golpe.

El pesquero esperaba anclado en una bahía al oeste de la isla Dawson. A dieciséis millas de ahí, hacía cuatro siglos y medio el corsario Thomas Cavendish se había encontrado con un pueblo en ruinas, cadáveres sin enterrar y ni un solo sobreviviente. Tres años antes, Pedro Sarmiento de Gamboa había fundado en ese lugar la Ciudad del Rey Felipe, la primera población no aborigen del Estrecho de Magallanes. Cavendish, ante el panorama, la rebautizó como Puerto Hambre.

Más de cuatrocientos años después, aquel rincón de las aguas chilenas, más cerca de la Antártida que de la capital del país, seguía resistiéndose a ser poblado. No había una sola construcción, ni un camino, ni ningún vestigio de civilización en la playa de piedras grises o en el enorme bosque de lengas que cubría la isla Dawson. La única diferencia entre lo que veía Minerva y lo que había visto Cavendish tras abandonar Puerto Hambre era el barco pesquero de casco azul y blanco a cuyo estribor apuntaba la proa del Maese.

Cuando las embarcaciones estuvieron a cien metros, dos figuras se recortaron detrás de la regala del pesquero.

—Son Mauro y el hijo —dijo el Pata con los ojos pegados a los binoculares.

Recorrieron el resto del trayecto en silencio. Minerva tenía las manos en el bolsillo de la gruesa campera que la protegía del frío. Los dedos recorrían nerviosos la culata del arma. El Pata ahora estaba parado en la proa y movía los brazos para hacerse ver.

—Patita, ¿qué *hacéi*? ¿Todo bien? —preguntó el tal Mauro con un fuerte acento chileno.

—Todo bien —respondió el Pata.

Mauro abordó el Maese sin perder tiempo.

Minerva tragó saliva. A su alrededor sólo veía agua y montañas inhóspitas. Lo que pasara en ese lugar, para bien o para mal, allí quedaría. No habría testigos, tanto si la transacción se hacía sin sobresaltos como si del pesquero salían cincuenta tipos armados y los cosían a balazos. Incluso si les hundían el barco, no se enteraría nadie nunca. O quizás sí, dentro de cuatrocientos cincuenta años, cuando un arqueólogo lo encontrara y tuviera que rebautizar al Maese con un apodo igual de gráfico que el que había elegido Cavendish para la Ciudad del Rey Felipe.

CAPÍTULO 123

Chaitén, Chile. Diecinueve días después del golpe.

Sin un solo lingote en la bodega, el Maese atracó en el puerto de la localidad chilena de Chaitén a las dos de la tarde. El intercambio con Mauro, seis días atrás, había salido bien. Ahora, en vez de cinco toneladas de doré, transportaban noventa y cinco kilos de billetes de color verde repartidos en seis mochilas. Una para cada miembro de la banda. Nueve millones y medio de dólares en total.

Salvo el Banquero, cuyo nombre figuraba en el título de propiedad del Maese, todos los miembros de la banda hicieron el trámite de inmigración en el diminuto puerto con DNI falsos. Una vez estuvieron en tierra firme, se metieron en Los Ñires, un bar sobre una de las pocas calles asfaltadas de Chaitén.

—Por nosotros —dijo Pólvora levantando una botella de cerveza Austral.

—Por nosotros —repitieron los otros cinco, alzando las suyas.

Si Minerva hubiera sabido lo que estaba a punto de pasar, habría dicho algo más profundo. Probablemente les hubiera confesado que durante estos meses los había aprendido a querer como a una familia, incluso a Pólvora. O que para ella todo esto había sido mucho más que un robo y una mochila con un millón y medio de dólares para cada uno.

Les habría agradecido.

Sin embargo, se dedicaron a tomar cerveza y hablar de deporte, de política y de viajes, como seis turistas más de los muchos que recorrían la Patagonia chilena cada año.

Mientras el Pata describía las maravillas del parque nacional Torres del Paine, al que había ido con Sandra hacía muchos años, Minerva sintió por debajo de la mesa la mano cálida de Mac sobre la rodilla. La agarró, y entrelazaron los dedos sin mirarse. Habían hecho la promesa de romper una promesa. De cara a la banda, ninguno de los miembros volvería a tener contacto con otro. Pero entre ellos dos, sería distinto. Encontrarían la forma de continuar juntos. Las diecinueve noches que Mac llevaba pasándose a su camarote de madrugada le dejaban claro que valía la pena arriesgarse.

—Tendríamos que ir saliendo —dijo el Pata, apoyando una mano en el hombro al Banquero en señal de despedida.

—Vayan, vayan que se les hace tarde —dijo el viejo ladrón de bancos y levantó la mano para pedir otra cerveza.

Hacía meses que habían acordado que se separarían de él allí, en esa pequeña ciudad frente a la isla de Chiloé. Sin embargo, a Minerva la congoja le apretaba la garganta como si se acabara de enterar de que ya no volvería a ver al Banquero. Tragó saliva y respiró hondo.

Había que ceñirse al plan. El Banquero seguiría navegando a bordo del Maese. El resto volvería a entrar a Argentina gracias a un contacto de Mauro que había accedido a llevarlos por unos caminos que rodeaban el paso fronterizo de Futaleufú.

—Esperen, esperen —dijo el Cerrajero con la mano en el aire y la mirada clavada en su teléfono.

—¿Qué pasa? —preguntó Minerva.

Cuando el muchacho le pasó el aparato, ella vio su propia foto en la pantalla. Se quedó paralizada. Era un artículo publicado por el diario más importante de la Argentina. Lo leyó en silencio.

—No me puedo ir con ustedes —anunció para todos, aunque con la mirada puesta en Mac.

—¿Por qué? —preguntaron él y el Pata al mismo

tiempo.

Giró el teléfono hacia ellos, mostrándoles el artículo que la nombraba a ella, Noelia Viader, como una de las principales sospechosas del robo a Entrevientos.

La pulsera. En el diario no lo decían, pero Minerva sabía que habían dado con su identidad a través de la puta pulsera. Se arrepintió de habérsela puesto por segunda vez, igual que se había arrepentido la primera. Por culpa de esa pulsera ahora su foto y su nombre estaban en todos los diarios y comisarías de la Argentina.

—Me tengo que separar de ustedes ya —les dijo.

—¿Qué vas a hacer? —le preguntó Mac.

—No sé. Irme por un tiempo al lugar más remoto que encuentre. Chiloé, por ejemplo.

Dijo Chiloé por decir algo. Incluso si supiera dónde ir, contarlo la pondría en peligro. Y a ellos, también.

—Ya es la hora —anunció el Pata, mirando el reloj—. Tendríamos que irnos. ¿Por qué no te venís con nosotros y mientras pensás qué vas a hacer?

—Prefiero no arriesgarme a volver a entrar a Argentina.

—Vayan, yo me quedo con ella —dijo Mac.

—Ni se te ocurra.

—No es por hacerme el héroe. Es porque...

—Ni se te ocurra —repitió ella.

En ese momento entraron al bar dos carabineros. Tras echar un vistazo a todo el salón, caminaron hacia ellos. Mierda, pensó Minerva, y le vino como un flash la imagen de Qwerty cayendo muerto en la sala de billares de Buenos Aires. Sólo que ahora ni el Banquero ni ninguno de la banda llevaba armas encima. Lo único que tenían para defenderse eran seis mochilas, cada una rellena con dieciséis kilos de papel moneda.

Los policías se detuvieron junto a ellos, saludaron ligeramente con la cabeza y se sentaron en la mesa de al lado. Uno de los dos levantó la mano para llamar al mesero.

—Nos vemos, chicos. Gracias por la cerveza —dijo

Minerva intentando conjurar el tono más casual posible.

Se despidió de cada uno de sus compañeros. Cuando le llegó el turno a Mac, le puso una mano en la barba y lo miró con ternura. Después le dio un beso en la mejilla mientras inspiraba para sentir su olor por última vez.

—Cuidate y no me busques —le susurró al oído.

Cuando se separaron un poco, él la miró con ojos tristes y expresión de desconcierto.

Minerva abandonó el bar y salió a la tarde helada con un nudo en la garganta. Miró al océano Pacífico pensando qué hacer. En el horizonte se dibujaba una sombra oscura. No supo si eran nubes o la lejana isla de Chiloé.

A sus espaldas, la puerta del bar volvió a abrirse. Cerró los ojos, maldiciendo. Lo último que necesitaba era que Mac complicara más las cosas. Se giró de a poco, decidida a decirle lo que fuera con tal de que no viniera con ella.

Pero no era Mac quien había salido a buscarla.

CAPÍTULO 124

Un año después del golpe.

A UN AÑO DEL ROBO A ENTREVIENTOS, LA POLICÍA SIGUE BUSCANDO A NOELIA VIADER

Redacción - Hoy se cumple un año del famoso robo a la mina de oro y plata de Entrevientos, ubicada en la provincia de Santa Cruz y explotada por la multinacional canadiense Inuit Gold. El 16 de julio del año pasado, un grupo de asaltantes armados entraron escondidos en un camión de combustible para llevarse más de cinco mil kilos de doré, una aleación de oro y plata. Según la cotización de aquel momento, el botín estaba valorado por encima de los trece millones de dólares.

Al año de este espectacular robo, que el director de cine Juan Carlos Campanelli ya confirmó que llevará a la pantalla grande, la policía continúa buscando a Noelia Viader, exempleada de Inuit Gold y principal sospechosa de la planificación y ejecución del asalto.

«A estas alturas, la búsqueda ya nos queda grande a nosotros» declaró el comisario Rodolfo Lamuedra, máxima autoridad de la comisaría de Puerto Deseado y primer efectivo policial en llegar a Entrevientos el día del robo. «Ahora el rastreo está a cargo de la Policía Federal Argentina y la Interpol», agregó.

Según fuentes cercanas a esta redacción, el conocimiento que tenían los ladrones sobre el funcionamiento de la mina llevó a la policía a pensar que la banda contaba con al menos un empleado de Entrevientos. Esto, sumado a numerosas pruebas encontradas, causó que el comisario

Lamuedra detuviera, once días después del robo, al gerente general de Entrevientos, Carlos Sandoval.

«Lo de Sandoval fue un error grave por parte de las autoridades», declaró Silvio Fuentes, representante legal de Inuit Gold, «pero quiero confiar en que la policía hizo lo mejor que pudo con la información que tenía en ese momento.»

En cualquier caso, la participación o no del gerente en el robo pasó a segundo plano cuando se descubrió —y este diario publicó en exclusiva—, una serie de mensajes de texto entre él y el diputado Gastón Muñoz en los que Sandoval señalaba los cambios que debían hacerse al proyecto para la nueva ley provincial de minería. Hoy la Justicia argentina investiga a Sandoval y a Muñoz por corrupción.

«Inuit condena rotundamente la actuación de Carlos Sandoval, quien ya no pertenece a la empresa» declaró Ignacio Beguiristain, autoridad máxima de Inuit Gold en la Argentina y agregó: «Evidentemente, sus valores no se alineaban con los de esta compañía. Nuestro objetivo principal es trabajar con transparencia para traer riqueza al país y la región. Yo personalmente exijo, como cualquier ciudadano honesto, que se haga justicia.»

Por otra parte, la redacción de este periódico tuvo la oportunidad de dialogar brevemente con Sandoval, quien se refirió a su despido como «un golpe muy duro e inmerecido, porque la justicia todavía no se pronunció.» También agregó: «El mundo de la minería es muy chico y ahora tengo un estigma que va a ser muy difícil sacarme de encima. Dudo que pueda volver a trabajar en el sector.»

Si consideramos los cargos judiciales contra Carlos Sandoval, más que a un estigma, el exgerente general de Entrevientos se enfrenta a dos. Por un lado, la provincia de Santa Cruz llevará a él y a Gastón Muñoz a juicio por corrupción mientras que por otro, Sandoval sigue involucrado en la causa del robo a Entrevientos, aunque todo parece indicar que de esta última terminará absuelto.

A pesar de las pruebas incriminatorias en su contra,

entre ellas ADN, documentos y correos electrónicos, la detención del exgerente general de Entrevientos sólo duró ocho días, tras los cuales salió en libertad a la espera del juicio. Sandoval en todo momento acusó a Noelia Viader, una ingeniera informática que trabajó en Entrevientos durante tres años y medio y fue despedida cinco meses antes del atraco tras ser descubierta llevándose del yacimiento limaduras de doré escondidas en un bolígrafo. Recientemente salió a la luz que Viader había presentado una denuncia contra Carlos Sandoval por acoso sexual apenas tres meses antes de que la despidieran.

«Para mí, las pruebas que incriminan a Sandoval no fueron más que otra de las maniobras de distracción de los ladrones», manifestó un exempleado jerárquico de Inuit que prefiere permanecer en el anonimato. «Yo estaba ahí, en la sala de reuniones mientras lidiábamos con la crisis. No me lo contó nadie. Gran parte del éxito de este robo radica en las maniobras de distracción, diseñadas para ganar tiempo y poner obstáculos a la policía. La ambulancia y el camión de combustible supuestamente cargados de explosivos que resultaron ser falsos, por ejemplo. O las huellas de la avioneta en la pista de Bahía Laura. Y también los perros con GPS.»

A día de hoy sigue siendo un misterio cómo los cinco ladrones desaparecieron con cinco mil kilos de doré el 16 de julio del año pasado. Las opiniones de los expertos varían ampliamente. También las del público en general. En un sondeo realizado en Buenos Aires, el 31% de los encuestados sostiene que los ladrones de Entrevientos se fueron por tierra mientras que el 23% considera la vía marítima como la más probable. Un 11% se decanta por aviones. Quizás lo más revelador de esta encuesta es que un 35% de los encuestados manifiesta no tener la menor idea. Un poco, parece, como la Justicia Argentina.

CAPÍTULO 125

Barcelona, España. Un año después del golpe.

Minerva terminó de leer el artículo en el teléfono y dejó el aparato al lado de la taza de café. Ya no se llamaba Noelia Viader. Ahora, según el pasaporte andorrano que tenía en el bolsillo, era Ainhoa Campillo Fernández.

Al levantar la vista, los sonidos que había logrado bloquear mientras leía volvieron a aparecer: el *clic clic clic* rápido de los crupiers contando fichas, los «no va más» serios y profesionales, y las bolas rebotando en las muescas de las ruletas antes de decidirse por un número. Luego, treinta y seis suspiros por cada exabrupto de alegría.

Estaba sentada en su mesa favorita de uno de los bares del casino de Barcelona. Sobre la tarima, detrás de la baranda de madera lustrada, tenía una vista excelente de doce mesas de ruleta en plena acción.

En la número ocho, un crupier joven de chaleco gris y camisa blanca se acercó para reemplazar a otro vestido de manera idéntica. Minerva apuntó la hora exacta del relevo en una libreta. Ya tenía dos como esa, llenas de datos y observaciones. Si la semana que viene la admitían en el curso para nuevos crupiers, podría llenar muchas más. Después empezaría a planear el robo.

Dio un último trago al café, se levantó de la silla y empezó a recoger sus cosas. Entonces lo vio, cruzado de brazos y apoyado contra una columna cerca de la mesa cuatro. Todos los que estaban a su alrededor miraban las fichas sobre el paño. Él no. Él la miraba a ella.

La saludó levantando una mano y sonrió haciendo

aparecer esos dientes blancos en el centro de la barba oscura. Caminó hacia ella. Tenía puestos unos pantalones gastados, zapatos náuticos y una camisa con el primer botón abierto. Minerva sintió que el corazón le golpeaba cada vez más rápido adentro del pecho.

—¡Qué sorpresa! —fue todo lo que le salió cuando él llegó a la mesa y la saludó con un abrazo—. ¿Qué hacés acá?

Se lo dijo así, en argentino, a pesar de que hacía diez meses que había vuelto a hablar el castellano con acento español.

—El Banquero me dijo que últimamente pasás un montón de tiempo en este lugar —respondió él.

Minerva asintió con una sonrisa y volvió a sentarse a la mesa.

—Hablé por teléfono con él la semana pasada —le explicó Mac, ocupando la silla de enfrente—. Me dijo que te vio hace poco.

—Hace quince días. Pasó con el velero por Barcelona y nos juntamos a comer. No lo veía desde hacía diez meses. ¿Supongo que te contó que nos fuimos juntos en el Maese desde Chaitén?

Mac negó con la cabeza.

—No me contó nada. Me dijo que si tenía cualquier pregunta, te la hiciera a vos. Lo último que supe fue que, cuando te fuiste de ese bar, él salió atrás tuyo. Yo también quise salir, pero entre el Cerrajero, Pata y Pólvora me retuvieron. No podía hacer un escándalo con los carabineros al lado.

—Hicieron bien —dijo ella.

—¿Adónde te llevó?

—Al norte. Bordeamos Chile y Perú, parando poco y en lugares muy turísticos. Después pasamos por Galápagos y de ahí a Centroamérica. Me bajé del Maese en Ciudad de Panamá y no volví a saber del Banquero hasta hace quince días. Dice que se pasó todo el año navegando.

—¿No era que se aburría?

—Según él, es temporal. Hasta que encuentre algo

que lo motive a volver.

—¿A volver a Argentina o a volver a robar?

—Él me dijo así. A volver —respondió ella encogiéndose de hombros.

—¿A qué creés que se refería?

—Y... él alguna vez me dijo que el que nace torcido, muere torcido.

—Necesidad, no creo que tenga.

Minerva mantuvo la cara de póker pero sonrió por dentro. ¿Necesidad, Pezzano? Ese viejo zorro tenía varios millones de dólares en algún paraíso fiscal. Y ahora, después de lo de Entrevientos, uno y medio más.

—Del resto no tuve ninguna noticia —dijo ella después de pedir dos cervezas a una camarera.

—Yo sí. ¿Querés que te cuente?

—Veo que ignoraste por completo la regla de cortar todo contacto.

—Una regla que nosotros mismos ya habíamos roto antes de separarnos en Chaitén.

Sin saber muy bien por qué, ella hizo un movimiento con la mano en el aire, como desestimando lo que acababa de oír.

—Contame, ¿cómo están los otros?

—El papá del Cerrajero murió.

—Pobre. ¿Al final no le funcionó el tratamiento?

—Durante un tiempo estuvo bien, pero después decayó. Parece que con drogas experimentales puede pasar.

—¿Y él cómo está?

—En paz, porque pudo pagarle la medicación y los viajes a Estados Unidos. Hizo todo lo que estaba a su alcance. Yo creo que va a poder dormir tranquilo.

Los interrumpió la camarera con las cervezas. Mac le dio un trago largo a la suya.

—Al que le fue recontra bien es al Pata —prosiguió, intentando cambiar el tono de la conversación.

—¿Ah, sí? ¿En qué anda?

—Se compró una finca de cerezas en Los Antiguos.

Hacen mermelada, licor, en fin, supongo que ya conocés.

Minerva asintió. Había ido varias veces a la Fiesta Nacional de la Cereza. Los Antiguos era, sin duda, uno de los pueblos más lindos de Santa Cruz.

—Está muy contento. Dice que es la vida que él y Sandra siempre quisieron. Mina también está feliz, tiene dos hectáreas para correr.

—¿Mina?

—La perra en celo que usamos para atraer a los ovejeros.

—No me digas que le puso Mina.

Mac afirmó con una sonrisa.

—Me gustaría visitarlo alguna vez —dijo ella.

—Uh, se va a poner súper contento de verte. Te tiene muchísimo cariño.

—Yo también. Es imposible no querer al Pata, es tipo muy especial —dijo ella después de un trago—. ¿A qué otra persona se le ocurriría ponerle Mina a esa perrita?

—A vos tampoco se te dan mal los apodos.

—¿Por qué lo decís?

—Minerva. Minería. Hay una sola letra de diferencia.

Ella abrió los ojos como platos.

—¿Nunca lo habías pensado?

—No. De hecho, Minerva viene de mucho antes que todo esto.

—Si hoy fuera uno de esos días en los que me levanto esotérico, te diría que estabas predestinada entonces.

—No digas pavadas.

Dio un trago a su cerveza y apartó la mirada. Muy a su pesar, ella también se ponía esotérica de vez en cuando. Se había sorprendido a sí misma varias veces pensando en la ley de causa y efecto que parecía gobernar el universo. Sandoval le había hecho mal a ella y había pagado con su carrera y su reputación. Ella había hecho sufrir a los rehenes de Entrevientos y ahora ya nunca podría volver a ser Noelia Viader.

Justicia divina o no, era duro. Llevaba años prometiéndose que algún día recompondría la relación con sus padres, y ahora que vivía en la misma ciudad que ellos, no podía ni siquiera llamarlos por teléfono. Estaba segura de que la Interpol los tendría monitoreados. Algunas mañanas se sentaba en un bar cerca del edificio en el que vivían, para verlos de lejos durante unos segundos cuando salían a comprar o a pasear al perro.

—Me estabas contando del resto —dijo, volviendo a mirar a Mac—. ¿Cómo está Pólvora?

—¿De eso tampoco te enteraste?

—No.

—Hace tres meses entraron a su casa de madrugada y le pegaron un balazo en el pecho.

Minerva cerró los ojos.

—¿Lo mataron?

—No. La peleó un par de días en terapia intensiva, pero logró salir.

—¿Qué pasó?

—Algo de drogas. Me parece que con su parte se quiso hacer el empresario y se metió donde no debía.

Recordó la charla que habían tenido dentro del contenedor de Cerro Solo, en la que él le había dicho que si lo de Entrevientos salía bien, tenía pensado un negocio para retirarse.

Se quedaron un rato en silencio.

—¿Y vos? —preguntó ella al fin. Se sintió rara diciendo «vos» por primera vez en tanto tiempo.

—Bien, no me puedo quejar.

—¿Tus hijos?

—Enormes y preciosos.

—¿Pudiste comprarles el terreno a tus hermanos?

—Sí. Ya es todo mío.

—¿Qué tal va el negocio?

—Muy bien. Crecimos mucho en el último año. Estamos por abrir una sucursal en la Patagonia. Eso sí, muy lejos de Entrevientos.

—Sobre todo porque por ahí no vas a encontrar ningún árbol de donde colgar tus tirolinas.

—¿Desde cuándo me hacen falta árboles para eso?

Rieron los dos mirándose a los ojos. En los de él, Minerva vio alegría pero también nostalgia. Se preguntó si habría reído mucho en el último año. Ella, desde luego, no demasiado.

—¿No pensás volver? —le preguntó Mac.

—¿A Argentina o a robar?

—A Argentina. La respuesta a lo otro ya la sé —dijo, señalando la libretita sobre la mesa—. Hace un buen rato que te observo anotar todos los movimientos de la sala.

—No es lo que parece —le respondió con una sonrisa.

—¿Ah, no? ¿Estás estudiando a uno de los casinos que más guita mueven en Europa por hobby?

—No. Estoy planeando cómo robarlo —susurró.

Mac sacudió la cabeza, desconcertado.

—Por lo tanto, sí es lo que parece.

—Una cosa es planear y otra es hacerlo.

—O sea que vas a organizar el robo pero no lo vas a llevar a cabo.

—Correcto.

—¿Entonces quién lo va a robar?

—Muchas personas. Cientos de miles, si me sale bien.

—Ahora sí que no entiendo nada.

Minerva rió y dejó pasar un momento, igual que lo había hecho hacía un año y tres meses, antes de revelarle a él y al resto de la banda cómo iban a salir de Entrevientos.

—Estoy planeando un robo a este casino, pero no para que suceda en la vida real. Tengo pensado crear un estudio de videojuegos. De adolescente soñaba con dedicarme a eso. Voy a volver a la programación.

—«Atraco al casino en la playa» —dijo Mac—. Suena a película del oeste.

—Tenía en mente un título más corto, pero gracias por la sugerencia.

Mac se encogió de hombros y levantó su cerveza a medias.

—Por nosotros —dijo.

—Por los ladrones de Entrevientos —respondió Minerva en voz muy baja.

Chocaron las botellas y bebieron. Desviaron las miradas, dijeron alguna banalidad y volvieron a cruzarlas.

—¿Qué hacés acá? —preguntó ella.

—Vine a buscarte, Noelia.

Era la primera vez que la llamaba así. Le gustó cómo sonaba su nombre pronunciado por él.

—Ya me encontraste. ¿Y ahora?

—Ahora tengo que convencerte de que te vengas conmigo.

—Me convenciste mientras caminabas desde esa ruleta hacia acá —dijo, poniéndose de pie—. Te queda muy bien esta ropa. ¿A tu hotel o a mi casa?

—A Argentina —respondió él, levantándose también.

Minerva apoyó las manos sobre la mesa y largó un suspiro.

—Sabés muy bien que no puedo.

—Noelia Viader no puede. Pero la nueva, como se llame, sí.

—Ainhoa se llama.

—Que vuelva Ainhoa entonces. Y que se asocie conmigo en el nuevo parque de aventuras. No me vendría mal una inversionista.

—Oh no, me quieres por mi dinero, bellaco —respondió ella con acento caribeño y se tocó la frente con el dorso de la mano, como una actriz de telenovela.

—Por supuesto. ¿Por qué otro motivo iba a cruzar el océano?

—Sos un romántico.

—¿Entonces te convencí para que te vengas?

Minerva miró la libreta y después a su alrededor. Los jugadores seguían apostando, ajenos a todo. Rodeó la mesa, tomó a Mac por las mejillas y le regaló su mejor beso.

—Todavía no —le susurró al oído.

FIN

NOTA AL LECTOR

Si te gustó *Los ladrones de Entrevientos*, te invito a que compartas tu opinión con alguien. Puede ser contándoselo a una persona de carne y hueso, o en tu red social favorita o dejando un comentario en Goodreads o Amazon. A vos no va a llevarte más que unos minutos pero para mí es muy importante porque animará a otros lectores a descubrir esta historia.

A cambio de ese ratito de tu tiempo, te enviaré personalmente unos capítulos exclusivos de la novela, que te permitirán conocer aún mejor a los seis miembros de la banda. Todo lo que tenés que hacer es escribirme un correo a cristian@cristianperfumo.com y te lo mando.

Por último, me gustaría invitarte a formar parte de mi lista de correo, donde envío cuentos inéditos a mis lectores y comparto novedades exclusivas relacionadas con mis libros. Si te sumás, quedaremos en contacto y podré avisarte cuando publique una nueva historia (nunca te enviaré spam). Podés suscribirte en mi web:

www.cristianperfumo.com

¡Hasta la próxima!

Cristian Perfumo

AGRADECIMIENTOS

Este libro, que es una obra de ficción, sería muchísimo peor si yo no hubiera contado con el apoyo desinteresado de un montón de personas. Pensar en ellas para escribir este apartado me recuerda que soy un tipo con suerte.

En primer lugar, quiero agradecer a Trini, mi compañerita de viaje, por los miles de comentarios e ideas útiles sobre esta historia. Por su paciencia y por creer en mí siempre. Pero, más que nada, por ser la versión buena del Rey Midas: todo lo que toca su sonrisa se convierte en oro.

A Daniel Ruiz, mi bombero favorito, por tantísima información sobre camiones cisterna. A Rolando Martínez Peck por revelarme el fascinante mundo de los ovejeros patagónicos. A Carlos Arana, por ser mi amigo y experto en explosivos a la vez. A Celeste Cortés, Martín Spotorno y Hugo Giovannoni por toda la información sobre armas. A Carlos "el Polaquito" Naves por hablarme sobre camionetas en el campo. A Gabriel Zubimendi por contarme tantas cosas sobre la aviación actual y pasada en la Patagonia. A Marcela Andrada, por enseñarme a bailar tango por teléfono. A Carlos Ferrari por hablarme de consumos de agua.

A Luis Franco y todas las otras personas que compartieron conmigo su experiencia en la industria minera de la Patagonia. También a todos los que prefirieron no hablar (de verdad, lo entiendo).

A Flora Campillo, Carlos Liévano, Javier Debarnot, Christine Douesnel, Mónica García, Estela Lamas, Analía Vega, María José Serrano, Marcelo Rondini, Lucas Rojas, Ana Barreiro, Marta Segundo y Gemma Herrero Virto por leer los borradores de esta novela y enterrarme en sugerencias buenísimas.

A Luis Santamaría, Luz Mosqueira y Lourdes Bernat por recomendarme la música que escuché mientras escribía gran parte de este libro.

A todas las personas que me ayudaron a decidir

cuál era la mejor portada para esta novela.

Y a vos, querido lector. Siempre a vos.

SOBRE EL AUTOR

Cristian Perfumo, radicado en Barcelona tras vivir mucho tiempo en Australia, escribe novelas de misterio y suspenso ambientadas en la Patagonia, donde se crió.

La primera, *El secreto sumergido* (2011), está inspirada en una historia real y lleva ya seis ediciones, con miles de copias vendidas en todo el mundo. En 2014 publicó *Dónde enterré a Fabiana Orquera*, que agotó varias ediciones en papel y en julio de 2015 se convirtió en el séptimo libro más vendido de Amazon en España y el décimo en México. *Cazador de farsantes* (2015), su tercera novela con frío y viento, también agotó su primera tirada. *El coleccionista de flechas* (2017), su cuarto thriller ambientado en la Patagonia, ganó el Premio Literario de Amazon, al que se presentaron más de 1800 obras de autores de 39 países. *Rescate gris* (2018), su último thriller antes de la publicación de *Los ladrones de Entrevientos,* fue finalista del Premio Clarín de Novela 2018, uno de los galardones literarios más importantes de Latinoamérica.

Los libros de Cristian han sido traducidos al inglés y al francés, editados en sistema Braille y publicados en formato audiolibro.

Más novelas de Cristian Perfumo

EL COLECCIONISTA DE FLECHAS

La calma de una pequeña localidad patagónica se rompe cuando uno de sus vecinos aparece muerto con signos de tortura en su sofá.

Para la criminóloga Laura Badía, este es el caso de su vida: además de la brutalidad del asesinato, de la casa de la víctima han desaparecido trece puntas de flecha talladas hace miles de años por el pueblo tehuelche y cuyo valor es incalculable.

Con la ayuda de un arqueólogo venido de Buenos Aires, Laura se embarcará en la resolución de un misterio que no solo la llevará al glaciar Perito Moreno y a los enclaves más remotos de la Patagonia, sino también a recorrer el lado más oscuro de la mente humana, un lugar donde las mentiras y la codicia se esconden en cada recodo del camino.

Ganadora del Premio Literario Amazon 2017

www.cristianperfumo.com

RESCATE GRIS

Puerto Deseado, Patagonia Argentina, 1991. Raúl necesita dos trabajos para llegar a fin de mes. Cuando apaga el despertador para ir al primero de ellos, sabe que algo va mal. Su pequeño pueblo ha amanecido cubierto por la ceniza de un volcán y Graciela, su mujer, no está en casa.

Todo parece indicar que Graciela se ha ido por voluntad propia... hasta que llega la llamada de los secuestradores. Las instrucciones son claras: si quiere volver a verla, tiene que devolver el millón y medio de dólares que robó.

El problema es que Raúl no robó nada.

No te pierdas este thriller psicológico ambientado en una de las épocas más convulsas e inolvidables de la historia de la Patagonia: los días de la erupción del volcán Hudson.

Finalista del Premio Clarín de Novela 2018

www.cristianperfumo.com

DÓNDE ENTERRÉ A FABIANA ORQUERA

Verano de 1983: En una casa de campo de la Patagonia, a quince kilómetros del vecino más próximo, uno de los candidatos a intendente de Puerto Deseado despierta en el suelo. No tiene ni un rasguño, pero su pecho está empapado en sangre y junto a él hay un cuchillo. Desesperado, busca a su amante por toda la casa. Viajaron allí para pasar unos días sin tener que esconderse de los ojos del pueblo. Todavía no sabe que ya nunca volverá a verla. Ni que la sangre que le moja el pecho tampoco es de ella.

Hoy: Nahuel ha pasado casi todos los veranos de su vida en esa casa. Por casualidad, un día encuentra una vieja carta cuyo autor anónimo confiesa haber matado a la amante del candidato. El asesino plantea una serie de enigmas que prometen revelar su identidad y la ubicación del cuerpo. Entusiasmado, Nahuel comienza a descifrar las pistas pero pronto descubre que, incluso después de treinta años, hay quienes prefieren que nunca se sepa la verdad sobre uno de los misterios más intrincados de aquella inhóspita parte del mundo.

¿Qué pasó con Fabiana Orquera?

EL SECRETO SUMERGIDO

Marcelo, un joven buzo aficionado, busca en las aguas heladas de la Patagonia el lugar exacto del hundimiento de la Swift, una corbeta británica del siglo XVIII. Cuando la persona que más sabe del naufragio en todo el país aparece asesinada con un mensaje extraño en el regazo, Marcelo descubre que su inocente pasatiempo constituye una amenaza enorme para cierta gente. No sabe a quién se enfrenta, pero sí que compite con ellos por reflotar un secreto que, después de dos siglos bajo el mar, podría cambiar la historia de aquella parte remota del planeta. Encontrarlo será difícil. Seguir con vida, aún más.

Basada en una historia real. ¡Miles de ejemplares vendidos en todo el mundo!

www.cristianperfumo.com

CAZADOR DE FARSANTES

"Si estás viendo esto, es porque estoy muerto", dice a la cámara el periodista Javier Gondar pocas horas antes de que le peguen un balazo en la cabeza. En el video, Gondar señala como culpable de su asesinato al Cacique de San Julián, uno de los curanderos más famosos de la Patagonia.

Tras una experiencia difícil, Ricardo Varela se inicia en un extraño hobby: filmar con cámara oculta a chamanes y brujos de su ciudad y exponer sus trucos en Internet. No sabe si existe la brujería, ni le interesa demasiado. De lo que sí está seguro es que su ciudad está llena de farsantes sin escrúpulos dispuestos a prometer salud, dinero y amor a cualquiera que quiera creer. Y pagar.

Para Ricardo, enfrentarse al Cacique es la única forma de cerrar una herida que lleva dos años abierta. Sabe que tendrá que poner en riesgo su vida, y no le importa. Lo que no se imagina es que ese brujo no es más que el primer eslabón de una macabra trama que lleva años cobrándose vidas en nombre de la fe.

Printed in Great Britain
by Amazon

58873225R00260